DONAUHERZ

Hilde Artmeier, geboren 1964 in Oberbayern, lebt seit dreißig Jahren in und um Regensburg und inzwischen auch in Karlsruhe. Die studierte Biologin war lange im fremdsprachlich-kaufmännischen Bereich tätig und arbeitet seit 2000 als freie Schriftstellerin. www.burger-artmeier.com

Dieses Buch ist ein Roman. Handlungen und Personen sind frei erfunden. Ähnlichkeiten mit lebenden oder toten Personen sind nicht gewollt und rein zufällig. Nur die folgenden Lokale existieren tatsächlich: »Max und Muh«, Regensburg; »Das Degginger«, Regensburg; »Chaplin«, Regensburg; »Venezia«, Mühldorf.

HILDE ARTMEIER

DONAUHERZ

Kriminalroman

emons:

Bibliografische Information der Deutschen Nationalbibliothek
Die Deutsche Nationalbibliothek verzeichnet diese Publikation in der Deutschen Nationalbibliografie; detaillierte bibliografische Daten sind im Internet über http://dnb.d-nb.de abrufbar.

Umschlagmotiv: iStockphoto.com/mthaler
Umschlaggestaltung: Nina Schäfer, nach einem Konzept von Leonardo Magrelli und Nina Schäfer
Umsetzung: Tobias Doetsch
Gestaltung Innenteil: César Satz & Grafik GmbH, Köln
Lektorat: Susann Säuberlich, Neubiberg
Druck und Bindung: CPI – Clausen & Bosse, Leck
Printed in Germany 2018
ISBN 978-3-7408-0313-1
Originalausgabe

Für Katharina

1

»Willkommen im Reich der Feuerelfen, Schattenkrieger und Magie«, schloss die Leiterin der Stadtbibliothek ihre kurze Ansprache. »Lehnen Sie sich zurück, meine lieben Zuhörer, und freuen Sie sich auf Patty Wests phantastische Welt!«

Erwartungsvoll blickte sie in den hinteren Bereich des Saals, wo sich eine kleine blonde und ausgesprochen unspektakuläre Frau Anfang vierzig aus dem Schatten einer Säule löste und langsam nach vorn schritt.

Alle Zuhörer, die sich hier im Thon-Dittmer-Palais im Herzen der Regensburger Altstadt versammelt hatten, klatschten begeistert. Die Leiterin der Stadtbibliothek, eine große Frau mit hennaroter Kurzhaarfrisur, begrüßte lächelnd die mit Neugier und Ungeduld erwartete Fantasy-Autorin, überließ ihr die Bühne und nahm in der ersten Reihe neben einem schlanken Mann Platz, der seinen perfekt sitzenden Designeranzug in elegantem Anthrazit mit einer solchen Selbstverständlichkeit trug, als wäre er seine zweite Haut. Nur allmählich verebbte der Beifall.

Draußen war es so kalt, als herrschte noch immer tiefster Winter, dabei hatten wir schon Ende Februar. Hier drinnen aber war es warm von den vielen Menschen, und die Luft knisterte vor Erwartung, als Patty West sich an dem für sie vorbereiteten Tisch niederließ. Sie zupfte ihren rosenholzfarbenen Seidenschal zurecht, schlug das vor ihr liegende Buch auf und begann ohne ein Wort der Begrüßung vorzulesen. Ihre Stimme war hell und trotz Mikrofon eine Spur zu leise.

Die kleine Halle, in der die Matineelesung stattfand, war bis auf den letzten Platz besetzt. Dennoch war es jetzt mucksmäuschenstill, nicht einmal ein Räuspern oder Hüsteln war zu hören. Alle Anwesenden, die meisten von ihnen Heranwachsende wie mein vierzehnjähriger Sohn Vincenzo rechts neben mir, hingen an den Lippen der Autorin. Er wagte kaum zu atmen, so sehr fesselte ihn die Geschichte, seine Knie zuckten in einem wie elektrisierten Takt. Maximilian saß zu meiner Linken, den Blick ebenfalls aufmerksam nach vorn gerichtet.

Ich selbst war nie eine begeisterte Leserin von Fantasy-Romanen gewesen, weder in jungen Jahren noch jetzt. Wenn ich neben meiner Arbeit als Privatermittlerin und Inhaberin einer Modeboutique, noch dazu war ich alleinerziehend, Zeit zum Lesen fand, bevorzugte ich historische Liebesromane oder Familiensagas. Ich legte keinen Wert auf Action. Mein Leben war aufregend genug.

Dennoch zog Patty West auch mich nach und nach in ihren Bann. Mit jedem Wort wurde ihre Stimme lauter und klarer, von ihrem anfänglichen Lampenfieber war rasch nichts mehr zu spüren. Schon nach wenigen Zeilen verstand ich, dass sie nicht nur Talent zum Schreiben hatte, sondern eine ganz eigene Welt auferstehen ließ. Bald war mir, als könnte ich den eisigen Wind und die züngelnden Feuer der fremden Kulissen, die sie heraufbeschwor, tatsächlich spüren und das geheimnisvolle Flüstern der Flammenwesen und Raunen der Schattenkrieger wirklich hören. Sogar das Duftpotpourri aus Dornenblüten und Sonnengras, das die Sinne der Schattenwesen benebelte, schien plötzlich in der Luft zu liegen.

Mein Blick glitt zu dem Mann, neben dem die Leiterin der Stadtbibliothek Platz genommen hatte. Marius Fabek war der Inhaber des »Adrian's Art Verlags« und somit der Mann, der Patty West zu ihrem überraschenden Ruhm und Erfolg verholfen hatte. In den hiesigen Zeitungen pries man den Regensburger Verleger schon jetzt als Entdecker eines neuen, hoffentlich bald überirdisch leuchtenden Sterns am Bestsellerhimmel und prophezeite ihm und seiner Neuentdeckung eine Zukunft wie J. K. Rowling, der Verfasserin der Harry-Potter-Romane.

Nach seinem Gesichtsausdruck zu urteilen, war Marius Fabek mit der Darbietung seines Schützlings mehr als zufrieden. Ich musterte ihn. Er hatte nichts von der kreativen Lässigkeit und dem alten Glanz an sich, die ich persönlich mit der Bücherwelt verband. Einen Verleger hätte ich mir anders vorgestellt, vielleicht mit bunter Fliege, entrücktem Blick oder Monokel im Auge.

Trotz der Jahreszeit war Marius Fabeks kantiges Gesicht gleichmäßig gebräunt. Er wirkte auffallend entspannt, geradezu herablassend, seine Bewegungen waren fließend und schnell. Das einzige Zugeständnis an seinen Berufszweig schien mir sein gewelltes, an manchen Stellen widerspenstig vom Kopf abstehendes, fast schwarzes Haar zu sein. Alles an ihm strahlte Selbstsicherheit und eiskaltes Kalkül aus. Jede seiner geschmeidigen Gesten sagte: »Ich habe alles erreicht, was ich erreichen wollte.«

Wie hätte ich ahnen sollen, dass man ihn wenige Tage später des Mordes an einem seiner bekanntesten Autoren bezichtigen würde. Dass er sich in zermürbenden Polizeiverhören in immer mehr Widersprüche verstrickte, sich gegen die zunehmend heftigeren Angriffe der Medien zur Wehr setzen musste. Und dass er Schritt für Schritt all das verlieren würde, worauf er so stolz war.

***

Nach der Lesung musste Vincenzo natürlich unbedingt ein signiertes Buch haben. Ich drückte ihm einen Zwanzig-Euro-Schein in die Hand, und er reihte sich mit leuchtenden Augen in die Schlange der Wartenden ein, die vor dem Tisch der Schriftstellerin anstanden. Nun machte sie einen gelösten Eindruck, hin und wieder lachte sie sogar.

In der kleinen Halle, sie erstreckte sich bis ins obere Stockwerk, summte und brummte es von den vielen Stimmen. Maximilian und ich gingen in einen Nebenraum, in dem zwei Mitarbeiterinnen der Bibliothek Sekt, Orangensaft, Kanapees und Salzstangen reichten, umgeben von Bücherregalen, Lesungsplakaten mit dem Konterfei der Autorin und einer Ausstellung über zeitgenössische Comics.

Während Maximilian Getränke und Häppchen organisierte, nahm ich das letzte freie Stehtischchen in Beschlag. Viele der Erwachsenen, die ihre Kinder begleiteten, hatten sich fein gemacht, manche waren sogar in Anzug oder Kostüm erschienen. Die Youngsters hingegen trugen ihre gewohnten Uniformen. Die

Mädchen hautenge Jeggins und ungeachtet der draußen herrschenden Temperaturen luftige Blüschen, die Jungs Jeans und bedruckte Sweatshirts, fast alle weiße oder neonfarbene Sneakers der gerade angesagten Marken.

Ich selbst hatte mich für ein Kaschmirkleid in Petrolgrün entschieden, dazu dicke Strumpfhosen und gefütterte Lederstiefel.

Heute war Samstag, der letzte Tag im Februar, und der Winter wollte und wollte nicht weichen. Ende Januar hatte es einige sonnige Tage gegeben, dann aber war es wieder trüb, nass und kalt geworden.

Voller Wehmut dachte ich an meine italienische Heimat. Erst gestern hatte ich mit Zia Riccarda telefoniert, meiner Lieblingstante. Mit ihren blumigen Erzählungen über das schon herrlich warme Wetter und den strahlend blauen Himmel der Toskana hatte sie mich ganz neidisch gemacht.

Vom Nachbartisch schnappte ich Gesprächsfetzen auf, das Hauptthema war natürlich die Fantasy-Autorin. Patty West alias Patrizia Waiblinger hatte bisher ein sehr unauffälliges Leben geführt, wie ich aus der »Mittelbayerischen Zeitung« wusste. Als Mutter von zwei Kindern und Frau eines Versicherungskaufmanns hatte sie erst vor drei Jahren mit dem Schreiben begonnen. Noch vor wenigen Monaten hatte niemand ihren Namen gekannt. Inzwischen aber hörte und las man überall in der Donaumetropole von der unscheinbaren Hausfrau aus Mitterteich, einem kleinen Ort in der nördlichen Oberpfalz, die mit ihrem Debütroman »Das Geheimnis der Feuerelfen« einen so sensationellen Überraschungserfolg gelandet hatte.

Maximilian gesellte sich zu mir, drückte mir ein Glas Sekt in die Hand und stellte einen Teller mit verführerisch nach Räucherlachs und Käse duftenden Kanapees auf den Tisch. Wir prosteten uns zu, auch an den umliegenden Tischen klirrten Gläser.

Wieder einmal genoss ich es, an der Seite meines Liebsten zu sein, einem schlanken, hochgewachsenen Mann, der zu seinen Bluejeans heute ein schwarzes Hemd und ein edles Leinenjackett trug. Nicht nur aufgrund seiner Statur hob er sich von den Umstehenden ab. Die grau melierten Schläfen in seinem ansonsten noch dunklen Haar, das kluge Gesicht mit der hohen, glatten Stirn, seine klangvolle Stimme, die warmen braunen Augen mit den lustigen gelben Pünktchen, in die ich mich schon bei unserer ersten Begegnung verliebt hatte – wie immer zog er auch heute so manche Blicke auf sich. Und wie immer hatte er auch heute nur Augen für mich.

Vor bald zweieinhalb Jahren hatten wir uns kennengelernt, in einem ungewöhnlich schneereichen Winter, als ich in meinem ersten Fall als Privatdetektivin ermittelte. Damals war Maximilian noch verheiratet gewesen. Seit knapp drei Wochen nun waren er und seine Ex-Frau geschieden und wir beide endlich ein richtiges Paar. Und auch wenn sich seither an unserem Alltag nichts wirklich verändert hatte, so spürte ich doch jeden Moment wieder aufs Neue: Mit ihm wollte ich meine Tage und Nächte verbringen, in guten wie in schlechten Zeiten. Mit ihm wollte ich lachen, träumen, Pläne für die Zukunft schmieden. Mit ihm wollte ich alt werden.

Während wir unseren Sekt tranken, erzählte Maximilian, im Gegensatz zu mir ein gebürtiger Regensburger, vom »Adrian's Art Verlag«. Anfangs hatte das seit nahezu dreißig Jahren existierende Verlagshaus, das seinen Worten nach so etwas wie eine Institution in der Donaustadt war, nur hochwertige Kunstbücher und Kunstreiseführer publiziert.

»Aber dann haben sie diesen Debütroman veröffentlicht, von einem damals noch völlig unbekannten Autor. Sein Name fällt mir gerade nicht ein, aber den Titel weiß ich noch: ›Drachenmann‹. Das Buch hat fast wie die Harry-Potter-Romane eingeschlagen, nicht nur regional wie bei Patty West, sondern weltweit, und auch die beiden Folgebände waren Megaseller.« Augenzwinkernd schob Maximilian seine dezent gemusterte Hornbrille, die ihm auf die Nase gerutscht war, wieder nach oben. »Ich war zwar schon wesentlich älter als Vincenzo. Aber trotzdem habe ich ganze Nächte durchgelesen.«

Wie aufs Stichwort tauchte mein Sohn mit hochroten Wangen vor uns auf. Stolz hielt er seine Trophäe in die Luft – das von der Autorin handsignierte Buch – und berichtete atemlos, dass sie sogar eine Widmung auf die erste Seite geschrieben habe: »Für Vincenzo, dem ich leider nicht verraten kann, wie die Geschichte ausgeht«.

Dann hatte er es plötzlich eilig. Schließlich wollte er bis zum Abend mindestens das erste Drittel der mehr als fünfhundert Seiten schaffen.

***

»Ich frier mir hier gleich den Arsch ab«, maulte Vincenzo in seiner viel zu dünnen Jacke, als wir bald darauf an der Donau entlangspazierten. »Warum sind wir eigentlich nicht mit dem Bus gefahren?«

»Weil am Haidplatz noch die Sonne geschienen hat, als wir die Matinee verlassen haben«, erklärte ich zum dritten Mal und vielleicht eine Spur zu heftig. »Außerdem habe ich dir heute Morgen gesagt, du sollst den dicken Parka anziehen, oder etwa nicht?«

In der Ludwigstraße und nur wenige Schritte vom Thon-Dittmer-Palais entfernt, hatte er gemerkt, dass er sein Sweatshirt dort hatte liegen lassen. Also waren wir alle wieder umgekehrt und kurze Zeit später durch die Metgebergasse und den Weinmarkt hinunter zum Fluss gegangen, um auf dem Uferweg in Richtung Zuhause die ersten Sonnenstrahlen seit Langem zu genießen.

Nun aber hingen schon wieder düstergraue Wolken am Himmel, vom Wasser her wehten Nebelschwaden. Mit jedem Schritt wurde es klammer und kälter. Ich zog mir den Wollschal übers Kinn und die Mütze aus ockerfarbenem Mohair noch tiefer in die Stirn. Maximilian legte mir einen Arm um die Schulter.

»Ich hätte den Sekt nicht trinken sollen.« Seufzend lehnte ich den Kopf gegen seine Schulter. »Sobald wir zu Hause sind, lege ich mich ins Bett.«

Maximilian drückte mich noch enger an sich und flüsterte mir zu, er werde mir dabei Gesellschaft leisten. Aber Vincenzo hätte ohnehin nichts gehört. Das neue Buch unter dem Arm, stapfte er ein paar Meter vor uns griesgrämig dahin.

Je weiter wir die Innenstadt hinter uns ließen, desto einsamer wurde es. Hin und wieder kam uns ein Spaziergänger entgegen, mit oder ohne Hund, einmal trafen wir auf ein eng umschlungenes Liebespaar, das sich wie wir gegenseitig wärmte. Auch beim Yachthafen am anderen Ufer radelte oder spazierte nur selten jemand vorbei.

Vincenzos Handy dudelte los und durchbrach die Stille, sofort hatte er es am Ohr. Seiner einsilbigen Sprechweise nach zu urteilen, handelte es sich bei dem Anrufer um seinen Vater.

»Bin zum Abendessen doch daheim«, verkündete mein Sohn mit noch längerem Gesicht, als er es wieder wegsteckte. »Papa kann wieder mal nicht.«

»Warum?«, fragte ich, obwohl ich die Antwort schon ahnte.

»Ein neuer Fall«, kam es dann auch in trübsinnigem Ton. »Irgendwo hier in der Nähe, hat er gesagt. Vielleicht treffen wir ihn ja, dann kann ich ihm wenigstens mein neues Buch zeigen.«

Paolo, mein geschiedener Mann und Vincenzos Vater, dessen bürgerlicher Name Paul Wolf lautete, arbeitete als Hauptkommissar bei der Kripo Regensburg.

»Vielleicht hat er morgen ja Zeit«, versuchte ich meinen kleinen Vincenzo zu trösten, der mich seit einiger Zeit um einen ganzen Kopf überragte. »Was ist das denn für ein Fall?«

Alte Gewohnheiten sitzen tief. Nicht nur als Privatermittlerin, sondern auch als ehemalige Polizistin drängte es mich, zu wissen, wo Paolo sich an diesem kalten Samstagmittag herumtreiben musste.

»Keine Ahnung, wieder mal alles ultrageheim.« Vincenzo fuhr sich durch das rabenschwarze Haar, das er wie die dunklen Augen von seinem Vater geerbt hatte. »Papa war schon wieder voll grantig. Keine Peilung, was mit ihm los ist.«

Mit jedem Schritt wurden die Nebelschleier über der Wasseroberfläche dichter. Das Gras an der Uferböschung war aschgrau vom langen, viel zu kalten Winter. Kein frisches Grün, keine noch so winzigen Blättchen sprossen an den Zweigen der den Pfad säumenden Büsche, die wie knorrige Finger in den Spazierweg ragten. Alles schien zu warten. Auf den Frühling, auf die Wärme, das Licht – auf all das, was endlich wieder Farben und Leben brachte.

Linker Hand tauchte die hohe, mit Moos und Flechten bewachsene Steinmauer auf, die den Herzogspark umgab. Nur noch wenige Meter, und wir mussten abbiegen. Unser Zuhause befand sich am diesseitigen Ende der Prebrunnallee, und inzwischen konnte ich es kaum noch erwarten, wieder ins Warme zu kommen. Auch die Aussicht auf ein Mittagsschläfchen mit meinem Liebsten lockte mich.

In der Ferne zeichnete sich das Wehr unterhalb der Autobahnbrücke ab. Auf dem Weg davor hatten sich Menschen versammelt, vielleicht eine Sportgruppe oder Ausflügler, die keine Angst vor dem schlechten Wetter hatten. Die Nebelschwaden, die innerhalb von Sekunden dichter und dann plötzlich wieder licht wurden, dämpften sogar das Verkehrsrauschen von der vierspurigen Fahrbahn, kaum ein Laut drang zu uns. Irgendwo bellte ein Hund, doch wie durch Watte.

Wieder meldete sich ein Handy, dieses Mal meins. Die unverkennbare Melodie von »La donna è mobile«.

Ich zog das Mobiltelefon aus meiner Handtasche im Leopardendesign. Auf dem Display erschien eine mir unbekannte Nummer. Da ich als Freiberuflerin praktisch immer im Dienst war, nahm ich den Anruf pflichtbewusst seufzend an. Ich machte Maximilian ein entschuldigendes Zeichen. Kurz nickte er und schlenderte mit Vincenzo weiter.

»Ja, bitte?«

»Spreche ich mit Anna di Santosa?«, fragte mich eine belegte Frauenstimme. »Jakobi hier, Cora Jakobi. Ich brauche Ihre Hilfe. Sie können doch Italienisch, oder?«

»Chiaro, lo parlo benissimo«, bestätigte ich automatisch. Schließlich war ich in der Toskana geboren und aufgewachsen. »Um was geht es denn?«

»Könnten Sie heute noch vorbeikommen?«, fuhr die Frau hastig fort, anstatt mir eine Antwort zu geben. »Es ist sehr dringend. Ist zwar nicht gerade der nächste Weg, wir wohnen in Amberg. Aber im Internet habe ich gelesen, dass Sie nicht nur Privatdetektivin sind, sondern auch Italienerin. Passt es Ihnen in einer Stunde?«

»Vielleicht erklären Sie mir erst einmal, worum es eigentlich geht«, wiederholte ich und blieb stehen.

»Wie? Ach so. Bitte entschuldigen Sie, bin ein bisschen neben der Spur.« Cora Jakobi holte tief Luft und atmete ebenso tief wieder aus. »Mein Mann, Danilo. Er ist verschwunden.«

»Seit wann?«, fasste ich nach, als sie keine Anstalten machte, mir mehr zu erklären.

»Kann ich nicht so genau sagen, er ist nämlich verreist. Und jetzt meldet er sich nicht mehr, seit Tagen schon. Ich muss wissen, wie es ihm geht, ob ...« Cora Jakobi zögerte, als müsste sie Anlauf nehmen für den nächsten Satz. »Ob alles in Ordnung ist.«

»Sie denken, ihm ist etwas zugestoßen?«

Keine Antwort.

Vincenzo und Maximilian waren schon ein gutes Stück weitergegangen. Doch anstatt in den Weg hinauf zum Herzogspark abzubiegen, blieben nun auch sie stehen. Mein Sohn wandte sich um, winkte mir aufgeregt, rief etwas, das ich nicht verstehen konnte. Maximilian legte ihm eine Hand auf den Arm. Doch Vincenzo schüttelte sie ab und rannte los, auf das Wehr zu.

»Wo genau hält Ihr Mann sich auf?«, fragte ich.

Gleichzeitig setzte ich mich wieder in Bewegung. Auch Maximilian folgte Vincenzo mit eiligen Schritten.

»In Italien, an der ligurischen Küste.« Bei den nächsten Worten überschlug sich Cora Jakobis Stimme: »Wissen Sie, er war so komisch bei der Abreise, ganz trübsinnig, ich weiß auch nicht. Jedenfalls ist er jetzt seit über einer Woche weg, am Dienstag haben wir zuletzt miteinander telefoniert. Faschingsdienstag, genau, und seither kann ich ihn nicht mehr erreichen und ... Ja, irgendwie habe ich furchtbar Angst.«

»Wollen Sie andeuten, Ihr Mann könnte Selbstmord begangen haben?«

»Wenn ich es doch nicht weiß.« Verzagt verstummte Cora Jakobi. »Es ist alles so kompliziert, und ich spreche ja kein Wort

Italienisch. Wenn Sie vorbeikommen, erkläre ich Ihnen alles. Ich kann hier leider nicht weg. Meine Tochter ist krank.«

Vincenzo war schon fast bei der Menschenansammlung am Wehr, wo sich der Nebel gerade wieder einmal verflüchtigte. Zwei Männer, die sich aus der Gruppe gelöst hatten, stocherten nun in der Nähe der Fischtreppe mit langen, dünnen Stöcken im Wasser herum, als fischten sie nach etwas, das an der Uferböschung hängen geblieben war. Nein, das waren keine Ausflügler. Ich ging schneller.

»Hören Sie, Frau Jakobi – vielleicht sollten Sie sich doch besser an die Polizei wenden. Ich meine, wenn Ihr Mann …«

»Die Polizei?« Sie klang erschrocken. »Nein, bitte, keine Polizei, vielleicht ist alles ja nur falscher Alarm.« Kurz schwieg sie wieder, schien ihre Gedanken zu sortieren. »Aber ich mache mir natürlich Sorgen um Danilo, große Sorgen, und das Honorar ist wirklich kein Problem. Also, wann können Sie hier sein?«

Hinter den Männern mit den Stöcken tauchten nun zwei weitere Gestalten auf, sie standen etwas abseits. Die eine, ein Mann mit Bierbauch, führte einen Hund an der Leine, der wieder kurz bellte, die andere hatte einen dicken Koffer neben sich abgestellt. Wieder ein anderer hielt eine Kamera in der Hand, offenbar schoss er Fotos von dem, was dort im Wasser trieb. Soweit ich es von meiner Position aus erkennen konnte, war es groß und schwer.

Vincenzo hatte die Menschengruppe inzwischen erreicht und steuerte direkt auf einen weiteren Mann zu, der mir den Rücken zuwandte. Ich war immer noch zu weit entfernt, um den mittelgroßen Schlanken mit dem schwarzen Haar in Jeans und kaffeebraunem Dufflecoat erkennen zu können. Doch seine Bewegungen waren mir vertraut. Dann verschwand die Szenerie einschließlich der beiden wieder im Nebel.

»Im Moment bin ich noch unterwegs«, sagte ich ins Handy.

Das Mittagsschläfchen mit Maximilian würde ich mir nicht nehmen lassen. Aber später wollte er ohnehin an seinem Paper über neuronale Transmittoren arbeiten, das bald in einer medizinischen Fachzeitschrift erscheinen sollte. Nach Amberg brauchte ich maximal eine Stunde, bis zum Abendessen wäre ich längst wieder zurück, und Geld konnte ich immer brauchen.

»Bis fünf müsste ich es aber schaffen, spätestens halb sechs. Passt Ihnen das, Frau Jakobi?«

Erleichtert atmete sie auf. Dann nannte sie mir ihre Adresse und verabschiedete sich.

Ich notierte mir die Anschrift in meinem Smartphone und lief zügig weiter. Der Mann, den ich neben Vincenzo gesehen hatte, war Paolo. Und das große, schwere Etwas im Wasser eine Leiche.

***

Für meine italienische Großmutter war die Donau immer etwas Faszinierendes und Gewaltiges, etwas ganz und gar Unfassbares gewesen. Ein Fluss, der im Gegensatz zu italienischen Gewässern nie austrocknete, nicht einmal im heißesten Sommer, sondern jahraus, jahrein Wasser führte – wahre Massen an Wasser, voller gefährlicher Strudel und tückischer Strömungen, die alles mit sich fortrissen, es hinunter in unvorstellbare Tiefen zogen, für immer begruben. Wenn ich Nonna Emilia als Kind besuchte, in ihrer prächtigen alten Jugendstilvilla, die seit einigen Jahren mir gehörte, hatte sie bei unseren langen Spaziergängen am Flussufer oft die Hand ihrer Lieblingsenkelin gehalten und sinnierend gesagt: »Glaub mir, Anna, was die Donau sich einmal geholt hat, das lässt sie nie wieder los.«

Doch sie hatte sich geirrt. Gerade jetzt musste der Strom wieder freigeben, was er verschlungen hatte. Zumindest bemühten sich Paolos Kollegen redlich, ihm sein Opfer zu entreißen, während er selbst mich mit bitterböser Miene musterte.

»Kannst du mir bitte schön erklären«, knurrte er mich an, »was ausgerechnet *du* wieder mal am Fundort einer Leiche zu suchen hast?«

»Nichts«, entgegnete ich unbeeindruckt und erwähnte, dass Maximilian und ich Vincenzo zu einer Autorenlesung begleitet hatten. Dann fügte ich spitz hinzu: »Ich finde es übrigens gut, dass *dein* Sohn sich für Bücher interessiert und nicht immer nur vor der Playstation hockt, die *du* ihm geschenkt hast.«

Er brummte nur irgendetwas, während er schon wieder konzentriert jede Bewegung seiner Kollegen verfolgte, denen es noch immer nicht gelungen war, den toten Körper aus dem Wasser zu bergen. Mit seinem unrasierten Kinn, der grauen Gesichtsfarbe und den dunklen Augenringen sah mein Ex-Mann so aus, als hätte er seit Tagen nicht mehr richtig geschlafen. Wenn er in dieser Verfassung war, war nicht mit ihm zu spaßen. Doch er befand sich gerade in guter Gesellschaft.

»Und wenn wir schon dabei sind«, ich stemmte beide Hände in die Hüften, »kannst *du* mir bitte schön erklären, warum du meinen Sohn eine Leiche sehen lässt, Signor Commissario?«

Sofort nachdem ich das Wehr erreicht hatte, hatte ich Vincenzo weggescheucht. Nun stand er in einigen Metern Entfernung, von Maximilian festgehalten, trat von einem Bein aufs andere und verrenkte sich den Hals, um nur ja nichts zu verpassen. Einen Vater zu haben, der routinemäßig mit Toten zu tun hatte, war normal für ihn. Seinem Vater dabei direkt auf die Finger zu schauen hingegen eine gute Gelegenheit, um sich damit später vor seinen Freunden in Szene zu setzen.

»Er hat ja gar nichts gesehen«, beteuerte Paolo in muffigem Ton.

»Du hast dir übrigens selbst zuzuschreiben, dass du jetzt ungebetene Gäste hast.« Giftig funkelte ich ihn an. »Wenn du deinen Sohn nicht so kurzfristig versetzt hättest, mal wieder übrigens, dann wäre er nicht wie ein Verrückter losgerannt, um dir wenigstens Hallo zu sagen.«

»Du weißt so gut wie ich, dass er sich die Gelegenheit sowieso nicht hätte entgehen lassen.« Sein Blick wurde noch finsterer. »Und dass es bei der Polizei nicht so fahrplanmäßig zugeht wie im Finanzamt, muss ich ja wohl ausgerechnet dir nicht erklären, Prinzessin.«

Der Kosename, mit dem Paolo mich vor allem dann bedachte, wenn er sauer auf mich war, entlockte mir schon lange keine Reaktion mehr. Vor vielen Jahren, als ich ihn im Zuge meiner

Ausbildung bei der Polizei kennengelernt hatte, hatte ich immer wieder versucht, ihm den Unterschied zwischen der geborenen Contessa, die ich war, und einer Principessa zu erklären. Vergebliche Liebesmühe, wie ich seit Langem wusste.

»Für Wochenendeinsätze ist doch eigentlich der Kriminaldauerdienst zuständig«, warf ich in zahmerem Tonfall ein, mein Versuch, die Situation nun doch ein wenig zu entspannen. »Warum bist du hier?«

»War gerade im Büro. Musste noch einen Bericht fertig machen, den will der Staatsanwalt Montagfrüh in seiner Mailbox haben.«

Mit einer erschöpften Geste fuhr sich Paolo über die dunklen Augenbrauen, die ihm zusammen mit seinen Haaren und dem immer leicht gebräunten Teint den Habitus eines Italieners verliehen. Als wir noch ein Paar gewesen waren, hatte man immer ihn, den waschechten Bayern, für den Südländer gehalten und mich, mit meiner hellen Haut und dem langen tizianroten Haar, für eine Deutsche.

»Als die Meldung reinkam, hab ich gedacht, okay, fahr ich eben auf dem Heimweg kurz vorbei«, fügte er hinzu. »Am Montag kriege ich den Fall sowieso auf den Tisch, und die ersten Eindrücke sind durch Fotos ja nicht zu ersetzen.«

Seine grimmige Miene ließ vermuten, dass er diesen Punkt schon in aller Ausführlichkeit mit seiner Lebensgefährtin Lilo diskutiert hatte. Ich wusste, dass seine vielen Überstunden ein beliebter Streitpunkt zwischen den beiden waren. Das erklärte seine schlechte Laune.

Ich wies zur Uferböschung. »Ist es ein Mann oder eine Frau?«

Das Einzige, was Paolo in trüben Momenten aufheitern konnte, war seine Arbeit. Schon immer war er mit Leib und Seele Polizist gewesen. Vielleicht war es sogar diese persönliche Eigenheit, die mich damals so zu ihm hingezogen hatte. Wie ich fühlte auch er sich der Wahrheit verpflichtet und konnte nicht ruhen, bis sie aufgedeckt war.

»Ein Mann«, sagte er. »Vielleicht ertrunken, derzeit ist das aber noch reine Spekulation. Wir müssen warten, bis die Notärztin ihn endlich untersuchen kann.«

Paolo machte eine Kopfbewegung zu der Gestalt mit dem Koffer, die so dick eingepackt war, dass ich kaum etwas von ihr erkennen konnte.

Noch immer trieb das aufgeblähte Etwas, das einmal ein lebender Mensch gewesen war, mit dem Rücken nach oben zwischen Wurzelwerk und überhängenden Ästen im Wasser und widersetzte sich hartnäckig seiner Bergung.

»Wer hat die Leiche entdeckt?«

»Der da drüben mit dem Hund.«

Wie zur Bekräftigung meldete sich wieder der Hund zu Wort, ein Collie, und sprang seinem Herrchen aufgeregt bellend um die Beine.

Ein paar Meter weiter rollte ein Streifenpolizist rot-weißes Absperrband aus. In einer Ecke lagen die eisernen Pfosten, an denen er es befestigen würde, um den Fundort abzuriegeln. Bisher gab es außer uns zum Glück noch keine Schaulustigen. Die Stelle in der Nähe des Wehrs war abgelegen, und der Nebel, der den Uferweg nun vollständig einhüllte, verbarg alles, was sich hier abspielte, vor neugierigen Blicken. Der Nebel glich der Donau. Auch er wollte nichts von seinen Geheimnissen preisgeben.

»Pardon, kann ich mal kurz durch?«

Ein kleiner, rundlicher Mann, er steckte in einem weißen Plastikoverall und trug einen Packen Plastiktütchen und ein Laptop unter dem Arm, stand vor uns und strahlte uns an. Paolo musterte ihn finster, trat dann aber wie ich zur Seite. Sein Kollege bedankte sich gut gelaunt und stapfte an uns vorbei.

»In ein paar Stunden weißt du mehr«, versuchte ich, Paolo Mut zu machen.

Er sah wirklich erbärmlich aus. Der Blick seiner dunklen Augen flatterte unruhig, seine Tränensäcke waren geschwollen.

»Mit ein bisschen Glück findet ihr vielleicht sogar noch den Ausweis.« Aus dem Augenwinkel sah ich, dass auch in die Ärztin nun Bewegung kam. Sie ging auf die beiden Männer mit den Stöcken zu, die ihr eifrig winkten. »Dann kannst du dir mit Lilo einen schönen Abend machen. Das mit Vincenzo ist übrigens kein Problem. Wir essen heute Abend was Feines, spielen eine Runde Backgammon und …«

»Das Letzte, was ich brauche, ist eine Ex-Frau, die meint, sie müsse mir gut zureden«, unterbrach Paolo mich grob.

Bevor ich ihm Kontra geben konnte, stand einer seiner Kollegen neben ihm und raunte ihm etwas zu. Ich verstand nur Bruchstücke: »… ziemlich übel … vielleicht eine Schiffsschraube … ein paar Schüsse mitten …«

»Ich komme«, schnitt Paolo dem Mann das Wort ab. »Also, Prinzessin, ich mache jetzt hier meine Arbeit, und du verschwindest, verstanden?«

2

Als ich um kurz nach fünf an Cora Jakobis Tür läutete, hatte ich Paolos schlechte Laune schon lange wieder vergessen. Das Nickerchen mit Maximilian hatte sich genauso entwickelt wie erhofft. Wieder einmal hatten wir die Hände nicht voneinander lassen können und eine zärtliche Stunde miteinander verbracht, bevor wir selig eingeschlafen waren.

Das verwahrlost wirkende Gebäude, vor dem ich nun stand, schien mir noch um einiges renovierungsbedürftiger zu sein als meine eigene Villa. Das Gartentor hatte offen gestanden, was ich als Einladung interpretierte, das Grundstück zu betreten.

Mit seiner ursprünglich einmal weiß gestrichenen Holzveranda, deren Farbe größtenteils längst abgeblättert war, erinnerte mich das große Haus an eine schwedische Sommervilla. Treppchen, Schnörkel, kleine Balkone, alles ebenfalls aus Holz, direkt vor mir ein Windfang mit riesigen Fenstern und Windspielen aus allerhand Glöckchen, die zarte, melodische Klänge von sich gaben. An vielen Stellen waren die Verandabretter morsch, und sogar im diffusen Licht der zunehmenden Dämmerung sah ich, dass auch die himmelblauen Fensterläden einen neuen Anstrich gebraucht hätten. Da und dort hatte jemand mit Ausbesserungsarbeiten angefangen, aber offensichtlich bald wieder die Lust daran verloren.

Das Haus der Jakobis lag am Mariahilfberg, einer Anhöhe am nordöstlichen Stadtrand von Amberg, in einem augenscheinlich sehr wohlhabenden Viertel. Von Amberg selbst, das mit seinen unzähligen roten Dächern am Fuße des Hangs lag, hatte ich bis auf die die Altstadt umgebende Ringstraße, die mittelalterliche Stadtmauer und den beginnenden Samstagabendverkehr kaum etwas gesehen.

Die meisten der ebenso großzügigen Nachbarhäuser standen inmitten gut gepflegter Grundstücke, viele waren durch hohe Mauern und lange Auffahrten vor neugierigen Blicken geschützt.

Nur bei den Jakobis gab es einen einfachen Holzzaun und einen Garten, in dem lange niemand mehr Unkraut gezupft hatte. Ein windschiefer Schuppen diente wohl als Garage, davor stand ein klappriger Renault. In einer Art Scheune, sie war ohne Tür, lagerten Brennholz und alte Autoreifen.

Zwischen dem Haus – es lag an einer Kreuzwegstation, direkt davor führte ein von Bäumen überdachter Weg zur Wallfahrtskirche Maria Hilf hinauf – und dem Schuppen befanden sich ein Klettergerüst mit allerhand Seilen und Sprossen, ein großer Sandkasten, zwei Schaukeln und ein Trampolin.

Im hell erleuchteten Hausinneren blieb alles ruhig. Ich klingelte ein zweites Mal.

Hier oben war es noch kälter als in Regensburg, unbarmherzig pfiff mir ein klirrend kalter Ostwind ins Gesicht. Der Nebel war schon kurz hinter Regensburg verflogen. Die dunklen Wolken hingen nun so tief, als wollten sie alles unter sich begraben. Die Stadt dort unten mit ihren zögerlich aufflammenden Lichtern, die eng gedrängten Häuser, auch die Menschen darin. Die Sonne würde in einer knappen Stunde untergehen. Doch bereits jetzt war es so düster, als wäre der Tag schon lange zu Ende.

In Cora Jakobis Haus regte sich noch immer nichts.

Ich fluchte leise auf Italienisch. So dringend sie meinen Besuch am Telefon gemacht hatte, so unwichtig war er ihr jetzt offenbar. Ich hatte wirklich keine Lust, noch länger in der Kälte zu stehen.

Erneut drückte ich auf den Klingelknopf, dieses Mal dreimal hintereinander. Als sich dennoch wieder nichts im Haus regte, zog ich das Handy aus meiner Tasche, um nach Cora Jakobis Nummer zu suchen. Im selben Moment öffnete sich knarrend die Holztür.

»Bitte entschuldigen Sie, dass Sie so lange warten mussten. Lissy hat einen neuen Fieberanfall bekommen. Ich konnte sie nicht allein lassen.«

Cora Jakobis Gesicht tauchte vor mir auf. Es war schmal, mit einem kantigen Kinn, außerdem kalkweiß und von dunkelbraunen, bis zu den Ohren reichenden Fransen umrahmt. Unter den ebenso dunklen Augen hingen tiefe Schatten.

Mein Ärger verpuffte. »Wie geht es Ihrer Tochter jetzt?«

»Sie ist sehr unruhig, seit gestern hat sie fast neununddreißig Grad. Aber zumindest schläft sie endlich.«

»Wie alt ist sie?«

»Zwölf. Wenn das Fieber nicht bald weggeht, rufe ich den Arzt an. Allmählich mache ich mir wirklich Sorgen, und am Montag muss Lissy ja wieder in die Schule. Aber ich fürchte, das wird nicht klappen.«

Dieses Jahr hatten wir einen späten Fasching gehabt, erst in der letzten Februarwoche waren die Ferien losgegangen.

Mit einer fahrigen Geste fuhr Cora Jakobi sich über die etwas zu groß geratene Nase, lächelte mich schief an und öffnete die Tür nun ganz. »Mein Gott, kommen Sie doch rein! Mögen Sie grünen Tee?«

Grüner Tee war leider das Letzte, das ich mochte. Aber zum Glück meinte meine Gastgeberin, irgendwo müssten noch zwei, drei Beutel Earl Grey sein.

Sie führte mich durch den zugigen Windfang und den fast ebenso kalten Korridor dahinter. Wir schritten über helle, an vielen Stellen abgewetzte Dielenböden, auf denen zerschlissene, farbenfrohe Läufer lagen, die den Eindruck von einer schwedischen Sommervilla noch verstärkten. Alle Wände, an denen wir vorübergingen, verschwanden fast vollständig hinter Papier – Flyer von Literaturfestivals, Zeitungsausschnitte, Ankündigungen zu Lesungsabenden, Buchrezensionen, Poster in allen Größen, Plakate in Farbe oder Schwarz-Weiß, die alle dasselbe Thema hatten: Danilo Jakobi.

»Ihr Mann ist Schriftsteller?«

»Ja, der ›Drachenmann‹ ist von ihm. Vielleicht sagt Ihnen das was?«

Überrascht nickte ich. Er war der Fantasy-Autor, dessen Debütroman den »Adrian's Art Verlag« vor weit mehr als zwei Jahrzehnten aus seinem Dornröschenschlaf erweckt hatte.

»Der Roman hat sich sehr gut verkauft, habe ich gehört.«

»Über zwei Millionen Mal«, sagte Cora Jakobi ohne große Begeisterung. »Auch die beiden Folgebände waren Riesenerfolge, die Bücher wurden verfilmt und in zig Sprachen übersetzt. Ein richtiggehender Hype, wie man heute sagt.«

Von unzähligen Bildern blickte der Schöpfer der Trilogie mich an, ein großer, asketisch wirkender Mann mit halblangem dunkelblonden Haar, das er manchmal offen trug, manchmal nach hinten gebunden, mit Seeräuberbart und gelbgrünen Katzenaugen. Er sah auffallend gut aus und war sehr fotogen, gleichgültig, ob er in die Kamera lächelte, in einer Gesprächsrunde diskutierte oder in entspannter Pose aus einem seiner Bücher vorlas. Meist trug er klassisches Künstlerschwarz oder eine papageienbunte Weste über einem schlichten Hemd.

Das Haus war schlecht isoliert, stellte ich zu meinem Bedauern auch in der geräumigen Wohnküche fest. Aber zumindest brannte in einem schwedischen Bollerofen ein gemütliches Feuer. Auch hier waren die Wände von Flyern, Bildern und Postern übersät, die vom künstlerischen Schaffen des Hausherrn erzählten.

Cora Jakobi ließ die Tür zum Korridor einen Spalt offen, bot mir einen Platz auf der altertümlichen Sitzecke an und füllte einen Wasserkocher. Ich setzte mich auf das in Grüntönen gestreifte Sofa, das so gar nicht in eine Küche passen wollte, zum Glück aber neben dem Ofen stand. Es musste noch aus der Biedermeierzeit stammen. An manchen Stellen war der Stoff dünn und verschlissen, der Rahmen aus Nussbaumholz glänzte jedoch edel.

»Ihr Mann ist also in Italien?«, fing ich an, um meiner Auftraggeberin in spe den Einstieg zu erleichtern.

»In der Nähe von Rapallo, ja«, sagte sie mit ihrer melodischen und angenehm warmen Stimme. »Da fährt er immer hin, wenn er mit einem neuen Manuskript anfängt.«

In Rapallo war ich lange nicht mehr gewesen. Flavio, ein Cousin zweiten Grades, lebte dort. Ich erinnerte mich an ein quirliges Städtchen an der ligurischen Riviera di Levante, eine der herrlichsten Gegenden meiner alten Heimat. In der malerischen Bucht tummelten sich Yachten und Segelschiffe, Palmen säumten die lang gestreckte Promenade, dahinter erhoben sich prunkvolle Palazzi und Luxushotels aus vergangenen Jahrhunderten, als dort noch italienische Adelsfamilien und einflussreiche Persönlichkeiten aus ganz Europa ihren Sommerurlaub zu verbringen pflegten.

»Ein Fantasy-Roman soll es werden.« Cora Jakobi, sie mochte Anfang, höchstens Mitte dreißig und somit zwei, drei Jahre jünger sein als ich, zuckte mit den eckigen Schultern. Sie war schlank, aber nicht dünn und etwa einen halben Kopf größer als ich. Das einzige verschwenderisch Geformte an ihr waren die vollen Lippen. »Nach vielen Jahren mal wieder.«

»Was schreibt Ihr Mann sonst noch?«

»Entwicklungsromane, Theaterstücke, gesellschaftskritische Texte und Essays, auch für Zeitungen, viel Lyrik.« Sie schaltete den Wasserkocher an und blieb vor der offensichtlich selbst gezimmerten Arbeitsplatte aus Ahornholz stehen. »Sogar ein paar Krimis und Thriller, obwohl er früher ja immer gesagt hat, so was fasst er nicht an.«

Der Wasserkocher gab klopfende Geräusche von sich. Cora Jakobi versetzte ihm einen sanften Stoß, das Klopfen verschwand, und klappte der Reihe nach mehrere Hängeschränke auf und wieder zu, die alle in unterschiedlichen Farben gestrichen waren. Schließlich rumorte sie mit gerunzelter Stirn in den Schubladen eines ausgeleierten Küchenbüfetts, fand aber keinen einzigen Teebeutel. Der Wasserkocher begann zu sprudeln, schaltete sich wieder aus. Zögernd bot sie mir an, mir einen Becher Kakao warm zu machen.

Ich nickte ergeben und fragte mich, wann wir endlich zum Grund meines Hierseins kommen würden.

Cora Jakobi holte einen handgetöpferten Becher aus einem Hängeschrank, füllte das Gefäß mit Milch und einem Berg Kakaopulver und stellte es in ein Mikrowellengerät, das auf einem etwa zwei Meter hohen knallroten Kühlschrank thronte – außer dem Herd offenbar die einzige Anschaffung neueren Datums. Am Kühlschrank hingen Kinderzeichnungen: eine Prinzessin in Rosa mit Krone und silbernen Schuhen, eine türkisfarbene Wiese, über die Pferde und feenartige Wesen flogen.

Auf dem runden Tisch vor mir stand eine Kanne auf einem Stövchen, beides ebenfalls handgetöpfert, daneben eine dazu passende Tasse, alles in irisierendem Cremeweiß. Ich rutschte näher an den Ofen, in dem es knisterte und knackte.

»Ja, wirklich, Danilo ist sehr kreativ.« Cora Jakobi biss sich auf die Unterlippe. »Aber hier kann er nicht arbeiten. Zu viel Lärm, immer dieser Trubel, er hat ja recht. Und dauernd geht das Telefon.«

Nur das Knacken im Kamin, das leise Brummen der Mikrowelle und das Summen des Kühlschranks waren zu hören.

Die Mikrowelle gab einen klingenden Ton von sich. Meine Gastgeberin holte den dampfenden Becher heraus, stellte ihn vor mich auf den Tisch, setzte sich auf einen der mit brüchigem Leder bespannten Holzstühle mir gegenüber, starrte auf den Boden.

Ich nahm den Becher in beide Hände, er war in leuchtendem Meerblau glasiert, wärmte meine noch immer kalten Finger daran und bemühte mich, meine wachsende Ungeduld nicht zu zeigen. In meinem Kopf sammelten sich immer mehr Fragezeichen an. Von der Sorge um Cora Jakobis Mann, die bei unserem heutigen Telefonat durchgeklungen hatte, war nichts mehr zu spüren.

»Wo genau wohnt Ihr Mann momentan?«, kam ich zum Thema zurück, vielleicht eine Spur zu forsch.

»In einem Landhaus in den Bergen, man kann das Meer sehen. Der Ort heißt Zoagli, aber das Haus – oder wohl mehr Häuschen – liegt etwas außerhalb. Es gehört Marius.«

Cora Jakobis Blick flatterte vom Bollerofen zum Büfett, blieb am Kühlschrank hängen, flog zurück zum Tisch, wie ein kleiner, unsteter Schmetterling auf der Suche nach der schönsten Blume.

»Marius Fabek«, fügte sie mit belegter Stimme hinzu. »Danilos Verleger.«

Der aparte Mann im anthrazitfarbenen Anzug, den ich am Vormittag gesehen hatte.

»Sie haben gesagt, Ihr Mann ist vor einer Woche aufgebrochen?«

»Ja, mit dem Passat. Am Faschingssamstag.«

Sie griff nach ihrer halb vollen Tasse, filigrane Rankenmotive zierten sie, wie ich erst jetzt bemerkte, trank aber nicht, sondern fixierte blicklos den Saum ihres blassblauen Pullovers, der so lang war, dass er fast als Minikleid durchgegangen wäre. Dazu trug sie Fleeceleggins mit Norwegermuster, dicke selbst gestrickte Socken und Filzhausschuhe, alles in Blautönen.

»Normalerweise meldet er sich alle ein, zwei Tage. Wenn er im Schreibfluss ist, vergisst er die Zeit, es kann dann auch mal einen Tag länger dauern.« Gequält lächelte sie, nippte an der grünlichen Flüssigkeit, die Lider noch immer gesenkt. »Meistens bleibt er drei bis vier Monate. Je nachdem, wie er vorankommt.«

Nervös räusperte sie sich, bearbeitete mit den Zähnen wieder ihre Unterlippe und warf mir dann aber doch einen schnellen Blick zu, als hätte sie meine Gedanken erraten. Ich war sicher, dass ihr Mann sich nicht nur wegen seines neuen Manuskripts in das einsame Landhaus verkrochen hatte.

»Aber heute ist schon der vierte Tag, seit er das letzte Mal angerufen hat«, fügte sie betreten hinzu.

»Sie haben ihn nicht angerufen?«

»Natürlich, zigmal. Aber er geht nicht ran.« Wieder vermied sie den Blickkontakt. »Als wir das letzte Mal miteinander telefoniert haben, am Faschingsdienstag gleich in der Früh, da war er so komisch. Und auch vor der Abreise ist er ganz seltsam gewesen, ständig in Gedanken, und wenn ich jetzt darüber nachdenke …« Noch immer hielt sie die Tasse in der Hand, ihre sehr kurz geschnittenen Fingernägel trommelten einen unruhigen Rhythmus darauf. »Depressiv. Ja, richtig depressiv ist er mir vorgekommen.«

Das Wort hing im Raum. Dennoch schien Cora Jakobi sich keine Vorwürfe zu machen, weil ihr dieser Umstand bisher noch nicht aufgefallen war. Sie wirkte auch nicht annähernd so besorgt, wie es der Situation angemessen gewesen wäre, vielmehr nachdenklich und auf eine irritierende Art gefasst. Als wartete sie seit Langem auf etwas, das eines Tages unweigerlich an ihre Tür klopfen würde.

»Und trotzdem haben Sie weder die Polizei verständigt noch mit jemandem aus der Nachbarschaft Ihres Mannes gesprochen?«

»Wie gesagt – ich kann kein Italienisch. Und es gibt keine Nachbarn da unten.«

»Aber doch sicher Englisch?«

»Englisch?« Erneut hob sie zaghaft die Schultern. »Das Haus liegt sehr einsam. Der nächste Nachbar wohnt ziemlich weit weg, und ich weiß nicht, ob …«

»Aber es wird doch irgendjemanden geben, der nachsehen kann, ob es Ihrem Mann gut geht?«

»Ich weiß es nicht, ich bin noch nie dort gewesen. Deshalb kenne ich auch niemanden, bei dem ich anrufen könnte. Wie gesagt«, meine Gastgeberin hielt sich verzweifelt an ihrer Tasse fest, »wenn Danilo im Schreibfluss ist, verträgt er keine Störungen.«

Ich sparte mir meinen Kommentar. Schließlich ging es mich nichts an, warum die Zweierbeziehung der Jakobis nicht so war wie die von Maximilian und mir. Keiner von uns hätte es vier Monate lang ohne den anderen ausgehalten.

»Das heißt also, ich soll nach Zoagli fahren und herausfinden, ob Ihr Mann wohlauf ist?«

Cora Jakobi nickte und sah mir das erste Mal, seit ich ihr Haus betreten hatte, offen ins Gesicht. »Ich kann Lissy doch nicht allein lassen.«

»Ich muss Sie das jetzt leider fragen, Frau Jakobi. Hat Ihr Mann schon einmal Selbstmordgedanken geäußert?«

»Nein. Und vielleicht übertreibe ich ja. Aber er war wirklich ganz anders als sonst.«

»Welchen Grund könnte es dafür geben?«

»Vielleicht das neue Buch?« Erneut irrte ihr Blick durch den Raum. »Vielleicht hat er den Einstieg nicht gefunden. Oder eine Schreibblockade. Für einen Schriftsteller ist das die Hölle, sagt er immer.«

Auf der heutigen Lesung hatte ich dieses Wort schon gehört, auch Patty West hatte es mit Schrecken in der Stimme erwähnt.

Ich spürte deutlich, dass Cora Jakobi mir nicht die ganze Wahrheit sagte. Dennoch wusste ich schon jetzt, dass ich den Fall übernehmen würde. Es gab zwar mehrere einfache Erklärungen dafür, warum sich ein gefeierter Bestsellerautor in einem abseits gelegenen Landhaus an einer der schönsten Meeresküsten der Welt vor seiner Frau versteckte. Doch erstens bot sich mir so die Gelegenheit, eine Spritztour in meine geliebte Heimat zu unternehmen, weit weg vom nebelverhangenen und viel zu kalten Regensburg. Und zweitens bekam ich dafür sogar noch Geld.

»Sie fahren also hin?«, vergewisserte sich Cora Jakobi mit einem Unterton in der Stimme, den ich nicht einordnen konnte. »Das Honorar ist wirklich kein Problem. Sagen Sie nur, was Sie dafür verlangen.«

Im Kopf überschlug ich die anfallenden Spesen und nannte ihr eine angemessene Summe für den Auftrag. Trotz ihrer Beteuerung zuckte sie nun doch zusammen, bemühte sich jedoch tapfer, sich den Schrecken nicht anmerken zu lassen.

Ich erklärte ihr, ich würde gleich morgen früh aufbrechen, und bat sie um die genaue Adresse des Landhäuschens, in dem ihr Mann sich aufhielt. Doch auch die kannte sie nicht.

Nein, in der Beziehung der Jakobis schien nichts so zu sein, wie es sein sollte.

***

Die Rückfahrt nach Regensburg verlief genauso problemlos wie die Hinfahrt. Es waren noch einige Lkws unterwegs, angesichts des trüben Winterwetters hielt sich der am Wochenende übliche Ausflugsverkehr jedoch in Grenzen.

Als ich bei Schwandorf von der B 85 auf die A 93 bog, kam mir ein Gedanke: Ob Maximilian mich nach Italien begleiten würde?

Es wäre eine wunderbare Gelegenheit für ein paar Tage zu zweit. Am Abend nach seiner Scheidung hatten wir zwar gefeiert und uns bei einem exquisiten Candle-Light-Dinner im »Hotel Burg Wernberg« verwöhnen lassen. Doch unser letzter gemeinsamer Urlaub – nur wenige Tage Ende Januar – hatte im Wesentlichen darin bestanden, Schlaf nachzuholen und Dinge zu erledigen, vor denen man sich sonst gern drückte. Zumindest lag nun die Steuererklärung für das vorletzte Jahr endlich beim Finanzamt, und mein Büro war aufgeräumt.

Maximilian würde ich bestimmt für einen gemeinsamen Kurzurlaub im Süden begeistern können. Die Frage war, ob er es beruflich einrichten konnte. Als Leitender Oberarzt in der Neurochirurgie der Regensburger Uniklinik konnte er nicht einfach von heute auf morgen Urlaub nehmen.

Sowie ich zu Hause war, musste ich mich um Vincenzos Betreuung kümmern. Mit seinen vierzehn Jahren brauchte er tagsüber zwar keinen Aufpasser mehr. Doch wenn ich länger verreiste, wollte ich ihn in guten Händen wissen.

Neulich hatte ich ihn und seinen besten Freund wieder einmal beim Rauchen erwischt. Ich hatte keine Ahnung, wer ihnen die Zigaretten besorgte, vielleicht ein älterer Mitschüler. Da ich wusste, dass Standpauken selten fruchteten – je mehr ich ihm das Rauchen verbot, umso interessanter wurde es für ihn –, hatte ich Vincenzo nur die üblichen Strafarbeiten aufgebrummt. Ich hätte ihn und Florian bei einer weitaus schlimmeren Beschäftigung erwischen können. In Zeiten, in denen alle Sorten von Drogen auf Schulhöfen, in Kneipen oder an Bahnhöfen den Besitzer wechselten, war es nur eine Frage der Zeit, bis auch mein Sohn mit etwas Gefährlicherem als Tabak konfrontiert wurde.

Paolo fiel als Babysitter erst einmal aus, mit dem neuen Fall hatte er genug zu tun. Auch mit Mona, meiner Untermieterin aus dem zweiten Stock, konnte ich zurzeit nicht rechnen. In den letzten Wochen hatte ich sie kaum in der Villa gesehen.

Vielleicht Leonardo? Seit dem vergangenen Herbst absolvierte Vincenzos italienischer Großcousin ein Auslandssemester in Weihenstephan. Unter der Woche wohnte er zur Untermiete in Freising, die Wochenenden verbrachte er in meinem Haus. Seit einiger Zeit hatte er sich allerdings rargemacht, da er auf die Semesterabschlussprüfungen büffeln musste. Doch die sollte er inzwischen hinter sich haben. Und bevor er am Anfang des bald beginnenden Sommersemesters wieder nach Florenz zurückkehrte, musste er ohnehin noch sein Zimmer bei mir ausräumen.

Als ich die Ausfahrt nach Maxhütte-Haidhof passierte, dachte ich über das Gespräch mit Cora Jakobi nach. Vor dem Aufbruch hatte ich sie noch gebeten, Marius Fabek, den Verleger ihres Mannes, nach der Adresse seines Landhauses zu fragen. Aber sie hatte nur gemurmelt, sie habe seine Privatnummer verlegt.

Ich wurde einfach nicht schlau aus ihr. Wie sollte ich ihren Mann finden, wenn ich nicht einmal eine ungefähre Vorstellung davon hatte, wo ich suchen sollte?

Mein Handy meldete sich, Monas Name erschien auf dem Display.

Ich stellte das Radio leiser, Don McLean sang in seinem immer noch wunderschönen Uralt-Song vom »American Pie«, und stopfte mir einen Stöpsel ins Ohr.

»Anna-Schätzchen«, begrüßte Mona mich atemlos. »Sag mal, kannst du mich am Montag und Dienstag vertreten?«

Mona war nicht nur meine Untermieterin, sondern auch meine stellvertretende Geschäftsführerin im »BellaDonna«, meiner Boutique für Secondhandmode und erschwingliche Designerkleidung aus Italien. Seit meine Detektei so unerwartet gut lief, fand ich kaum noch Zeit für die Schichten und Pflichten im Laden.

Ich erklärte ihr, dass ich soeben einen neuen Auftrag übernommen hatte, der mich schon morgen nach Ligurien führte, und schlug vor, sich an unsere Aushilfskräfte zu wenden.

»Das wird schwierig werden.« Mona seufzte unheilschwanger. »Pia ist krank, und Jenny ist heute schon für mich eingesprungen. Und Suzie hat echt irre viele Überstunden.«

»Du warst heute gar nicht im Laden?«, fragte ich, ein wenig verärgert, weil sie mich nicht informiert hatte. »Warum denn das, wieder mal ein dringender Auftrag für die ›MZ‹?«

Laut Vertrag war der Samstag Monas fester Tag. Und als der unumstrittene Verkaufsprofi, der sie nun einmal war, hätte sie diesen umsatzstärksten Tag normalerweise niemandem überlassen. Es sei denn, sie musste für die »Mittelbayerische Zeitung« einen Artikel schreiben. Seit einiger Zeit war sie dort als freie Mitarbeiterin tätig.

»Neeee«, antwortete sie aber nur.

Ihrem Tonfall nach zu schließen, konnte das verlängerte Wochenende nur einen Grund haben.

»Du hast einen Neuen.« Ich schluckte den Seufzer, der mir auf der Zunge lag, hinunter. »Lass mich raten: Anwalt, Steuerberater oder Banker, mindestens fünfundvierzig und natürlich verheiratet?«

Mona selbst war noch nicht einmal Ende zwanzig.

»Weder noch«, kam es spitz. »Okay, dann versuch ich's doch bei Suzie. Ciao, ciao – man sieht sich.«

Wenn Mona so wenig über ihre neueste Flamme preisgeben wollte, dann schien es ausnahmsweise einmal etwas Ernstes zu sein. Nichtsdestotrotz würden nach der ersten Euphorie unweigerlich die altbekannten Tränen folgen. Schon immer hatte sie ein untrügliches Gespür für den Falschen gehabt.

***

Als ich zu Hause ankam, wirbelte Maximilian schon in der Küche. Es duftete nach Knoblauch und einer köstlichen Soße, die er gewiss mit Rotwein verfeinert hatte. Wenn mein Liebster für die Speisenfolge verantwortlich war, aßen wir normalerweise französisch, meist stand der große Bocuse Pate.

Gut gelaunt berichtete Maximilian, dass er sein Paper endlich fertig habe und Vincenzo wahrscheinlich schon auf Seite einhundert des neuen Buchs angekommen sei. Er hatte meinen Sohn die ganze Zeit über kaum zu Gesicht bekommen, so sehr fesselte ihn der Feuerelfenroman aus Patty Wests Feder.

Maximilians eigenes Haus lag auf der anderen Seite der Donau, auf den Winzerer Höhen. In den letzten Monaten war es jedoch immer mehr zur Gewohnheit geworden, dass er den größten Teil seiner Freizeit bei mir verbrachte, ein Umstand, den ich sehr begrüßte.

Es kostete mich keine fünf Minuten, ihn zu unserem Kurzurlaub an der ligurischen Riviera zu überreden. Weitere zwanzig Minuten später hatte er seine Vertretung in der Klinik organisiert, angesichts seiner Position kein einfaches Unterfangen, und sich die kommende Woche freigenommen. Doch seine vielen Überstunden waren ein schlagkräftiges Argument gewesen.

Auch ich hängte mich ans Telefon, um die Betreuung für Vincenzo sicherzustellen. In letzter Zeit hatte ich Leonardo selten auf Anhieb erreicht, zurückgerufen hatte er noch seltener, und auch dieses Mal brauchte ich drei Anläufe, bis er endlich abhob. Trotz der Uhrzeit, es war bald halb acht Uhr abends, klang er verschlafen. Zu meiner großen Freude erklärte er sich jedoch sofort bereit, morgen nach Regensburg zu kommen und die Woche über in der Villa zu bleiben. Offenbar war er zu einer Prüfung nicht angetreten, oder er hatte sie nicht bestanden, so genau ließ er sich nicht darüber aus. Jedenfalls war er noch immer im Lernstress.

Ich dankte ihm und ging nach oben in Vincenzos Zimmer. Die Nachricht, dass sein Großcousin morgen ins Haus kommen und die darauffolgenden Tage hier verbringen würde, veranlasste ihn nicht nur dazu, sein Buch zur Seite zu legen, sondern entlockte ihm sogar einen Freudenschrei. Seit jeher hatte er Leonardo vergöttert und gerade in den letzten Wochen darunter gelitten, dass er ihn so selten sah. Den Grund für Leonardos Besuch, meine Reise in den Süden, quittierte Vincenzo nur mit einem Achselzucken. Dann entschwebte er wieder in seine Elfenwelten.

Ich holte meinen Koffer aus dem Ankleidezimmer und überlegte, was ich einpacken sollte. Semiramis, Monas rabenschwarze Katze, legte sich schnurrend auf den einzigen Polstersessel im Raum und beäugte mich träge. Schließlich entschied ich mich, nicht nur drei, vier leichte Shirts und Blusen mitzunehmen, sondern auch zwei dicke Wollpullover, mindestens eine warme Strickjacke und einen Mantel. Trotz des milden Klimas in Ligurien wollte ich für alles gerüstet sein.

Der berufliche Teil unseres Spontantrips in den Süden sollte schon nach wenigen Stunden erledigt sein, dachte ich, während ich die Schuhe putzte. In Zoagli würden wir uns nach Danilo Jakobis Schreibenklave erkundigen – in einem so kleinen Ort kannte gewiss jeder jeden, zumal in Italien – und ihn dort vermutlich mit einer langbeinigen Italienerin antreffen, die ihn als Muse küsste. Ich würde ihm ins Gewissen reden, er würde brav seine Frau anrufen und versuchen, mir das Versprechen abzunehmen, ihr um Himmels willen nichts von seinem Seitensprung zu verraten. Darauf würde ich mich natürlich nicht einlassen, denn schließlich bezahlte seine Frau mein Honorar und nicht er.

Anschließend würden Maximilian und ich wieder unserer Wege ziehen, jede Minute unseres Spontanurlaubs genießen, und die Jakobis würden wohl so weitermachen wie bisher.

Normalerweise hätte ich einen solchen Auftrag abgelehnt. Ich übernahm grundsätzlich keine Jobs, bei denen ich untreuen Ehegatten nachspionieren musste. Aber die ligurische Traumküste mit ihrem schon jetzt frühlingshaften Wetter und ein paar ungestörte Tage mit Maximilian waren einfach zu verlockend. Wir würden den Winter hinter uns lassen, lange Spaziergänge am Meer unternehmen, die Sonne und die frische Luft in uns aufsaugen, abends gut essen und trinken, für Vincenzo ein hübsches Souvenir besorgen und uns endlich wieder Tag und Nacht unserer Zweisamkeit widmen. *La dolce vita* und viel *amore*.

So ungefähr stellte ich mir das vor.

3

Jedes Mal wieder konnte ich es kaum erwarten, bis ich nach der langen Fahrt in den Süden endlich den ersten Blick auf das Meer werfen konnte. Scheinbar endlos zog sich der Weg dahin. Durch die Alpen, die meisten Gipfel immer noch schneebedeckt, an den Dolomiten vorbei, hier lag schon weniger Schnee, die wie so oft neblige Po-Ebene, schließlich über die kargen Berge und schwindelerregend hohen Brücken des Apennin, über dem der Nebel sich lichtete und immer mehr die Sonne durchspitzte. Kurz vor La Spezia war das lang ersehnte Blau des Meeres dann plötzlich fast zum Greifen nahe, und ich meinte, es schon riechen zu können. Aber es war immer noch nicht zu sehen.

Seit Parma saß Maximilian wieder am Steuer. Angesichts der weiten Fahrt hatten wir uns am Morgen nicht für meinen uralten Maserati Quattroporte, sondern für seinen schnittigen Alfa Romeo entschieden. Wir hatten die eine oder andere Kaffeepause eingelegt, in einem Autogrill bei Mantua ein belegtes Panino gegessen und uns beim Fahren immer wieder abgewechselt.

Im Radio sang Zucchero den Ohrwurm »Diamante«. Inzwischen waren wir auf der Autobahn zwischen La Spezia und Genua und schon über sieben Stunden unterwegs. Bis Chiavari, wo wir die Autobahn verlassen würden, dauerte es nur noch eine halbe Stunde. Von dort würden wir weiter nach Zoagli fahren.

Sobald meine beruflichen Verpflichtungen erledigt waren, was in zwei, drei Stunden der Fall sein dürfte, wollten wir Rapallo erforschen und uns später bei Flavio einquartieren, den ich kurz nach der österreichisch-italienischen Grenze angerufen hatte. Wie es sich für einen italienischen Cousin gehörte, hatte er mir spontan seine Gastfreundschaft angeboten und Maximilian und mich für die nächsten Tage in sein Appartement im *centro storico* eingeladen. *La famiglia* hält schließlich immer zusammen.

Flavio war freischaffender Maler und hatte gerade wieder einmal viel zu tun. Im Moment organisierte er die Vernissage für eine neue Ausstellung. Bis acht sollte er es aber schaffen, zu Hause zu sein, hatte er versprochen.

Zum hundertsten Mal überlegte ich, ob es wirklich eine so gute Idee gewesen war, meinen Sohn der Obhut seines Großcousins überlassen zu haben. Leonardo hatte mit seinen zweiundzwanzig Jahren zwar ein Alter erreicht, in dem er mir wesentlich vernünftiger erschien als früher. Allerdings war ich nicht sicher, ob diese Einschätzung tatsächlich der Wirklichkeit entsprach oder nur meinem Wunschdenken. Ob ich Paolo bitten sollte, hin und wieder bei den beiden nach dem Rechten zu schauen?

»Vielleicht haben wir sogar Zeit für einen Abstecher nach Volterra«, sagte Maximilian in meine Gedanken hinein.

Das »Castello di Santosa«, das Landgut, in dem ich aufgewachsen war, befand sich bei Volterra und somit nur zweihundert Kilometer von Rapallo entfernt. Seit Anfang Januar, als Vincenzo und ich wie immer das Fest der heiligen Befana mit meinen italienischen Verwandten gefeiert hatten, war ich nicht mehr dort gewesen.

»Gute Idee«, fand ich. »Aber ich verspreche dir, du wirst auch sonst restlos begeistert sein.«

Schon kam ich wieder ins Schwärmen. In farbenprächtigen Bildern beschrieb ich die *due mari*, die beiden Meere von Sestri Levante, einem auf einer Halbinsel gelegenen Hafenstädtchen mit jahrhundertealten Kirchen und versteckten *ristoranti*, in dessen Bucht sich manchmal sogar Delphine tummelten. Genua, die alte Hafen- und Handelsstadt, die immer wieder aufs Neue bestach, sei es durch seine prächtigen Säulengänge, die verwinkelte Altstadt oder den Arabischen Markt, in dessen Hallen sich Berge von Orangen, Zitronen, kandierten Früchten und vielem mehr türmten. An jeder Ecke duftete es dort verführerisch nach *prosciutto*, *pecorino*, *dolci* und …

»Stopp, stopp, stopp«, bat Maximilian lachend. »Mir läuft das Wasser ohnehin schon im Mund zusammen, und wir haben ja noch was zu erledigen, bevor wir ans Essen denken können.«

Lächelnd klappte ich den Mund wieder zu und sah aus dem Fenster. Gerade passierten wir die Cinque Terre, doch das Meer war noch immer nicht in Sicht. Von der Autobahn aus waren die engen Buchten der fünf malerischen, im Sommer heillos überlaufenen Fischerdörfer nicht zu sehen, sondern nur die schroffen Berghänge mit ihrer immergrünen Macchia, die sie zum Land hin abschirmten. Die Sonne leuchtete so strahlend am azurblauen Himmel, dass sie alle Gedanken an die Kälte nördlich der Alpen vertrieb.

Ich beschloss, nun doch Paolo anzurufen, neuer Fall hin oder her, und drehte das Radio leiser. Nach dem zweiten Tuten meldete er sich. Ich erzählte ihm, wo ich war, erwähnte jedoch nicht den Grund meiner Reise. Schließlich gingen ihn meine Aufträge nichts an.

»Kein Problem, ich fahre heute Abend bei den Jungs vorbei«, bot er zu meiner Überraschung an. »Bestimmt haben die beiden Youngsters Lust, mit mir irgendwo zum Burger-Essen zu gehen.«

Ich dankte ihm und wollte mich wieder verabschieden.

»Übrigens haben wir die Wasserleiche immer noch nicht identifiziert«, sagte er dann aber. »Nichts haben wir bei ihm gefunden. Keinen Ausweis, kein Handy, kein gar nichts. Liegt wohl alles auf dem Grund der Donau. Und seine Fingerabdrücke haben wir auch nicht in der Datenbank.«

In der Vergangenheit war mein Ex immer froh gewesen, wenn er die Probleme und Unklarheiten seines aktuellen Falls mit mir diskutieren konnte. Normalerweise hatte ich ihn dazu aber immer erst einmal ermutigen müssen. Wenn er nun von sich aus das Thema ansprach, musste er in einer bösen Sackgasse stecken.

Bereitwillig erkundigte ich mich, wie lange der Tote schon im Wasser gelegen hatte. Dazu lagen Paolo jedoch noch keine zuverlässigen Informationen vor. Den endgültigen Obduktionsbericht erwartete er im Laufe der kommenden Woche.

Ich erinnerte mich an die Wortfetzen, die ich am Wehr mitgehört hatte. »Weißt du schon, was die Todesursache war?«

»Ertrunken ist er jedenfalls nicht. Ein Schuss in den Kopf, zwei Schüsse ins Gesicht, alle aus direkter Nähe abgegeben. Offenbar eine regelrechte Exekution.«

Auch der Abgleich mit den Vermisstenanzeigen in den polizeilichen Datenbanken hatte nichts gebracht. Da vom Gesicht des Toten kaum noch etwas übrig war, würde sich die Identifizierung mehr als schwierig gestalten. Paolo plante deshalb einen baldigen Medienaufruf an die Bevölkerung.

Ich versuchte, ihm Mut zu machen. Schließlich verabschiedete ich mich dann doch und drehte das Radio wieder lauter. Adriano Celentano sang sein bittersüßes »Marì, Marì«.

Das nächste Ausfahrtsschild tauchte auf: Sestri Levante. Wieder öffnete sich einer der unzähligen Tunnel vor uns. Wir rauschten hinein, dann wieder hinaus, und endlich, endlich lag in der Ferne vor uns das endlos glitzernde Blau des Meeres und leuchtete unter diesem endlos blauen Himmel wie die Verheißung auf eine bessere Welt.

Eine halbe Stunde später folgte Maximilian der Via Aurelia, einer schmalen Küstenstraße, die noch aus der Römerzeit stammte und sich über die Berge entlang der Küste in Richtung Zoagli und Rapallo schlängelte.

Beide Orte lagen am Golfo di Tigullio, landläufig auch als Golfo di Paradiso bezeichnet. Und tatsächlich war die Bucht so paradiesisch, wie ihr Name versprach. Nach jeder Biegung tauchte wieder das schier unendliche Meer in der Tiefe auf, in satten Saphir- und Türkistönen. An den steilen Hängen grünte und blühte es wie jenseits der Alpen erst in vielen Wochen. Farbenkaskaden in unzähligen Rotschattierungen quollen aus den Gärten, hinter kunstvoll verzierten Eisengittern standen Hibiskus, Kamelien, Magnolien und sogar die ersten Rosen in voller Blüte, Rosmarinsträucher und Ginsterbüsche leuchteten in Lila und strahlendem Gelb.

Der Verkehr war noch nicht so chaotisch wie in der warmen Jahreszeit, wenn es hier überall von Touristen und wohlhabenden Mailändern wimmelte, die es sich leisten konnten, während der Sommermonate aus der glühend heißen Metropole ans Meer zu fliehen. Am heutigen Sonntag aber nutzten schon viele Wochenendausflügler das gute Wetter. Vespas drängelten sich laut knatternd an uns vorbei, Mopeds überholten in mitunter waghalsigen Manövern.

Bald erreichten wir Zoagli mit seinen farbenprächtigen Villen und Wohnhäusern. In den vergangenen Jahrhunderten hatte der kleine Ort eine wichtige Rolle in der für die Gegend typischen Seidenfabrikation gespielt, und noch heute war er bekannt für seine kostbaren Kreationen aus Seide, Samt und Damast.

Maximilian parkte den Wagen in der Nähe des Friedhofs, zwischen einem verbeulten Pick-up und einem der uralten Piaggios, auf die man in Italien allerorts traf.

Nach der langen Fahrt tat es gut, ein wenig die Beine zu vertreten. Hand in Hand schlenderten wir an der Kirche San Martino vorbei, bewunderten den Kirchturm und das phantasievolle Mosaik, das den Platz davor bedeckte, und genossen die so lange vermissten Sonnenstrahlen. Es duftete nach Meer, Blumen und Wärme.

Ein Paar kam uns entgegen, beide im Sonntagsstaat und in ein angeregtes Gespräch vertieft. Vielleicht nur Wochenendurlauber, vielleicht aber auch Einheimische. Ich sprach die zwei auf Italienisch an und fragte nach Danilo Jakobi. Der Name bewirkte bei den beiden nur ein Stirnrunzeln. Nach kurzem und lautstarkem Palaver schickte der Mann uns zur Focacceria am Rande der zentralen Piazza XXVII Dicembre. Dort holten sich die Einheimischen auch am Sonntag ihre Focaccia, das für die Gegend typische Fladenbrot.

Die Piazza war gesäumt von noch mehr bunten Häusern. Eine gewaltige Eisenbahnbrücke aus Beton spannte sich über das hintere Ende des Platzes und grenzte ihn von einem kleinen Kiesstrand ab.

Die Focacceria, die einzige am Platz, war leicht zu finden. Davor saß eine alte Dame in eleganter Pose auf einem Stuhl. Ein Mann in den Vierzigern, er hatte eine weiße Schürze umgebunden, stand neben ihr. Trotz des warmen Tages – an dieser windgeschützten Stelle musste die Temperatur schon an die zwanzig Grad betragen – hatte die Frau einen dicken Steppmantel mit Pelzbesatz um die Schultern.

»Scusate«, sprach ich die beiden an. *»Cerchiamo la casa di Marius Fabek. Lo scrittore Danilo Jakobi ci abita, lo conoscete?«*

Bei der Erwähnung von Danilo Jakobis Namen ging ein Leuchten über das Gesicht der alten Dame. Trotz ihres Alters, sie mochte schon weit über siebzig sein, war sie so gepflegt, wie es sich für eine Italienerin gehörte. Ihre Nägel glänzten in einem verwegenen Rot, Lippenstift und Make-up waren sorgfältig aufgetragen, ein leichter Moschusduft umhüllte sie.

»*Certo, lo conosco*«, bestätigte der Inhaber der Focacceria und bedachte mich mit einem langen, anerkennenden Blick. »*La casa si chiama ›Cà degli Oliveti‹.*«

Bereitwillig lieferte uns der gedrungene Mann eine ausführliche und gestenreiche Beschreibung, wie wir das Haus finden würden: wieder zurück auf die Straße, oben aber in Richtung San Pietro fahren und an der Abzweigung links halten, dann über eine kurvenreiche Straße den Berg hinauf bis Semorile Basso, einer Ansammlung nur weniger Häuser, hinter der Kirche San Giovanni führte dann eine schmale Straße den Monte Castello hinauf. Auf halbem Weg nach oben würden wir schließlich das »Cà degli Oliveti« finden, dem Namen nach lag es inmitten eines Olivenhains.

»Früher hat es Adrian gehört, dem alten Fabek.« Der Mann mit der Schürze kratzte sich am Kopf, auf dem kaum noch ein Haar zu finden war. »Seit einiger Zeit kommt aber nur noch Danilo. Wie lange ist das jetzt her, dass Adrian gestorben ist, Mamma?«

»Zwei Jahre, Rubino, zwei Jahre«, sagte die alte Dame und faltete die Hände im Schoß. »Ein liebenswürdiger Mann ist Adrian gewesen, immer hatte er Zeit für einen kleinen Plausch, und unsere *focaccia al rosmarino* hat er jedes Mal gleich hier im Stehen gegessen. Genau wie Danilo übrigens auch.«

Aus dem Inneren der Focacceria wehten verführerische Düfte, mein Magen begann sofort zu knurren. In Ligurien bereitete man die Focaccia traditionellerweise mit Salz und mediterranen Gewürzen zu, manchmal aber auch wie eine Pizza mit Gemüse oder Gorgonzola. Nach Maximilians Blick zu urteilen, fand er den Geruch ebenso verlockend wie ich.

Ein Passant, ein hochgewachsener Mittfünfziger mit Segelohren, blieb stehen und wechselte einige Worte mit Mutter und Sohn. Man sprach über das Wetter, die allgemeine Gesundheit und die korrupten Politiker in Rom. Schließlich gingen die beiden Männer in den Laden. Maximilian zückte seine Geldbörse, zwinkerte mir zu und folgte ihnen.

Die alte Dame strich sich über ihr dauergewelltes Haar und sah mich an, als hätte sie noch mehr zu erzählen.

»Sie kennen Signor Jakobi gut?«, fragte ich also.

»Natürlich, er kommt ja regelmäßig, alle drei, vier Tage, und jedes Mal freue ich mich auf ein Schwätzchen mit ihm. Nie hat er es eilig, ganz untypisch für einen Deutschen.«

In einer graziösen Bewegung schlug sie ein Bein über das andere und sah einer Gruppe Kinder zu, die in der Mitte der Piazza vor einem Springbrunnen, ein paar in den Boden eingelassenen Fontänen, Fußball spielten. Mit verträumter Miene strich sie über ihren taubenblauen Rock aus feinem Tuch, der durch die Bewegung zum Vorschein gekommen war.

»Ein schöner Mann. Wenn ich noch jung wäre, würde ich es genauso machen wie Signorina Buffo.«

Fragend hob ich die Augenbrauen.

»Eine Mailänderin, sie hat ein Haus in Rapallo, und natürlich fühlt das junge Ding sich geschmeichelt, wenn ein so attraktiver und erfolgreicher Mann bei ihr ein und aus geht. Zumindest behauptet das meine Nachbarin, ihre Freundin wohnt nämlich auch in der Via dei Pini in Rapallo. Dabei meine ich sogar, er ist verheiratet«, ein süffisantes Lächeln, »aber ganz unter uns, Signora – wer kann ihm das verdenken?«

Danilo Jakobi sprach perfekt Italienisch, erfuhr ich. Wie Adrian Fabek, der frühere Besitzer des Landhäuschens, mit dem er laut Auskunft der alten Dame eng befreundet gewesen war.

Die Männer traten wieder aus dem Laden, die frisch erstandene Focaccia wurde in blumigen Worten gelobt. Auch Maximilian hatte ein Stück erbeutet. Das noch warme Brot, das wir sofort kosteten, war perfekt gewürzt und schmeckte göttlich. Der Kunde versprach, die ihm aufgetragenen Grüße an Frau und Eltern zu bestellen.

»Ganz anders als der junge Fabek übrigens«, wandte die alte Dame sich wieder an mich, als der Mann mit der Tüte unter dem Arm davonschlenderte, und rückte ihre Goldrandbrille zurecht. »Der kann kein Wort Italienisch. Da fällt mir ein, vor ein paar Tagen habe ich ihn noch gesehen.« Sie deutete in die Richtung, wo wir den Wagen geparkt hatten. »Dahinten ist er vorbeigefahren, hinter der *chiesa*, und nicht mal gewunken hat er mir, als ich über die Straße bin – dieser eingebildete *ragazzo*.«

»Marius?« Ihr Sohn klang überrascht. »Aber der ist doch seit Ewigkeiten nicht mehr hier gewesen. Nein, du musst dich täuschen, Mamma. Hast du denn deine Brille aufgehabt?«

Die alte Dame nickte hoheitsvoll und beschrieb mit ausschmückenden Worten den dunkelgrünen Audi, der trotz Tempo dreißig am frühen Morgen an ihr vorbeigeprescht war. Am vergangenen Dienstag, einem düsteren Tag, an dem es schon morgens zu stürmen begonnen hatte.

»Gleich um acht sollte ich zu Carlina kommen. Eigentlich hatte sie ja zu, wegen *carnevale*, aber dann hat sie mir doch den Gefallen getan und mir meine Pediküre gemacht.« Sie warf mir einen bedeutsamen Blick zu. »Man muss auf sich achten, Signora, schon meine Großmutter hat das immer gesagt.«

»Du hast recht, am Dienstag hat es ziemlich geblasen, die Wellen waren meterhoch«, erinnerte sich ihr Sohn und runzelte die Stirn. »Am Montagnachmittag, als Danilo sich seine Focaccia geholt hat, war es noch ganz sonnig. Seither habe ich ihn gar nicht mehr gesehen, fällt mir gerade auf. Du, Mamma?«

»Lass mich überlegen.« Die alte Dame sah ihn an, nachdenklich, schließlich besorgt. »Nein, ich auch nicht. Er wird doch hoffentlich nicht krank sein?«

4

Endlich kam das »Cà degli Oliveti« in Sicht. Obwohl aus zwei Stockwerken bestehend, wirkte das altrosafarbene Haus mit seinen flaschengrünen Fensterläden klein und kompakt. Fast alle Läden waren zugeklappt.

Wie der Name vermuten ließ, fanden auf dem schmalen, steilen Grundstück, auf dem man es erbaut hatte, auch einige Olivenbäume Platz, außerdem zwei Zitronenbäume mit reifen Früchten. Ein Mäuerchen umgab das verlassen wirkende Anwesen, errichtet aus den Schieferplatten, die hier in der Nähe des Fontanabuona-Tals, des Reichs des Schiefers, häufige Verwendung fanden. Als Schutz gegen Einbrecher hatte man auf der niedrigen Mauer den obligatorischen massiven Zaun angebracht. Darin war ein schmiedeeisernes Tor eingelassen, das über eine schmale Treppe zu erreichen war.

Trotz der Entfernung von nur wenigen Kilometern hatten wir fast eine halbe Stunde bis hierher gebraucht. In engen Kurven wand sich die stellenweise schlecht befestigte Straße den Berg hinauf, vorbei an terrassenartig angelegten Grundstücken mit großen oder kleinen Häusern, die sich wie einschalige Muscheln an die Hänge klammerten. Wie an vielen Stellen an dieser Küste trotzten die Bewohner der bergigen Landschaft Meter um Meter an Lebensraum ab.

Maximilian hielt direkt vor dem Anwesen am Rand der Straße, die so schmal war, dass sie kaum Platz zum Wenden bot. Darunter ging es viele Meter fast senkrecht in die Tiefe. Neben dem Haus schmiegte sich eine von einer Pergola überdachte Veranda an den Hang, die ebenfalls über eine Treppe zu erreichen war.

Wir stiegen aus. Hier oben wehte ein kräftiger Wind, die Luft war rein und klar, aber wesentlich kühler als unten am Meer. Ich knöpfte meinen aquamarinfarbenen Kurzmantel zu, klappte den Kragen hoch und sah mich um.

Das Haus lag so einsam, wie Cora Jakobi es beschrieben hatte.

Weit und breit gab es keine Nachbarn, um uns nichts als die Berge mit ihrer undurchdringlichen Macchia. Die Wohnhäuser von Zoagli sahen von hier oben aus wie eine Ansammlung winziger bunter Edelsteine.

Die Sonne neigte sich schon dem Wasser zu, glatt und glänzend lag das Meer in der Bucht. Alles war unendlich weit weg, und bis auf den Wind, der durch die Äste der Oliven- und Zitronenbäume fuhr, war es fast ganz still. Nur ein unsichtbares Motorrad knatterte irgendwo einen Steilhang hinauf, verklang jedoch bald. Dann und wann zwitscherte ein Vogel, aber so zaghaft, als wollte er die Ruhe nicht stören.

In etwa zehn Metern Entfernung und ebenfalls an den Hang geschmiegt, befand sich ein Unterstand aus Wellblech, dort stapelten sich Brennholz und verrostete Gartengeräte. Davor parkte ein in die Jahre gekommener VW Passat in verwaschenem Silber, er hatte ein deutsches Kennzeichen mit Amberger Nummer. Zu sehen war niemand.

Ich stieg die Treppe hinauf und drückte auf die Klinke des schmiedeeisernen Tors, es ließ sich mühelos öffnen. Maximilian folgte mir.

An der Haustür hieß uns ein Löwenkopf aus poliertem Messing willkommen, mit weit aufgerissenem Maul starrte er uns entgegen. Neben der Tür lehnte ein Besen, an der Mauer standen ein Paar staubige Stiefel und zwei Weinkisten. »Cantina Salvatore Ducato, Chiavari«, verkündete das Etikett in pompösen schwarzen Lettern.

Ich ergriff den Löwenkopf und klopfte.

Im Hausinneren blieb es ruhig.

»Vielleicht hält er gerade Siesta?«, rätselte Maximilian hinter mir.

Ich warf einen Blick auf die Uhr. Viertel nach drei. Ich wollte die Angelegenheit schnellstmöglich hinter mich bringen.

Erneut betätigte ich den Türklopfer.

Wieder rührte sich nichts.

Langsam drückte ich die Klinke nach unten. Knarrend ließ sich auch diese Tür öffnen.

»Hallo?«, rief ich in das Dämmerlicht hinein. »Herr Jakobi, sind Sie zu Hause?«

Irgendwo klapperte eine Tür.

»Herr Jakobi, dürfen wir reinkommen?«

Keine Antwort.

Sicherheitshalber donnerte ich ein letztes Mal mit dem Löwenkopf gegen die grün gestrichene Haustür. Doch wieder regte sich nichts. Auch das Klappern, das ich eben gehört hatte, war verklungen.

Zögernd setzte ich einen Fuß über die Schwelle und trat in einen kleinen Vorraum. Zwei Paar schlammverkrustete, schon lange getrocknete Schuhe, an einem Haken eine Wolljacke und ein schwarzer Mantel. Dem Aussehen nach gehörte alles, auch die Stiefel draußen, einem Mann.

Als ich weiterging, stolperte ich fast über einen Weidenkorb voller Holzscheite und Pinienzapfen, der mitten im Weg stand. Es war dämmrig hier, geradezu düster, und kalt. Durch das Sonnenlicht, das durch die offen stehende Haustür fiel, konnte ich jedoch erkennen, dass der Vorraum in einen geräumigen Wohnraum überging, in dem es wegen der geschlossenen Läden ebenfalls dunkel war. Es roch nach erkaltetem Rauch, Zitrusöl und Staub.

Auch hier war niemand. Am hinteren Ende des Raums gingen zwei geschlossene Türen ab. Eine dritte Tür führte zur Veranda hinaus, die wir von unten schon gesehen hatten, eine schmale Holztreppe steil hinauf zum oberen Stockwerk.

Meine Augen gewöhnten sich schnell an das trübe Licht. Vor einer offenen Feuerstelle stand ein Holztisch mit drei Stühlen. Darauf zwei schokoladenbraune Espressotassen, zwei Gläser, eine halb volle Flasche Wein, eine Porzellandose, vielleicht mit Zucker gefüllt, eine Karaffe Wasser. Ein Glas war umgestoßen, die dunkle Lache, die sich in dem Bereich darum verteilt hatte, längst getrocknet. Ein vierter Stuhl war umgeworfen, mit den Beinen nach oben lag er auf dem Boden. Ein Bein war abgebrochen und nirgendwo zu sehen, die Lehne zersplittert.

Hier hatte offensichtlich ein Kampf stattgefunden.

Rasch umrundete ich den Tisch, Maximilian öffnete einen Fensterladen. Auf den Holzdielen zeichneten sich schwarze eingetrocknete Flecken ab, um die Fliegen leise summend kreisten. Ich beugte mich hinunter, schnüffelte.

»Das hier ist kein Wein.« Ich richtete mich wieder auf und sah Maximilian ins Gesicht. »Das ist Blut.«

Auch er betrachtete die Flecken und bemühte sich dabei, nichts zu berühren. Es waren nicht viele Flecken, aber manche hatten einen Durchmesser von mehr als zehn Zentimetern.

»Unmöglich zu sagen, wie gravierend die Verletzung war«, murmelte er. »Oder wie alt die Blutspuren sind.«

»Womit hat der Angreifer ihn wohl verletzt?«

Maximilian deutete auf den umgekippten Stuhl. Erst jetzt sah ich das abgebrochene Stuhlbein, das in einer Ecke hinter dem Kamin lag. Am vorderen Ende, stellten wir beim genaueren Betrachten fest, waren dunkle Spritzer.

»Hier ist nur wenig Blut dran«, sagte Maximilian. »Die Spuren da drüben sehen aber so aus, als ob noch eine andere Waffe mit im Spiel gewesen wäre. Vielleicht ein Messer?«

Die Tropfen bildeten eine Spur bis zur Verandatür. Sie war nur angelehnt, fiel uns beim Näherkommen auf. Als ich die Eingangstür geöffnet hatte, musste sie durch den Luftzug auf- und wieder zugeschlagen sein. Wie zur Bestätigung klapperte die Tür erneut, draußen heulte der Wind ums Haus.

Vorsichtig, um nur ja nichts zu verändern, folgten wir der Spur. An manchen Stellen war sie verwischt. Als wäre etwas Schweres hindurchgeschleift worden.

Auch draußen auf der Veranda entdeckten wir Blut. Auf einem weißen Plastiktisch bei der Hauswand stand ein aufgeklapptes Notebook, dem irgendwann der Strom ausgegangen war. In einer Ecke lag ein Notizblock, seine Blätter flatterten im Wind, und auf dem Boden ein Kugelschreiber.

Von der Veranda führte die Treppe, die ich zuvor schon gesehen hatte, hinunter zu dem Platz, auf dem Maximilian den Alfa geparkt hatte. Ich beugte mich über das Geländer. Auf der letzten Stufe waren ebenfalls dunkle Flecken erkennbar.

Wir stiegen die Stufen hinab. Die Flecken hörten mitten auf der Straße auf. Nicht weit von der Stelle, an der der Alfa stand.

»Der Verletzte muss mit einem Wagen weggebracht worden sein«, sagte ich.

Maximilian wandte sich um. »Ich sehe mal sicherheitshalber im oberen Stockwerk nach.«

Gemeinsam gingen wir ins Haus zurück. Während Maximilian die oberen Zimmer untersuchte, überprüfte ich, was sich hinter den beiden Türen am Ende des Raums verbarg.

Rechter Hand befand sich eine große Küche, in der vor nicht allzu langer Zeit noch jemand gearbeitet hatte. Auf der Arbeitsplatte aus Stein lag ein Schneidebrett mit eingetrockneten Gemüseresten, in der Spüle stand schmutziges Geschirr. Über dem Herd reihten sich Töpfe, Pfannen und Kellen an allerhand Haken aneinander, in einem Küchenbord stapelten sich Schüsseln, Teller und Tassen, alles aus weißem Steingut, dazwischen einige Weingläser, die einfacher waren als die auf dem Tisch im Wohnraum.

Die linke Tür führte in eine Toilette. Daneben eine kleine Speisekammer, die Regale gefüllt mit Lebensmittelvorräten, auch hier Fliegen. Sie kreisten um einen halb offenen Beutel, der nach geräuchertem Schinken roch.

Ich kehrte in den Wohnraum zurück, hörte Maximilian oben rumoren. Bis auf den umgeworfenen Stuhl und die Blutspuren war der Raum ordentlich und sauber. An der Decke und den Fensterrahmen hingen nur wenige Spinnweben, im Kamin lagen die Reste eines lange schon verglühten Feuers. Über einem Ohrensessel hing ein schwarzer Herrenpullover, auf dem Boden lagen zwei Socken, der eine braun-weiß gestreift, der andere hellgrau. Auf einem Beistelltischchen stand eine Tasse mit einem eingetrockneten Rest, dem Geruch und der Farbe nach zu urteilen vielleicht grüner Tee, daneben lagen der »Corriere della Sera« vom vergangenen Montag und ein aufgeschlagenes Buch mit dem Titel »Tschick«.

»Hier ist er auch nicht«, rief Maximilian von oben.

Ich hörte ihn die Treppe herunterpoltern.

»Sieht so aus, als hätte hier nur ein Mann gewohnt. Ein paar bunte Westen und Hemden, der ganze Rest ist schwarz«, lautete sein Resümee, als er wieder vor mir stand. »Blutspuren habe ich oben nicht gefunden. Und auch keinen Hinweis, wo Jakobi stecken könnte oder ob jemals eine Frau hier war.«

Ich zog das Handy aus meiner Gucci-Tasche. »Ich verständige jetzt die Polizei.«

***

»Ob Ihnen das nun passt oder nicht, Signora – wir müssen nun mal auf den Capitano warten!«

Entrüstet sah der sehr große, sehr stämmige Polizist mittleren Alters auf mich herunter, klemmte den linken Daumen in das Revers seiner schwarzen Uniformjacke und fuchtelte mit dem Zeigefinger der anderen Hand vor meiner Nase herum. Sein Kollege, ein schmallippiger Jungspund mit Kinnbärtchen und gegelter Lockenfrisur, nickte beifällig.

»Nur der Capitano darf entscheiden, ob wir ein Spurensicherungsteam brauchen«, fügte der Stämmige aufgebracht hinzu. »Und ebenso, ob wir nach Signor Jakobi fahnden oder nicht.«

»Aber Sie sehen doch, dass hier ein Kampf stattgefunden hat«, sagte ich nicht zum ersten Mal und mit allmählich schwindender Geduld. »Überall sind Blutspuren, Signor Jakobis Wagen ist noch da, er selbst aber offensichtlich seit Tagen nicht mehr.«

»Vielleicht hat er sich nur böse geschnitten, und jemand hat ihn ins Krankenhaus gebracht.«

»Da ist er aber nicht – jedenfalls nicht in den *ospedali* in Chiavari, La Spezia und Genua«, hielt ich dagegen. »Dort habe ich nämlich angerufen, wie ich Ihnen jetzt schon dreimal erklärt habe.«

Von weit her drang das Geräusch einer Kreissäge zu uns. Wir standen zu viert vor dem verlassenen Landhäuschen – die beiden Vertreter der Carabinieri, Maximilian und ich. Vögel zwitscherten in den Olivenbäumen, inzwischen waren es mehr geworden, irgendwo krähte ein Hahn.

»Zuletzt hat man Signor Jakobi am vergangenen Dienstag gesehen«, kam mir Maximilian zu Hilfe, doch in so fehlerhaftem Italienisch, dass wieder ich das Regiment übernahm. Seit einem Jahr besuchte er mir zuliebe und trotz seines immer vollen Terminkalenders fast regelmäßig einen Italienisch-Kurs an der VHS.

»Vor fast einer Woche also«, ergänzte ich. »Vielleicht ist er tot, liegt verscharrt in den Bergen oder …«

»Das mag ja alles sein, Signora. Aber mich würde trotzdem brennend interessieren, was Sie und dieser deutsche Signore hier zu suchen haben.«

»Das habe ich Ihnen auch schon erklärt, Maresciallo«, sagte ich und verbarg meine Ungehaltenheit nun nicht mehr. »Im Übrigen warten wir jetzt schon seit über zwei Stunden. Zuerst auf Sie beide und jetzt auf den Capitano, der nicht kommt, und in Germania …«

Den Rest schluckte ich klugerweise hinunter. Wenn ich diesem selbstgefälligen Gesetzeshüter, der nicht der Allerschnellste zu sein schien und sich zudem gern auf die bürokratischen Gepflogenheiten meiner im Moment gerade nicht so geliebten Heimat berief, auch noch erklärte, wie man in Deutschland Ermittlungen führte, würde ich ihn mir noch mehr zum Feind machen als ohnehin. Natürlich wusste auch ich, dass er keine eigenmächtigen Entscheidungen treffen durfte.

Das italienische Polizeisystem war noch um einiges verzwickter als das deutsche. Neben den Carabinieri – sie unterstanden zwar dem Verteidigungsministerium, versahen ihren Polizeidienst jedoch nach Weisung des Innenministeriums – gab es die *polizia municipale*, *locale*, *di finanza* und *di stato*. Je nach Zuständigkeitsbereich kümmerte man sich dort um Vergehen aus den Bereichen Verkehr, Gemeindewesen, Finanzen und Zoll oder um sonstige Belange.

Nach meinem Anruf bei den Carabinieri waren vor einer Stunde endlich dieser ligurische Holzkopf und sein unerfahrener Kollege erschienen. Sie hatten sich zwar angehört, was wir zu erzählen hatten, und auch brav die eindeutigen Spuren im Haus begutachtet. Dennoch schienen sie an unserer Nationalität und unserer in ihren Augen mehr als dubiosen Verbindung zu Danilo

Jakobi ein ungleich größeres Interesse zu haben als an dessen Verschwinden. Misstrauisch hatten sie immer wieder dieselben Fragen gestellt: Was wir hier wollten, warum wir uns unberechtigt Zutritt zum Haus verschafft und überall herumgeschnüffelt hatten, statt umgehend die Polizei zu verständigen.

Immerhin konnte ich den großen Stämmigen, der als Maresciallo eine höherrangige Position bekleidete als sein Kollege, der nur Brigadiere war, schließlich dazu bewegen, mit ihrem Vorgesetzten zu telefonieren.

5

Der Capitano entpuppte sich als Frau. Mit verkniffener Miene stieg sie eine weitere halbe Stunde später endlich aus ihrem schwarzen Alfa Romeo mit roten Streifen und kam mit flinken Schritten auf uns zugeeilt.

»Der Capitano ist krank«, lauteten ihre ersten, an den Maresciallo gerichteten Worte. »Tut mir leid, dass es so lange gedauert hat, aber der Einbruch bei den Versis hat mich ewig aufgehalten.«

Der Holzkopf nickte mit wichtigem Gehabe und wandte sich dann so zu seinem Kollegen um, dass die kleine, zierliche Frau sein Gesicht nicht sehen konnte. Aber ich sah es. Seine Miene sagte: »Na bravo, ausgerechnet diese Zicke ...«

Die Frau, die dank ihres langen, goldblond gefärbten Haars und des üppig aufgetragenen Make-ups aussah, als wäre sie einem Modemagazin entsprungen, reichte mir eine kühle, sehnige Hand. Um die Augen hatte sie feine Fältchen. Sie war wohl fünf, sechs Jahre älter als ich, also schon weit jenseits der Schwelle zu den Vierzigern.

»Bianca Rosetti«, stellte sie sich mit rauchiger Stimme vor. Zwischen ihren oberen Schneidezähnen prangte eine schmale Lücke, die ihr etwas Unschuldig-Kindliches verlieh. »Ich bin die zuständige Beamtin der Carabinieri in Chiavari. Sie sind gebürtige Italienerin, wenn ich richtig informiert bin?«

Ihr Dialekt ließ vermuten, dass sie im Gegensatz zu ihren zwei Untergebenen nicht aus Ligurien stammte, sondern aus dem Norden. Vielleicht vom Lago di Como oder einem der anderen oberitalienischen Seen. Das erklärte zumindest teilweise die Ablehnung, auf die sie bei den beiden Männer stieß.

In wenigen Worten erklärte ich ihr, wer ich war, warum Maximilian mich begleitete, was uns hierhergeführt hatte, was wir in Zoagli erfahren und letztendlich im »Cà degli Oliveti« vorgefunden hatten. Auch den Namen Buffo erwähnte ich.

Bianca Rosetti lauschte mit konzentrierter Miene, nickte dann und wann, während sie uns beide mit ihren schwarzbraunen Augen immer wieder betrachtete oder mit flinken Fingern eine Notiz in ihr übergroßes Smartphone tippte.

Als ich zum Ende gekommen war, bat Bianca Rosetti mich, sie ins Innere des Landhauses zu begleiten. Sie winkte dem Maresciallo und ging uns voran.

Dieser war mit ihrer Einladung an mich ganz offensichtlich nicht einverstanden, vielsagend prustete und stöhnte er. Doch es blieb ihm nichts anderes übrig, als der Anweisung seiner Vorgesetzten Folge zu leisten. Sein gegelter Kompagnon und Maximilian warteten vor dem Haus.

Bianca Rosetti inspizierte den Wohnraum, die Veranda und schließlich die Treppe, die zum Stellplatz unten führte. Sie besah sich alles ganz genau, stellte mir die eine oder andere Frage und schien die Anwesenheit des Maresciallo vollständig vergessen zu haben.

»Die Spurensicherung muss her.« Mit einer zackigen Geste fuhr sie über den Bildschirm ihres Handys und warf dem Maresciallo nun doch einen Blick zu. »Und Sie, Zenobio, klemmen sich ans Telefon. Varuccia draußen soll Ihnen helfen. Sie fragen bei allen niedergelassenen Ärzten zwischen La Spezia und Genua an, ob sie Signor Jakobi in den letzten Tagen behandelt haben. Und auch wenn Signora di Santosa das größtenteils ja schon für Sie erledigt hat, rufen Sie anschließend der Reihe nach alle Krankenhäuser an.«

»Wird gemacht, Signora Capitana.« Der Maresciallo klackte die Absätze seiner Schuhe zusammen und warf sich in Positur. »Gleich morgen früh rufe ich …«

»Heute noch, Zenobio, jetzt sofort. Wenn Sie damit fertig sind, schicken Sie mir eine Mail mit allen Infos. Und setzen Sie Fregosi in Kopie, dann kann er sofort weitermachen, wenn er wieder im Büro ist.«

»Aber, aber …« Der Maresciallo reckte dieses Mal nicht nur einen Zeigefinger, sondern alle beide in die Luft und beschrieb damit wirbelnde Pirouetten wie ein Dirigent, der seinem Orchester ein Furioso signalisiert. »Verzeihen Sie, Capitana, aber

Sie kennen doch meine Frau. Sie wird gar nicht begeistert sein, wenn ich so spät nach Hause komme, ständig liegt sie mir mit meinen Überstunden in den Ohren und …«

»Dann richten Sie Ihrer Frau bitte einen schönen Gruß von mir aus und sagen Sie ihr, dass bei Kapitalverbrechen die Arbeit nun mal vorgeht. Und sobald Sie auch nur die kleinste Spur von Signor Jakobi haben, informieren Sie mich unverzüglich, *capisce*?« Ihr Blick machte deutlich, dass das Gespräch für sie beendet war. »Auch mitten in der Nacht, *chiaro*?«

Notgedrungen fügte sich der Maresciallo in sein Schicksal, murmelte etwas mit Leichenbittermiene und entfernte sich schweren Schrittes, um seinen Kompagnon davon in Kenntnis zu setzen, dass sie heute eine Spätschicht einlegen mussten.

Als die Tür hinter ihm zufiel, wandte Bianca Rosetti sich mit einer schwungvollen Drehung mir zu.

»*Allora*, endlich sind wir unter uns.« Sie zwinkerte mir zu. »Ich brauche nämlich dringend Ihre Hilfe, Signora di Santosa.«

***

»Das kann nicht sein«, sagte Cora Jakobi wenige Minuten später am anderen Ende der Leitung mit belegter Stimme. »Nein, das kann doch nicht sein, was mache ich denn jetzt bloß?«

Ihre Bestürzung klang echt.

Soeben hatte ich ihr in knappen, aber so einfühlsamen Worten wie möglich mitgeteilt, was geschehen war. Ich hätte sie ohnehin demnächst angerufen, Bianca Rosetti hatte mich jedoch gebeten, das Telefonat sofort und in ihrem Beisein zu erledigen. Sie selbst sei des Deutschen nicht mächtig, hatte sie mir erklärt, halte es aber für ihre Pflicht, Danilo Jakobis Frau schon jetzt über sein Verschwinden zu informieren. Abgesehen davon benötigte sie seine Handynummer, um sein Mobiltelefon zu orten, das nirgendwo im Landhaus zu finden war. Und zu guter Letzt interessierte es sie brennend, wie meine Auftraggeberin auf die schlimme Nachricht reagierte.

Die Capitana stand vor mir. Obwohl sie nichts von dem, was

ich sagte, verstehen konnte, verfolgte sie das Gespräch – ich hatte das Telefon auf laut gestellt – und jede meiner Regungen so konzentriert wie ein Adler sein Beutetier.

»Und ich habe gedacht, Danilo hätte …« Cora Jakobi sprach den Satz nicht zu Ende, stöhnte lauthals. »Mein Gott, und dann so was!«

»Was haben Sie gedacht, Frau Jakobi?«

»Nichts, gar nichts, ich … Nein, ich verstehe das alles nicht.« Jetzt klang sie geradezu verzweifelt. »Meinen Sie, er ist schwer verletzt?« Sie schluckte hörbar, räusperte sich, stöhnte wieder. »Er wird doch nicht tot sein, oder? Bitte, sagen Sie mir, dass er nicht tot ist, bitte …«

Ich hätte ihr so gern Mut gemacht. Aber die Indizien sprachen eindeutig dafür, dass ihrem Mann etwas zugestoßen war. Ich erklärte ihr, dass die Polizei gerade überprüfe, ob ihr Mann irgendwo medizinisch versorgt wurde, und auch sonst alles Menschenmögliche tue, um ihn wiederzufinden.

»Frau Jakobi, zuletzt haben Sie doch vergangenen Dienstag mit Ihrem Mann telefoniert, gleich in der Früh. Wissen Sie noch, wann genau?«

»Es muss kurz nach acht gewesen sein, fünf nach vielleicht. Lissy war noch im Bett. Ich habe überlegt, ich rufe Danilo am besten gleich an, später sitzt er wieder an seinem Manuskript und geht nicht ran.«

»Sie haben gesagt, Ihr Mann war bei diesem Telefonat anders als sonst. Was genau haben Sie damit gemeint?«

»Er war angespannt.« Wieder räusperte sie sich. Dennoch klang ihre Stimme rau, als sie weitersprach. »Ziemlich angespannt sogar. Ich habe ihn gefragt, was los ist. ›Alles bestens‹, hat er nur gesagt, und dann hatte er es auf einmal furchtbar eilig. Irgendwer war wohl gerade gekommen, mit dem Auto, hat er gesagt.«

»Wissen Sie, wer?«

»Ja, aber ich komme im Moment nicht drauf.«

»Vielleicht sein Verleger?«

»Marius? Nein, natürlich nicht, warum denn auch?« Sie wirkte irritiert, schwieg kurz. »Ich meine, er hätte was von einem Salvatore gesagt, der hat ihm offenbar Wein gebracht. Aber den Nachnamen weiß ich nicht mehr.«

Ich erinnerte mich an die Weinkisten. »Salvatore Ducato?«

»Hm … Ja, könnte sein.«

Ich machte Bianca Rosetti, die mich noch immer mit Argusaugen betrachtete, ein Zeichen, deutete zum Eingang, vor dem die Weinkisten standen, und formte mit den Lippen das Wort *vino*. Sie nickte und tippte etwas in ihr Handy.

»Von Marius Fabek hat Ihr Mann nichts erwähnt?«

»Nein. Aber warum fragen Sie dauernd nach ihm?«

»Herr Fabek ist am Dienstag in Zoagli gesehen worden, morgens gegen acht. Der Gedanke, dass er zu Ihrem Mann wollte, ist naheliegend.«

»Das halte ich für ziemlich unwahrscheinlich.«

»Warum?«

»Die beiden sind nicht gerade die besten Freunde.«

»Und trotzdem wohnt Ihr Mann in seinem Haus?«

»Den Schlüssel hatte er noch von Adrian. Er hat den Verlag damals gegründet.« Wieder verstummte Cora Jakobi. »Vor ein paar Wochen war Danilo im Verlag, wegen des neuen Romans. Kann natürlich sein, dass er Marius bei dieser Gelegenheit erzählt hat, dass er bald nach Ligurien fährt. Aber ich kann mir das trotzdem nicht vorstellen. Ich meine, wenn Marius ihn wirklich besucht hätte – warum hat Danilo das mir gegenüber nicht erwähnt?«

Eine Männerstimme sagte etwas im Hintergrund.

»Das war grade der Arzt«, fuhr sie hastig fort. »Lissy hat eine schwere Bronchitis und braucht ein Antibiotikum. Ich muss jetzt Schluss machen, später rufe ich Sie noch mal an. Und Sie melden sich bitte sofort, falls es irgendwelche Neuigkeiten gibt, ja?«

* * *

Auch der Rest des Tages, der sich mit großen Schritten dem Abend näherte, verlief ganz und gar nicht so, wie wir es uns während der Reise ausgemalt hatten. Bianca Rosetti bestand darauf, dass Maximilian und ich der Carabinieri-Station in Chiavari noch heute einen Besuch abstatteten, um unsere Beobachtungen zu Protokoll zu geben. Lange Fahrt hin oder her, bei einem Kapitalverbrechen – und davon müsse man im Moment leider ausgehen – sei unsere Bürgerpflicht nun mal wichtiger als unser Bedürfnis nach Erholung.

Bis Chiavari waren es zum Glück nur wenige Kilometer. In der Hoffnung, die Angelegenheit wäre bald erledigt, machten wir uns auf den Weg. Doch allein bis Maximilian den Alfa Romeo durch den frühabendlichen Verkehr auf der heillos verstopften Hauptstraße des Küstenstädtchens manövriert hatte, verging geraume Zeit. Die vielen Wochenendausflügler, angelockt vom schönen Wetter, hatten den Nachmittag auf der Promenade oder am Strand verbracht und blockierten nun sämtliche Kreuzungen. Irgendwann erreichten wir aber doch den Parkplatz in der Nähe des Bahnhofs und gingen zu Fuß zur Carabinieri-Station im Largo Antonio Canzio.

Auch das dortige Pflichtprogramm dauerte länger als gedacht. Obwohl ich den Grund unseres Hierseins ausführlich erklärte, konnte erst einmal niemand etwas mit uns anfangen. Während wir auf einem zugigen Korridor warteten, telefonierte irgendwer abwechselnd nach Bianca Rosetti und dem Capitano. Der war bekanntlich krank, was aber niemanden zu interessieren schien, und als er endlich doch ans Telefon ging, wusste er logischerweise von nichts.

Trotz des schlechten Handyempfangs in den Bergen bei Zoagli erreichte man schließlich auch Bianca Rosetti, die meine Angaben bestätigte. Und so durften wir dann eine geschlagene Stunde später in einem der nicht minder kalten Büros endlich unsere Aussage zu Protokoll geben.

Als wir eine weitere Stunde später wieder auf der Straße standen, fühlten wir uns ebenso unterkühlt wie ausgehungert, das kleine Stück Focaccia hatte nicht lange vorgehalten. Auch die Müdigkeit nach der langen Fahrt und dem aufregenden Nachmittag machte sich bemerkbar. Längst war es dunkel geworden, die Temperatur hatte merklich abgekühlt.

In der Via Martiri della Liberazione entdeckten wir eine Bar, in der es einigermaßen warm war. Bei einem Glas Pfefferminztee, einem Tramezzino, reichlich mit Salami belegt, und in direkter Nähe zum einzigen Heizlüfter kamen wir wieder halbwegs zu Kräften.

Als Maximilian zur Kasse ging, fiel mir meine Auftraggeberin ein, die sich trotz ihres Versprechens noch nicht gemeldet hatte. Mein Job hatte sich inzwischen erledigt, wenn auch auf andere Weise als erwartet. Ich würde Cora Jakobi später anrufen und ihr in aller Ruhe erklären, dass ich mich nun, da die italienische Polizei nach ihrem Mann suchte, von meinem Auftrag entbunden fühlte.

Auf dem Weg zum Wagen telefonierte ich mit Vincenzo, dem ich nach unserer Ankunft eine kurze Nachricht geschickt hatte. Paolo hatte tatsächlich Wort gehalten. Gerade saßen sie in einem Burger-Lokal bei der Universität mit dem lustigen Namen »Max und Muh«, wo sie sich der Nachspeise widmeten, einem hörbar köstlichen Schokoladenkuchen. Dennoch klang mein Sohn nicht ganz so unbeschwert, wie ich gehofft hatte. Der Grund war Leonardo. Er war gut in der Villa angekommen, saß zu Vincenzos Leidwesen aber noch immer hinter seinen Skripten, um sich auf die Wiederholungsprüfung vorzubereiten. Das wunderte mich. Selten hatte ich meinen Großneffen so voller Elan erlebt, wenn es ums Pauken ging.

In den Gassen der Altstadt Chiavaris flanierten so viele Menschen, als wäre noch immer helllichter Tag. Gestikulierend schlenderten sie an uns vorbei, über die Plätze und durch die *portici*, die aus dem Mittelalter stammenden Arkaden. Mit ihren trutzigen Pfeilern boten sie im Sommer Schutz vor der Sonne, im Winter vor Regen und Kälte, und sie beherbergten die unzähligen kleinen Läden, die in Italien zum Glück noch nicht den großen Einkaufszentren gewichen waren.

Die meisten Geschäfte waren auch am Sonntag geöffnet und schlossen erst um acht Uhr ihre Pforten. In den Schaufenstern wurde alles angeboten: Dinge für den täglichen Bedarf, aber auch ausgesuchte Schätze aus alter Handwerkstradition. Wir bewunderten kostbare Stoffe und Tücher, Lederwaren, die neueste Mode in allen Preisklassen, Schmuck, edle Hüte, Wein und Grappa, riesige Käselaibe, ausgesuchte Salamisorten.

Auch vor dem Justizpalast an der Piazza Mazzini oder in den Säulengängen an der Piazza Giacomo Matteoti, die mit ihren kunstvollen Terrazzoböden und hohen Deckengewölben vom Wohlstand vergangener Jahrhunderte erzählten, herrschte ein unfassbares Geschiebe und Gedränge. Großfamilien mit Kindern, händchenhaltende Paare, Teenies, ältere Herrschaften, alle waren sie unterwegs und selbstverständlich alle gut gekleidet.

In Italien hatte sich schon immer der Großteil des Lebens außerhalb der eigenen vier Wände abgespielt. Und auch jetzt, nach dem Shoppen und Flanieren, stand man zusammen, tauschte den neuesten Klatsch aus, lauthals und mit den großen Gesten, die ich seit meiner Kindheit kannte, oder verabredete sich zum Abendessen in einem *ristorante*.

In der Via Davide Gagliardo, nicht weit von unserem Wagen entfernt, meldete sich mein Handy. Cora Jakobis Name leuchtete auf dem Display.

Ich warf Maximilian einen halb entschuldigenden, halb genervten Blick zu und drückte auf den grünen Hörer.

»Wissen Sie schon was Neues?«, fragte sie, bevor ich etwas sagen konnte. »Hat die Polizei Danilo gefunden?«

Ich erklärte ihr, dass es leider noch keine Neuigkeiten gebe.

Von Bianca Rosetti wusste ich, dass sie eine Suchmeldung nach Danilo Jakobi herausgeben und ein offizielles Amtshilfeersuchen an ihre deutschen Kollegen stellen wollte. Auch wenn der Dienstweg einige Zeit in Anspruch nehmen würde, sollte Cora Jakobi spätestens in ein, zwei Tagen Besuch von der deutschen Polizei bekommen.

»Ich wollte Sie ohnehin anrufen«, sagte ich dann. »Jetzt, da die italienische Polizei die Ermittlungen übernommen hat, ist für mich ja nichts mehr zu tun und …«

»Denken Sie, dass Danilo noch am Leben ist?«

»Es ist wirklich zu früh für solche Spekulationen.«

»Aber ich muss doch wissen, was mit ihm ist!«

»Frau Jakobi, ich weiß, wie schwer das für Sie sein muss. Trotzdem brauchen Sie jetzt ein wenig Geduld, die Ermittlungen laufen wirklich auf Hochtouren.«

»Sie sagen das nur, um mich zu beruhigen.«

»Ich sage das, weil ich die zuständige Kommissarin kennengelernt habe. Bianca Rosetti macht einen sehr kompetenten Eindruck.«

»In Italien ist aber doch alles ganz anders als bei uns. Dieser furchtbare Berlusconi will wieder an die Macht, und wer weiß, ob nicht auch die Polizei von der Mafia gesponsert wird, und ...«

»Wir sind hier nicht in einer Bananenrepublik«, unterbrach ich sie eine Spur schärfer als beabsichtigt. »Ich weiß, wie es um mein Heimatland bestellt ist, Frau Jakobi. Aber auch wenn Sie das vielleicht nicht glauben, befinden wir uns trotz Mafia und teilweise korrupter Staatsdiener immer noch mitten in Europa, und ich garantiere Ihnen, dass die Polizei die Ermittlungen hier mit derselben Gründlichkeit durchführen wird wie die Polizei in Deutschland.«

»Ja, natürlich, aber ...« Sie holte tief Luft. »Es tut mir leid, Frau di Santosa, im Moment bin ich nicht ich selbst. Das mit Danilo macht mich total fertig, dann noch Lissy, gerade komme ich von der Notdienstapotheke, ich bin ... Entschuldigen Sie bitte.«

»Geht es Ihrer Tochter schon besser?«

»Nein, gar nicht, aber Gott sei Dank schläft sie endlich. Sie haben natürlich recht, aber ...«

»Ja?«, hakte ich nach, als sie nicht weitersprach.

Der Parkplatz, auf dem Maximilians Wagen stand, kam in Sicht. Er zog den Schlüssel aus der Tasche, ein Lieferwagen rumpelte vorbei.

»Verstehen Sie mich bitte nicht falsch, Frau di Santosa, nur ...«

Wieder schwieg Cora Jakobi, schien zu überlegen, wie sie ihre Bedenken in Worte fassen sollte, ohne mir noch einmal zu nahe zu treten.

»Bitte machen Sie weiter«, sagte sie schließlich in ruhigem, aber bestimmtem Ton. »Mir ist natürlich klar, dass wir über Ihr

Honorar noch einmal sprechen müssen, aber das ist wirklich kein Problem. Nur bitte – finden Sie Danilo. Und wenn er wirklich ...«, ihr versagte die Stimme, »falls er tot sein sollte, dann finden Sie zumindest seinen Mörder!«

6

Flavio wohnte mitten in Rapallo und dennoch direkt am Meer in einem jener alten Palazzi, die von außen so vernachlässigt wirkten, dass man sich fragte, wie hier überhaupt jemand in einigermaßen anständigen Verhältnissen leben konnte. Der ursprünglich ockerfarbene Putz des früher einmal imposanten Gebäudes war schon lange grau, an vielen Stellen sogar komplett verschwunden. Die dunkelroten Fensterläden hingen schief in den Angeln, und an der Mauerbrüstung der Dachterrasse fehlten reihenweise Säulen und sonstige Teile.

Kaum aber betrat man das Innere, traute man seinen Augen nicht. Die Böden und Treppen aus glänzendem Carrara-Marmor, kunstvoll gearbeitete Brüstungen aus demselben Material, die sich in eleganten Bögen nach oben schwangen. Auf den Balustraden und Emporen, an den meterhohen Wänden und Deckengewölben, wohin man auch blickte – überall sah man Marmorbüsten, Stuckverzierungen oder wertvolle Wandmalereien.

Auch Flavios Wohnung versprühte die Aura eines Palasts. Alle Räume waren so groß wie Säle, filigrane Blattgoldmuster umrahmten die zweiflügeligen, hohen Türen. Kassettendecken, Marmor und edle Hölzer, so weit das Auge reichte, riesige Spiegel, Lüster aus funkelndem Kristall.

Die Einrichtung bildete einen interessanten Gegensatz zum prunkvollen Ambiente. Flavio bevorzugte klare Linien, die meisten der spärlich arrangierten Möbelstücke waren in Weiß oder Hellgrau gehalten. Der größte Hingucker aber waren Flavios Bilder: aggressives Rot auf schwarzem Hintergrund, betörend blaue Farbspritzer in einem nebelhaften Nichts, Ballons in irisierenden Grüntönen, die aus einem nachtdunklen Kamin schossen wie glühende Lava aus einem Vulkan. Jedes einzelne der mehrere Quadratmeter großen Gemälde hinterließ beim Betrachter eine verwirrende Irritation.

»*Dammi un bacio, carissima*«, verlangte Flavio zum wohl zehnten Mal, seit wir uns vor wenigen Minuten begrüßt hatten, und überhäufte mich wieder mit einer Flut von Küssen. »Ich weiß, du willst das nicht hören, aber du bist noch schöner als früher, *patatina*. Wie lange ist es jetzt her, dass wir uns zuletzt gesehen haben – drei Jahre?«

»Fünf«, korrigierte ich lachend. »Du hast ja nie Zeit. Mal eine Ausstellung in Tokio, dann eine Vernissage in New York oder eine Installation auf Jamaika – ständig bist du irgendwo.«

Seit unserer letzten Begegnung hatte er sich nicht verändert. Der gleiche Dreitagebart, das pechschwarze Haar raspelkurz geschnitten, auch sein Körper wirkte so hager und ausgezehrt, als verschwendete er noch immer so wenig Zeit aufs Essen wie früher. Und wie damals bedachte er mich auch jetzt mit dem Kosenamen *patatina*, den er seit jeher für seine Lieblingscousine reserviert hatte: »Kartöffelchen«.

Angesichts seines explosiven Gefühlsausbruchs, mein Cousin war schon immer ein wenig in mich verliebt gewesen, verwandelte sich nicht nur Flavios aktuelle Freundin Margherita immer mehr in eine Salzsäule. Auch Maximilian, der die Sitten und Gebräuche meiner italienischen Familie eigentlich zur Genüge kannte, schien die ausufernde Begrüßungszeremonie allmählich für ein wenig übertrieben zu halten. Selbst ich wollte mich von Flavio nun nicht mehr herzen und küssen lassen und entwand mich seiner Umarmung.

Bei unserer Ankunft hatte nicht Flavio uns die Tür geöffnet, sondern eine junge Frau mit langem schwarzen Haar, wohlgeformten Beinen und den schönsten Mandelaugen, die ich je gesehen hatte. Der Herr des Hauses, hatte Margherita uns mit leicht angesäuerter Miene erklärt, sei noch immer in seinem Atelier, einem ehemaligen Lagerhaus in der Via Avenaggi. Bald wurde mir klar, dass Flavio ihr nichts von unserem späten Besuch und erst recht nichts von seiner Lieblingscousine aus Deutschland erzählt hatte. Er war schon immer ein wenig verrückt gewesen. Während Maximilian und ich unser Zimmer bezogen, war Flavio endlich erschienen, mit seinem üblichen Gelärme und Getöse, mit dem er auch das gesamte Castello di Santosa regelmäßig in helle Aufregung versetzte.

Stolz führte er uns nun durch sein Reich und präsentierte seine Bilder. Auf dem Kunstmarkt erzielte er damit seit vielen Jahren beachtliche Preise, auch außerhalb von Italien.

»Ich habe großes Talent und noch größeres Glück«, sagte er ohne jeden Dünkel und zog seine mit unzähligen Farbspritzern übersäte Arbeitshose, die ihm um die Hüften schlotterte, nach oben. »Und natürlich tausend Kontakte, das A und O in der Szene. Es gibt so viele Newcomer, die mindestens genauso begabt sind wie ich. Aber das allein reicht in diesem Haifischbecken nun mal nicht, wenn man erfolgreich sein will.«

»Deshalb triffst du dich also immer mit diesen tausend Leuten, die ich nicht kenne.« Margherita zog einen Schmollmund. »Ich sterbe übrigens vor Hunger, *amore.*«

Inzwischen war es Viertel nach neun und auch für hiesige Verhältnisse allmählich an der Zeit, ans Abendessen zu denken. Im Winter waren die Lokale nicht so lange geöffnet wie in der warmen Jahreszeit.

»Andiamo subito, bellissima.« Flavio lächelte sein umwerfendstes Lächeln. »In zwei Minuten bin ich umgezogen und wieder vorzeigbar, dann gehen wir ins ›Grande Americano‹, da kriegen wir auch um Mitternacht noch was, und danach in die beste Bar in der Stadt. Dort besaufen wir uns ordentlich, und anschließend genießen wir unseren Nachtisch.« Aufreizend küsste er Margherita auf den Mund und fasste ihr ohne jede Scheu an den wohlgeformten Popo. »Dann gehöre ich nur dir allein bis zum Morgengrauen, *bellissima.*«

Ja, Flavio war tatsächlich schon immer ein wenig verrückt gewesen.

***

Das »Grande Americano« entpuppte sich nicht als Schnellimbiss, sondern als eines der exquisitesten Restaurants in ganz Rapallo. Es war klein, die Speisekarte übersichtlich, das Essen ausgesucht gut. Slow Food in Reinkultur, daran änderte auch der irreführende Name nichts.

Die Einrichtung, ebenso liebenswert verschroben wie gediegen, entstammte den Fünfzigern des vergangenen Jahrhunderts. Kirschrote Ledersessel zwischen schwarzen Nierentischen, spiegelglattes Parkett, bunt blinkende, offenbar schon lange nicht mehr benutzte Flipperautomaten, die wie Kunstwerke zwischen den Sitzplätzen arrangiert waren. An den Wänden hingen Werbeschilder aus Blech mit den großen amerikanischen Automobilen der damaligen Zeit: Mustang, Cadillac, Buick, alles war vertreten. Wir Italiener hatten schon immer eine Schwäche für alles, was aus den Vereinigten Staaten stammte, vermutlich aufgrund der großen Auswanderungswellen im 19. Jahrhundert.

Noch während unseres Spaziergangs zum »Grande Americano« hatte Flavio uns von den köstlichen Soßen vorgeschwärmt, nirgendwo an der ligurischen Küste würden wir etwas Vergleichbares finden. Die Steaks stammten von Bio-Rindern aus der Maremma, das Gemüse von Bauernhöfen aus der Gegend, der Fisch aus den stillsten Buchten, alles war perfekt zubereitet und zerschmolz geradezu auf der Zunge. Und das Beste: Das Lokal war so gemütlich warm, als hätte man es gerade erst aus den USA importiert. Um diese Jahreszeit wurde in den hiesigen Restaurants nicht immer zuverlässig geheizt, und ich war erleichtert, dass ich beim Essen auf meinen Mantel verzichten konnte.

Trotz des amerikanischen Ambientes ging es sehr italienisch zu. *Bambini* rannten zwischen den Tischen hin und her, während ihre Eltern und sonstigen Verwandten sich den Speisen und Getränken widmeten und angeregt und vor allem natürlich laut unterhielten. Die Ober, allesamt in schwarzer Hose und kirschrotem Seidenhemd, flitzten zwischen Gastraum und halb offener Küche, in der es dampfte und qualmte und schepperte, hin und her. Am Tresen schenkte man mit geräuschvollem Geklapper die Getränke aus: Wasser, Wein, Bier, Coca Cola, Lemonata – was das Herz begehrte.

Nach dem langen Tag mit wenig Gelegenheit zum Essen genossen Maximilian und ich nicht nur die saftigen Steaks mit in

Olivenöl gebratenen Süßkartoffeln und in *aceto* eingelegten, sauren Auberginen, sondern auch die Gesellschaft. Mit abwechselnd leiser Ironie und sprühendem Witz erzählte Flavio von den Gästen seiner morgigen Vernissage, zu der alles geladen war, was an der Riviera di Levante Rang und Namen und vor allem Geld hatte. Ich übersetzte für Maximilian, und wir bogen uns vor Lachen angesichts seiner Schilderungen der sogenannten besseren Gesellschaft. Irgendwann landeten wir wie üblich bei unserer gemeinsamen Kindheit.

»Weißt du noch, wie ich dich damals malen wollte?«, erinnerte sich Flavio bei einem Schluck Bosco, einem frischen Weißwein aus der Gegend. »Doch meine kleine Annina, ganz Contessa, hat sich natürlich erst einmal aufs Fürchterlichste geziert.«

»Certo, come mai?«, hielt ich belustigt dagegen. »Welche Neunjährige lässt sich denn schon gern nackt malen?«

Ich erntete einen belustigten Seitenblick von Maximilian. Margheritas Blick hingegen erinnerte mich an den einer Raubkatze, die zum Sprung ansetzte.

»Ich hatte schon immer das richtige Gespür für das perfekte Modell«, meinte Flavio unbeeindruckt. »Erst als ich dir alle meine Süßigkeiten überreicht habe, hatte ich dich so weit. Und als mein erster Akt endlich vollendet war, fast eine Woche lang musste ich mir dein Gejammere anhören, weil du nicht still sitzen wolltest und es so furchtbar kalt war hinter der kaputten Olivenpresse, unsere Eltern durften uns natürlich nicht finden – ja, dann war ich so unzufrieden damit, dass ich das Bild in den Müll geworfen habe.«

Wieder lachten Maximilian und ich, und Flavio stimmte übermütig in unser Gelächter ein. Nur Margherita verzog keine Miene.

Schließlich erkundigte sich mein Cousin nach dem eigentlichen Grund unserer Reise. Als er den Namen Danilo Jakobi hörte und erfuhr, was Maximilian und ich am Nachmittag im »Cà degli Oliveti« entdeckt hatten, stutzte er.

»Die Welt hier ist ja sehr überschaubar, und gerade in der Kunstszene begegnet man ständig denselben Leuten.« Seine

Augen wurden schmal, langsam nickte er. »Bei Giuseppe habe ich ihn mal getroffen, er hat eine Galerie an der Piazza Cavour. Interessanter Typ, dieser Danilo.«

»Wann?«, fragte ich sofort.

»Ist schon länger her, mindestens ein Jahr, damals war ich noch in meiner weißen Phase. Nein, dann muss es wohl schon vor zwei Jahren gewesen sein.«

Eine Gruppe Rentner belagerte jetzt einen riesigen Tisch am anderen Ende des Gastraums. Man feierte einen *compleanno*, wie nicht zu überhören war. Immer wieder stimmten die grauhaarigen Herren ein Liedchen an und wünschten dem Jubilar *»tanti auguri«* zum Siebzigsten. Dabei ging es so ausgelassen zu, dass die rüstigen Pensionäre den ohnehin schon hohen Lärmpegel im Lokal mühelos übertönten.

»Erzähl doch mal!«, rief ich gegen die Geräuschkulisse an. »Was war so interessant an Danilo Jakobi?«

»Erstens kann man ordentlich einen draufmachen mit ihm.« Auch Flavio erhob die Stimme. »Nach der Vernissage bei Giuseppe sind wir ins ›Il Grottino‹ am Lungomare, offenbar seine Stammkneipe. Da gibt es die besten Whiskeys und schönsten Frauen in der ganzen Stadt, hat Danilo gesagt. Und er hatte recht.«

Flüchtig streifte sein Blick Margherita, ihre Miene wurde noch unglücklicher. Er legte einen Arm um sie, zog sie beschwingt an sich, doch seine Geste wirkte aufgesetzt und gönnerhaft. Warum sah er denn nicht, wie sehr sie litt?

»Dummerweise hatte er dieselbe junge Dame im Visier wie ich.« Er ließ Margherita wieder los und grinste vielsagend in die Runde. »Ich hatte leider Pech an dem Abend.«

»Sie sind zusammen weggegangen?«

»Ich bin dann bald nach Hause, aber ich gehe mal davon aus. Danilo hat definitiv mehr Eindruck auf sie gemacht als ich.«

»Weißt du noch, wie sie mit Nachnamen hieß? Vielleicht Buffo?«

Flavio runzelte die Stirn. »Keine Ahnung. Aber ich denke, dass er es auch nicht mehr weiß.«

»Und zweitens?«

»Er hatte unfassbar viel zu erzählen. Vielleicht sogar mehr als ich, schwer zu glauben, oder?« Plötzlich verschwand jegliche Selbstironie, aber auch alle Leichtigkeit aus seinem Gesicht. »Über das Leben und die Liebe hat er gesprochen und natürlich über seine Romane. Ich war ein bisschen eifersüchtig, muss ich zugeben.«

»Wegen der Signorina?«, fragte Maximilian in seinem holprigen Italienisch.

Flavio machte eine wegwerfende Handbewegung. »Es war die Art, wie er von seinen Büchern erzählt hat, von seinen Ideen und Geschichten, seiner Arbeit als Schriftsteller. Da war kein Schatten eines Selbstzweifels.«

»Ist das nicht eher ein Zeichen von Unreife?«, warf Maximilian, der dem Gespräch gebannt lauschte, auf Deutsch ein.

»Klar, aber das meine ich nicht«, sagte Flavio, nachdem ich übersetzt hatte. »Was ich meine, ist: Er war ganz und gar mit sich im Reinen.« Sein Blick wurde noch ernster. »Du weißt, Annina, ich liebe meine Bilder. Doch im selben Maße hasse ich sie auch. Sie laugen mich aus, sie kosten mich so unendlich viel Kraft, und manchmal … Ja, manchmal habe ich diese Kraft einfach nicht mehr. Dann möchte ich nur weglaufen, mich irgendwo verkriechen, so wie damals, als du mich im Keller aufgestöbert hast.«

Keiner an unserem Tisch sagte etwas. Auch ich nicht, zu gut erinnerte ich mich an jene Episode auf dem Castello di Santosa. Doch Flavio schien ohnehin keine Reaktion zu erwarten. Schnell, fast atemlos, sprach er weiter.

»Nur, wenn ich weglaufe, bin ich sofort weg vom Fenster, und das kann ich mir nicht leisten. Natürlich brauche ich das Geld, aber da ist auch dieses Feuer in mir, ich *muss* malen, ich kann nicht ohne, und ich kann nichts anderes, es frisst mich auf, und schon beim ersten Pinselstrich weiß ich, dass es wieder alles niederbrennt, was mir sonst im Leben wichtig ist.«

Er legte seine Hand auf Margheritas Arm und betrachtete sie mit einer Andacht, als sähe er sie zum ersten Mal. In seinen Augen leuchtete es jetzt, wie vom Widerschein jener Flammen, die in ihm loderten.

»Seht euch diese wunderschöne junge Frau an. Ich bin verrückt nach ihr, und sie ist verrückt nach mir. Trotzdem – das weiß ich so sicher, wie dass die Sonne morgen früh wieder aufgeht – trotzdem wird sie mich bald verlassen.«

»Du redest wirres Zeug, *amore*«, sagte Margherita, die unter seiner unerwarteten Aufmerksamkeit zu erblühen schien wie eine seltene Blume. »Du bist ein Scheusal, nie bist du da, wenn ich dich brauche. Aber ich werde dich doch niemals ...«

»Ich sage nur, was wahr ist, und du weißt so gut wie ich, dass es so kommen wird, *bellissima*. Du hättest etwas Besseres verdient als mich. Jemanden, der nicht so selbstsüchtig ist. Jemanden, der einen anständigen Beruf hat, einen normalen Lebenswandel führt. Versprich mir, dass du dir nie wieder einen wie mich suchst, ja?«

In Flavios Augen lag plötzlich eine unaussprechliche Traurigkeit, ein Schmerz, der mich ebenso wie seine Erwähnung der Episode im Keller an früher erinnerte. Mitten im größten Getümmel, bei Familienfeiern oder entspannten Nachmittagen am Strand, hatte er sich manchmal plötzlich in eine Ecke zurückgezogen, sich versteckt und trübsinnig vor sich hin gebrütet. Und nichts, einfach gar nichts hatte ihn aufzuheitern vermocht.

»Und wenn du weg bist, in drei Tagen, vier Wochen oder vielleicht erst in fünf Monaten«, sagte er leise zu Margherita und mit einer Sehnsucht, die nicht in Worte zu fassen war, »glaub mir, dann werde ich mehr Tränen vergießen als du. Bitte glaub mir das, meine so sehr Geliebte.«

Nun war es ganz still an unserem Tisch. Um uns herum wurde gelacht, gekreischt, wieder ein Geburtstagsständchen gesungen, mit Geschirr geklappert. All das schien jedoch plötzlich so unendlich weit weg zu sein.

Margherita saß reglos und starr, die Augen unverwandt auf Flavio gerichtet. Maximilian strich mir über den Arm. Und dann, völlig unvermittelt, lachte Flavio wieder, so explosionsartig und wild, als hätte er uns alle kräftig an der Nase herumgeführt und einen Heidenspaß dabei gehabt.

»Das hast du jetzt nicht wirklich geglaubt, *bellissima* – sag, dass du das nicht geglaubt hast, oder etwa doch?«

Flavio bedeckte Margheritas Hand mit ungestümen Küssen, ihren Arm, Hals und Gesicht, lachte noch lauter.

Erst noch zweifelnd, ob er wirklich meinte, was er zuletzt gesagt hatte, dann jedoch mitgerissen von seiner Ausgelassenheit, erwachte Margherita aus ihrer Starre. Und endlich lachte auch sie.

Zwischen Zeige- und Mittelfinger stieß Flavio einen gellenden Pfiff aus, schwenkte die leere Weinkaraffe in einer wirbelnden Bewegung durch die Luft.

»Ci porta ancora un altro litro, Umberto«, bestellte er noch mehr Wein bei dem Ober, der gerade an unserem Tisch vorbeilief. »Wer will schließlich weinen, wenn er lachen und trinken kann?«

***

Es war schon kurz vor Mitternacht, als wir das »Grande Americano« verließen. Die Rentnerbande war längst gegangen, und auch die meisten anderen Tische hatten sich geleert.

Flavio schwankte bedenklich und hakte sich sowohl bei mir als auch bei Margherita unter. Sie arbeitete in einer Anwaltspraxis in Genua, wusste ich von Flavio, und musste früh aus den Federn. Auch Maximilian und ich hatten Pläne für den kommenden Tag, wir wollten Danilo Jakobis Weinlieferanten einen Besuch abstatten. Zudem waren wir beide inzwischen hundemüde.

Doch Flavio hatte nicht die geringste Lust, auf direktem Wege in seine Wohnung in der Via Paolo Zunino zurückzukehren. Da wir ihn in seinem Zustand nicht allein lassen konnten, stimmten wir einem kleinen Umweg zu, während er mit lauter Stimme über den Vertrag von Rapallo dozierte, der in dem Städtchen nach dem Ersten Weltkrieg zwischen dem Deutschen Reich und der Republik Russland geschlossen worden war.

Nach einem Spaziergang durch die wie ausgestorbene Altstadt schlenderten wir zur Promenade am Lungomare Vittorio Veneto. Auch hier am Meer waren alle Kneipen und Bars geschlossen und die Rollgitter heruntergelassen. Im Licht der Laternen war noch das Konfetti zu sehen, das die kleinen Hexen, Spider-Men und Seeräuber am Nachmittag verstreut hatten. In meiner alten Heimat endete der *carnevale* nicht überall pünktlich mit Beginn des Aschermittwochs, sondern dauerte je nach Gegend auch gern ein paar Tage länger.

Die Nacht war sternenklar und kühl, jedoch um einiges wärmer als im frostigen Deutschland. Der Wind hatte sich fast ganz gelegt und wehte nur noch mit einem sanften Rauschen durch die Palmen, die die Promenade säumten. Leise plätscherte das Meer gegen den Kieselstrand, die Lichter der großen Hotels und Palazzi von Santa Margherita jenseits der Bucht spiegelten sich auf den schwarzen Wellen, der Leuchtturm von Portofino blinkte in der Ferne.

Ich überließ den nun nur noch lallenden und leise kichernden Flavio Margheritas Obhut, fasste nach Maximilians Hand und war selten glücklicher gewesen als in diesem flüchtigen Moment.

Zurück in Flavios Wohnung, erwachte er zu neuem Leben und bestand trotzig darauf, uns noch ein allerletztes Gläschen einzuschenken. Nun wollte jeder von uns drei anderen aber wirklich nur noch ins Bett, und mit vereinten Kräften gelang es uns schließlich, ihn zur Vernunft zu bringen. Doch auch als Maximilian und ich im herrschaftlichen, vornehm quietschenden Bett lagen, dauerte es eine geraume Weile, bis wir endlich zur Ruhe kamen.

Flavios Schlafzimmer lag am anderen Ende des etwa dreihundert Quadratmeter großen Appartements. Dennoch hörten wir immer wieder wollüstiges Stöhnen und schließlich ekstatische Schreie, meistens von Margherita, manchmal aber auch von Flavio. An Schlaf war nicht zu denken.

»Ich glaube, *amore* …«, flüsterte ich und tastete nach Maximilian, der sich seufzend neben mir hin- und herwälzte, »ich glaube, ich hätte da eine Idee …«

Von draußen drang der Schein einer Laterne durch das vorhanglose Fenster, im dämmerigen Licht sah ich ihn lächeln. Er schien denselben Gedanken zu haben wie ich.

Schon war sein Gesicht über meinem, seine Augen blitzten, ich fühlte seinen Atem auf Hals und Wangen. Der Duft seines Haars stieg mir in die Nase, wie seidig und weich es sich anfühlte, seine Hände, die fiebrig nach mir suchten, glühten.

Einen Wimpernschlag später lagen wir ineinander verschlungen, Lippen an Lippen, Haut an Haut. Die Schreie aus Flavios Zimmer waren unendlich weit weg. Wir hatten nur noch Ohren für uns selbst, spürten den Körper des anderen, folgten unserem eigenen Rhythmus, diesem süßen Rhythmus zu zweit, der bald ein einziger wurde.

Erst als auch unsere letzte Sehnsucht nacheinander gestillt war, vielleicht nach Minuten oder erst nach Stunden, und als auch aus Flavios Zimmer kein Geräusch mehr drang, schliefen wir eng umschlungen ein.

7

»Den Wein habe ich am Dienstagmorgen um Punkt acht abgeliefert«, erklärte Salvatore Ducato uns am nächsten Vormittag. »Zwei Kisten Colli di Luni bianco und auf keinen Fall später als acht, hat der Dottore gesagt.«

Mit »Dottore« meinte der bullige Mann Ende zwanzig mit dem glatt rasierten Gesicht Danilo Jakobi. In manchen ländlichen Gegenden Italiens wurde noch immer jeder, der einen höheren Bildungsabschluss absolviert hatte, so genannt.

Es war Montag, halb elf, und wieder leuchtete eine strahlende Sonne am tiefblauen Himmel, den kein Wölkchen trübte. Nach der langen Reise, der vielen Aufregung gestern und der kurzen Nacht waren Maximilian und ich heute Morgen viel später aufgestanden als geplant und hatten uns sowohl im Bad als auch in der Küche Zeit gelassen.

Nun saßen wir zu dritt auf der efeuumrankten Terrasse vor der *cantina* des Weinbauern. Diese lag an einem Steilhang auf halber Strecke zwischen Chiavari und Zoagli und außerhalb des *borgo*, des nahe gelegenen Dorfes, das nur aus einer Handvoll Häusern, einem winzigen Laden und einer Kirche bestand.

Mit verklärtem Blick hatte mein Cousin uns gestern Abend noch von dem göttlichen Albarola vorgeschwärmt, den der Jungwinzer kreierte. Die Erwähnung von Flavios Namen hatte uns vor einer Viertelstunde prompt nicht nur Tür und Tor auf dem Weingut geöffnet, sondern Salvatore Ducato hatte uns sofort und mit breitem Lächeln ein Gläschen zum Probieren auf den Tisch gestellt.

»Normalerweise mache ich keine Lieferungen an *carnevale*.« Er nahm einen tiefen Zug von seiner Gauloises und atmete den Rauch in einem schmalen Strahl aus. »Da müssen wir nämlich immer nach Lavagna zu meiner Schwester, Babbo und ich. Aber weil der Dottore ein so guter Kunde ist, habe ich mich breitschlagen lassen und bin kurz rüber zu ihm. Er hat gesagt, es gehe ganz schnell und er wolle nun mal, dass genug Wein für seinen Besuch da ist. Kann man ja verstehen.«

Der Blick von der Terrasse war berauschend, von hier oben konnten wir den Hafen von Chiavari und die lang gestreckte Promenade mit ihren Molen sehen. An den Hängen der teilweise fast senkrecht abfallenden Berge drängten sich Olivenhaine und Oleander, uralte Pinien und schlanke Zypressen, Feigenbäume und Agaven, in der Tiefe glitzerte das spiegelglatte Meer – *mare e monte* in reinster Form.

»Wissen Sie, wer dieser Besuch war?«, fragte ich, während Maximilian andächtig an seinem Wein nippte.

Eigentlich war es noch zu früh, um Alkohol zu trinken. Allerdings war Gastfreundschaft seit jeher das A und O für uns Italiener, und es wäre ein Schlag in Salvatore Ducatos Gesicht gewesen, wenn wir seine Einladung abgelehnt hätten. Selbstverständlich würde auch ich den Wein kosten, erst einmal aber brauchte ich eine kleine Grundlage. Nach dem Aufstehen hatten wir nur auf italienische Art gefrühstückt – ein Tässchen starker schwarzer *caffè* mit Zucker und *basta*.

»Natürlich weiß ich das«, sagte er, wieder glomm seine Zigarette auf. »Als ich die Kisten ausgeladen habe, hat der Dottore mir doch lang und breit von seinem Besuch aus Deutschland erzählt. Marius Fabek, ich kenne ihn gut. Schon sein Vater, der alte Adriano, hat Wein bei uns gekauft, früher bei Babbo, dann bei mir.«

Salvatore Ducato sprach breitesten ligurischen Dialekt, der auch für mich nicht zu hundert Prozent verständlich war. Er war dem toskanischen in vielen Lauten zwar ähnlich, in mancherlei Hinsicht aber völlig anders. So verwendeten die Ligurier zum Beispiel Wörter mit X, einem Buchstaben, der in allen anderen italienischen Dialekten so gut wie keine Verwendung fand.

Ich angelte mir ein Stück Focaccia aus dem Korb, den unser Gastgeber auf den Tisch gestellt hatte, und biss hinein. Sie war frisch gebacken und schmeckte wunderbar salzig.

»Beim Wegfahren ist er mir sogar noch entgegengekommen, Marius in seinem Audi, ein A6, glaube ich. Ich habe angehalten, damit er auf der schmalen Straße leichter vorbeikommt. Und was tut Marius? Er grüßt nicht einmal und brettert an mir vorbei, dass es nur so staubt.« Der Jungwinzer spuckte auf den Boden. »Der hat sich ja immer schon für was Besseres gehalten – *che belin*.«

Das ligurische Schimpfwort war eigentlich eine derbe Bezeichnung für das angeblich wichtigste männliche Körperteil. Es wurde aber auch in anderen Zusammenhängen verwendet und sogar dann, wenn man etwas einzigartig Schönes beschreiben wollte. Seit jeher waren die Dialekte meiner Heimat erstaunlich erfindungsreich.

Irgendwo klopfte und hämmerte jemand, vielleicht Salvatore Ducatos Vater, der sich um den Gemüsegarten kümmerte, seit er mit seinem kaputten Bein die anstrengende Arbeit zwischen den jetzt noch blattlosen Weinstöcken nicht mehr bewältigen konnte. Aus den Ritzen der Mauern, die das Grundstück im Hang verankerten, quollen wilde Stiefmütterchen und Glockenblumen. Auch die ersten Bougainvilleen leuchteten schon in diesem satten Lila, das im Sommer noch viel intensiver wurde.

Wie gestern wehte auch heute immer wieder ein kühler Wind vom Meer landeinwärts, durch die warmen Sonnenstrahlen konnte man es dennoch gut im Freien aushalten. Ich trug nur meinen Kurzmantel aus dünner Wolle über Jeans und Bluse, ein dicker Schal wie zu Hause in Regensburg war hier um diese Jahreszeit nicht mehr nötig.

»Haben Sie sonst noch etwas beobachtet?«, fragte ich.

Salvatore Ducato nickte energisch. »Im Rückspiegel habe ich gesehen, wie Marius ausgestiegen ist. Er hat was aus dem Kofferraum geholt, war ziemlich groß, ein Koffer vielleicht oder eine Kiste. Genau konnte ich es nicht erkennen, ich war ja schon zu weit weg.«

»Sind Sie den beiden später noch einmal begegnet?«

Wieder nickte er. »Als wir dann endlich los sind, nach Lavagna, haben wir noch einen Abstecher nach Cerisola gemacht, Babbo wollte dem alten Giovanni Battista endlich die versprochenen Oliven bringen.«

Ich erinnerte mich, dass wir auf dem Weg zum »Cà degli Oliveti« an Cerisola vorbeigekommen waren, das im Wesentlichen aus einem Agriturismo und zwei, drei Häusern bestand.

»Da ist gerade dieser Sturm losgegangen, schon seit dem frühen Morgen war es unfassbar düster. Es hat zwar nicht geregnet, den ganzen Tag nicht, aber ordentlich windig ist es gewesen.« Erneut sog Salvatore Ducato an seiner Zigarette, die inzwischen zu einem winzigen Stummel zusammengeschrumpft war, und füllte Maximilians Glas auf. »Und als ich vor der Einfahrt halte, schießt auf einmal Marius' Audi vorbei.«

»In welche Richtung ist er gefahren?«

»Runter zum Dorf.«

»War Herr Fabek allein im Wagen?«

»Kann ich nicht sagen, er war ja so schnell dran.« Salvatore Ducato tippte sich an die Stirn und drückte den Rest seiner Zigarette in einem irdenen Aschenbecher aus, der auf dem Tisch stand. »Danach habe ich ihn jedenfalls nicht mehr gesehen. Und den Dottore auch nicht.«

»Wissen Sie noch, wie spät es war?«

»Ich denke mal, so gegen halb elf. Als ich wieder zurück war vom Dottore, war Babbo noch nicht mal aufgestanden. Und bis wir dann alles im Wagen hatten, hat es auch noch eine Weile gedauert.«

Er hob sein Glas, in das er uns zu Ehren einen winzigen Schluck gegossen hatte, prostete uns zu und trank. Maximilian, dessen Gesicht schon ein wenig gerötet war, folgte seinem Beispiel. Vielleicht hätte er sich auch erst einmal an die Focaccia halten sollten.

Ich kostete nun ebenfalls den Wein. Er war zwar nicht mit den Weinen zu vergleichen, die mein Onkel Marcello in der *cantina* auf dem Castello di Santosa produzierte, schmeckte aber dennoch angenehm trocken und ausgereift. Ich gratulierte unserem Gastgeber zu seinem Werk. Ein guter Tropfen war das Ergebnis unzähliger Stunden harter Arbeit, wusste ich nur zu gut, jahrelanger Erfahrung und einem großen Quantum Glück.

Ob jemand aus der weitverstreuten Nachbarschaft Danilo

Jakobi seither noch einmal gesehen hatte, wusste Salvatore Ducato nicht zu sagen. Auch auf die Frage, wo der verschwundene Schriftsteller sich sonst noch aufhalten könne, zeigte sich nur Ratlosigkeit auf seinem flächigen, von Wind und Sonne gegerbten Gesicht.

»Kennen Sie Signorina Buffo?«, half ich ihm auf die Sprünge. »Eine Mailänderin, sie hat ein Haus in der Via dei Pini in Rapallo.«

»Nie gehört. Sie meinen, er ist bei ihr?« Nachdenklich kratzte er sich am Kinn. »Am besten, Sie reden mit Luisa Cantarelli.«

Ich hob die Augenbrauen.

»Nein, nein, Gott bewahre«, er lachte dröhnend, »Luisa macht nur bei ihm sauber.«

***

»Wollen Sie auch einen *caffè*?«, fragte Luisa Cantarelli mich bald darauf an ihrer Wohnungstür, das Gesicht so bleich wie ein zugeschneites Feld im Winter. »Auf diesen Schrecken brauche ich erst einmal einen *caffè*. Erst verschwindet Signor Jakobi, und dann steht eine Privatdetektivin vor meiner Tür – *Madonna, non lo credo …«*

Vermutlich würde demnächst sogar die Polizei bei ihr läuten, und sie würde es noch weniger glauben. Doch ich sagte nichts davon, um sie nicht noch mehr zu verschrecken.

Luisa Cantarelli behielt die Visitenkarte, die ich ihr soeben durch den Türschlitz gereicht hatte, in der Hand. Umständlich nahm sie die Sicherheitskette ab und ließ mich eintreten. Sie war gertenschlank, sah ich jetzt, und trug ihr schwarzes Haar sehr kurz. Ein Schwall süßliches Parfüm wehte mir entgegen, fast raubte es mir den Atem.

Ihr Appartement befand sich in der dritten Etage eines mehrstöckigen Hauses am Ende der Via Alessandro Lamarmora in einer Wohngegend Rapallos, die so ganz anders war als die, in der Flavio lebte. Vor dem Haus mit den obligatorischen Balkonen und einer ansonsten schmucklosen Betonfassade parkten Vespas und *motorini* in engen Reihen, im Erdgeschoss waren ein *supermercato* und ein Versicherungsbüro untergebracht. Der Lärm und die Abgase der Zweitaktermotoren fingen sich in der schmalen Straße. Die verwinkelten Gassen des nahen *centro storico* mit seinen pittoresken Gebäuden und die illustre Meerespromenade waren hier nicht einmal zu erahnen.

Maximilian machte einen Spaziergang, bis ich mit meiner Unterredung mit Danilo Jakobis Putzfrau fertig war. Der Wein zu so früher Stunde und auf nüchternen Magen setzte meinem Liebsten mehr zu als gedacht.

»Zweimal die Woche mache ich bei Signor Jakobi sauber, normalerweise dienstags und freitags, von zehn bis zwölf«, erklärte mir die auch für eine Italienerin sehr klein gewachsene Frau Mitte fünfzig, als sie mich mit flinken Schritten durch ihre unbewohnt wirkende Diele führte. »Bevor ich gehe, koche ich ihm normalerweise noch was Leckeres für den Abend. Dann muss er nicht so oft auswärts essen.«

Ihre Absätze, sie trug feine Lederpumps mit einer aufgenähten Schleife, klapperten auf dem Parkett des schlauchförmigen Korridors, der sich an die Diele anschloss. Es roch nach Chlor, frisch gebackenen Biscotti und auch hier überall nach Luisa Cantarellis üppigem Parfüm.

Die Einrichtung war so spartanisch wie in vielen Wohnungen Italiens. Die meisten meiner Landsleute beschränkten sich in den eigenen vier Wänden auf das Nötigste und verwendeten den Großteil ihrer Zeit, Energie und Barschaft darauf, sich auf den *piazze*, am *mare* und in den *ristoranti* sehen zu lassen, selbstverständlich immer gut und oft auch nach der neuesten Mode gekleidet.

Wir betraten die geräumige, aber ebenfalls karge Küche. Eine mit grauem Resopal verkleidete Küchenzeile, vier Metallstühle, ein quadratischer Tisch, der unter einer Plastiktischdecke mit aufgedruckten Tomaten verschwand. Darauf zwei kitschige Kristallschalen aus alten Zeiten, die eine bis zum Rand mit frisch gebackenen Mandelbiscotti gefüllt, die andere mit bunt bedruckten Zuckertütchen, vermutlich aus Rapallos diversen Bars und *ge-*

laterie. Auf einem Tischchen vor der offen stehenden Balkontür thronte ein altertümlicher Vogelkäfig, drei Kanarienvögel trillerten munter um die Wette.

Luisa Cantarelli deutete auf einen der Stühle. Kurz fasste sie sich an die linke Wange, sie erschien mir ein wenig geschwollen, und hantierte dann mit einer übergroßen *macchinetta*, der Handmaschine für Kaffee, die in keinem italienischen Haushalt fehlte.

Ich setzte mich. »Sie haben Signor Jakobi am Freitag also noch gesehen?«

»Nein, da konnte ich ja nicht, wegen meinem Backenzahn, die halbe Nacht habe ich wach gelegen.«

Mit unheilschwangerer Miene berührte sie wieder die geschwollene Wange, schraubte die Kaffeemaschine auseinander. Von draußen drang das Knattern der *motorini* herein, ein kühler Luftzug wehte. Ich knöpfte meinen Mantel zu.

»Zuerst dachte ich noch, kein Problem, fahre ich eben am Nachmittag beim Signore vorbei. Aber allein schon bis Genua habe ich fünfzig Minuten gebraucht, stadteinwärts dann der nächste Stau, die nervige Parkplatzsucherei und die Warterei beim Kieferorthopäden – erst um vier bin ich wieder zu Hause gewesen. Und da musste ich mich doch schon bald um Enzo und Teresa kümmern, meine Enkelkinder.«

Obwohl das italienische Gesundheitssystem dem deutschen seit Langem in so gut wie nichts mehr nachstand, konzentrierten sich viele Fachpraxen noch immer in den Großstädten, was oft einen enormen Organisationsaufwand für die Bewohner der ländlichen Regionen bedeutete.

»Haben Sie mit Signor Jakobi telefoniert?«

»Gleich in der Frühe habe ich ihn angerufen, natürlich.« Sie stellte die nun mit Kaffeepulver und Wasser gefüllte *macchinetta* auf eine Herdplatte, drehte das Gas an und schob die Kristallschalen an meinen Platz. »Aber sein *telefonino* war aus, ich habe ihm nur eine Nachricht aufgesprochen. Um Viertel nach drei, als ich wieder im Auto war, hab ich es noch mal versucht, aber wieder ohne Erfolg. Und zurückgerufen hat er auch nicht. Jetzt ist mir klar, warum.« Betrübt schüttelte sie den kleinen, runden Kopf mit der makellosen Kurzhaarfrisur, die so gepflegt war wie die ganze Person. »Meinen Sie, es ist ihm etwas zugestoßen? Etwas Ernsthaftes?«

»Man muss abwarten, was die Ermittlungen ergeben«, sagte ich. »Das heißt also, Sie sind vergangenen Dienstag das letzte Mal bei ihm gewesen?«

»Nein, am Montag. Am Dienstag musste ich mit Enzo und Teresa nach Chiavari, wegen *carnevale*. Am Montag, von zehn bis Viertel nach eins.«

»Ich denke, Sie arbeiten nur bis zwölf?«

»Ja, schon. Aber ich bin nicht früher weggekommen, der Signore hat sich doch so furchtbar aufgeregt. Also habe ich uns beiden einen *caffè* gemacht, mich zu ihm gesetzt und ihm ein bisschen zugehört.«

»Worüber hat er sich denn aufgeregt?«

Luisa Cantarelli holte zwei Espressotassen aus einem Hängeschrank, stellte sie neben den Herd und machte jene typische Geste, die man nur in Italien zu sehen bekommt, dort aber praktisch an jeder Straßenecke. Vor der Brust legte sie beide Handflächen zusammen, als wollte sie beten, und schüttelte sie in einem schnellen Takt aus dem Handgelenk auf und ab, dazu machte sie ein melodramatisches Gesicht.

»*Mamma mia*, so ist das nun mal mit den Männern«, lamentierte sie in einer Lautstärke, dass die Kanarienvögel vor Schreck verstummten, ging auf meine Frage jedoch nicht ein. »Mein Federico, Gott hab ihn selig, war ja genauso, und Babbo auch, wenn sie nämlich Aufmerksamkeit und Verständnis bekommen, dann beruhigen sie sich schnell wieder, das ist doch nichts Neues, oder, Signora?«

Natürlich nickte ich.

»Aber die jungen Frauen von heute wissen nicht, dass man den Männern zuhören muss, oder sie wollen es nicht wissen, und auf ihre Mütter hören sie ja nicht mehr. Was denken Sie denn, warum so viele Ehen so bald schon wieder geschieden werden, Signora?«

»Warum hat Signor Jakobi sich denn so aufgeregt?«, fragte ich ein zweites Mal, nachdem ich sie noch eine Weile hatte jammern lassen und immer wieder zustimmend das Gesicht verzogen hatte. Auch Frauen musste man hin und wieder zuhören.

»Wegen diesem Anruf aus Deutschland.«

»Ach?«

»Aber ja, durchs ganze Haus hat man ihn gehört, Sie glauben gar nicht, wie laut der Signore gewesen ist. Zuerst hat er nur ganz normal telefoniert, da habe ich oben sauber gemacht. Verstanden habe ich natürlich nichts, ich kann ja kein Deutsch, und als er dann fertig war, ist es erst richtig losgegangen.« Sie rollte die dunkelbraunen Augen. »So kenne ich ihn sonst gar nicht. Wo er doch immer so gut gelaunt ist, oft erzählt er mir eine seiner amüsanten Geschichten, genau wie mein Onkel Carlo aus Firenze. Die Toskaner sind nämlich anders als wir hier, nicht so ernst und zugeknöpft.«

Irgendwo wurde gehupt, ein Bus rumpelte durch die Straße. Die Kanarienvögel hatten sich wieder beruhigt und sangen und trillerten, dass es mir in den Ohren klang.

»Wissen Sie, mit wem Signor Jakobi telefoniert hat?«

»*Certo, certo* – mit Signor Fabek, ihm gehört das ›Cà degli Oliveti‹. Es gab ein Problem mit dem Schlüssel, hat der Signore gesagt.«

»Mit welchem Schlüssel?«

»Na, für das Haus. Den Schlüssel hatte Signor Jakobi noch vom alten Signor Fabek, Gott hab ihn selig. Und das hat dem jungen Signore nicht gepasst, er wollte ihn zurückhaben.«

»Das heißt, Marius Fabek war nicht damit einverstanden, dass Signor Jakobi in seinem Haus wohnt?«

»So hat es geklungen.«

Der Kaffee gurgelte, dampfte und zischte. Meine auskunftsfreudige Gastgeberin wartete, bis er fertig durchgelaufen war, goss beide Tassen randvoll und stellte sie auf den Tisch. Seufzend leerte sie die ihre in einem Zug, füllte sie sofort wieder auf, setzte sich endlich mir gegenüber an den Tisch und schlug die Beine übereinander.

Erneut wehte mich ihr Parfüm an. Trotz des Luftzugs und des Lärms von draußen war ich froh, dass die Balkontür offen stand.

Ich gab Zucker in meine Tasse, angelte mir einen Biscotto und tunkte ihn in den Kaffee. Er schmeckte, wie es sein musste: am Rand vollgesogen mit der aromatischen Flüssigkeit, in der Mitte noch schön knusprig und überall wunderbar nach Mandeln.

»Hat Signor Fabek bei dieser Gelegenheit seinen Besuch am nächsten Tag angekündigt?«

»Er war also doch hier?«, fragte Luisa Cantarelli zurück. »Ich habe ja nicht geglaubt, dass er kommt.«

Mit gerunzelter Stirn leerte sie die Tasse, stellte sie mit einem dumpfen Ton auf den Tisch, spitzte die tiefrot bemalten Lippen und machte zwei, drei zirpende Laute in Richtung Käfig, von dem prompt und voller Begeisterung eine vielstimmige Antwort kam.

Danilo Jakobi habe ihr tatsächlich von Marius Fabeks beabsichtigtem Besuch erzählt, erklärte Luisa Cantarelli, was sie jedoch nicht ernst genommen habe. Schließlich sei der eigentliche Besitzer des Häuschens schon lange nicht mehr im Lande gewesen.

»Vielleicht hätte ich sein Geschimpfe doch beachten sollen, vielleicht hätte ich auch am Freitag zu ihm fahren sollen, vielleicht ...« Die Stimme versagte ihr, mit traurigem Blick sah sie mir in die Augen. »Vielleicht wäre der Signore dann noch am Leben.«

***

Maximilian wartete vor der Tür, als ich bald darauf aus dem Haus trat. Inzwischen war es Viertel nach zwölf. Entspannt lehnte er an einer Laterne und sah dem Treiben auf der Straße zu. Die Läden waren noch geöffnet, erst während der langen Mittagspause zwischen halb eins und vier würde es ruhiger werden.

Wir spazierten zurück zur Altstadt, und ich erzählte ihm, was ich von Luisa Cantarelli erfahren hatte. Der Name Buffo hatte ihr nichts gesagt. Entweder handelte es sich tatsächlich nur um ein Gerücht, oder ihr Arbeitgeber war in dieser Hinsicht sehr diskret gewesen.

Maximilian und ich beschlossen, Signorina Buffo einen Besuch abzustatten. Auch wenn ich nicht wirklich daran glaubte, so bestand zumindest die theoretische Möglichkeit, dass Danilo Jakobi sich nur irgendwo verkrochen hatte und seine wie auch immer gearteten Wunden pflegte.

Das Haus der jungen Frau aus Mailand war bald gefunden. Eine kleine Villa am östlichen Rand der Innenstadt und inmitten eines sorgfältig gepflegten Grundstücks voller Pinien, Orangenbäumchen und Oleander, zwar ohne Meerblick, jedoch in sonnenbeschienener Südlage. Alle Fensterläden waren geschlossen, auf unser Klingeln öffnete niemand.

Vor einem Mehrfamilienhaus gegenüber saß ein alter Mann auf einem Klappstuhl und betätschelte liebevoll sein Smartphone. Ich sprach ihn an.

Die Signorina, erklärte er, halte sich zurzeit in Mailand auf. Dieses Jahr sei sie noch nicht hier gewesen, zumindest hätten weder er noch seine Frau sie gesehen, die Villa habe sie von einem Onkel geerbt. Der alte Mann wusste nicht, wann sie wiederkam. Auch der Name Danilo Jakobi sagte ihm nichts.

Zurück an der Promenade, gingen Maximilian und ich zum »Il Grottino«, Danilo Jakobis Stammkneipe, die in der Nähe des alten Castello lag. Vielleicht bekamen wir dort eine Auskunft, ob er mit der jungen Mailänderin hier gewesen war oder wo er sich sonst aufhielt.

Die Bar, sahen wir bald, öffnete im Winter erst am späten Nachmittag. Umso besser. So blieb uns endlich Zeit für unseren Urlaub, für den wir bisher kaum Gelegenheit gehabt hatten. Auch wenn ich seit meinem letzten Telefonat mit Cora Jakobi wieder einen Job hatte, so wollte ich Maximilians Geduld nicht über die Maßen strapazieren.

Hand in Hand schlenderten wir die von Palmen gesäumte Promenade entlang, die im Tageslicht völlig anders aussah als bei Nacht. Das Wasser in der vor uns liegenden Bucht leuchtete in einem so intensiven Türkis, wie man es selbst im Sommer nicht immer sah. Weit draußen, vor der Landzunge von Portofino, lag ein Schiff weiß und träge vor Anker, Möwen zogen kreischend ihre Runden, und über allem strahlte die Sonne.

Auf den Sitzbänken entlang der Promenade verspeisten Angestellte ihren Mittagsimbiss, während betagte Ehepaare und junge Frauen mit Kinderwagen vorbeiflanierten. Eine kleine Prinzessin, im rosafarbenen Tüllkleid und die Lippen in knalligem Pink, warf den Möwen Stücke von ihrem *brioche* zu, ein paar Jungs auf Dreirädern flitzten ihren Großeltern hinterher. Trotz der selbst für hiesige Verhältnisse ungewöhnlich warmen Temperaturen waren die meisten Erwachsenen in wattierte Mäntel oder Pelzjacken und Winterfarben gekleidet.

Wir ließen uns den frischen Seewind ins Gesicht wehen, gingen Arm in Arm weiter, über eine kleine Brücke auf den Yachthafen zu, in dem die meisten Segelboote und Motoryachten noch ihren Winterschlaf hielten. Obwohl ich die entspannte Stimmung und den überwältigenden Blick auf die in der Mittagssonne glänzende Bucht genoss, gelang es mir nicht, den Fall zu vergessen. Es gab zu viel, das mich beschäftigte, und wie immer zu Beginn neuer Ermittlungen musste ich die unzähligen Gedanken ordnen, die durch meinen Kopf wirbelten.

»Was wissen wir bisher?«, begann ich also, als die Brücke hinter uns lag. »Danilo Jakobi wurde zuletzt am vergangenen Dienstag gesehen, zwischen acht und halb neun Uhr morgens.«

»Da hat er gerade Besuch von seinem Verleger bekommen«, ergänzte Maximilian.

»Seiner Frau, mit der er kurz zuvor telefoniert hat, hat er seltsamerweise nichts davon gesagt.« Ich blieb stehen. »Was auch seltsam ist: Wenn Marius Fabek ihn tatsächlich aus seinem Haus werfen wollte – warum hat er ihm dann noch diesen großen Koffer oder die Kiste mitgebracht, die Salvatore Ducato gesehen hat?«

»Vielleicht war sie gar nicht für Jakobi.«

Maximilian war ebenfalls stehen geblieben und sah einem Mann zu, der auf dem Pier zwischen den Booten ein Seil aufrollte.

»Der Tisch im ›Cà degli Oliveti‹ war für zwei Personen gedeckt, Danilo Jakobi hat seinem Verleger nach der langen Fahrt wohl eine Erfrischung angeboten«, sagte ich, als wir langsam weitergingen. »Oder er wollte ihn für das bevorstehende Gespräch milde stimmen.«

»Fabek hat den Schlüssel für das Haus trotzdem zurückverlangt«, übernahm wieder Maximilian. »Aber Jakobi hat ihn nicht rausgerückt. Wenn er sich auf die Schnelle eine andere Bleibe hätte suchen müssen, wäre das teuer für ihn geworden. Schon am Vortag hat er sich furchtbar darüber aufgeregt, ein böses Wort ergibt das andere, die Situation eskaliert ...«

»Marius Fabek schlägt zu, greift sogar nach einem Messer, sieht dann aber, was er angerichtet hat. Er steckt das Messer ein, schleift den Verletzten zum Auto, vielleicht will er ihn zu einem Arzt bringen. Oder sein Opfer ist tot, stirbt während der Fahrt, was auch immer. Jedenfalls gerät Marius Fabek in Panik.«

»Er lässt Jakobi irgendwo in den Bergen liegen. Anschließend fährt er zurück nach Regensburg und spielt den unbescholtenen Verleger. Aber ...«, ungläubig wiegte Maximilian den Kopf hin und her, »Fabek kann doch nicht ernsthaft glauben, dass er damit durchkommt.«

»Bisher wissen wir ja noch nicht einmal, von wem die Blutspuren stammen«, gab ich zu bedenken.

Nein, es hatte keinen Sinn, ins Blaue hinein zu spekulieren. Kurz entschlossen rief ich Bianca Rosetti an.

Sie gab sich jedoch zugeknöpft und wollte mir weder verraten, was die Laboruntersuchungen der Blutspuren ergeben hatten, noch, welche sonstigen Spuren und Indizien man im »Cà degli Oliveti« gefunden hatte. Zumindest ließ sie anklingen, dass die polizeilichen Ermittlungen bisher nichts Neues ergeben hatten. Danilo Jakobi war nirgendwo in der Nähe medizinisch versorgt worden, weder in den Kliniken, die ich gestern angerufen hatte, noch bei den niedergelassenen Ärzten, die Bianca Rosettis Mitarbeiter mittlerweile kontaktiert hatten. Am Vormittag hatte sie eine offizielle Suchmeldung nach ihm herausgegeben.

Als nächste wählte ich Flavios Nummer.

Mein Cousin steckte noch immer in den Vorbereitungen zur heutigen Vernissage, versprach aber eifrig, sich ein wenig umzuhören. Spontan fiel ihm zwar niemand ein, der bei den Carabinieri arbeitete. Dennoch war er überzeugt, in seinem weitverzweigten Bekanntenkreis schließlich doch auf jemanden zu stoßen, der ihm

Auskunft gab. Ich versprach, wir würden pünktlich um acht in der Galerie sein.

Noch am Morgen hatte ich große Zweifel gehabt, ob Flavio heute überhaupt in der richtigen Stimmung für die Eröffnung seiner Ausstellung sein würde. Wieder hatte uns Lärm aus seinem Zimmer geweckt, dieses Mal jedoch ganz anderer Natur als noch wenige Stunden zuvor. Flavio und Margherita hatten sich so wüst beschimpft, als wären sie die Hauptakteure in einer billigen Seifenoper. Ständig waren Türen auf- und zugeflogen, untermalt von nicht enden wollendem Geschluchze und noch mehr Geschrei.

Als Maximilian und ich schon überlegten, ob wir einschreiten sollten, hörten wir Margheritas Stiefelabsätze über die Marmorfliesen stöckeln, ein allerletzter Wutschrei, und die Wohnungstür knallte ins Schloss. Später beim *caffè* hatten wir Flavio kein einziges Mal zu Gesicht bekommen.

»Fabek muss doch klar sein, dass man ihn mehrfach in Zoagli gesehen hat«, begann Maximilian von Neuem, als wir wieder auf dem Weg zum Lungomare waren.

»Ich muss mit ihm sprechen. Er scheint der Letzte zu sein, der Danilo Jakobi begegnet ist. Auch wenn er vielleicht nicht der Täter ist – in jedem Fall ist er ein wichtiger Zeuge.«

Wir setzten uns auf eine von der Mittagssonne beschienene Bank. Ich zückte erneut mein Handy, suchte im Internet nach dem »Adrian's Art Verlag«, wählte die Nummer und fragte nach Marius Fabek.

Er sei in einem Meeting, hieß es. Aber ich könne es gern in einer Stunde noch einmal versuchen.

Maximilian warf erst einen wehmütigen Blick auf das Meer, dann auf die Promenade vor uns, schließlich auf die vielen Menschen, die ihre Gesichter in die Sonne hielten. Mir war klar, was er dachte. Schließlich dachte ich dasselbe.

8

»*Ciao, mamma*«, hörte ich Vincenzos Stimme am späten Nachmittag am anderen Ende der Leitung sagen. Er klang so jämmerlich, dass ich erschrak. »Und, wie ist es so bei euch?«

Maximilian und ich saßen vor einer Bar am noch immer sonnenbeschienenen Lungomare, vor uns einen Teller mit Knabbereien und je ein Glas Aranciata und Aperol Sprizz.

Unser Nachmittag war erholsam gewesen. Nach einem Spaziergang durch einen kleinen Park beim Museo del Merletto hatten wir erst nach einem Mitbringsel für Vincenzo Ausschau gehalten und uns anschließend in einem Supermarkt mit Wein, Pasta, eingelegtem Gemüse und allerhand abgepackter Focaccia für zu Hause eingedeckt.

Den Besuch im »Il Grottino«, das endlich offen war, hatten wir auch schon erledigt. Dem Barista hatte der Name Buffo zwar nichts gesagt, er hatte uns jedoch eine interessante Geschichte erzählt.

Am Sonntag vor einer Woche war Danilo Jakobi mit *»una signorina molto molto giovane«* in der Bar gewesen, bei einem Cocktail kamen er und die sehr, sehr junge Dame sich näher. Plötzlich tauchte ein Mann auf, ein bulliger Kerl in Lederjacke, Mitte zwanzig und offenbar der Bruder des Mädchens, der den mehr als doppelt so alten Danilo Jakobi wütend zur Rede stellte. Wenn der Barista nicht eingegriffen hätte, wäre es wohl zu Tätlichkeiten gekommen. Schließlich bedachte der Mann in Lederkluft, dem Dialekt nach stammte er aus Kalabrien, seinen Kontrahenten mit letzten bösen Drohungen, schleifte seine Schwester zu seinem Motorrad und preschte mit ihr davon.

Weder den Wohnort noch den Namen des Geschwisterpaares hatte der Barista gekannt, jedoch etwas von »'Ndrangheta« gemurmelt, der kalabrischen Mafia.

»Was ist los, *tesoro*?«, fragte ich meinen Sohn besorgt.

»Hier ist alles megaoberätzend.«

»Und was im Speziellen?«

»Papa hat eine übelste Saulaune, weil Lilo immer noch nicht aus ihrem Wellnesswochenende zurück ist, und Florian Hausarrest wegen seiner Fünf in Mathe im Zwischenzeugnis, aber raus zum Fußballspielen kann man eh nicht, weil es ist so was von saukalt, gestern hat's sogar wieder geschneit. Auf YouTube kommt nur Mist, wir brauchen echt mal Netflix, Mamma, die Schule ist genauso zum Kotzen wie vor den Ferien und das neue Fantasy-Buch auch nicht gerade der Burner«, zählte mein Kleiner frustriert auf. Dann änderte sich sein Tonfall: »Aber das Nervigste ist – mit Leonardo ist echt gar nichts los. Eigentlich könnte er gleich wieder wegfahren, nach Freising oder Volterra, ist mir so was von fucking … Sorry, also scheißegal ist mir das.«

Ich beschloss, seinen verbalen Ausrutscher zu überhören. Stattdessen versuchte ich ihm zu erklären, dass sein Großcousin nun mal für die Wiederholungsprüfung büffeln musste, da er sonst sein Auslandssemester in Deutschland erfolglos beenden würde.

»Von wegen«, ätzte Vincenzo. »Der hat doch noch kein einziges Mal sein blödes Skript aufgeschlagen, ständig hängt er oben bei Mona rum, bis tief in die Nacht.« Er seufzte zum Erbarmen. »Auf Sitcoms hab ich langsam keinen Bock mehr, mir ist so was von langweilig. Wann kommst du denn endlich wieder heim, Mamma?«

Bei Mona …

Schon vor einiger Zeit war mir aufgefallen, dass Mona dem leider sehr gut und italienisch aussehenden Leonardo schöne Augen machte. Und dass er sich angesichts ihrer unübersehbaren Avancen geschmeichelt fühlte. Mir kam ein schlimmer Gedanke: War etwa Leonardo der Neue in ihrem Leben, von dem sie mir partout nichts erzählen wollte? Es würde erklären, warum Mona sich in letzter Zeit ständig vor ihren Pflichten in der Boutique drückte. Warum sie der Reihe nach unsere Aushilfen mobilisierte, anstatt sich an die vereinbarten Schichten zu halten. Und warum ich sie in den letzten Wochen so selten in der Villa gesehen hatte. War sie womöglich in jeder freien Minute nach Freising zu Leonardo gefahren?

Zorn erwachte in mir. Erstens auf Mona, die meine Abwesenheit schamlos ausnutzte. Zweitens auf Leonardo, der sich nicht an die Absprachen mit mir hielt. Drittens auf beide zusammen, weil sie Vincenzo, den ich in guter Obhut wähnte, einfach sich selbst überließen. Und schließlich auch auf mich selbst. Hätte ich den beiden Turteltäubchen vielleicht von Anfang an klarmachen sollen, dass ich solche Spielchen in meinem Haus nicht duldete?

»Mach dir nichts draus«, sagte ich zu Vincenzo und ließ mir meinen Ärger nicht anmerken. »Wir haben sowieso gerade überlegt, dass wir morgen am Spätnachmittag wieder abreisen.«

»Wie – echt jetzt?«

»Aber ja, *tesoro*. Ich habe Sehnsucht nach dir.«

»Du bist die Allerallerbeste!«, jauchzte mein kleiner Großer. »Okay, bis ihr wieder da seid, übernachte ich bei Papa, die Nachmittage kriege ich schon irgendwie rum. Hier halt ich es echt nicht mehr aus.«

Zu meiner Überraschung erfuhr ich, dass Paolo trotz seiner vielen Arbeit ausgesprochen froh über die Gesellschaft unseres Sohnes war, der Einzige, der zumindest abends seine schlechte Laune aufheitern konnte. Mit dem neuen Fall ging es zwar nicht so recht voran – der Tote aus der Donau war immer noch nicht identifiziert –, aber dennoch hatte er für Vincenzo momentan mehr Zeit als sonst.

Ich verstand die Welt nicht mehr. Normalerweise waren für Paolo seine Pflichten als Polizist so unvergleichlich wichtiger als seine Vaterpflichten. Besonders, wenn ein kniffliger Fall zu lösen war. Ob es vielleicht mit Lilos Wellnessurlaub zu tun hatte?

Wie auch immer, hier gab es nichts mehr für mich zu tun. Wenn wirklich die 'Ndrangheta hinter Danilo Jakobis Verschwinden steckte, war der Fall einige Nummern zu groß für mich. Ich hatte Bianca Rosetti bereits telefonisch über die neue Spur informiert und ihr dabei auch von meinen Nachforschungen zu Signorina Buffo erzählt.

Auch bei Marius Fabek hatte ich es wieder versucht. Sein Meeting war nun zwar zu Ende gewesen, er jedoch außer Haus. Seine Mobilnummer wollte mir die freundliche, aber unverbindliche

Empfangsdame nicht verraten. Es blieb mir nichts anderes übrig – sobald ich wieder in Regensburg war, musste ich persönlich mit ihm sprechen.

Auch wenn mir beim Gedanken an unsere baldige Abreise genauso schwer ums Herz wurde wie Maximilian, so gab es doch auch einen positiven Aspekt daran. Während ich meinen Ermittlungen nachging, konnte er sich seinem Zuhause auf den Winzerer Höhen widmen.

Kurz vor Vincenzos Anruf hatten wir feierlich beschlossen, dass die Zeit reif war für Veränderungen. Maximilian würde einen Mieter für das meist leer stehende Haus suchen und bei mir einziehen. Bei diesem Vorschlag war ich ihm jubelnd um den Hals gefallen und hatte anschließend den Aperol Sprizz bestellt.

Doch erst einmal wollten wir unseren leider viel zu kurzen Urlaub mit einem entspannten letzten Abend abschließen. Nach dem *aperitivo* würden wir uns ein nettes kleines *ristorante* suchen, uns dort ein opulentes Mahl gönnen und anschließend auf Flavios Ausstellungseröffnung in die Nacht hineinfeiern.

***

Flavios Vernissage fand in einem prächtigen alten Palazzo statt, der am Hang über Rapallo thronte. Von der Terrasse aus konnte man die Lichter der Stadt sehen, dahinter das nachtdunkle Meer.

Was von außen den morbiden Charme vergangener Jahrhunderte versprühte, bestach innen durch moderne Zimmerfluchten, viel Holz und unzählige, im Land der Energiesparlampen ungewöhnlich helle Lichtspots, die Flavios Gemälde wirkungsvoll in Szene setzten. In der Galerie hatte man alle Türen entfernt, sodass nahezu an jedem Punkt des Palazzos ein berauschender Eindruck von Unendlichkeit entstand. Jeder der riesigen und hohen Räume war in einer anderen Farbe gestrichen, Musik drang aus unsichtbaren Lautsprechern. Eine Mischung aus schrillen Geigen, Orgelmusik und Trompetenklängen, die der Szenerie etwas Mystisches verlieh.

Der Galerist, ein jugendlich-dynamischer Genoveser mit feurigen Augen, Zungenschlag und dem klangvollen Namen Raffaele Chiarabelli, war aus der Nähe besehen um einiges älter, als der erste Eindruck vermuten ließ. Er stand mit Flavio und Margherita an einer Bar beim Eingang und begrüßte jeden der zahlreichen Besucher persönlich. Auch Maximilian und mir drückte er ein Glas Prosecco in die Hand, pries lauthals die Werke seines Protegés und bat uns mit einem Augenzwinkern, uns unbedingt im Gästebuch zu verewigen.

Flavios Bilder bestachen nicht nur durch kräftige Farben und ungewöhnliche Kompositionen. Auch die Titel waren originell. »Ode in Blau«, las ich, »Morgengruß unter Feinden« und »Tränen der Einsamkeit«. Überall drängelten sich Besucher, betrachteten mit wohlwollend-kritischer Miene die ausgestellten Bilder oder diskutierten weitschweifig die Absicht des Künstlers hinter jedem einzelnen Werk.

Ich zählte mindestens fünf Journalisten von Zeitungen und Online-Redaktionen, die Schildchen mit dem Namen ihrer Redaktion am Revers oder Ausschnitt trugen. Sie belagerten Flavio mit mehr oder weniger klugen Fragen, jede einzelne beantwortete er ebenso ausführlich wie lässig.

Als alle Gäste versammelt waren, verklang die Musik, und Raffaele Chiarabelli eröffnete die Ausstellung. In seinem schwarzen Anzug, kombiniert mit kobaltblauen Lederslippers und froschgrünem Schal, wirkte er um einiges mondäner als der Künstler selbst, der in einem lappigen Opahemd und einer abgeschabten Lederhose im Udo-Lindenberg-Stil erschienen war. Er sprach von Flavios unerschöpflicher Inspiration, der archaischen Intensität seiner Bilder, der faszinierenden Ursprünglichkeit der Motive, die deren Schöpfer auf nie dagewesene Weise zu einer mutigen Gesamtkomposition arrangiert und durch innovative Maltechniken umgesetzt habe.

Seine Rede war reich an blumigen Metaphern und literarisch vermutlich ausgesprochen wertvoll. Dennoch klinkte ich mich gedanklich bald aus und nahm einfach nur die Eindrücke in mir auf. An den beifällig nickenden Köpfen der Anwesenden, Flavios feinem, triumphierendem Lächeln und dem tosenden Beifall am Ende der kryptischen Ansprache erkannte ich, dass der Abend ein Erfolg werden würde. Flavios neue Werke würden sich ebenso gut verkaufen wie ihre Vorgänger.

Anschließend bot sich mir erst einmal keine Gelegenheit, ein vertrauliches Wort mit Flavio zu wechseln. Wenn er keine Statements vor den Journalisten abgab oder für ein Foto posierte, flatterte er mit Margherita im Schlepptau von Grüppchen zu Grüppchen. Flavio zu Ehren und in Anlehnung an die Handwerkstradition der ligurischen Samt- und Seidenweberei hatte sie ihr vielleicht schönstes Kleid angelegt, eine bodenlange Robe aus feuerrotem, besticktem Samt, mit dazu passenden Stilettos und farblich abgestimmtem Lippenstift. Der Künstler stieß mit seinen Gästen auf den Abend an, schwärmte von seiner wohl produktivsten Phase seit Jahren und empfahl den hingerissen Lauschenden nebenbei dieses oder jenes Werk als geeignetes Accessoire fürs Büro oder noble Zuhause.

Die Damen waren in ihren besten Outfits erschienen. Abendkleider aus Plüschpelz, Nylonfetzen und schwarze Lackminis, bestickte Brokatgewänder, die einer Königin würdig gewesen wären – der Phantasie waren keine Grenzen gesetzt. Viele der Herren trugen so kreative Kombinationen wie der Galerist, manche wie Maximilian auch nur Jeans und Jackett.

Irgendwann fand Flavio dann aber doch Zeit für uns. Wir gratulierten Margherita zu ihrem Kleid, Flavio zu seinen gelungenen Bildern und dem grandiosen Abend. Mit lässiger Grandezza nahmen beide unsere Glückwünsche zur Kenntnis.

»Ich habe Neuigkeiten für dich, *patatina*«, raunte Flavio und ergriff meinen Unterarm. »Christofero, ein Freund von mir, hat eine neue Freundin, und sie hat wiederum eine Freundin, Helena heißt sie – und die arbeitet als Sekretärin bei den Carabinieri in Chiavari.«

Mit verschwörerischem Blick zog er mich hinter eine Säule, hier war es ruhiger, und hielt Margherita, die ihm nicht von der Seite gewichen war, in einer ungeduldigen Geste sein leeres Glas unter die Nase.

Als sie und Maximilian auf dem Weg zur Bar waren, erfuhr

ich, dass Bianca Rosetti zurzeit alle Nachbarn von Danilo Jakobi befragen ließ, auch Medienaufrufe hatte sie heute geschaltet. Dennoch hatte sie bisher nicht mehr in Erfahrung bringen können als ich: Seit dem frühen Faschingsdienstag war der Schriftsteller von niemandem mehr gesehen worden.

Signorina Buffo, die wirklich eine kurze, aber leidenschaftliche Affäre mit ihm gehabt hatte, wollte ihm dieses Jahr noch nicht begegnet sein. Die Spur nach Kalabrien war noch zu frisch, um einen Zusammenhang mit seinem Verschwinden zu untermauern oder auszuschließen. Eines aber stand bereits jetzt fest: Die Blutspuren aus dem »Cà degli Oliveti« stammten ausnahmslos von Danilo Jakobi. Auch Fingerabdrücke hatte man gefunden, der Großteil ebenfalls von ihm, ein paar wenige von einer anderen männlichen Person. Diese hatte man auf einem Glas und einer Tasse entdeckt, die auf dem Esstisch standen.

»Die Fingerabdrücke lassen sich aber niemandem zuordnen. Helena hat gesagt, auch in den Datenbanken von Interpol gibt es keinen Eintrag.«

»Hat sie vielleicht den Namen Marius Fabek erwähnt?«

»Nicht dass ich wüsste.« Zerknirscht sah er mich an. »Das ist leider alles, *mi dispiace*. Aber ich habe mich mächtig für dich ins Zeug gelegt, Cousinchen. Bist du zufrieden mit mir?«

Ich lobte ihn gebührend und bedankte mich mit einer flüchtigen Umarmung. Flavio nutzte wieder einmal die Gelegenheit, mich an sich zu drücken und mein Gesicht mit stürmischen Küssen zu bedecken. Lachend schubste ich ihn weg.

Hinter mir stöhnte jemand.

Ich wandte mich um, sah in Margheritas versteinerte Miene. Ihr Blick, so kalt wie Eis, heftete sich erst auf mich, dann auf Flavio. Die beiden fast randvollen Gläser, die sie hielt, schwankten. In einer blitzschnellen Bewegung goss sie deren Inhalt in Flavios Gesicht, schleuderte ihm die Gläser vor die Füße und schlug ihm mit aller Kraft mitten ins Gesicht. Dann warf sie noch etwas anderes, das sie aus ihrem Handtäschchen gezerrt hatte, auf den Boden. Bevor Flavio reagieren konnte, stürzte sie aufheulend davon.

Die wenigsten der Anwesenden hatten die kleine Szene bemerkt. Nur einige in unserer direkten Nähe starrten Flavio an, reckten die Köpfe. Sein Gesicht war nass vom Prosecco, die Wange knallrot und das Hemd voller Flecken. Auf dem Boden hatte sich eine kleine Lache gebildet, zu Flavios Füßen lagen Scherben.

»*Tutto a posto*«, beschwichtigte mein Cousin die tuschelnden Gäste mit einer seiner großen Gesten und lachte unbefangen. »Verstehe einer diese Frauen, *mamma mia*, sie lieben und sie hassen uns. Bloß, was täten wir ohne sie?«

Eine Frau stimmte in sein Gelächter ein, ihr Begleiter nickte beifällig, immer mehr Umstehende begannen zu lachen und wandten sich wieder ab.

Flavio wirkte immer noch sehr amüsiert. Doch ich sah ihm an, dass alles nur Show war. Als niemand mehr auf ihn achtete, fuhr er sich mit zusammengebissenen Zähnen über die Stirn, berührte kurz seine brennende Wange. Mit dem Absatz meines rechten Pumps schob ich die Reste der Sektgläser näher an die Säule. Zwischen den Splittern sah ich das liegen, was Margherita Flavio vor die Füße geworfen hatte – ein zerknülltes Stück Papier. Ich bückte mich und hob es auf.

»Sie ist weg«, sagte Flavio, als ich mich wieder aufrichtete.

»Bestimmt kommt sie wieder.«

»Nein, dieses Mal nicht.«

»Kein Wunder. Du hast sie behandelt wie ein Stück Dreck.«

»Das ist nicht der Grund, *patatina*.«

»Was dann?«, fragte ich, obwohl ich natürlich ahnte, was Flavio antworten würde.

»Sie ist eifersüchtig.«

»Auf mich?«

»Sie kann es mir nicht verzeihen, dass ich sie niemals nackt malen wollte. Nein, dass ich sie überhaupt nie malen wollte.«

Nun war mir klar, warum die beiden heute Morgen so böse gestritten hatten.

Flavio deutete auf das Stück Papier in meiner Hand. »Ich habe versucht, sie damit zu besänftigen.«

Ich zupfte das Kügelchen auseinander, strich es glatt. Worte kamen zum Vorschein, mit schwarzer Tinte und in Flavios Handschrift geschrieben, umrahmt von winzigen Zeichnungen, jede einzelne davon ein kleines Kunstwerk. Zwei in sich verschlungene Herzen, Hände, deren Fingerspitzen sich kaum berührten, Fußspuren im Sand. Den Text selbst konnte ich auf die Schnelle nicht entziffern, erhaschte nur einen flüchtigen Blick. »*Tienimi stretto nel tuo cuore*«, hieß es an einer Stelle. »Halt mich fest in deinem Herzen.«

Ich reichte ihm das Blatt. Doch er nahm es nicht, wischte sich mit einer fahrigen Geste über die Augen, sah mich an. Die Leere und Trauer in seinem Blick ließen mich an den Vorabend denken, an seine Worte über die Einsamkeit der Menschen.

Seine Einsamkeit.

***

Als wir zu dritt in Flavios Wohnung zurückkehrten, es war weit nach Mitternacht, erwartete uns eine böse Überraschung. Flavios Bilder an den Wänden der Diele hingen in Fetzen. Auch die Gemälde im dahinterliegenden Korridor waren verwüstet.

Im Salon und den anderen Räumen waren seine Kreationen zwar unbeschädigt. Doch auf alle Spiegel in der Wohnung, und es waren viele, hatte jemand wüste Beschimpfungen geschmiert. »*Vainculo*«, »*stronzo*«, »*pezzo di merda*« und bei Weitem Schlimmeres war dort in leuchtend roten Lettern aufgemalt. Auch Flavios Liebeserklärung stand irgendwo, kreuz und quer durchgestrichen.

Dieses Rot hatte ich heute schon mehrmals gesehen.

Auf Margheritas Lippen.

9

Am nächsten Morgen standen Maximilian und ich früh auf.

Flavio saß mit elender Miene in der Küche vor seinem *caffè*. Die Polizei wollte er nicht einschalten. Schließlich wisse man nie, erklärte er mit unbewegter Miene, wozu eine von der Liebe enttäuschte Frau sonst noch fähig sei. Dann hüllte er sich in undurchdringliches Schweigen und starrte mit stumpfem Blick vor sich hin.

Während auch Maximilian und ich stumm unseren *caffè* tranken, sah ich aus dem Fenster. Draußen war es noch trüber als hier drinnen. Vom Meer wehte ein eiskalter Wind, der durch die Fensterritzen fuhr, die gestern Abend noch spiegelglatte See war in Aufruhr, und meterhohe Wellen peitschten gegen die Felsenküste hinter dem Castello. Das friedliche Blau war einem bleischweren Grau gewichen, das dort, wo Himmel und Wasser ineinander übergingen, so düster aussah, als stünde der Weltuntergang unmittelbar bevor. Auch die Bergkuppen landeinwärts verbargen sich unter dicken Wolken. Sie hingen so tief wie Nebelschwaden und verschluckten das Licht des erwachenden Morgens, das so zaghaft war, als hätte es Angst vor den finsteren Naturgewalten.

Ligurien zeigte sich von einer Seite, die mir meine Entscheidung nicht unnötig erschwerte, und ich erkannte an Maximilians wortlosem Nicken, dass er dasselbe dachte wie ich. Nach dem Frühstück würden wir abreisen.

Ich erklärte Flavio unsere Pläne und dankte ihm für seine Gastfreundschaft, doch er hörte kaum zu. Wie schon als Kind war er auch jetzt wieder gefangen in seiner eigenen Welt. Unser Angebot, ihm bei den Aufräumarbeiten in der Wohnung zu helfen, entlockte ihm nicht mehr als ein Schulterzucken. Noch während wir packten, verließ er das Haus und floh in sein Atelier.

***

Als wir das Ortsschild von Rapallo hinter uns ließen, erhielt ich einen Anruf von Chiara, Leonardos Mutter. Heute saß zwar ich am Steuer. Doch wie immer, wenn ich in Italien war, passte ich mich den hiesigen Gepflogenheiten an, verzichtete auf die Ohrstöpsel und hielt das Handy ans Ohr.

Seit Chiaras Sohn in Freising studierte, hatte sie mich mindestens einmal pro Woche angerufen. Angeblich wollte sie sich immer nur nach meinem und Vincenzos Befinden erkundigen. In Wirklichkeit aber drängte es sie, zu wissen, ob das, was Leonardo ihr erzählte, sich mit meinen Informationen deckte.

Dieses Mal klang sie mehr als beunruhigt.

»Senti, sono molto preoccupata«, ratterte sie in zutiefst besorgtem Ton los. »Erst diese Prüfung, durch die Leonardo mit Pauken und Trompeten gerasselt ist, aber ob er sie doch noch irgendwann besteht, scheint ihm komplett egal zu sein. Und seit Neuestem sagt er kaum noch ein Wort, wenn ich ihn anrufe, das heißt, falls er überhaupt abhebt, seit Tagen geht das nun schon so. Ob alles okay ist, warum er nie rangeht, wann er wieder nach Hause kommt – nichts will er mir verraten. Weißt du, was mit ihm los ist?«

Ich konnte Chiara keine Antwort geben, die sie beruhigt hätte. Natürlich hatte ich meine eigenen Vermutungen zum Ursprung seines momentanen Zustands. Also versprach ich ihr, Leonardo ins Gewissen zu reden. Hoffentlich würde er seinen Pflichten als braver Sohn einer italienischen Mama dann wieder zuverlässiger nachkommen. Schließlich hatte ich keine Lust darauf, dass ab sofort das Telefon täglich bei mir klingelte.

Bald erreichten wir die Autobahnauffahrt.

Erst vorgestern, durchzuckte es mich, waren wir hier in der entgegengesetzten Richtung unterwegs gewesen, noch voller Hoffnung auf ein paar entspannte Tage zu zweit.

Ich setzte den Blinker und sah aus dem Augenwinkel Maximilians trauriges Gesicht.

»Wir holen alles nach, *amore.*« Warm drückte ich seine Hand. »Vielleicht schon im April?«

Maximilian nickte und lächelte tapfer. Er wusste ja, dass zu Hause mehr als genug Arbeit auf mich wartete.

Noch heute wollte ich mit Danilo Jakobis Verleger sprechen. Die Zeit drängte. Sobald Bianca Rosettis Amtshilfeersuchen auf Paolos Schreibtisch landete, würde er oder einer seiner Leute sich Marius Fabek vorknöpfen. Und natürlich wäre er alles andere als erfreut zu hören, dass in dessen Verlag ausgerechnet seine geschiedene Frau herumschnüffelte.

Eine Weile später rief ich Cora Jakobi an, informierte sie über den aktuellen Stand meiner Ermittlungen und meine baldige Ankunft, was sie zu erleichtern schien. Dass ihr Mann sich in Italien nicht nur dem Schreiben gewidmet hatte, sondern auch seiner Vorliebe für junge Damen, ließ ich unerwähnt. Dieses Thema wollte ich unter vier Augen mit ihr besprechen. Die Polizei, erfuhr ich, war bisher noch nicht bei ihr aufgetaucht.

***

»In Italien?«, wiederholte Marius Fabek gegen vier Uhr nachmittags meine Frage mit ungläubigem Blick. »Ich war nicht in Italien, weder am Faschingsdienstag noch sonst irgendwann in letzter Zeit. Wie kommen Sie denn darauf?«

»Man hat Sie gesehen«, stellte ich ungerührt fest. »Eine Zeugin hat Sie beobachtet, noch vor acht Uhr morgens bei der Kirche in Zoagli. Sie fahren doch einen dunkelgrünen A6?«

Mit gerunzelter Stirn nickte er.

»Kurz darauf hat ein zweiter Zeuge Sie zusammen mit Herrn Jakobi vor dem ›Cà degli Oliveti‹ gesehen. Wenn ich richtig informiert bin, gehört das Landhaus Ihnen?«

»Ja, natürlich.« Die Verwirrung in Marius Fabeks Miene wich unverhohlener Ungeduld. »Aber ich sage Ihnen doch – ich war nicht in Zoagli. Ich kann mich nicht mal erinnern, wann ich das letzte Mal dort gewesen bin.«

Nach unserer Ankunft in Regensburg hatten Maximilian und ich uns bald voneinander verabschiedet. Ich war mit dem Maserati in die Villastraße am östlichen Rand der Altstadt gefahren, an deren Ende sich der Firmensitz des »Adrian's Art Verlags« befand, eine wunderschön renovierte Jugendstilvilla in leuchtendem Lachsrot mit hohen Fenstern, winkeligen Erkern und schmiedeeisernen Balkonen inmitten eines Gartens, der fast so verwunschen war wie der nur wenige Meter entfernt gelegene Park der Königlichen Villa, der ehemaligen Sommerresidenz König Maximilians II. aus dem Hause Wittelsbach.

Es war kein Problem gewesen, in das Allerheiligste des Verlags vorzudringen. Meine Visitenkarte hatte der Empfangsdame zwar nur ein Zucken des rechten Augenlids entlockt. Als sie aber den Namen Danilo Jakobi hörte, hatte sie sofort den Verleger verständigt.

Das Wetter hier war noch schlechter als befürchtet. Der Himmel war zwar nicht ganz so düster wie bei unserem Aufbruch an der ligurischen Küste. Dafür aber regnete es in dicken Schnüren, durchmischt mit Schneeflocken, und es war zehn Grad kälter.

»Dass Herr Jakobi sich in Ihr Landhaus zum Schreiben zurückgezogen hat, wissen Sie aber?«

»Das sieht ihm ähnlich.« Um Marius Fabeks Mundwinkel spielte ein schwer zu deutender Ausdruck. »Nein, er hat mir nichts davon gesagt, der alte Geheimniskrämer. Aber jetzt erklären Sie mir bitte endlich, was das alles soll. Ich verstehe wirklich nicht, was Sie von mir wollen.«

Marius Fabeks Büro war ein großer, lichter Raum im zweiten Stock und hatte dieselben schön gearbeiteten Stuckdecken, die ich schon im Foyer gesehen hatte. Bis auf den gläsernen, L-förmigen Schreibtisch, der unter Bergen von Papier, Büchern und Hochglanzprospekten verschwand, bestand die Einrichtung aus antiken Möbelstücken, alle aus edlem, in Würde gealtertem Holz gefertigt. In den bis zur Decke reichenden Regalen stapelten sich weitere Bücher, und jene, die darin keinen Platz gefunden hatten, türmten sich auf dem Fischgrätenparkett. Auf einem Tischchen stand eine Sammlung von ledergebundenen Bänden, die offenbar noch aus den Anfängen des Verlags stammten. Daneben eine Schreibmaschine der Marke Olympia mit runden Tasten, die einem Museum zur Ehre gereicht hätte.

Anfangs hatte ich lediglich Cora Jakobis Namen erwähnt und meinen Auftrag knapp umrissen. Nun erklärte ich Marius Fabek in sachlichen Worten, was in seinem Haus in Ligurien vorgefallen war. Er hörte aufmerksam zu, ließ jedoch nicht erkennen, ob ich nur wiederholte, was er ohnehin schon wusste, oder ob die Informationen neu für ihn waren.

»Und jetzt denken Sie, *ich* hätte etwas mit Danilos Verschwinden zu tun?«, schloss er halb belustigt, halb entrüstet, als ich mit meinen Ausführungen zum Ende gekommen war. »Oder sogar – ich verstehe Sie doch recht – mit seinem Tod?«

»Ich denke gar nichts, Herr Fabek. Ich ermittle lediglich.«

»Es muss sich um eine Verwechslung handeln. Wie gesagt, ich war nicht in Zoagli. Schon seit Jahren nicht mehr.«

»Darf ich fragen, wo Sie am letzten Dienstag zwischen acht Uhr morgens und halb elf gewesen sind?«

»Zu Hause, den ganzen Tag. Ich war krank.«

»Kann das jemand bezeugen?«

»Bezeugen?«

Er machte eine Handbewegung, als wollte er eine lästige Fliege verscheuchen. Sein Eau de Toilette wehte zu mir herüber, ein angenehm frischer, leicht holziger Geruch mit einem Hauch von Bergamotte, Ingwer und Fichtennadeln.

»Was ist denn das für eine seltsame Frage, Frau di Santosa?«

»Bitte entschuldigen Sie, wenn ich so direkt bin, Herr Fabek. Aber ich gehe davon aus, dass die Polizei Ihnen bald dieselbe Frage stellen wird.«

Auf dem Korridor klackerten Absätze, zwei Frauen unterhielten sich, eine davon lachte.

»Das ist doch vollkommen absurd«, sagte Marius Fabek, nun hörbar ungehalten. »Warum hätte ich denn bitte schön nach Italien fahren sollen? Ich meine, es war doch klar, dass ich mich auf kein weiteres Buchprojekt mit Danilo einlassen würde.«

Kopfschüttelnd fuhr er sich mit seiner gepflegten Rechten durch das eigenwillige, volle schwarze Haar. Wie schon bei der Lesung vor wenigen Tagen trug er auch heute einen gut sitzenden Anzug, dieses Mal in einem hellen Grau, der gewiss nicht von der Stange war und seine auffallend schlanke Gestalt perfekt zur Geltung brachte.

»Wie bitte?«, fragte ich zurück. »Sie sind aber doch sein Verleger?«

»Nicht mehr. Seine früheren Titel stehen zwar alle noch auf der Backlist, das schon. Aber für das Manuskript, das er in der Pipeline hatte, haben wir keinen Vertrag mehr abgeschlossen.« Er verzog das Gesicht. »Ich will Geld verdienen – ein legitimes Anliegen, wenn man einen Verlag mit zwanzig Angestellten und ebenso vielen Freelancern betreibt. Und mit Danilos Büchern, jetzt bin *ich* mal direkt, lässt sich leider schon lange kein Geld mehr verdienen.«

Nun war ich noch überraschter. »Er hat aber doch diese phänomenal erfolgreiche Trilogie geschrieben. Damit ist Ihr Verlag doch groß geworden, oder etwa nicht?«

»Natürlich, aber das ist dreiundzwanzig Jahre her. Danach ist es konstant abwärtsgegangen. Ich habe nie verstanden, warum Adrian sich von Danilo immer wieder dazu hat überreden lassen, auch seinen nächsten Roman noch ins Programm zu nehmen.« Seufzend lehnte er sich zurück. »Adrian Fabek, mein Vater. Mit seiner Anhänglichkeit hätte er die Firma um ein Haar ruiniert.«

Er ließ den Blick an mir vorbeischweifen, durch eines der vielen schmalen Fenster, die über Eck angeordnet waren, hinunter in den Park. Eine riesige Terrasse lag dort unten, umgeben von einer steinernen Mauerbrüstung, dahinter duckten sich große alte Linden, Eichen und Erlen im grauen Schneeregen, alle blattlos und ähnlich den Baumriesen in meinem eigenen Garten, nur wenige Meter weiter floss die Donau stetig und ebenso grau dahin.

Ich stellte mir vor, wie man im Sommer dort rauschende Verlagsfeste feierte, an lauen Abenden, wenn der Winter, der mich nun so plötzlich wieder eingeholt hatte, noch so unsagbar weit weg war.

»Immer wieder hat Adrian auf ein Wunder gehofft, manche würden es auch mangelnden unternehmerischen Weitblick nennen«, fuhr Marius Fabek schließlich mit resignierter Stimme fort. »Aber man kann den Lesergeschmack nun mal nicht einschätzen, von den Zeitströmungen ganz zu schweigen. Wenn ich jedes Mal im Voraus wüsste, welches Manuskript sich gut verkaufen wird und welches nicht – tja, dann würde ich nur noch Bestseller produzieren.«

Abrupt beugte er sich nach vorn und sah mir direkt ins Gesicht. Erst jetzt fiel mir auf, dass seine Augen verschiedenfarbig waren. Das eine war moosgrün, das andere tiefbraun. Auch aus der Nähe besehen war er nicht nur ein eleganter, sondern auch ein attraktiver Mann. Obwohl – bis auf seine Frisur – alles an ihm für meinen Geschmack zu glatt war, zu berechnend.

»Bei Danilos Romanen war die Situation allerdings eindeutig«, fügte er hinzu. »Keine seiner Neuerscheinungen bei uns – und wir reden hier immerhin von den letzten sieben, acht Jahren – hat auch nur annähernd die Kosten gedeckt.«

»Ich dachte, Sie führen den Verlag erst seit zwei Jahren?«

»Ja, ich habe zuvor schon in vielen Abteilungen mitgearbeitet, zumindest zeitweise. Die Zusammenarbeit mit meinem Vater war, wie formuliere ich das jetzt am besten, nicht in jeder Hinsicht optimal.« In einer geschmeidigen Bewegung schlug Marius Fabek die Beine übereinander und lehnte sich wieder in seinem Drehstuhl zurück, dem einzigen modernen Möbelstück im Büro. »Als ich den Verlag dann endgültig übernommen habe, habe ich unser Sortiment natürlich erst einmal gestrafft, um aus den roten Zahlen zu kommen.«

»Wann ist Herr Jakobi mit seinem neuen Manuskript auf Sie zugekommen?«

»Vor ein paar Monaten schon, die Leseprobe und das Exposé habe ich aber erst vor fünf, sechs Wochen zu Gesicht bekommen.« Eine steile Falte zeigte sich auf seiner Stirn. »Nach der Lektüre habe ich mich leichten Herzens dazu entschieden, ihm keinen Vertrag mehr anzubieten.«

»War Herr Jakobi sich der Situation bewusst?«

»Selbstverständlich, ich rede immer Klartext mit meinen Autoren. Jedem steht es frei, sein Manuskript bei einem anderen Verlag zu platzieren. Was Danilo mit seinen Non-Fantasy-Books ja ohnehin schon lange getan hatte. Auch die haben übrigens allesamt gefloppt.«

»Wie hat er reagiert?«

»Er hat es mir übel genommen, persönlich übel.« Ein feinsinniges Lächeln erschien auf Marius Fabeks Gesicht. »Für einen Schriftsteller ist eine solche Entscheidung nur schwer nachzuvollziehen. Er interessiert sich für seine Figuren, den Spannungsaufbau, den Plot, das ist seine Welt. Aber für mich als Unternehmer sind nun mal noch andere Kriterien entscheidend.«

»Die Buchbranche scheint ein knallhartes Geschäft zu sein.«

»Wie jede Branche, in der Geld verdient wird.« Er breitete seine Hände aus und machte jene Bewegung, mit der schon Pontius Pilatus die seinen in Unschuld gewaschen hatte.

»Hatten Sie seit diesem letzten Gespräch noch einmal Kontakt zu Herrn Jakobi?«

»Nein. War ja schließlich alles besprochen.«

»Laut meinen Informationen haben Sie am Montag vergangene Woche noch einmal mit ihm telefoniert, gegen Mittag.«

»Das habe ich ganz sicher nicht«, erwiderte Marius Fabek ruhig. Nur seine Mundwinkel zuckten.

»Angeblich haben Sie bei dieser Gelegenheit Ihren Besuch für den folgenden Tag angekündigt.«

»Ich weiß nicht, wer Ihnen diesen Blöd…«, er räusperte sich, »woher Sie diese Fehlinformation haben. Sie entspricht zu hundert Prozent nicht der Wahrheit.«

»Soweit ich weiß, sollte Herr Jakobi Ihnen am Dienstag den Schlüssel für das Landhaus aushändigen.«

»Hören Sie, man hat Ihnen ganz offensichtlich einen Bären aufgebunden.« Seine Stimme klang nun mühsam beherrscht. »Ich habe weder mit Danilo telefoniert, noch habe ich den Schlüssel von ihm zurückverlangt. Ich habe ja nicht einmal gewusst, dass er mal wieder in Zoagli ist.«

Mit jedem Wort vibrierte seine Stimme mehr, die Falte auf seiner Stirn wurde tiefer und tiefer. Gleich würde er aufspringen und unser Gespräch für beendet erklären.

Oder spielte er nur Theater? Nahm er sich ganz bewusst so viel Zeit für mich, um mich mit dieser gut gespielten Inszenierung von seiner Unschuld zu überzeugen?

Er bemerkte meinen skeptischen Blick. Langsam beugte er sich wieder nach vorn, faltete die Hände auf dem Tisch, versuchte ein erneutes Lächeln, das ihm sogar gelang. Die Furche auf seiner Stirn verschwand.

»Es tut mir wirklich leid, dass Cora sich solche Sorgen macht«, sagte er mit veränderter Stimme, auf einmal klang sie ganz zahm, und spielte mit meiner Visitenkarte, die ich ihm zu Beginn unseres Gesprächs auf den Schreibtisch gelegt hatte. »Das hat sie nicht verdient. Danilo hat ihr ja immer viel zugemutet, viel zu viel, das wäre jetzt nicht auch noch nötig gewesen. Bitte, sagen Sie ihr, dass ich …«

Marius Fabek brach ab, strich sich über das kantige Kinn, starrte zum zweiten Mal aus dem Fenster, hinunter auf die kahlen Bäume, auf den trübgrauen Fluss dahinter. Erst nach mehreren Sekunden sah er mir wieder in die Augen.

»Glauben Sie mir, ich habe wirklich nicht die leiseste Ahnung, wo Danilo stecken könnte.« Wieder räusperte er sich, dieses Mal unbehaglich. »Bitte richten Sie Cora meine besten, meine herzlichsten Grüße aus und sagen Sie …«

Ein hartes Klopfen an der Tür, schon wurde sie aufgerissen.

»Marius, ich muss dich leider stören«, sagte eine kristallklare Frauenstimme, noch bevor überhaupt jemand zu sehen war.

Mit energischen Schritten kam die dazugehörige Frau ins Büro gefedert. Alles an ihr war beeindruckend. Strahlend blaue Augen, perfekt geschwungene Brauen, ein ungewöhnlich ebenmäßiges Gesicht, umrahmt von leicht gewelltem mahagonifarbenen Haar, das ihr fast bis zur Taille reichte. Bei ihrem Anblick musste ich sofort an die Madonnenbilder der italienischen Renaissancemaler denken, voller Unschuld, Anmut und fast überirdischer Schönheit.

»Tut mir leid, Doreen, aber ich bin hier noch nicht fertig.« Marius Fabeks Ungehaltenheit, die er mich fast während unseres gesamten Gesprächs hatte spüren lassen, war wie weggewischt. »Frau di Santosa geht gleich, danach muss ich mich um Silvias Mail kümmern, wegen dieser neuen Autorin aus Spanien. Können wir vielleicht später …?«

»Ich denke nicht, dass dein Besuch so lange warten wird«, unterbrach die junge Frau ihn schnippisch und warf ihr üppiges Haar nach hinten. Sie hatte kaum einen Blick für mich übrig. Ihre jugendliche Figur kam unter ihrer eng anliegenden Kleidung, sie trug schwarze, glänzende Jeggins und ein Pullikleid in herbstlichem Ocker, wunderbar zur Geltung.

»Die Polizei will dich sprechen«, fügte sie hinzu. »Und zwar möglichst sofort.«

Das war mein Stichwort, die Bühne zügig zu verlassen.

10

Paolo stand nicht im Flur, auch sonst sah ich niemanden. Vielleicht hatte die Frau mit der Modelfigur ihn oder seinen Kollegen irgendwo in ein Besprechungszimmer geführt. Dennoch standen die Chancen gut, dass ich ihm oder einem Polizisten, der mich vielleicht kannte, in die Arme lief, wenn ich den direkten Weg hinunter zum Foyer wählte. Also ließ ich die Treppe rechter Hand liegen und ging geradeaus weiter zu den am Ende des Korridors liegenden Räumen.

Auf der linken Seite befand sich eine kleine Küche, aus der mich Kaffeeduft anwehte. Zu beiden Seiten des Flurs lagen noch mehr Büros, überall halb offene Türen, hinter den meisten hörte ich es rascheln oder jemanden sprechen.

Die Tür schräg gegenüber der Küche öffnete sich ganz. Eine kleine, dralle Frau kam mit so flinken Schritten heraus, dass sie fast mit mir zusammengeprallt wäre. Im letzten Moment blieb sie stehen, der aufgeschlagene Katalog, den sie in der Hand hielt, fiel ihr um ein Haar herunter.

»Pardon«, sagte sie atemlos. »Kann ich Ihnen helfen?«

»Ja«, flunkerte ich. »Ich müsste mal für kleine Königstigerinnen.«

»Oh.« Sie lächelte mich an und machte eine Kopfbewegung in Richtung der letzten Tür, ihre dunkelblonden Locken hüpften. »Die bei uns hier ist gerade außer Betrieb. Aber im Erdgeschoss gibt es auch eine Toilette.«

Das passte mir nun ganz und gar nicht.

Ich machte zwei, drei Schritte auf das Büro zu, aus dem sie gekommen war, erhaschte einen Blick auf gediegene, wenn auch nicht ganz so noble Möbelstücke wie im Büro des Verlegers, die altbekannte Stuckdecke. Auch hier Berge von Papier, Flyern, Büchern, Prospekten.

»Hätten Sie vielleicht ein Glas Wasser für mich?«, fragte ich und horchte auf die Geräusche von unten. Paolos Stimme war nicht zu hören. Auch aus dem Büro des Verlegers drang kein Laut. »Mir ist gerade ganz komisch.« Kurz stöhnte ich auf, fuhr mir über die Stirn. »Könnte ich mich vielleicht irgendwo einen Augenblick hinsetzen?«

Die Frau, sie musste in den frühen Vierzigern sein, musterte mich besorgt und schob mich in ihr Büro. Dort deutete sie auf einen Stuhl vor ihrem Schreibtisch, legte den Katalog auf die Tischplatte und goss Wasser aus der Anderthalbliterflasche, die in einem Wandregal stand, in ein Glas.

»Vielen Dank, bestimmt geht es gleich wieder.« Ich setzte mich. »Ich war gerade bei Herrn Fabek. Viel Arbeit im Moment, nicht wahr?«

»So ist das immer Anfang März. Nächste Woche beginnt die Buchmesse in Leipzig, und vorher bricht hier zuverlässig der Krieg aus. Und im Oktober, vor Frankfurt, ist es wieder genauso.«

Ihr unruhiger Blick wanderte über das Papierchaos, das sie eben erst verlassen hatte. Dann reichte sie mir das Glas und lehnte sich an das Fenstersims mir gegenüber. Sie hatte ein neckisches Grübchen am Kinn, ihr rundes, nicht unhübsches Gesicht wirkte müde und abgekämpft.

Ich trank einen Schluck und erzählte von der Lesung im Thon-Dittmer-Palais. Bei der Erwähnung von Patty Wests Debütroman ging ein Leuchten über ihr Gesicht. Sie war die Cheflektorin im Bereich Fantasy und hatte die neue Autorin entdeckt, erfuhr ich. Ihr Name lautete Silvia Wagner. Auch ich nannte meinen Namen, erwähnte aber nicht, warum ich hier war.

Ich lobte die Matinee, und mit jedem meiner Worte wurde das Strahlen in Silvia Wagners Gesicht noch eine Spur heller. Sie trug flache Schuhe, stonewashed Jeans und einen mintgrünen Pullover, der so dünn war, dass ich schon vom bloßen Ansehen fröstelte.

»Betreuen Sie auch Danilo Jakobi?«

»Früher, ja.« Das Strahlen verschwand wie ausgeknipst. »Erst kürzlich hatte ich sein neues Exposé in der Mailbox.«

Auf dem Korridor waren Schritte zu hören, murmelnde Stimmen, eine Frau und ein Mann. Ob es sich um Paolo handelte, war nicht auszumachen.

»Ein interessanter Plot, wirklich.« Der Ausdruck in Silvia Wagners Augen wollte nicht so recht zu diesem Satz passen. »Hat mich ein wenig an den ›Drachenmann‹ erinnert, Danilos allerersten Roman. Die Leseprobe war natürlich exzellent, da erkennt man in jeder Zeile den Profi.«

»Herr Fabek hat gesagt, dass er keinen Vertrag mehr mit ihm abschließen wollte.«

»Trotzdem bin ich immer noch der Meinung, dass wir vielleicht doch an den Erfolg der Trilogie anknüpfen …« Sie verstummte, biss sich auf die ungeschminkte Unterlippe.

»Schade, dass Sie Herrn Fabek nicht davon überzeugen konnten«, sagte ich, als wären die Interna des Verlags ein offenes Buch für mich. »Warum hat er sich eigentlich so dagegen gesperrt?«

Silvia Wagners Miene verschloss sich. Sie richtete sich auf, griff nach dem Katalog, lächelte mich flüchtig an.

»Sie sehen schon wieder viel besser aus«, sagte sie in unmissverständlichem Ton und marschierte zur Tür. »Und wollten Sie nicht zur Toilette? Kommen Sie, ich muss in dieselbe Richtung.«

Es blieb mir nichts anderes übrig, als das Glas zu leeren und ihr zu folgen.

Auf der Treppe begegneten wir niemandem.

***

Es war kurz nach fünf, als ich die Tür zur Villa aufschloss. Das Haus war wie ausgestorben. Vincenzo war noch in der Schule, dienstags hatte er immer Nachmittagsunterricht. Auch von Mona und Leonardo keine Spur. Nicht einmal Semiramis ließ sich blicken, die rabenschwarze Katzendame meiner Untermieterin. Vermutlich war sie wieder einmal beleidigt, weil ich weg gewesen war.

Mein Koffer stand noch dort, wo Maximilian ihn abgestellt hatte: vor dem Vertiko in der Diele. Nachdem er mich abgesetzt hatte, war er in sein eigenes Haus gefahren, um dort nach dem Rechten zu sehen. Der dünne Kurzmantel, den ich achtlos über den Koffer geworfen hatte, war auf den Teppich geglitten. Sofort nach unserer Ankunft war ich in meinen dicken Steppmantel geschlüpft.

Ich drehte im Erdgeschoss alle Heizungen auf und setzte Wasser auf, um mir eine Kanne von meinem geliebten dunklen Assamtee aufzubrühen. Nach der langen Fahrt würde mir eine Pause guttun, und das Auspacken hatte Zeit bis später. Um das Abendessen musste ich mich heute nicht kümmern, das würde Maximilian übernehmen.

Als ich beide Mäntel an die Haken in der Garderobe hängte, meldete sich mein Handy: Cora Jakobi.

»Eben war die Polizei bei mir«, sagte sie mit belegter Stimme. »Danilos Handy war zuletzt in der Nähe des Landhauses aktiv, haben sie gesagt. Mehr wissen sie noch nicht, aber sie haben so komische Fragen gestellt. Als ob tatsächlich Marius etwas mit seinem Verschwinden zu tun hätte.« Dann benutzte sie dieselben Worte, die auch Marius Fabek benutzt hatte: »Es muss sich um eine Verwechslung handeln. Jemand, der zufällig dasselbe Auto fährt wie er, so was gibt's doch. Wirklich, ich kann mir nicht vorstellen, dass Marius …« Sie ließ den Satz unvollendet.

»Hat die Polizei denn inzwischen Hinweise – abgesehen von den Zeugenaussagen –, dass Herr Fabek in Italien war?«

Sie antwortete nicht, schwieg so lange, dass ich schon nachfragen wollte, ob sie noch am Telefon war.

»Hören Sie«, sagte sie dann. »Ich muss Ihnen etwas erklären, etwas Wichtiges. Könnten Sie vorbeikommen, am besten jetzt gleich?«

Ein wenig genervt bat ich sie, dieses Mal zu mir zu kommen. Doch sie erklärte mir, sie könne ihre Tochter nach wie vor nicht allein lassen. Ich überlegte, ob ich sie auf morgen vertrösten sollte. Aber sie klang so beunruhigt, dass ich schließlich doch versprach, ihr noch heute einen Besuch abzustatten.

Nach dem Telefonat ging ich in die Küche, goss den Tee auf und sah durch das Glas der Verandatür nach draußen. Der

Schneeregen war in einen dichten Regen übergegangen, dicke Tropfen prasselten auf die verwitterten Fliesen. Jeder, der einigermaßen vernünftig war, saß bei diesem Wetter im Warmen. Und eine kleine Verschnaufpause mit einer schönen Tasse Tee musste einfach sein.

***

Eine Stunde später stand ich wieder vor dem Maserati, der in der rückwärtigen Einfahrt zur Württembergstraße parkte. Zum Glück regnete es nur noch in feinen Schnüren, doch mir schien, als wäre es noch kälter geworden. Nirgendwo im trüben Dämmerlicht war eine Menschenseele zu sehen.

Ich zog mir die Kapuze tiefer ins Gesicht und holte den Autoschlüssel aus meiner Tasche. Da vernahm ich Motorengeräusch.

Monas Mini schoss um die Ecke und stoppte mit quietschenden Bremsen gerade noch rechtzeitig vor meinem Wagen. Lachend sprang meine Untermieterin und stellvertretende Geschäftsführerin aus dem Auto, noch halb im Gespräch mit ihrem Beifahrer, dem sie eine Kusshand zuwarf.

Auf dem Beifahrersitz saß Leonardo. Auch er lachte, hob eine Hand zur Tür, als wollte er ebenfalls aussteigen, erstarrte bei meinem Anblick jedoch mitten in der Bewegung.

Erst nach zwei, drei Schritten hob Mona den Kopf in meine Richtung. Abrupt blieb sie stehen.

»Was machst du denn hier?«, lautete ihre ebenso überraschte wie schroffe Begrüßung. »Ich denke, du bist in Italien?«

Schnell wandte sie sich nach Leonardo um, der nun wie angewurzelt im Mini saß und so tat, als sähe er mich nicht. Mit einer verlegenen Geste fuhr Mona sich durchs zurzeit auberginefarbene Haar.

»Ciao, bella«, versetzte ich spitz. »Eine kurzfristige Planänderung, leider – aber schön, dass ich euch beide sehe. Ich wollte mich sowieso mit Leonardo unterhalten.«

Dieser machte noch immer keine Anstalten auszusteigen. Wie

ein Besessener tippte er auf seinem Smartphone herum. Offenbar überließ er es Mona, die Kohlen aus dem Feuer zu holen.

»Blöd jetzt.« Mona zupfte ihr kupferrotes Kunstpelzjäckchen zurecht. »Wir müssen nämlich gleich wieder weg. Eigentlich wollte Leonardo nur sein Skript holen, und gerade fällt mir ein, dass wir noch ganz dringend in die Arkaden müssen.« Auf ihren trotz Winter schwindelerregend hohen Stiefelabsätzen trippelte sie zurück zum Wagen. »Und du willst ja wohl auch weg. Ich lass dich raus, okay?«

»*Un'attimo, per favore*«, bat ich gedehnt um einen Moment ihrer sicher alles andere als knapp bemessenen Zeit. »Mit dir wollte ich auch etwas besprechen.«

»Wegen der Boutique?« Sie lachte ihr silberhelles Lachen, das jetzt allerdings ziemlich nervös klang. »Ja, ich weiß, ich hab's in letzter Zeit ein bisschen schleifen lassen. Tut mir echt leid. Aber ab sofort wird alles anders, fest versprochen, und …«

»Das ›BellaDonna‹ ist nur Thema Nummer zwei.«

»Aha.« Sie spielte mit einer Haarsträhne, die inzwischen triefend nass war. »Scheißwetter. Können wir Thema Nummer eins vielleicht ein andermal …?«

»Es geht mich zwar nichts an, wer grade dein aktueller Lover ist«, unterbrach ich sie, stemmte eine Hand in die Hüfte und funkelte sie an. »Aber wenn du Leonardo so um den Finger wickelst, dass er keine Zeit mehr für Vincenzo hat und der mich deshalb sogar aus Italien zurückpfeift, muss ich Klartext mit dir reden.«

Gleichgültig, was ich ihr erklärte, wollte sie einfach nicht begreifen, wie ausgeschlossen Vincenzo sich fühlte, und ich redete mich immer mehr in Rage. Auch wenn mein Ärger sich im Grunde nicht gegen Mona, sondern gegen meinen Großneffen richtete, schleuderte ich nun doch ihr, der Älteren und in meinen Augen Verantwortlichen, meine Enttäuschung über vergessene Abmachungen und missbrauchte Gastfreundschaft an den Kopf.

»*Che porca miseria* – bestimmt war alles nur deine Idee, und ich finde das so was von …«

»Ich hab genau gewusst, dass du so reagierst.« Sie seufzte zum Gotterbarmen. »Das war doch der Grund, warum ich in letzter Zeit so oft nach Freising gefahren bin. Mit der Boutique war das natürlich doof, ich bin ja fast nur noch im Auto gesessen, und als du Leonardo dann als Aufpasser für Vincenzo eingespannt hast, na ja … Wir lieben uns, weißt du? Wir lieben uns wirklich …«

Nicht nur ihre Haare waren inzwischen komplett nass, auch ihr Jäckchen triefte nur so. Sie sah jetzt aus wie ein begossenes Eichhörnchen. Mit frustrierter Miene bedeutete sie Leonardo, der nun doch aus dem Wagen zu klettern begann, er möge bleiben, wo er war.

»Und in *deinem* Haus haben wir's übrigens nie gemacht«, sagte sie mit trotzigem Augenaufschlag, als die Wagentür neben Leonardo krachend zufiel, der wieder auf dem Beifahrersitz seine langen Beine ausstreckte. »Leonardo ist nämlich immer schön brav zu mir rauf und …«

»Spar dir deine Wortklauberei«, fiel ich ihr ins Wort und verfiel wie immer, wenn ich wütend war, ins Italienische. *»Che stupida sei, Madonna, pensavo che fossi la mia amica …«*

»Jajaja«, unterbrach Mona mich ein zweites Mal, nun wieder kleinlaut. »Du weißt genau, dass ich kein Wort von deinem Geschimpfe verstehe. Und es tut mir auch wirklich leid wegen Vincenzo. Aber gegen die Liebe ist man eben machtlos.«

Ihre Miene veränderte sich, wurde erst verträumt, dann sehnsüchtig und leuchtete schließlich, als hätte Mona gerade eine schillernde, aufregende, völlig neue Welt entdeckt, in der jeder Schritt sie in nie gekannte, ungeahnte Sphären führte. Jeder Moment war einzigartig, jeder Moment brachte neue Glückseligkeit. Mein Zorn zerstob wie ein Funkenregen nach einem Feuerwerk.

»So was habe ich noch nie erlebt, echt nie, Anna, und ganz ehrlich, unser Sex ist der beste *ever*«, sprudelte es aus ihr hervor. »Er ist mein Mister Right, wirklich, und manchmal denke ich sogar ans Heiraten – stell dir das mal vor: ICH!«

Ich widerstand dem Impuls, sie in die Arme zu nehmen und ihr übers Haar zu streichen, als wäre sie erst fünf Jahre alt.

»Mona, hör mir bitte mal zu«, begann ich in so schonendem Tonfall wie möglich und zog sie vom Mini weg. Obwohl sämtliche Türen und Fenster des kleinen Autos geschlossen waren, wollte ich nicht riskieren, dass Leonardo mithören konnte.

»Schau«, sagte ich, als wir an der Hauswand unter einem überhängenden Dach standen. »Du gehst auf die dreißig zu und Leonardo ist gerade mal Anfang zwanzig. Wie lange wird das wohl gut gehen mit euch beiden?«

»Seit wann«, empört verzog sie das Gesicht, »seit wann bist du denn so spießig?«

»Außerdem wird er spätestens nach seiner Prüfung wieder nach Italien gehen.«

»Schon mal was von Fliegern gehört? Zügen? Fernbussen?«

»Du kennst Leonardos Mutter nicht.«

»Was hat die denn damit zu tun?«

»In Italien haben die Mütter eine ganze Menge mit ihren Söhnen zu tun.«

»Und wenn schon. Sobald sie mich kennenlernt, wird sie mich lieben.«

Dessen war ich leider nicht so sicher. Chiara wachte eifersüchtig über ihren einzigen Sohn. Doch ich hatte keine Lust mehr auf Diskussionen dieser Art. Wie oft hatte ich schon meine Zeit damit vergeudet. Jedes Mal wenn Mona wieder einmal den finalen Märchenprinzen getroffen hatte, rannte sie zuverlässig und mit voller Wucht gegen die Wand. Dann ging wieder einmal die Welt unter, und drei Wochen später hatte sie schon den nächsten.

Seufzend packte ich sie am Arm, schob sie wieder in die Einfahrt und steckte den Autoschlüssel ins Schloss meines Wagens.

»Trotz allem habe ich die Verantwortung für Leonardo übernommen. Und auch Vincenzo darf nicht darunter leiden«, sagte ich bestimmt. »Wenn ihr beide euch nicht wie normale Erwachsene benehmen könnt, dann trefft euch bitte in Freising oder auf dem Mond, aber nicht in meinem Haus. Und richte Leonardo bitte aus, er soll sich dringend bei seiner Mutter melden. So, jetzt fahr dein Auto weg. *Stai bene, tesorino* – mach's gut, Schätzchen.«

11

Die Fahrt nach Amberg verlief ohne Zwischenfälle. Anfangs herrschte noch der übliche Feierabendverkehr, doch er löste sich bald auf. Auch der Regen wurde mit jedem Kilometer weniger, und auf dem Mariahilfberg nieselte es schließlich nur noch.

Als ich dann in Cora Jakobis kalter Küche saß, eng in meinen langen Steppmantel gekuschelt, rutschte ich wieder so nah an den Ofen wie möglich. Meine Gastgeberin ließ sich mir gegenüber nieder, mit vor Aufregung geröteten Wangen.

Ich erzählte ihr von meinem Besuch im Verlag. Auf meine Frage, was genau sie von den Polizisten erfahren hatte, bekam ich zu hören, es gebe seit Kurzem konkrete Verdachtsmomente gegen Marius Fabek. Ob es sich dabei um die bisher nicht identifizierten Fingerspuren aus dem »Cà degli Oliveti« handelte, wusste sie jedoch nicht zu sagen.

»Ich weiß nur, dass Marius hochgradig verdächtig ist. Diese Worte hat er benutzt, der Kommissar: hochgradig verdächtig.« Hilflos sah sie mich an. »Sie gehen davon aus, dass es eine Auseinandersetzung gegeben hat, ein Handgemenge, dabei muss Danilo verletzt worden sein. Oder Schlimmeres.« Sie schlug die Augen nieder. »Marius streitet natürlich alles ab. Er will so krank gewesen sein, dass er sich an nichts mehr erinnern kann. Irgendwie seltsam, oder?«

Ich dachte an das Gespräch mit Marius Fabek, seine teils unterschwelligen, teils offen gezeigten Stimmungsschwankungen.

»Halten Sie es für möglich, dass er plötzlich durchdreht?«, fragte ich. »Neigt er zum Jähzorn?«

Cora Jakobi sah mich lange an, erst zweifelnd, dann nachdenklich.

»Ein wenig, ja, manchmal hat er sich nur schwer unter Kontrolle«, sagte sie schließlich widerstrebend. »Auch Adrian hat ihm deshalb oft Vorwürfe gemacht. Die beiden hatten kein besonders gutes Verhältnis zueinander.«

Dieses Mal hatte sie nicht nur grünen Tee vorbereitet, sondern auch schwarzen, den sie offensichtlich extra für mich eingekauft hatte. Neben der handgetöpferten Kanne, die schon bei meinem ersten Besuch auf dem Tisch gestanden hatte, sah ich eine zweite, die ebenso schön gearbeitet war. Außerdem eine dazu passende Schale, randvoll mit Walnüssen und Zitronen.

»Kann jemand bezeugen, dass Herr Fabek den ganzen Tag über krank zu Hause war?«

Cora Jakobi zuckte mit den eckigen Schultern, füllte erst meine Tasse, dann ihre, beide ebenfalls handgetöpfert. In sich verschlungene Efeu-Blumen-Muster zierten die verschiedenfarbigen Tassen. Die meiner Gastgeberin war marineblau, meine safrangelb. Bei Gelegenheit musste ich sie fragen, woher sie dieses außergewöhnliche, vermutlich ziemlich kostspielige Geschirr bezog.

Ich gab Milch in meine Tasse und nahm einen Schluck, während sie die ihre nicht anrührte. Der Tee schmeckte zwar nicht ganz so intensiv wie mein eigener, war aber nahe dran.

»Ich soll Ihnen übrigens schöne Grüße von Herrn Fabek ausrichten«, sagte ich, als ich die Tasse wieder abstellte. »Und dass ihm alles sehr leidtue und Sie das nicht verdient hätten.«

Sie sah mir ins Gesicht, mit verschleiertem Blick. Erst nach und nach schien in ihr Bewusstsein zu dringen, was ich gesagt hatte. Sie öffnete den Mund, setzte zu einer Erwiderung an. Doch ein gedämpfter Schrei von oben hinderte sie daran.

Angestrengt lauschte sie dem leisen Weinen, das nun folgte, nach wenigen Sekunden aber abebbte. Dennoch stand sie auf, ging zur Tür, die wieder nur angelehnt war, öffnete sie ganz. Schließlich ließ sie die Tür wie zuvor einen Spalt breit offen und ging zu dem mit Holz gefüllten Korb. Während sie zwei dicke Scheite in den Ofen warf, erklärte sie, ihre Tochter habe das Antibiotikum nicht vertragen und nehme deshalb seit heute Morgen ein anderes.

»Seit wann kennen Sie Herrn Fabek eigentlich?«, fragte ich, als sie sich wieder zu mir setzte.

»Seit fünf, sechs Jahren, damals ist Marius aus Brüssel zurückgekommen.«

Marius Fabek habe dort in einem Institut gearbeitet, bei der EU, aber was genau, wusste Cora Jakobi nicht. Ursprünglich habe er Politologie und Literaturwissenschaft studiert, beides jedoch nicht abgeschlossen.

»Er war eine Weile in einer Klinik, ein missglückter Selbstmordversuch, Adrian hat das mal angedeutet«, fuhr sie fort. »Danach wollte er Marius in seiner Nähe haben und außerdem endlich das Kriegsbeil begraben, deshalb hat er ihn in den Verlag geholt.«

Sie blickte in die rot und orange züngelnden Flammen. Die Wärme, die sich rasch ausbreitete, vertrieb die Eiseskälte, die aus der Diele hereingeströmt war. Noch immer wirkte ihr Gesicht angespannt, hatte jedoch seine helle Hautfarbe wieder zurückgewonnen.

»Marius hatte schon als Kind sein Herz daran verloren, hat er mir mal erzählt. An dieses wundervolle alte Haus mit den vielen schönen Büchern direkt an der Donau.« Plötzlich lächelte sie. »Er war schon immer ganz vernarrt darin und deshalb sehr froh, als er wieder nach Regensburg gezogen ist. Er und Adrian waren sich so viel ähnlicher, als sie immer dachten.«

Es erstaunte mich, das zu hören. Auf mich hatte Marius Fabek so gewirkt, als gälte sein Interesse vor allem den Umsatzzahlen des Verlags.

Nach Brüssel war er wegen der Streitigkeiten mit seinem Vater gegangen, erfuhr ich. Als Student hatte Marius Fabek sich in der Drogenszene herumgetrieben, und das wohl ziemlich intensiv. Adrian Fabek war sogar der Meinung gewesen, der labile gesundheitliche Zustand seines Sohnes wäre eine Spätfolge seines Drogenkonsums. Marius Fabek hatte schon vor seiner Zeit in Brüssel immer wieder unter Depressionen gelitten, dazu bereits damals seine Stimmungsschwankungen, später dann der Selbstmordversuch – all das hatte Adrian Fabek als Symptome einer Psychose eingestuft.

»Adrian hat uns oft zu sich nach Hause eingeladen und uns sein Herz ausgeschüttet. Er hat sich große Sorgen um Marius gemacht. Aber immer wenn er versucht hat, ihn zu einem erneuten

Arztbesuch oder einer Psychotherapie zu überreden, hat es nur in gegenseitigen Vorwürfen und endlosen Streitereien geendet.« Cora Jakobis Tonfall änderte sich, wurde merklich eine Spur kühler, ihre Miene abweisend. »Erst als Marius seine Doreen geheiratet hat, ungefähr ein Jahr vor Adrians Tod, haben sie sich endlich versöhnt.«

Doreen – die Frau mit dem Madonnengesicht.

Nach dem Tod des früheren Verlegers – er war an einem Schlaganfall gestorben – hatten Danilo Jakobi und Marius Fabek sich aus den Augen verloren. Coras Mann schrieb zu diesem Zeitpunkt keine Fantasy-Romane mehr, außerdem waren er und sein neuer Verleger ohnehin nie die besten Freunde gewesen. Vor ein paar Monaten schlug Danilo Jakobi dann aber vor, die Fabeks wegen des neuen Buchs nach Amberg einzuladen.

»Doch Marius wollte, dass wir zu ihnen kommen«, erzählte Cora Jakobi weiter. »Zuerst hieß es, in die Skihütte bei Deggendorf, da waren wir früher schon mal mit Adrian beim Langlaufen. Aber dann war es Marius doch lieber, dass wir uns bei ihnen treffen. In ihrem schicken Haus in Bad Abbach.«

Sie machte eine vage Handbewegung, als verscheuchte sie eine unangenehme, vielleicht auch verwirrende Erinnerung. In Gedanken versunken spielte sie mit einer Haarsträhne, sah in ihre Tasse, die Wangen auf einmal wieder leicht gerötet, um die Lippen ein nur angedeutetes Lächeln, das sofort wieder verschwand.

Ich fragte mich, woran sie wohl dachte, ob es vielleicht mit Marius Fabek zusammenhing, und wollte schon nachhaken. Doch da sprach sie weiter.

Nach dem Treffen hatte ihr Mann Marius Fabek sein neues Exposé geschickt, später fuhr er wegen des Vertrags zum Verlag. Dass es keinen neuen Vertrag gegeben hatte, erfuhr Cora Jakobi erst von mir. Mit gequälter Miene angelte sie nach einer Zitrone, drückte sie so fest mit beiden Händen, dass ich dachte, sie würde sie zerquetschen. Ein feiner Zitrusduft stieg mir in die Nase.

»Danilo hat sich noch nie gern in die Karten schauen lassen«, gestand sie leise, als sie sich die Hände an ihren Jeans abwischte.

Wieder trug sie denselben langen Pulli wie bei unserem ersten Gespräch. »Als ich ihn geheiratet habe, war mir klar, worauf ich mich einlasse.«

Das Feuer knisterte und knackte, sonst war es ganz leise im Raum, nicht einmal der Kühlschrank brummte. Ich überlegte, ob jetzt der richtige Moment war, ihr von den Damenbekanntschaften ihres Mannes in Ligurien zu erzählen.

»War es das, was Sie mir heute unbedingt noch sagen wollten?«, fragte ich.

»Nein.« Cora Jakobi räusperte sich unbehaglich, den Blick fest auf ihre Tasse geheftet. »Das mit dem Selbstmord war komplett erfunden. Der Grund, warum ich Sie engagiert habe, war ein anderer.«

»Und zwar?«

»Ich habe gedacht, nein, felsenfest überzeugt bin ich gewesen …«, sie musste schlucken, »ich dachte, dass Danilo eine Affäre hat.«

»Okay«, sagte ich. Die Beziehung der Jakobis wurde mir immer rätselhafter. »Haben Sie einen konkreten Verdacht?«

Erneut machte sie diese vage Handbewegung, sah mich aber noch immer nicht an. »Nein, er hat ja nie …«

Wieder wurde im oberen Stockwerk geschrien.

Schon war sie bei der Tür, riss sie ganz auf. Angespannt stand sie draußen auf dem Korridor, lauschte wie zuvor.

Es blieb still.

Erst nach ein, zwei Minuten kam sie zurück und setzte sich auf ihren Platz.

»Warum haben Sie mich angelogen, Frau Jakobi?«

»Ich habe es so verstanden, als ob Sie solche Aufträge nicht annehmen. Auf Ihrer Homepage stand so was.« Unruhig befingerte sie ihre Tasse. »Aber genau das wollte ich ja: Sie sollten meinem untreuen Ehegatten hinterherspionieren. Ich habe niemanden sonst gefunden, der Italienisch spricht. Bitte entschuldigen Sie.«

Ich nickte. Trotzdem erschien mir ihre Vorgehensweise nicht wirklich nachvollziehbar. Was wäre gewesen, wenn ich ihren Mann allein angetroffen hätte? Ich wäre nie auf die Idee gekommen, ihn nach einer Signorina Buffo, einem Mädchen aus Kalabrien oder wem auch immer zu fragen.

»Weshalb haben Sie ihn nicht zur Rede gestellt?«

»Er hätte mich doch nur ausgelacht. Danilo ist nie jemand gewesen, den man einsperren kann.«

Auf einmal saß Cora Jakobi ganz still, nicht einmal ihre Finger bewegten sich mehr, ein verträumter Ausdruck erschien auf ihrem Gesicht.

»Das war es, was mich damals so an ihm angezogen hat«, gestand sie, und ihre Stimme vibrierte dabei. »Dieses Wilde, dieses völlig Unbezwingbare. Es ist ihm absolut egal, was andere von ihm denken. Für Konventionen hat er kein Verständnis und erst recht keine Zeit, schließlich muss er schreiben, seine Geschichten der Welt zeigen. Das ist ihm wichtig, nichts sonst.«

Ihr Blick glitt zu den Postern und Flyern an der Wand, den allgegenwärtigen Zeugen von Danilo Jakobis Schaffen, seiner Präsenz, seinem Charisma, das auch jetzt noch alles andere hier dominierte, obwohl er vielleicht nicht einmal mehr am Leben war.

»Es war immer dasselbe.« Ein halb belustigter, halb wehmütiger Ausdruck schlich sich in Cora Jakobis Augen. »Sobald er einen Raum betreten hat, sind ihm alle Herzen zugeflogen. Jeder hat ihn bewundert, beklatscht, vergöttert. Besonders die Frauen natürlich.«

»Hat Ihnen das nichts ausgemacht?«

»So ist das nun mal, wenn man sich für jemanden entscheidet, der im Licht der Öffentlichkeit steht.«

Ein Schatten glitt über ihre Züge, verweilte, wurde zu einem großen, erdrückenden Schmerz und strafte ihre lässige Erwiderung Lügen. Plötzlich tat sie mir unendlich leid.

»Ich habe gewusst, er kommt zurück, immer.« Mit jedem Wort wurde ihr Stimme leiser. »Aber ich hatte natürlich trotzdem Angst. Oft ist mir ganz schlecht geworden davon, richtiggehende Panikzustände hatte ich, konnte nicht schlafen, an nichts anderes mehr denken, nur noch …«, mühsam schluckte sie wieder, »nur noch, dass er irgendwann nicht mehr zu mir …«

Ihre Angst hing in der Luft, legte sich auf Danilo Jakobis lächelnde, nachdenkliche, strahlende und immer umwerfende Gesichter an der Wand.

Ich musste an Flavio und Margherita denken. Trotz all der Leidenschaft, die sie verbunden hatte, konnten sie nicht miteinander glücklich sein. Aus einer Margherita wurde eine Claudia, aus einer Claudia eine Valeria, und so ging es immer weiter – ein nicht enden wollender Reigen auf Flavios Suche, immer in der Illusion, dass er im ewig Neuen vielleicht irgendwann einmal das Altvertraute finden würde, nach dem er sich so sehnte. Ob es bei Danilo Jakobi genauso gewesen war?

»Aber als Ihr Mann dieses Jahr weg war«, sagte ich, »hatten Sie ein anderes Gefühl als früher?«

Lange entgegnete Cora nichts. In Gedanken nannte ich sie nun beim Vornamen, so verbunden fühlte ich mich ihr. Schließlich hob sie die Tasse, leerte sie, stellte sie zurück auf den Tisch, goss nach, tat alles mit langsamen, konzentrierten Bewegungen.

»Ja, dieses Mal war es etwas Ernstes«, sagte sie. »Schon als er weggefahren ist, habe ich es gewusst. Nein, schon lange davor. Er hatte sich so verändert. Ständig war er so abwesend, hat gegrübelt, und wenn ich gefragt habe, was los ist, hat er nur gesagt, der neue Roman beschäftigte ihn.« Kurz schloss sie die Augen, atmete tief durch. »Das war natürlich nichts Neues. Nur, wenn ich früher wissen wollte, was los ist, hat er mir von seinem aktuellen Plot erzählt, von irgendeiner Szene, einer Figur. Aber in letzter Zeit«, wieder hielt sie inne, »in letzter Zeit hat er gar nichts mehr erzählt.«

Nun erwähnte ich doch den Namen Buffo und die Episode mit dem kalabrischen Mädchen im »Il Grottino«. Beides entlockte Cora nur ein verständnisloses Stirnrunzeln, sie war nicht einmal überrascht.

»Mit wem könnte er sich in Zoagli getroffen haben, Frau Jakobi?«

Mit den Fingernägeln trommelte sie gegen ihre Keramiktasse, hörte wieder damit auf, fing erneut an. Auch in ihrem Gesicht arbeitete es unentwegt.

»Frau Jakobi. Warum sagen Sie mir nicht einfach …?«

Die Tür knarrte.

»Mami, ich kann nicht schlafen.«

Eine schmale Gestalt im Schlafanzug stand verloren in der Tür. Weiße Bärchen auf rosafarbenem Grund, fiebrige Augen, das Gesicht rot und verquollen, das haselnussbraune Haar strähnig und verklebt. Der ganze kleine Körper bebte.

Cora war schon aufgesprungen und stand jetzt neben ihrer wie ich wusste zwölfjährigen Tochter. Sanft legte sie ihr den linken Arm über die Schulter und die rechte Hand auf die Stirn.

»Du musst sofort ins Bett.« Sie packte das Mädchen an den knochigen Schultern, schob es nach draußen. »Komm, du hast ja nicht mal Hausschuhe an, es ist viel zu kalt hier unten.«

»Wer ist die Frau, Mama?« Lissy, sie wirkte jünger als zwölf, blieb stehen und warf mir einen unsicheren Blick zu. »Weiß die Frau, was mit Danilo ist?«

»Das besprechen wir morgen. Jetzt musst du schlafen.«

»Ich kann aber nicht, mir ist so heiß und dann wieder ganz furchtbar kalt.« Lissys Augen füllten sich mit Tränen. »Vielleicht kommt Danilo ja gar nicht mehr wieder.«

»Natürlich kommt er wieder.«

»Meinst du?« Der Schüttelfrost ließ die Kleine noch mehr zittern, sie lehnte sich an ihre Mutter. »Meinst du wirklich, dass er wiederkommt?«

Cora wandte sich zu mir um, ihr Blick wurde bittend. »Es tut mir leid, aber ich muss mich jetzt um meine Tochter kümmern. Ich rufe Sie morgen an, okay?«

»Kein Problem, ich finde den Weg hinaus.« Ich stand auf. »Gute Besserung, Lissy.«

Als ich die Haustür öffnete, wurde mir klar, dass ich die Beziehung der Jakobis noch immer nicht verstand. Und dass Cora Jakobi mir das Wichtige, was sie mir hatte erzählen wollen, nur zur Hälfte mitgeteilt hatte.

***

Während der Rückfahrt erhielt ich einen Anruf von Paolo. Vermutlich hatte er oder sein Kollege bei dem Besuch im »Adrian's Art Verlag« meinen auffälligen Wagen gesehen, den ich im Hof hinter dem Verlagsgebäude abgestellt hatte.

Nach den vielen Kilometern, die ich heute hinter mich gebracht hatte, war ich inzwischen ziemlich erschöpft und hatte eigentlich keine Lust auf eine Standpauke. Dennoch kam mir Paolos Anruf sehr gelegen. Wenn ich es geschickt anstellte, konnte ich ihm vielleicht die eine oder andere Information darüber entlocken, warum Marius Fabek inzwischen »hochgradig verdächtig« war.

»Du erwartest sicher eine Erklärung«, begann ich also, nachdem er mich im zurzeit üblichen muffigen Ton begrüßt hatte. »Es ist nämlich so, ich ermittle wieder mal …«

»Und ich stecke fest«, unterbrach er mich mit plötzlich weinerlicher Stimme. »Hast du einen Moment Zeit, Prinzessin?«

Ich war erleichtert, im Grunde jedoch nicht sonderlich überrascht. Die Gewohnheit, seine Gedanken im Gespräch mit mir zu klären, hatte er schon bald nach unserer ersten Begegnung entwickelt. Normalerweise lief es allerdings so ab, dass ich ihm die Details zu einem neuen Fall mit sehr viel Fingerspitzengefühl aus der Nase kitzeln musste.

Damals, vor nunmehr sechzehn Jahren, hatte man mich als Schutzpolizistin zu einem Einsatz bei einer Geiselnahme in München beordert. Paolo, ein dienstälterer Kollege, hatte mir blutjunger Anfängerin das Leben gerettet und war bald darauf mein Vorgesetzter geworden. Es hatte nicht lange gedauert, und wir waren auch privat ein Paar.

Vor Vincenzos Geburt beschloss ich, unser gemeinsames Kind selbst zu erziehen, nie hätte ich diese Aufgabe ständig wechselnden Betreuerinnen überlassen. Als ich nach sieben Jahren wieder an meinen Arbeitsplatz zurückkehrte, bot man mir als Teilzeitkraft jedoch nur eine langweilige Schreibtischtätigkeit an. So war mein Traumjob bei der Kripo in unerreichbare Ferne gerückt, ich eröffnete das »BellaDonna« und schließlich meine Detektei, die inzwischen mehr abwarf als die Boutique.

Geduldig hörte ich mir an, was die Ermittlungen zu dem aus der Donau geborgenen Toten bisher ergeben hatten. Der Mann war immer noch nicht identifiziert. An seiner Kleidung hatten Paolos Kollegen von der Spurensicherung Fettspuren gefunden, deren Analyse nun vorlag. Das Fett wurde zum Beispiel bei Schlössern von Autotüren und Kofferräumen verwendet.

Den Bericht zu den Strömungsgeschwindigkeiten der Donau hatte Paolo noch nicht erhalten, immerhin aber den vorläufigen Obduktionsbericht. Die Leiche wies viele und stellenweise ziemlich tiefe Schürfwunden auf, die ihr postmortal beigebracht worden waren. Aufgrund der Art der Verletzungen war der Rechtsmediziner der Meinung, dass der Tote über das Wehr bei der Autobahnbrücke gespült worden war. Der genaue Todeszeitpunkt war noch nicht geklärt. Da die Leiche wieder aufgetaucht war, hatte die Gasbildung schon eingesetzt. Sie musste also mindestens drei bis vier Tage im Wasser gelegen haben.

Heute war Dienstag, die Leiche war am vergangenen Samstag gefunden worden.

»Wenn wir davon ausgehen, dass der Mann unmittelbar nach seinem Tod ins Wasser geworfen wurde, muss er vor ungefähr einer Woche ermordet worden sein«, überlegte ich. »Gibt es Hinweise, ob die Leiche mit irgendwas beschwert wurde? Striemen an den Hand- oder Fußgelenken oder so?«

»Im Bericht steht nichts davon.«

»Vielleicht hat er im Kofferraum eines Wagens gelegen, das würde die Fettspuren erklären. Aber das Schloss war defekt, und er ist wieder aufgetaucht.«

»Oder der Täter hat ein Kleidungsstück des Toten eingeklemmt, als er den Deckel zugemacht hat.«

Nun klang Paolo nicht mehr so kläglich wie zu Beginn unseres Gesprächs, im Gegenteil. Ich hörte hektisches Klicken.

»Hier steht nämlich«, fuhr er aufgeräumt fort, »dass an der Stelle der Jacke, an der sie das Schmierfett gefunden haben, auch das Gewebe beschädigt ist.«

»Okay. Wo hätte der Täter ein Auto unbemerkt in der Donau versenken können?« Wieder dachte ich nach. »Gleich oberhalb vom Wehr ist doch diese Slipstelle, wo man die Boote ins Wasser lässt.«

»Die Donau hat momentan ziemliches Hochwasser. Vom Ufer aus würde man gar nicht erkennen, ob da was im Flussbett liegt.« Paolo schnalzte mit der Zunge. »Wir brauchen Taucher.«

Längst war die anfängliche Trägheit aus seiner Stimme verschwunden. Das Jagdfieber hatte ihn wieder einmal gepackt. Vielleicht war jetzt der richtige Zeitpunkt für meine Fragen.

»Wie schaffst du das eigentlich?«, fing ich so unverfänglich wie möglich an und umriss in knappen Worten, welchen Auftrag ich übernommen hatte. »Nicht nur, dass du die Soko zur Wasserleiche leitest, jetzt musst du auch noch den Italienern zuarbeiten und …«

»Das lass mal meine Sorge sein«, unterbrach er mich kurz angebunden. »Die von der Presse nerven mich schon genug. Bitte erspar zumindest du mir neugierige Fragen, Prinzessin.«

***

Als ich meine Haustür aufschloss, hörte ich Maximilian in der Küche mit Töpfen klappern. Es war bald halb neun und schon lange dunkel.

Von der Treppe polterten eilige Schritte herunter, Vincenzo kam mir entgegengestürmt. Er war so glücklich, seine Mama wiederzusehen, dass dieses Mal nicht ich ihm als Erste um den Hals fiel, sondern umgekehrt.

Obwohl ich meinen Sohn nur drei Tage nicht gesehen hatte, kam es mir vor, als wäre er schon wieder um einen Zentimeter gewachsen. Während wir gemeinsam den Tisch deckten, erzählte er mir seine Neuigkeiten.

Das erst vor wenigen Tagen gekaufte Buch hatte sich beim Lesen zwar als Enttäuschung erwiesen, er war aber dennoch im Fantasy-Fieber. Vor lauter Langeweile hatte er im Internet gesurft und war auf ein Fantasy-Forum gestoßen, in dem sich auch sein Freund Florian tummelte. Dort kursierten Nachrichten zu Danilo Jakobis Romanen, erfuhr ich zu meiner Überraschung. Wenn man sich in die Fan-Gruppe eintrug, erhielt man außerdem ständig Infos über Twitter und Instagram. Die Buchbranche schien genauso zu funktionieren wie die Modebranche. Auch dort grub man alle paar Jahre vergessene Trends wieder aus.

Das für Leonardo reservierte Gästezimmer im ersten Stock war verwaist, am frühen Abend war er eilig nach Freising abgereist. Er hatte Vincenzo und mir eine knappe Nachricht geschickt, in der er sich nicht weiter über die Gründe seiner Flucht ausließ.

Auch im zweiten Stock war alles still. Sicher verbrachte Mona ihren Feierabend mit Leonardo in Freising. Ich fragte mich, ob ich vielleicht zu streng mit ihr gewesen war. Was ging mich schließlich ihr Liebesleben an?

Bald saßen wir zu dritt an dem wuchtigen Esstisch aus dunklem Mahagoni in Nonna Emilias altehrwürdigem Speisezimmer. Nach dem langen Tag genoss ich das Zuhausesein im Kreise meiner Lieben ebenso sehr wie das Essen.

Als Vorspeise kredenzte Maximilian ein feines Selleriesüppchen, gefolgt von knusprigem Flammkuchen aus der Tiefkühltruhe und zum Dessert Crème brûlée aus dem Supermarkt, aber zumindest mit dem Bunsenbrenner von Hand abgeflammt. Bei jedem Bissen knackte die Kruste, und die Crème schmeckte wunderbar nach Bourbon-Vanille.

Den Nachmittag hatte mein Liebster mit den üblichen Hausarbeiten nach der Rückkehr aus dem Urlaub verbracht. Außerdem hatte er damit begonnen, die ersten Fotos von seinem Haus auf den Winzerer Höhen zu knipsen. Er hatte zwar noch keine Idee, wie hoch er die Miete ansetzen sollte. Aber zuerst einmal brauchte er die nötigen Bilder und Texte.

Von Vincenzos Schule gab es leider nur Katastrophen zu vermelden. In Französisch hatte er schon wieder eine Fünf, in Englisch eine Gerade-noch-Vier, wie er mir erst nach und nach gestand. Auch die Noten im Zwischenzeugnis, das er vor den Faschingsferien bekommen hatte, waren beunruhigend gewesen. Von der Hausarrest-Taktik, die Florians Eltern verfolgten, hielt ich nichts, und so redete ich Vincenzo wieder einmal ins Gewissen. Wie üblich versprach er, sich zu bessern. Doch ich wusste, dass die guten Vorsätze morgen wieder vergessen sein würden.

»Du brauchst Nachhilfe«, stellte ich also fest.

»*Senti, mamma* – dafür hab ich echt keine Zeit!« Vincenzo, für den grundsätzlich alles wichtiger war als die verhassten Hausaufgaben, klang ehrlich empört. »Weil, wenn Leonardo jetzt gar nicht mehr kommt, muss doch *ich* am Wochenende auch mal nach Freising fahren – logisch, oder?«

»Nachhilfe ist normalerweise nicht am Wochenende.«

Außerdem, aber das behielt ich für mich – wenn Leonardo zwischen Mona und Vincenzo wählen musste, war klar, für wen er sich entscheiden würde.

»Oh manno, wenn ich immer nur büffeln muss, bei der Nachhilfe kriegt man nämlich voll viel schwere Sachen auf, das hat mir der Udo erzählt, so viel, dass er nicht mal zu den normalen Hausaufgaben kommt – jedenfalls, das geht echt gar nicht, Mamma. Ich will doch diese megageile Fantasy-Trilogie lesen, der erste Band heißt übrigens ›Drachenmann‹.« Er hielt mir sein Smartphone vor die Nase. »Schau, so sieht das Buch aus. Voll krass, gell?«

Ein Wesen in züngelndem Rot und feurigem Gelb sprang mich an, halb Mensch, halb Drache, der seine Flammen wie glühende Pfeile in das Schwarz des Covers schoss. In Großbuchstaben prangte der Name des Autors darauf: Danilo Jakobi.

»Ist jetzt überall. Auf Instagram, YouTube, Twitter, echt überall.«

»Kannst du sehen, wer das gepostet hat?«, fragte ich und trank einen Schluck Wein, einen trockenen Verdicchio aus der *cantina* meines Onkels Marcello, der zwar nicht ins französische Gesamtkonzept des Abendessens passte, das Geschmacksbouquet aber dennoch perfekt abrundete.

»Der User heißt«, Vincenzo wischte über das Display, zeigte es mir wieder, »@fantasynewsdanilojakobi. Du sagst doch immer«, fuhr er fort, während ich mir den Usernamen in meinem Handy notierte, »dass Lesen bildet.«

Touché.

»Und übrigens«, trumpfte er auf, als er sah, dass dieses Mal er gepunktet hatte, »Nachhilfe kostet ein Schweinegeld.«

»Mit dem neuen Auftrag kann ich mir das locker leisten, und für dich ist mir sowieso nichts zu teuer, *tesoro.*« Streng sah ich ihn an. »Außerdem gilt im Leben nun mal der altbekannte Grundsatz: *Chi la dura la vince.*«

»Was heißt das?«, erkundigte sich Maximilian, der sich bisher klugerweise nicht eingemischt hatte. Er stand auf und legte eine neue CD ein. Charles Aznavour, ein belgischer Chansonnier aus dem vergangenen Jahrhundert, der in so klarem Französisch sang, dass sogar ich das eine oder andere verstand.

»Beharrlichkeit führt zum Ziel«, antwortete Vincenzo an meiner Stelle mit gequälter Miene. Inzwischen hatte er offenbar begriffen, wie ernst es mir mit dem neuen Projekt war. Mit trübem Blick löffelte er seine Crème brûlée aus. Zwischendurch konsultierte er im Sekundentakt sein Handy.

Von Leonardo gab es noch immer keine Nachrichten, schloss ich aus seiner zunehmend düsteren Miene, und auch an der Instagram-Front schien es ruhiger zu werden. Nicht einmal unser Mitbringsel aus Rapallo, ein übergroßes T-Shirt vom AC Mailand, das ich Vincenzo nach dem Essen überreichte, hellte seine Stimmung anhaltend auf.

Um meinen Sohn auf andere Gedanken zu bringen, fragte ich ihn über Paolo aus. Lilo war immer noch nicht aus ihrem Wellnessurlaub zurück. Seit ihrer Ankunft in einem oberösterreichischen Luxus-Spa-Hotel am vergangenen Samstagabend hatte sie sich erst zweimal gemeldet.

12

Am Mittwochmorgen vermied Vincenzo es, mich auf das Thema Nachhilfe anzusprechen. Wie immer war er in Eile und schaufelte hektisch seine Cornflakes in sich hinein, während er mit der anderen Hand etwas Unleserliches in sein Mathematikheft kritzelte.

Ich begleitete ihn zur Haustür und holte die Zeitung aus dem schmiedeeisernen Briefkasten vor dem Eingangsportal, einer überdachten und mit Säulen geschmückten Veranda, die mich mit ihren Jugendstilelementen immer an eine Pariser Metrostation erinnerte.

Bleigraue Wolken hingen am Himmel, und wieder einmal war es für meinen Geschmack viel zu kalt. Hie und da waren inmitten all der Düsternis am Firmament jedoch vereinzelt helle Stellen zu erkennen, die Hoffnung machten. Vielleicht würden wir später noch die Sonne zu sehen bekommen.

Während Maximilian im Bad rumorte, bereitete ich ein kleines Frühstück vor, das im Wesentlichen aus Tee für mich, Cappuccino für ihn und den *brioches con crema* bestand, den butterzarten Hörnchen mit Cremefüllung, die wir aus Ligurien mitgebracht hatten. Beim Frühstück besprachen wir unsere heutigen Pläne.

Maximilian wollte den Tag nicht nur für die Vorbereitung seines neuen Vermietungsprojekts nutzen, sondern sich auch mit einem ehemaligen Kollegen treffen, der sich vor einer Weile in Neumarkt in der Oberpfalz als praktischer Arzt niedergelassen hatte. Zum Abendessen würde er wieder bei mir sein.

Ich beabsichtigte, nach dem Frühstück als Erstes nach geeigneten Nachhilfelehrern Ausschau zu halten und anschließend noch einmal zum »Adrian's Art Verlag« zu fahren. Wenn Paolo mir nicht verraten wollte, welche Verdachtsmomente die Carabinieri gegen den Verleger in der Hand hatten, dann würde ich eben den direkten Weg wählen. Mit etwas Glück würde ich von Marius Fabek selbst erfahren, was gegen ihn vorlag.

Es wollte mir nicht in den Sinn, dass tatsächlich er für Danilo Jakobis Verschwinden verantwortlich sein sollte. Gleichgültig, wie aufbrausend und unberechenbar der Verleger sein mochte, diese Möglichkeit erschien mir zu einfach. Vielleicht handelte es sich wirklich nur um eine Verwechslung. Manchmal sorgte das Leben für die verrücktesten Zufälle.

Nachdem Maximilian sich verabschiedet hatte, setzte ich mich auf den Diwan im Wintergarten und blätterte in der »Mittelbayerischen Zeitung«. Auch wenn ich die aktuellen Nachrichten untertags meist im Internet verfolgte, so ließ ich es mir doch nicht nehmen, die Zeitung auch in ausgedruckter Form zu lesen. Ich liebte das Rascheln des Papiers, wenn ich Seite für Seite umschlug, neben mir eine Tasse Tee und auf dem Schoß Semiramis, die nun doch wieder aufgetaucht war und zufrieden schnurrte.

Auf Seite eins stand ein ausführlicher Artikel über die noch nicht identifizierte Wasserleiche, der nichts wesentlich Neues beinhaltete. Am Ende des Textes rief die Polizei zur Mitwirkung der Bevölkerung auf, um die Identität des aus der Donau geborgenen Mannes zu klären. Er war eins achtundsiebzig groß, hatte eine normale Statur, dunkles Haar, keine besonderen Kennzeichen. Sein Alter lag zwischen zwanzig und vierzig Jahren.

Der Mann konnte der Beschreibung nach unmöglich Danilo Jakobi sein. Aber ich nahm mir vor, Paolo dennoch darauf anzusprechen, ob seine Leute schon einen DNA-Abgleich durchgeführt hatten.

Nach den üblichen Meldungen – nach dem katastrophalen Wahlergebnis zum Deutschen Bundestag kursierte, je nach politischem Lager, noch immer Freude oder Ärger über das Zustandekommen der Großen Koalition, der französische Präsident präsentierte innovative Pläne zur Zukunft der EU, der nächste hochrangige US-Politiker distanzierte sich vom Affenzirkus seines Präsidenten – kam ich zum Regensburg-Teil. Ein weiterer Bericht über die Wasserleiche, ansonsten beherrschte wieder die Spendenaffäre um den suspendierten Regensburger Oberbürgermeister die Schlagzeilen.

Zum rätselhaften Verschwinden des Bestsellerautors Danilo

Jakobi stand noch nichts in der Zeitung, sah ich beim Weiterblättern.

Ich wunderte mich ein wenig. Hatte nicht Paolo gesagt, die Medien belagerten ihn mit Fragen? Woher wusste die Presse überhaupt schon so bald von der Neuigkeit?

Ich legte die Zeitung zur Seite und setzte mich an den PC. Im Internet gab es reihenweise Angebote für Englischnachhilfe, viele davon sogar bezahlbar. Ein Student namens Benedict, am Telefon entpuppte er sich als sympathisch klingender *British native speaker*, sagte sofort zu. Zu meiner Freude war er zudem kurzfristig verfügbar, wir vereinbarten eine Probestunde für den morgigen Nachmittag.

Im Fach Französisch hingegen war es nicht so einfach. Es gab allerhand Nachhilfeinstitute, die Preise erschienen mir jedoch astronomisch hoch. Also verlegte ich mich auf die Kleinanzeigen im Internet. Die drei jungen Damen, die ich als Einzige telefonisch erreichte, waren aber entweder komplett ausgebucht oder wieder zu teuer.

Ein Blick auf die Uhr sagte mir, dass es schon halb zehn war. Ich beschloss, meine Suche später fortzusetzen, und wollte den Computer ausschalten. Doch da kam mir ein Gedanke. Bisher hatte jeder, mit dem ich gesprochen hatte, mir etwas anderes über Danilo Jakobi erzählt. Es war an der Zeit, dass ich mir über den Mann mein eigenes Urteil bildete.

Google bot mir eine große Auswahl. Angefangen bei der etwas veralteten Homepage des Schriftstellers über seinen schlecht gepflegten Facebook-Auftritt, zahlreiche Artikel zu seiner Person, Lesungen und Vorträge, Rezensionen seiner Bücher bis zu YouTube-Videos von Interviews war alles vertreten.

Als einziges Kind einer mittelständischen Familie, der Vater Architekt, die Mutter Lehrerin für Deutsch und Geschichte, war er in Ingolstadt aufgewachsen. Nach dem Abitur verweigerte er den Wehrdienst und leistete Zivildienst in einem Altenheim. Es folgten ein Studium der Journalistik und Romanistik in München und Rom, anschließend kurze Tätigkeiten als Übersetzer bei kleinen Verlagen in Bologna und Turin. Nach Deutschland zurückgekehrt, versuchte er sich als Kabarettist und Moderator bei einem Regionalsender in der Oberpfalz, es entstanden erste Gedichte und Prosatexte.

Mit sechsundzwanzig dann so gut wie über Nacht der spektakuläre Erfolg mit seinem vierhundertseitigen Debütroman beim bis dahin unbekannten »Adrian's Art Verlag«. Der »Drachenmann« belegte wochenlang Platz eins der Spiegel-Bestsellerliste, wurde mehrfach ausgezeichnet, verfilmt und in mehr als dreißig Sprachen übersetzt. Auch die beiden Folgeromane entwickelten sich sofort nach Erscheinen zu weltweiten Bestsellern. Die Kritiker überschlugen sich in ihrem Lob, wieder heimste der Autor Preise ein, jetzt auch auf internationaler Ebene.

Der Höhenflug schien sich fortzusetzen, als Danilo Jakobi die ersten Ausflüge in andere Genres wagte. Random House, Droemer Knaur, Suhrkamp, Wunderlich – die Liste der Verlage war lang und beeindruckend, in den folgenden Jahren erschien jährlich mindestens ein neuer Roman. Bald jedoch änderte sich der Tenor der Rezensionen, in einem neueren Artikel wurde seine letzte Neuerscheinung, wieder ein Fantasy-Roman beim nun nicht nur in der Region bekannten »Adrian's Art Verlag«, schließlich unverblümt als Flop bezeichnet.

Ich sah mir Videos von Lesungen, Gesprächsrunden oder Interviews an. In zweien war Danilo Jakobi im Zwiegespräch mit seinem früheren Verleger Adrian Fabek zu sehen, der seine Entdeckung stets mit auffallendem Lob bedachte. Oft ließ der Schriftsteller seine Gesprächspartner kaum zu Wort kommen, überspielte dies aber so galant, dass es kaum jemand zu bemerken schien.

»Warum schreiben Sie, Herr Jakobi?«, fragte eine ausnehmend hübsche Journalistin des »Bayerischen Rundfunks«.

»Weil ich nichts anderes kann.« Er lachte auf eine unbekümmerte, sehr offene Art. »Und weil ich nicht anders kann. Das Schreiben hat etwas Magisches für mich, mit hohem Suchtfaktor. Ich vergesse dann alles um mich herum, klinke mich komplett aus, sehe nur noch meine Figuren, höre sie, wie sie sprechen. Wenn ich fertig bin mit einem Manuskript, fühle ich mich wie ausgeblutet – nie wieder kann ich schreiben, jedes Mal denke ich das. Aber eine Woche später sitze ich schon am nächsten Plot.«

»Ihre Geschichten sind so phantastisch – Ihr ›Drachenmann‹ hat mich von der ersten bis zur letzten Seite in Atem gehalten – ja, man kommt einfach nicht aus dem Staunen heraus. Woher nehmen Sie Ihre Ideen?«

»Vielen Dank für Ihr tolles Feedback.« Wieder dieses gewinnende Lachen. »Woher nehme ich meine Ideen? Nun, aus alltäglichen Eindrücken, aus kleinen Momenten, flüchtigen Begegnungen, sie liegen sozusagen auf der Straße.« Eine große, weite Geste. »Unsere Welt ist voll mit Geschichten. Man muss sie nur einsammeln.«

»Ganz so einfach ist es ja nun nicht«, widersprach die Journalistin. »Nicht jeder kann aus einer Reise in ein fremdes Land etwa eine so bunte, schillernde, ganz und gar neue Welt erschaffen wie Sie.«

»Geschichten spinnen ist seit jeher meine große Leidenschaft gewesen, und ich kann es nun mal besser als alles andere. Sicher wäre ich ein miserabler Bäcker geworden und ein noch schlechterer Ingenieur.«

»Was fasziniert Sie am Schreiben am meisten?«

»Dass ich Schöpfer sein kann.« Sein Blick wurde ernst. »Es ist ungemein stimulierend, Welten zu erschaffen, in denen die Figuren ausschließlich nach meinen Regeln agieren. Wenn der Plot es erfordert, lasse ich sie sterben, manchmal auf grausame Weise.« Er zwinkerte schelmisch. »Wenn ich eine Figur lieb gewonnen habe, oft wider Erwarten, weil sie sich zum Beispiel verändert – es erstaunt mich übrigens immer wieder aufs Neue, wie eine Figur sich im Schreibprozess ganz anders entwickelt, als ich das geplant hatte –, ja, dann überlege ich es mir manchmal in letzter Sekunde doch noch anders.«

»Sie lassen sie am Leben?«

»Oder ich befördere sie in die Totenwelt und erwecke sie wieder zum Leben, im Fantasy-Genre ist ja alles möglich.«

»Sie spielen gern den lieben Gott?«

»Absolut. Und auch den bösen Gott.«

Sein markantes Gesicht war nun von seiner Schokoladenseite zu sehen. Der Kopf blieb in exakt derselben Position, sekundenlang, als hätte er die Pose vor dem Spiegel einstudiert.

***

»Sie haben etwas vergessen?«, empfing mich Silvia Wagner, die Lektorin, unter Zeitdruck gegen elf im »Adrian's Art Verlag«.

Sie erwartete mich vor dem Empfang, der heute nicht besetzt war. Aus dem Korridor dahinter, dort mussten weitere Büros liegen, vernahm ich Schritte und Stimmen, die meisten klangen hektisch. Ab und an sah ich einen Haarschopf auftauchen, der hinter einer anderen Tür sofort wieder verschwand. Überall summte und brummte es, und mir schien, als stammte die Aufregung nicht nur von der vielen Arbeit, der man nachging.

Heute hatte ich meinen Wagen in der Reichsstraße abgestellt, zwischen einem schwarzen SUV und einem verbeulten Audi, der schon fast so alt sein musste wie mein Maserati. In der Nähe des Verlagshauses hatte ich keinen freien Parkplatz mehr gefunden. Dafür war ich drei Reportern begegnet, die dort Stellung bezogen hatten. Den Aufdrucken auf ihren Umhängetaschen nach zu urteilen, kam zumindest einer von der »Regensburger Rundschau« und ein anderer vom »TVA«, dem örtlichen Fernsehsender. Sie hatten kaum Notiz von mir genommen.

»Nicht direkt«, sagte ich. »Eigentlich würde ich gern noch einmal mit Herrn Fabek sprechen.«

Ich entschuldigte mich für meine kleine Notlüge und kramte in der Lackhandtasche nach einer Visitenkarte. Als ich eine gefunden hatte, reichte ich sie Silvia Wagner und erklärte ihr den Grund meines Besuchs. Dass ich selbst in Italien gewesen war, erwähnte ich nicht.

»Sie sind Privatdetektivin?« Sie studierte die Karte. »Das wird aber leider nicht klappen, der Chef ist nicht im Haus.« Ihre Miene verdüsterte sich. »Ein dringender Termin.«

»Kann ich vielleicht mit Frau Fabek sprechen?«

»Sie ist ziemlich beschäftigt.« Silvia Wagner zuckte mit den

Schultern. »Aber sie will über alles im Haus informiert werden, hat sie gesagt – wir probieren es einfach.«

Die kleine Frau mit den üppigen Kurven ging mir voraus, vorbei an einer Fotogalerie mit Verlagsautoren, die ich gestern nicht bemerkt hatte. Auch Danilo Jakobis Konterfei war darunter, sah ich im Vorbeigehen.

Wir erreichten die Treppe, Silvia Wagner führte mich nach oben.

»Eigentlich ist Doreen für die Buchhaltung und das Personal zuständig. Aber jetzt, wo Marius ... Nun, seit heute fällt auch die Programmgestaltung und alles Organisatorische in ihr Ressort«, sagte sie zwischen dem ersten und zweiten Stockwerk.

Oben angekommen, wandte sie sich nicht nach links, dorthin, wo Marius Fabeks Büro lag, sondern blieb stehen. Ihr Tonfall änderte sich, wurde vertraulicher, vielleicht, weil wir uns gestern schon begegnet waren.

»Doreen hat uns das erklärt, nachdem Marius die Zehn-Uhr-Besprechung abgesagt hatte, ohne Begründung übrigens.« Sie blickte sich nach allen Seiten um, niemand war zu sehen. Dennoch senkte sie die Stimme: »Er muss zur Kripo, hat sie gesagt, wegen Danilos plötzlichem Verschwinden. Und dass die Polizei Marius verdächtigt.«

»Weiß man denn schon, wie die Polizei auf die Idee kommt, Ihr Chef könnte etwas damit zu tun haben?«

»Bisher hat es nur geheißen, er soll erkennungsdienstlich behandelt werden, Fingerabdrücke und so weiter, angeblich reine Routine.« Entrüstet blies sie die Wangen auf, was ihr Gesicht noch runder machte. »Wir ersticken in Arbeit, und ohne Marius läuft hier nun mal nichts.«

»Sicher wird sich alles bald aufklären. Wenn Herr Fabek am Tag von Herrn Jakobis Verschwinden tatsächlich krank war, kann er zur selben Zeit ja wohl kaum in Ligurien gewesen sein.«

»Krank?« Verwundert sah sie mich an. »Wie kommen Sie denn darauf? Nein, er war in Italien, das ist ja das Problem – wegen dieser Besprechung mit Danilo!«

»Er war bei Herrn Jakobi?«, fragte ich in wohl ziemlich verblüfftem Ton. »Woher wissen Sie das?«

»Na, aus seiner Mail, die hat er von seinem Smartphone geschickt.«

»Wann?«

»Faschingsdienstag, um sechs Uhr morgens. Am Rosenmontag und Faschingsdienstag hatten wir ja alle Urlaubssperre, wegen der Messevorbereitungen.«

»An wen hat er die Mail geschickt?«

»An mich, Doreen, Monika, sie macht den Empfang. Und René war natürlich auch im Verteiler.«

Ohne zu erklären, wer René war, ging Silvia Wagner nun weiter. Ich folgte ihr und hakte nach, was genau in der Mail gestanden hatte.

»Wie gesagt: dass er in Italien ist, wegen einer wichtigen Besprechung mit Danilo. Alle Anrufe, Mails et cetera sollten wir an Doreen weiterleiten. Am Mittwoch wollte er wieder im Büro sein.«

13

Doreen Fabek, die Frau mit dem Madonnengesicht, kam mir mit sorgenvoller Miene entgegen.

»Mein Gott, die arme Cora«, sagte sie und drückte kurz meine Hand. »Was muss sie nur durchmachen, dauernd überlege ich, wie man ihr helfen kann. Mir geht es allerdings auch nicht besser, muss ich gestehen. Das alles ist so unfassbar, einfach unfassbar.« Verwirrt sah sie mich an, lächelte dann entschuldigend. »Aber setzen Sie sich doch bitte. Darf ich Ihnen ein Glas Wasser anbieten?«

Ich nickte und setzte mich auf den Polstersessel vor dem Schreibtisch. Doreen Fabek klapperte an einem Sideboard mit Gläsern und Flaschen. Silvia Wagner hatte mich bei ihrer Chefin angemeldet, dann war sie gegangen.

Der Raum schien mir noch größer als der ihres Mannes, war im Gegensatz zu seinem aber vorbildlich aufgeräumt. Fein säuberlich aufeinanderliegende Papierstapel, daneben bunte Flyer, Prospekte aus Hochglanzpapier. Neben dem riesigen Bildschirm mehrere Bücher, so ordentlich aufgereiht wie Zinnsoldaten. Auch hier gab es wieder eine geschmackvoll verzierte Stuckdecke und das gleiche gediegene Interieur und Parkett wie im gegenüberliegenden Büro des Verlegers. Es roch nach einem dezenten Parfüm und einer Duftmischung aus Jasmin und Zitronengras.

Meine Gastgeberin stellte zwei mit Wasser gefüllte Gläser auf den Schreibtisch aus dunklem Holz und ließ sich seufzend dahinter nieder. Wie gestern trug sie eng anliegende Kleidung, die ihre schmale Figur betonte. Ein cremefarbenes Wollkleid, das zwei Handbreit über dem Knie endete, dazu grob gestrickte ziegelrote Strümpfe und lederne Stiefeletten in derselben Farbe. Alles war von guter Qualität und wirkte ausgesucht, jedoch nicht übertrieben kostspielig.

»Ich verstehe, wie Ihnen zumute ist«, sagte ich. »Erst Herrn Jakobis Verschwinden, dann die Vorwürfe gegen Ihren Mann –

das muss ein Schock für Sie sein. Was genau liegt denn eigentlich gegen ihn vor?«

»Ja, Sie haben ganz recht – an einem Tag ist die Welt noch in Ordnung«, sagte Doreen Fabek, als hätte sie meine Frage nicht gehört, »und am nächsten liegt alles in Schutt und Asche.«

Sie machte eine unwillige Bewegung zu den drei großen Fenstern, eines davon war gekippt. Von diesem Büro aus blickte man nicht in den Park und auf die Donau, sondern auf die Straße. Gemurmel drang herein, Gelächter, Schritte.

»Die da draußen haben Marius schon für schuldig befunden«, fügte sie aufgebracht hinzu. »Für die steht jetzt schon fest, dass er Danilo ermordet hat. Und dabei ist doch noch gar nichts bewiesen.«

Angesichts der wenigen Journalisten vor dem Verlagsgebäude konnte ich ihre Aufregung nicht ganz nachvollziehen. Andererseits musste sie natürlich unter großem Druck stehen.

»Wissen Sie, wer die Medien verständigt hat?«

»Die Polizei, nehme ich an.« Sie fasste nach ihrem Glas, ihre großen blauen Augen wurden dunkel vor Empörung. »Hier im Haus hat niemand geplaudert, dafür lege ich meine Hand ins Feuer. Die Einzige, die mit der Presse spricht, bin ich.«

In einer schwungvollen Bewegung strich sie sich eine ihrer langen Strähnen aus der hohen Stirn. Ihr Haar war nicht ganz so mahagonifarben, wie es gestern auf mich gewirkt hatte. Ein intensiv kastanienroter Schimmer, sah ich jetzt, verlieh ihm einen warmen Glanz.

»Hat die Polizei gesagt, welche konkreten Verdachtsmomente es gegen Ihren Mann gibt?«, versuchte ich, Doreen Fabek endlich auf die richtige Spur zu bringen.

»Allerdings. Und leider sind es eine ganze Menge.« Sie stellte das Glas ab, ohne daraus getrunken zu haben. »Zwei Zeugen haben ihn gesehen, in Zoagli, und bei mehreren italienischen Autobahnmautstellen wurde außerdem mit seiner Kreditkarte bezahlt.«

»Wissen Sie, bei welchen?«

»Ja. Zweimal beim Brenner, einmal bei der Ausfahrt Chiavari, Genua und Mailand. Der Uhrzeit der Abbuchungen nach zu urteilen, ist Marius auf dem Hinweg über La Spezia gefahren und auf dem Rückweg über Genua und Mailand, was sowieso irgendwie seltsam ist.«

»Woher weiß die Polizei das?«

»Ich habe die Abbuchungen gesehen. Und als der Kommissar danach gefragt hat, gestern Nachmittag war er hier, konnte ich doch nicht lügen.« Doreen Fabek schluckte, warf mir einen schnellen Bick zu, halb betreten, halb verzagt. »Oder war das dumm von mir?«

»Vermisst Ihr Mann seine Kreditkarte?«

»Nicht dass ich wüsste.«

»Wenn er im Landhaus gewesen wäre, müsste die italienische Polizei dort seine Fingerabdrücke gefunden haben.«

»Sie haben auch welche gefunden, die können sie im Moment nur noch nicht zuordnen.« Ihr Blick wurde noch unsicherer. »Der Kommissar hat Marius deshalb gebeten, seine Fingerabdrücke zur Verfügung zu stellen, für einen Abgleich. Marius hat das abgelehnt. Richtig wütend ist er geworden. Schließlich war er nicht in Italien, hat er gesagt, und außerdem sei das alles eine bodenlose Unverschämtheit, und ich weiß nicht, was er noch alles gesagt hat. Der Kommissar ist bald wieder abgezogen. Aber heute Morgen hat dann die offizielle Vorladung im Briefkasten gelegen. Und da ist er jetzt. Bei der Kripo.«

Auch aus der Nähe besehen waren Doreen Fabeks Gesichtszüge so ebenmäßig und klar, als hätte ein Maler der italienischen Renaissance sie auf die Leinwand gebracht, Pinselstrich um Pinselstrich, vielleicht Raffael oder Botticelli. Ihre Haut – hell, zart, geschmeidig – wirkte wie aus Porzellan, nirgendwo in ihrem fast faltenlosen Gesicht sah ich auch nur die geringste Unreinheit. In Anbetracht der verantwortungsvollen Position, die sie innehatte, war sie noch ziemlich jung. Ich schätzte sie auf Mitte, höchstens Ende zwanzig.

»Soweit ich weiß, hat Ihr Mann am vergangenen Dienstag eine Mail in den Verlag geschickt, in der stand, er sei auf dem Weg nach Ligurien, um mit Herrn Jakobi zu sprechen. Was sagt er dazu?«

»Dass er sie nicht geschrieben hat. Ich habe sie übrigens auch bekommen. Sie kam von seinem Geschäftshandy, aber das ist seither unauffindbar. Ich verstehe das alles nicht, nein, absolut nicht.«

Wieder griff sie nach ihrem Glas, umfasste es mit beiden Händen. Ihr Blick, nun noch verstörter als zuvor, glitt zum Telefon, blieb daran hängen. Auch ich nahm mein Glas und trank einen kleinen Schluck.

»Ich hoffe, er ruft an, wenn er bei der Polizei fertig ist. Und ich hoffe«, erneut schluckte sie, »dass sie ihn überhaupt wieder gehen lassen.«

Die Carabinieri, erfuhr ich, hatten auch DNA-Spuren im Landhaus gefunden. Hautschuppen, Haare und dergleichen, die Untersuchungen waren noch im Gange.

»Das dauert Tage, sagen sie.« Endlich nahm auch Doreen Fabek einen winzigen Schluck, behielt das Glas in der Hand. »Trotzdem will die italienische Polizei einen Haftbefehl beantragen, hat der Kommissar gesagt. Für die steht offenbar auch schon fest, dass mein Mann Danilo ermordet hat.« Fassungslos sah sie mich an. »Warum will ihn denn auf einmal jeder im Gefängnis sehen?«

Ich erklärte ihr, dass sowohl bei einer Übereinstimmung der Fingerspuren als auch bei einem positiven Ergebnis der DNA-Untersuchungen beides nur Indizien seien, die – zugegebenermaßen – zwar gegen ihren Mann sprachen, aber keinen eindeutigen Beweis dafür lieferten, dass er etwas mit Danilo Jakobis Verschwinden oder gar seinem Tod zu tun hatte. Genauso verhielt es sich mit den Abbuchungen von seiner Kreditkarte.

Auch Paolo musste sich dieser Situation bewusst sein. Ich begriff nicht, warum er den Verdächtigen schon beim jetzigen Stand der Ermittlungen solche Dinge wissen ließ. Zudem war es nicht einmal sein Fall, er leistete ja lediglich Amtshilfe. Brachte Lilos Auszeit ihn dermaßen durcheinander, dass er alles vergaß, was er als erfahrener Polizist je gelernt hatte?

»Bisher ist völlig unklar, was im ›Cà degli Oliveti‹ wirklich geschehen ist«, holte ich weiter aus. »Es gibt Blutspuren, die nachweislich von Herrn Jakobi stammen, und logischerweise geht die Polizei davon aus, dass ihm etwas Ernsthaftes zugestoßen ist. Aber solange es keine Leiche gibt, kann Ihr Mann nicht angeklagt werden.«

Doreen Fabek schien sich endlich ein wenig zu beruhigen. Dennoch glitt ihr Blick immer wieder zu dem gekippten Fenster, unter dem es mal lauter, mal leiser wurde. Ein Mann rief etwas, eine Autotür klappte zu. Das Glas, an dem sie sich nun mit beiden Händen festhielt, drehte sie nervös hin und her.

Ich stand auf und schloss das Fenster. Die Wolkendecke, sah ich, war schon ein wenig dünner geworden.

»Können Sie denn nicht selbst zur Klärung beitragen, Frau Fabek?« Ich setzte mich wieder auf meinen Platz. »Hat Ihr Mann am fraglichen Tag denn nun zu Hause im Bett gelegen oder nicht?«

»Das kann ich eben nicht.« Stöhnend stellte sie das Glas ab, barg ihr Gesicht in beiden Händen. »Ich weiß nicht, wo er den ganzen Tag über gesteckt hat.« Sie ließ die Hände sinken, sah mir verzweifelt ins Gesicht. »Am Montagabend bin ich nach Deggendorf gefahren, da habe ich übernachtet, im Haus oben an der Rusel. Und am nächsten Tag bin ich von dort direkt wieder ins Büro.«

Ihre Eltern hatten an der Rusel im Bayerischen Wald eine Skihütte, die inzwischen, seit der Schnee jedes Jahr weniger wurde, mehr zum Wandern genutzt wurde. Da ihre Eltern in der Eifel lebten, kümmerte sich Doreen Fabek ein wenig um das Haus. Die Sickergrube war schon seit Längerem undicht, und am Montag hatte es dann auch noch einen Wasserrohrbruch gegeben.

»Den ganzen Abend habe ich gewischt und geputzt«, erklärte sie. »Am nächsten Vormittag habe ich dann ewig auf den Handwerker gewartet, in der Faschingszeit hat ja kaum jemand auf. Erst gegen eins war ich wieder im Verlag. Ja, und abends musste ich zu einem Geschäftsessen mit zwei Mitarbeitern des Kulturamts. Es war fast Mitternacht, als ich endlich nach Hause gekommen bin.«

»Und Ihr Mann?«

»Er war im Bad und ich hundemüde. Ich habe nur kurz Hallo gesagt und bin sofort ins Bett.«

Ihr Mann hatte ihr im Vorfeld nichts von seiner geplanten Reise nach Ligurien erzählt, immerhin eine Autofahrt von zweimal fast achthundert Kilometern. Auch am nächsten Tag hatten sie weder über die Fahrt gesprochen noch über das Treffen mit Danilo Jakobi.

»Da hatten wir ziemlichen Ärger, wegen eines Mitarbeiters.« Doreen Fabek faltete ihre Hände und musterte sie peinlich berührt. »Niemand hat mehr an den Tag davor gedacht.« Ihr Gesicht wurde abweisend. »War alles sehr unschön, aber okay, eine Kündigung ist natürlich nie schön. Das ist allerdings eine interne Angelegenheit. Bitte verstehen Sie, dass ich nicht darüber sprechen möchte.«

Hin und wieder kam es vor, dass eine Verlagsbesprechung mit einer weiten Fahrt verbunden war, erfuhr ich, etwa mit freien Lektoren und Literaturagenten aus anderen Teilen Deutschlands oder Autoren, die im Ausland lebten. Sie selbst habe nichts von Danilo Jakobis Aufenthalt im »Cà degli Oliveti« gewusst, erklärte Doreen Fabek. Auch zu dem Telefonat zwischen ihrem Mann und Danilo Jakobi, von dem seine Putzfrau mir erzählt hatte, konnte sie nichts sagen.

»Mit mir hat Marius jedenfalls nicht darüber gesprochen. Aber wenn er mit Danilo telefoniert hätte, dann hätte ich es gar nicht mitgekriegt, er hat ja sein eigenes Büro und …« Sie hielt inne. »Am Rosenmontag gegen Mittag, sagten Sie? Gerade fällt mir ein – da war er lange weg. Ein Meeting mit einem Agenten, wegen einer neuen Autorin. Erst um drei war er wieder da.«

Das Telefon meldete sich mit einem durchdringenden »Ring-Ring«. Doreen Fabek warf einen Blick auf das Display, entschuldigte sich und griff nach dem Hörer.

Wieder war eine laute Männerstimme zu hören, dieses Mal jedoch aus dem Korridor, gefolgt von einer helleren Stimme.

»Nein, jetzt bitte keinen Anruf … Vom ›Weidener Tagblatt‹? … Sag der Dame, dass ich zurückrufe. Und auf keinen Fall irgendwelche Infos weitergeben, okay?« Sie lauschte. »Ravida hat abgesagt, sie schafft den Abgabetermin nicht? ... Nun ja, wenn sie mit dem Manuskript noch nicht mal angefangen hat, dann blasen wir die Sache einfach ab.«

Doreen Fabek knallte den Hörer zurück auf die Ladestation, machte sich eine Notiz auf einem Post-it, klebte dieses an ihren Computer, an dem schon fünf weitere gelbe Zettelchen hingen, alle in Reih und Glied, nippte an ihrem Wasser, sah mich an.

»Bitte entschuldigen Sie«, sagte sie ein zweites Mal. »Im Moment ist hier leider wirklich einiges los, ich ...«

Erneut ertönte die Männerstimme aus dem Korridor, diesmal sehr aufgebracht: »Ich muss aber mit ihr reden, lass mich vorbei!«

Die Tür sprang auf.

Wie aus dem Nichts stand ein Mann im Raum. Groß, schmal, das Haar weißblond und fast ebenso kurz geschnitten wie sein gestutzter Hipster-Bart, das bleiche Gesicht zu einer wütenden Grimasse verzerrt.

»Ich will das Geld, das du mir versprochen hast!«, rief er zornig. »Und zwar jetzt sofort!«

Silvia Wagner tauchte hinter ihm auf, rang in einer hilflosen Geste die Hände. »Tut mir leid, Doreen, ich habe René gesagt, dass du Besuch hast, aber ...«

»Aber der wollte ums Verrecken nicht glauben, dass die blöden Sprüche ausnahmsweise einmal wahr sind«, fiel der Mann ihr grob ins Wort. »Also, her mit der Kohle, Doreen!«

»Es ist jetzt wirklich ungünstig, René.« Doreen Fabek setzte ein beschwichtigendes Lächeln auf und war plötzlich wieder ganz die entschlussfreudige Managerin, die sie vermutlich gestern noch gewesen war. »In fünf Minuten habe ich Zeit, bitte warte doch solange ...«

»Mir geht der Arsch auf Grundeis«, blaffte der Mann namens René sie an. »Du gibst mir jetzt auf der Stelle mein Geld, sonst fliegt hier gleich was durch die Luft, kapiert?«

Nicht nur sein Gesicht war auffallend blass, auch seine Hände hatten eine ungesunde weißliche Farbe. Er stank nach Zigarettenrauch, war ungefähr im selben Alter wie Doreen Fabek, sprach mit einem leichten, sehr weichen Akzent und stammte hörbar nicht aus Bayern, vielleicht aus Baden-Württemberg oder der Pfalz.

Doreen Fabek stand auf. »René, jetzt hör mal bitte …«

Schon war er am Schreibtisch. Noch ehe irgendjemand im Raum reagieren konnte, holte er aus und fegte mit einer schwungvollen Bewegung die Bücher vom Tisch. Dumpf polterten sie zu Boden, zwei Flyer segelten hinterher, ein Prospekt.

Nun war auch ich auf den Füßen. Silvia Wagner, sie stand immer noch hinter mir, entfuhr ein Schrei.

»Hör gefälligst auf, die Einrichtung zu demolieren«, sagte Doreen Fabek erstaunlich gelassen. »Als mein Assistent weißt du doch, dass ich nie Bargeld im Büro habe.«

»Als dein *ehemaliger* Assistent, meinst du wohl. Echt geil, dass ich mit dem ganzen Scheißdreck hier nichts mehr zu tun habe.«

Abfällig lachte er und steckte in einer provozierenden Geste beide Daumen in den Gürtel seiner ausgewaschenen Jeans mit schmal geschnittenen Beinen. Dazu trug er ein edel gewobenes Hemd, das wie die aufgeknöpfte Steppjacke ziemlich kostspielig gewesen sein musste. Weder Silvia Wagner noch mich würdigte er auch nur eines Blickes.

»Deine Lügen kannst du dir sonst wohin schmieren«, fügte er geringschätzig hinzu. »Dir glaub ich schon lange nichts mehr. Und seit letztem Mittwoch weiß ich ja, auf welcher Seite du wirklich stehst.«

So aggressiv der junge Mann eben noch gewesen war, so entspannt wirkte er plötzlich. Dennoch überlegte ich, ob ich mich einmischen sollte. Doch bevor ich auch nur ein Wort sagen konnte, hatte er den Schreibtisch bereits mit wenigen schnellen Schritten umrundet wie ein Panther auf Beutefang.

»Also, was ist jetzt?«, schnauzte er seine ehemalige Chefin an und baute sich vor ihr auf. Er überragte sie um mindestens zwanzig Zentimeter.

»Du kriegst das Geld am Nachmittag.«

Doreen Fabek, noch immer die Ruhe in Person, warf erst einen Blick auf ihre Uhr, dann in meine Richtung.

»Falls wir beide noch etwas besprechen müssen, dann am besten telefonisch, abgemacht?«, sagte sie zu mir. Ihr Blick wanderte zurück zu ihrem entlassenen Assistenten. »Ich muss hier noch ein, zwei Dinge erledigen, danach gehe ich zur Bank, und du fährst nach Hause. Da beruhigst du dich mal ein bisschen, und in spätestens zwei Stunden hast du dein ...«

»Sofort!«, brüllte René und drosch mit der geballten Faust auf den Tisch. »Ich brauche die Kohle *jetzt sofort*, kapiert?«

»Es reicht jetzt«, mischte ich mich nun doch ein. Obwohl Doreen Fabek nicht einmal mit der Wimper gezuckt hatte, erschien mir die Situation mit jedem Moment absurder und bedrohlicher. »Hören Sie ...«

»Klappe halten!«, schrie René, ließ seine ehemalige Chefin, die ihn immer noch unbeeindruckt musterte, jedoch keine Sekunde aus den Augen. Dann packte er sie an der Schulter und schüttelte sie so heftig, dass ihr langes Haar hin und her flog. »Das geht nur Doreen und mich was an, haben das alle hier drin begriffen?«

René stand seitlich mit dem Rücken zu mir, konnte mich also nur aus dem Augenwinkel sehen. Instinktiv griff ich in meine Tasche, wo das Pfefferspray lag, zog meine Hand aber wieder zurück. Es wäre grob fahrlässig gewesen, es hier im Büro zu benutzen.

»Kein Problem, alles gar kein Problem, dann gehe ich eben gleich zur Bank«, hörte ich Doreen Fabek sagen, während ich mich kurz zu Silvia Wagner umwandte und ihr zunickte.

Diese begriff sofort, machte einen Schritt zur Tür, ich hingegen in die andere Richtung.

»Hast du mir zugehört, René?«, fragte Doreen Fabek so langsam und so deutlich, als spräche sie mit einem schwerhörigen alten Mann. »Ich gehe los, jetzt sofort, und du kriegst dein Geld, okay?«

Plötzlich ließ er sie los, schwankte, stützte sich mit beiden Händen auf der Tischplatte ab, atmete heftig ein und wieder aus. Seine Arme zitterten, Schweißperlen glitzerten an seiner Schläfe.

Endlich sah Doreen Fabek mich an. Fast unmerklich schüttelte sie den Kopf, um mir zu signalisieren, ich möge bleiben, wo ich war.

»Ich brauche es, Doreen«, stieß René mit rauer Stimme hervor, als ich den nächsten Schritt in seine Richtung tat. Ich hatte meine Zweifel, ob sie die Situation richtig einschätzte. »So lange kann ich nicht warten. Ich bin echt am Ende, du siehst doch, dass ich …«

»Kein Problem«, wiederholte sie. »Du kriegst jetzt alles, was ich dahabe, jetzt gleich, und den Rest später, wenn ich bei der Bank war. Abgemacht?«

In einer unerwartet sanften Geste strich sie ihm über den Arm. Er ließ ihre Berührung zu, schloss die Lider, lehnte sich erschöpft gegen den Tisch. Seine Hände flatterten, sein Körper bebte. Sie zog die unterste Schublade auf, kramte darin, fand, was sie suchte, steckte es in ein großes, gepolstertes Kuvert, rumorte weiter, packte noch etwas anderes in den Umschlag, den sie ihm schließlich in die Hand drückte. Aufatmend presste er ihn an sich und öffnete wieder die Augen.

»Damit kommst du ein Weilchen über die Runden«, sagte sie. »Bald hab ich mehr für dich, versprochen. Aber zuerst muss ich hier wirklich noch das eine oder andere erledigen. Vielleicht hast du mitgekriegt, was bei uns los ist. Marius ist bei der Kripo, während wir hier in Arbeit ersticken. Sagen wir, morgen Nachmittag?«

»Du verarschst mich doch nicht?« Misstrauisch sah er auf sie hinunter. »Sogar Danilo hat gesagt, dass man bei dir nie weiß, was du dir als Nächstes einfallen lässt.«

Doreen Fabek lachte, aber es klang aufgesetzt und falsch, und zum ersten Mal, seit René ihr Büro betreten hatte, beschlich mich das Gefühl, sie hätte die Situation nicht mehr unter Kontrolle.

»Wenn du mich verarschen willst, dann mach ich dich fertig«, fuhr er sie an, richtete sich auf und hatte plötzlich wieder die Oberhand. »Dich und deinen verkackten Marius. Ich wette, die da draußen finden es hammergeil, wenn ich ihnen ein paar Insiderinfos aus eurem Saubermannverlag rüberwachsen lasse.«

»Morgen um drei«, sagte sie nur und ging mit keinem Wort auf seine Drohung ein. »In Ordnung?«

Erst reagierte René nicht, nickte schließlich doch, aber sehr zögerlich, geriet erneut ins Schwanken.

Doreen Fabek hakte ihn unter und zog ihn mit sich zur Tür, als wäre er ein kleines Kind, das sich im großen dunklen Wald verirrt hatte. Mit leiser Stimme bat sie Silvia Wagner, ihr und dem nun plötzlich wieder lammfrommen jungen Mann nach draußen zu folgen. Mir nickte sie nur kurz zu, und die drei verließen das Büro.

Ich nutzte die wieder eingekehrte Ruhe und stellte die zu Boden geworfenen Bücher zurück auf den Schreibtisch, der nahe bei einem der Fenster stand. Draußen wurde es nun mit jedem Moment ein wenig heller. Vielleicht würde doch noch die Sonne durchkommen.

Als ich den Prospekt aufhob, ein Verlagsprogramm, sah ich darunter ein Blatt Papier liegen, das vorhin offenbar auch zu Boden gesegelt war. Ich nahm es, wollte es auf den Tisch zurücklegen. Mein Blick fiel auf den Text, augenscheinlich ein Vertragsentwurf, der mehrere Absätze umfasste. Da und dort hatte jemand handschriftliche Änderungen vorgenommen, ich las das Wort »Prokura« und die Namen von Marius und Doreen Fabek.

Auf dem Korridor näherten sich Schritte.

Hastig legte ich Prospekt und Entwurf zurück auf den Tisch, setzte mich wieder.

»Bitte entschuldigen Sie diesen unangenehmen Zwischenfall«, sagte Doreen Fabek, als sie das Büro betrat. »René Ingram hat bis vor Kurzem noch für uns gearbeitet, und ich verstehe wirklich nicht, was so plötzlich in ihn gefahren ist. Das gerade war doch mehr als unterirdisch.«

Sie setzte sich wieder hinter ihren Schreibtisch. Ihre Wangen waren leicht gerötet. Ansonsten aber wirkte sie nicht, als hätte die Szene sie aus dem Gleichgewicht gebracht.

»René hat sowohl meinen Mann als auch mich als Assistent unterstützt, und wir sind immer sehr zufrieden mit ihm gewesen«, erklärte sie in ruhigem Ton. »Aber seit dieser unglückseligen Entlassung … Nun ja, seither ist er ein bisschen durch den Wind.«

»Darf ich fragen, warum er Geld von Ihnen verlangt hat?«

»Das ist ja kein Geheimnis«, sagte sie zu meiner Überraschung und schob eine Haarsträhne, die nach vorn gefallen war, hinter ihr linkes Ohr. »Er hat Anrecht auf eine Abfindung.«

Draußen brach nun tatsächlich ein Sonnenstrahl durch die Wolkendecke und tauchte den Bereich um den Schreibtisch in warmes Licht. Der kastanienrote Schimmer auf Doreen Fabeks Haar verwandelte sich in ein sattes, leuchtendes Kupfergold und verlieh ihr noch mehr die Aura einer Madonna.

»Er droht uns mit dem Arbeitsgericht. Und bei dem ganzen Schlamassel hier«, seufzend wies sie zum Fenster, »brauchen wir wirklich nicht noch mehr Ärger.«

»Und deshalb lassen Sie sich von ihm erpressen?«

»Ich bitte Sie.« Sie lächelte gequält. »Er hat nur bekommen, was ihm zusteht. Neben dem bisschen Geld, das ich noch dahatte – in jeder Firma gibt es eine Bargeldkasse, da hatte René natürlich recht –, habe ich noch das Arbeitszeugnis in den Umschlag gesteckt. Das hatte ich schon vorbereitet, nach seinem Anruf gestern. Er sucht nach einem neuen Job, und für die Bewerbungen braucht er es natürlich dringend.«

Ich fragte mich, weshalb sie mir das alles so ausführlich erklärte. Erstens war sie mir keine Rechenschaft schuldig. Und zweitens handelte es sich nun wirklich um interne Angelegenheiten des Verlags.

»Im Moment hat er es nicht leicht.« Betrübt betrachtete Doreen Fabek ihre perfekt manikürten, dezent hellbraun lackierten Gelnägel, die ziemlich kurz gehalten waren. »Soweit ich weiß, sind seine monatlichen Verpflichtungen sehr hoch. Die Kündigung war sicher ein Schock für ihn.«

»Sein Schicksal scheint Ihnen persönlich nahezugehen.«

»Das tut es. Erstens hat er hervorragende Arbeit geleistet, und gerade jetzt bräuchten wir ihn dringend.« In ihrem Gesicht arbeitete es unentwegt, auf ihrer Stirn zeigte sich eine tiefe Falte. »Und zweitens kann ein Karriereknick gerade für einen Mitarbeiter, der so jung ist wie René, eine Katastrophe bedeuten. Ich hoffe wirklich, er findet schnell wieder eine adäquate Stelle.«

Ihre Wortwahl überraschte mich, denn sie war wohl kaum älter als René Ingram. »Entschuldigen Sie bitte, wenn ich so direkt bin – aber warum haben Sie ihm gekündigt?«

»Erstens habe nicht *ich* ihm gekündigt.« Doreen Fabeks Blick veränderte sich. »Und zweitens – so leid es mir tut, Frau di Santosa, aber ich muss jetzt wirklich weitermachen.« Im Sitzen streckte sie mir ihre Rechte entgegen. »Danke übrigens, dass Sie meine Bücher aufgehoben haben.«

Langsam stand ich auf und drückte ihre Hand, sie fühlte sich kühl und fest an.

»Falls ich noch weitere Fragen habe«, sagte ich, »kann ich Sie in den nächsten Tagen anrufen?«

»Ich habe ja Ihre Visitenkarte«, wehrte sie mit charmantem Lächeln ab. »Wenn sich etwas Neues ergibt, melde ich mich. In Ordnung?«

Ich war sicher, dass Doreen Fabek mich gerade genauso um den Finger zu wickeln versuchte wie ihren ehemaligen Assistenten.

14

»Was für eine Show!« Silvia Wagner stöhnte. »René war ja schon immer gleich auf zweihundert, was sage ich, auf vierhundert – ein Choleriker par excellence. Und dann diese Gossensprache, wirklich keine Kinderstube, aber früher hat er sich meistens zusammengerissen. Das eben – einfach bodenlos.«

Sie verzog das pausbäckige Gesicht in einer so dramatischen Weise, dass es schon fast komisch wirkte. Dann stellte sie den Karton, den sie unter dem Arm trug, auf dem Tresen der noch immer verwaisten Anmeldung ab. Er war bis oben hin voll mit Prospekten, ein intensiver Geruch nach frisch bedrucktem Papier stieg mir in die Nase.

Nach dem Gespräch mit Doreen Fabek war ich in Silvia Wagners Büro gegangen, hatte sie aber nicht angetroffen. Erst im Erdgeschoss war ich ihr begegnet.

»Ich verstehe überhaupt nicht, wer ihn reingelassen hat«, sagte sie kopfschüttelnd.

Jeder Mitarbeiter, der sich gerade in der Nähe der Anmeldung aufhielt, erfuhr ich, war für den Einlass zuständig, wenn diese nicht besetzt war. Im Hof auf der rückwärtigen Seite des Verlagshauses befand sich zwar noch eine zweite Tür, über die man ebenfalls in die Büroräume gelangte. Doch auch dort musste man läuten.

»Der Chef hat ihm nach dem Rauswurf Hausverbot erteilt«, fügte Silvia Wagner hinzu.

»Warum denn das?«

Verstohlen wandte sie sich um, sah erst zur Treppe, dann zum Korridor mit den Büros. Gesprächsfetzen, Telefontrillern und das Brummen einer Kaffeemaschine wehten zu uns herüber. Zu sehen war jedoch niemand.

»Die Kündigung ist völlig überraschend gekommen, für jeden hier«, sagte sie leise. »Von jetzt auf gleich, um genau zu sein. René durfte nur noch seinen PC ausschalten, dann musste er gehen. Auf Geschäftsleitungsebene hat es deswegen einigen Ärger gegeben.«

Auch ich senkte meine Stimme. »Zwischen Herrn und Frau Fabek?«

»Ja, Doreen war gar nicht begeistert.«

»Kennen Sie den Grund für die fristlose Kündigung?«

»Der Chef und René sind böse aneinandergeraten, bei uns oben auf der Herrentoilette, er muss Marius sogar angegriffen haben. Offiziell gab es keine Erklärung, weshalb. Aber ich habe so meine Vermutungen. Einmal bin ich in Renés Büro, und da hatte er auf dem Schreibtisch doch glatt …«

Absätze klapperten über das Parkett, stöckelten in unsere Richtung. Silvia Wagner verstummte.

Eine sehr junge Frau, meiner Schätzung nach war sie kaum älter als Anfang zwanzig, bog um die Ecke, in der Hand einen Stapel Computerausdrucke. Über High Heels und blickdichten Strümpfen trug sie einen chinaroten Rock, der so kurz war, dass er gerade noch den Po bedeckte.

»Schau mal bitte, Silvia«, sagte sie mit hellem Minnie-Maus-Stimmchen und blieb vor ihrer Kollegin stehen. »Ich kann diese beiden Überweisungen nicht zuordnen.«

Sie breitete die Ausdrucke auf dem Tresen aus und tippte mit spitzen Fingern auf eines der Blätter. Ihr aschblondes, am Ansatz fast schwarzes Haar verschwand in einem straff nach oben gekämmten, übergroßen Dutt im Fromme-Helene-Stil.

»Irgendwer hat den Vorgang falsch abgelegt.« Mit der freien Hand zupfte sie ihr nicht ganz so gewagtes blütenweißes Top zurecht. »Maliq Kodraj, nie gehört, ein Buchtitel steht auch nicht mit dabei. Blöd, weil ich René nicht fragen kann, und Doreen möchte ich jetzt auch nicht belästigen.«

Silvia Wagner warf mir einen schnellen Blick zu, sammelte die Unterlagen ein und hielt sie so, dass ich nichts mehr lesen konnte. Dennoch hatte ich auf dem obersten Blatt die mit Leuchtstift markierten Stellen gesehen: einmal zehntausend und einmal fünftausend Euro.

»Vielleicht ein Pseudonym?«, fuhr die junge Frau mit Dutt ratlos fort. »Laut Buchung ein Honorar, aber beide Beträge wurden innerhalb von einer Woche angewiesen. Ich check das nicht. Der erste Teil vom Vorschuss ist doch normalerweise bei Vertragsabschluss fällig und der zweite bei Abgabe des Manuskripts. Und warum sind die Beträge so unterschiedlich?«

»Manchmal handelt Marius mit den Autoren spezielle Verträge aus, aber mir sagt der Name auch nichts.« Silvia Wagner runzelte die Stirn. »In welches Land sind die Überweisungen gegangen?«

»Irgendwas echt Schräges, warte mal.« Ihre Kollegin nahm die Unterlagen wieder an sich, blätterte, legte die babyglatte Stirn in Falten, blätterte noch mehr. »Find's jetzt grade nicht, hab ich das etwa im Büro gelassen?«

»Am besten, du fragst doch Doreen.« Silvia Wagner deutete auf eine Stelle auf einem anderen Ausdruck. »Schau, sie hat die Überweisungen angewiesen.«

»Ups, hab ich echt nicht gesehen.« Die andere kicherte verlegen. »Du bist die Beste, Silvia, tausend Dank.«

Mit nun leicht geröteten Wangen nahm sie die Unterlagen wieder an sich, nickte mir verschämt zu und stöckelte so schnell zur Treppe, dass ich Angst hatte, sie würde auf ihren hohen Dingern umkippen.

»Wo war ich stehen geblieben?« Silvia Wagner sah ihrer Kollegin nach. »Renés Schreibtisch, genau, da hat sich wieder mal irre viel gestapelt. Er hat ja immer alles, was er untertags nicht geschafft hat, mit nach Hause genommen. Nicht nur am Wochenende, nein, auch unter der Woche. Ich weiß gar nicht, wie wir das jetzt ohne ihn hinkriegen sollen.«

Die junge Frau mit Dutt war nun nach oben verschwunden und außer Hörweite. Dennoch machte Silvia Wagner keine Anstalten, auf ihre Bemerkung von vorhin zurückzukommen. Mir war klar, dass sie mir etwas anderes hatte erzählen wollen. Dass auf Renés Schreibtisch mehr gelegen hatte als nur Papier. Aber der kurze Moment von Vertrautheit war offenbar vorbei.

»Ich liebe meinen Beruf als Lektorin«, sagte sie mit ernster Miene. »Auch wenn er sich über die Jahre sehr verändert hat.

Die Manuskripte meiner Autoren kann ich praktisch nur noch am Wochenende lesen, sonst komme ich einfach nicht dazu.«

Als Cheflektorin musste sie sich vorrangig um die Programmplanung kümmern, erfuhr ich. Welche Titel im nächsten Halbjahr erschienen, was im Klappentext stand, die Auswahl der Cover und natürlich, wie der Buchtitel lautete. Seit neun Jahren war sie im Verlag, davor hatte sie bei Bastei Lübbe und Ullstein gearbeitet.

»Wie lange war René Ingram hier?«

»Ein Jahr?« Kurz überlegte sie. »Vielleicht auch nur elf Monate, ich bin nicht sicher.«

In einem der Büros wurde laut gelacht. Ein kalter Luftzug war zu spüren, jemand hatte wohl ein Fenster geöffnet.

»Ursprünglich hat er eine Ausbildung als Buchhändler gemacht und später dann BWL studiert, hier an der Uni«, fuhr Silvia Wagner fort. »Die Abschlussprüfungen hat er aber geschmissen, wegen seiner Prüfungspanik.«

Sie waren zwar nur Kollegen gewesen, doch er hatte ihr hin und wieder sein Herz ausgeschüttet. Seine Mutter war früh gestorben, bald nach der Scheidung der Eltern, noch keine vierzehn war er damals gewesen. Nach dem Studium hatte er erst bei einem Hörbuchverlag gearbeitet, dann mal hier, mal da. Die Stelle im »Adrian's Art Verlag« schließlich war eine Riesenchance gewesen. In kürzester Zeit arbeitete er sich nicht nur in die Programmgestaltung ein, sondern auch in den buchhalterischen Bereich.

»Eine Wahnsinnsleistung für jemanden in seinem Alter«, sagte sie. »Andererseits ist man als junger Mensch natürlich belastbarer. Und jemand wie René braucht eben nicht so viel Schlaf wie unsereiner.«

Silvia Wagner schien auf irgendetwas hinauszuwollen, scheute sich jedoch, es auszusprechen. Bevor ich nachfragen konnte, läutete ihr Telefon, das sie im Hosenbund stecken hatte. Hastig verabschiedete sie sich, klemmte sich den Karton wieder unter den Arm und lief davon.

***

Vor meinem Maserati parkte noch immer der verbeulte Audi, dahinter anstelle des protzigen SUV aber jetzt ein noch protzigerer BMW der oberen Preisklasse. Er klebte so dicht an der Stoßstange meines Wagens, dass ich kaum aus der Parklücke kommen würde, ohne den Riesenschlitten mit den blitzenden Felgen zu berühren.

Ein Mann saß im Wagen, gerade beugte er sich über den Beifahrersitz.

Ich klopfte an das getönte Fahrerfenster.

Zuerst geschah nichts, erst nach einigen Sekunden glitt es lautlos nach unten. Ein bleiches Gesicht erschien, abgestandener Zigarettenmief schlug mir entgegen.

René Ingram.

Am Aufleuchten seiner hellgrauen, von feinen roten Äderchen durchzogenen Augen sah ich, dass auch er mich wiedererkannte.

Vorhin hatte er Danilo Jakobis Namen erwähnt. Als ehemaliger Assistent der Fabeks kannte er vielleicht interessante Details über dessen Beziehung zu Marius Fabek. Also nannte ich meinen Namen und erklärte kurz, was mich in den Verlag geführt hatte.

»Keine Peilung, was mit Danilo ist.« René Ingram klang nun völlig entspannt. »Aber dem Scheiß-Marius traue ich alles zu.«

»Aus welchem Grund sollte er Herrn Jakobi töten?«

»Der braucht keinen Grund. Mister Superwichtig geilt sich daran auf, wenn alle nach seiner Pfeife tanzen, das ist das Höchste für ihn. Und wenn einer mal Mist baut …«

Mit der Rechten fuhr er sich in einer zackigen Bewegung waagerecht über die Kehle.

Auf dem Beifahrersitz, sah ich aus dem Augenwinkel, lag der wattierte Umschlag, den Doreen Fabek ihm gegeben hatte.

»Ich verstehe nicht ganz – hat Herr Jakobi etwa Mist gebaut?«

»Der geht mir am Arsch vorbei, aber *ich* habe doch alles für diesen Oberwichser getan«, schnaubte René Ingram, nun doch wieder voller Zorn. »Für Marius und Doreen, diese Bitch, und als Dank hat sie mich gefeuert.«

»Dann stimmt es also nicht, dass die Kündigung von Herrn Fabek ausgegangen ist?«

Er zuckte nur mit den Schultern.

»Darf ich fragen, was der Grund für die Kündigung war?«

Umständlich nestelte er am Reißverschluss seiner Steppjacke, riss sie auf. Seine Hände zitterten nun nicht mehr wie zuvor in Doreen Fabeks Büro, sondern waren völlig ruhig.

»Zweimal habe ich verschlafen, höchstens dreimal«, sagte er lässig. »Da bin ich dann eine Stunde später als sonst im Verlag gewesen. Ein absoluter Witz. Vor allem, wenn man bedenkt, wie lang ich abends oft geblieben bin.«

»Ist es wahr, dass Sie Herrn Fabek tätlich angegriffen haben?«

»Das Arschloch hätte noch weit mehr Dresche verdient, so wie der mich angegangen ist.«

Allmählich wurde mir klar, warum der junge Mann plötzlich so anders war als vorhin.

Erneut änderte sich seine Stimmungslage. In einem unruhigen Takt trommelte er gegen das Lenkrad, die Ärmel seiner Jacke rutschten zurück und legten mehrere rote Pickel frei. Einige davon hatten sich entzündet.

»Keine Ahnung, wie ich das alles geregelt krieg.« Seine Augenlider flatterten. »Der Blödmann vom Arbeitsamt hat gesagt, ich kriege eine dreimonatige Sperrfrist, wegen der fristlosen Kündigung. Jetzt muss also *ich* beweisen, dass die Entlassung nicht gerechtfertigt war. Solche Wichser.«

»Man weiß natürlich nie, wie die Entscheidung des Arbeitsgerichts ausfällt«, sagte ich.

»Wieso Arbeitsgericht?« Das Trommeln wurde noch nervöser. »Ich komm grad echt nicht mit.«

»Wollen Sie denn nicht Widerspruch einlegen – vor Gericht?«

»Okay.« Er grinste. »Gar keine schlechte Idee, Lady.«

Doreen Fabek hatte mir also einen Bären aufgebunden. René Ingram hatte dem Verlag nie mit einer Klage gedroht. Ich fragte mich, warum sie mich angelogen hatte.

»Was war das vorhin übrigens mit Danilo Jakobi?«, hakte ich nach. »Sind er und Frau Fabek nicht gut miteinander ausgekommen?«

Ausdruckslos sah René Ingram mich an, gähnte nur.

»Jetzt sagen Sie schon – hatte Herr Jakobi Feinde im Verlag?«

Geringschätzig verzog er das Gesicht. »In der Buchbranche knutscht doch jeder jeden ab und rammt ihm hintenrum das Messer in den Rücken. Der gute Jannis zum Beispiel. Jannis Skatula.« Er lachte abfällig. »Im bürgerlichen Leben Ruppert Gigglberger, aber unter einem solchen Namen kann man natürlich keine abgedrehten Romane veröffentlichen.«

René Ingram kramte in der Mittelkonsole herum und zog eine Sonnenbrille hervor. Er setzte sie auf, klappte die Blende hinunter, betrachtete sich im Kosmetikspiegel, drehte den Kopf hin und her, als wäre er ein Model, und knallte die Blende wieder nach oben.

»Jannis hat's mordsmäßig gestunken, als Danilo neulich bei Marius war, wegen seinem neuen Manuskript. Jannis war sowieso schon auf hundert, weil Marius Pattys Debütroman so stark promotet hat – und seinen nicht.«

Er lachte hysterisch, kratzte sich am Hals, auch dort war eine Stelle entzündet. Dann ließ er den Kopf auf die Nackenstütze fallen, setzte die Brille wieder ab, warf sie auf den Beifahrersitz, schloss die Augen und massierte sich leise summend die Schläfen.

Ich überlegte, welche Drogen er wohl nahm. Crystal Meth? Koks?

»Und als Jannis im Büro des Geschäftsleiters ausgerechnet seinem Erzfeind Danilo in die Arme gelaufen ist«, fuhr er mit geschlossenen Lidern fort, »ist er megamäßig ausgetickt. Wie eine Furie hat er getobt.«

Hinter mir fuhr dröhnend ein Lkw vorbei, irgendwo wurde gehupt.

»Irgendwer hat mir mal erzählt, der hätte sich zwanzig verschiedene Mailadressen zugelegt, damit er sich selbst bei Amazon Rezensionen schreiben kann.« Böse grinsend tippte René Ingram sich an die Stirn. »Und jedes Mal wenn ein neues Buch von Danilo erschienen ist, hat er massenhaft Verrisse darüber ins Netz gestellt. Alle unter falschem Namen, versteht sich.«

Lauthals begann er zu lachen, schlug sich auf die Schenkel. Aus dem Lachen wurde ein Husten, er riss die Augen auf, rang nach Luft. Halb stöhnend, halb prustend hielt er sich am Lenkrad fest.

Noch ehe ich begriff, was er vorhatte, drehte er den Zündschlüssel, ließ den Motor aufheulen, legte den Vorwärtsgang ein.

Der BMW schoss zurück. Um ein Haar rammte er den dort geparkten Wagen, hielt aber gerade noch rechtzeitig an. Dann preschte er nach vorn, zog nach links.

Erschrocken sprang ich zur Seite.

Haarscharf und mit quietschenden Reifen brauste der silberne Wagen an mir vorbei, auf die Ampel an der etwa zwanzig Meter entfernt liegenden Kreuzung zu, fuhr bei Fast-schon-Rot darüber.

Ich sah dem davonrasenden Auto nach. Nun verstand ich, was Silvia Wagner hatte andeuten wollen. René Ingrams eigentliches Problem war weit schlimmer als seine plötzliche Arbeitslosigkeit.

15

»Klar kann ich Ihnen was über Danilo Jakobi erzählen«, sagte Jannis Skatula alias Ruppert Gigglberger eine halbe Stunde später zu mir und lachte gallig. »Mein Vorschlag: Sie laden mich zu einem Cappuccino ein, und ich verklickere Ihnen ein paar interessante Geschichten über meinen ehrenwerten Kollegen, einverstanden?«

Ich schlug den nahe gelegenen Italiener in Stadtamhof vor, wo bester italienischer *caffè* serviert wurde. Das Mehrfamilienhaus, in dem der alternde Schriftsteller wohnte, lag in der Wassergasse, keine zweihundert Meter davon entfernt.

»Kennen Sie das ›Degginger‹?«, fragte der kleine, ungewöhnlich dünne Mann in herablassendem Ton. Seine schmalen Lippen verzogen sich zu einem süffisanten Grinsen. »Dann kriegen Sie als Ausländerin zumindest mal was vom Künstlerleben in dieser Stadt mit.«

Ich sparte mir die Erklärung, dass ich nicht nur das »Degginger« kannte, sondern auch manch andere Kulturadresse in Regensburg.

In aller Seelenruhe schlüpfte Jannis Skatula, den ich in Gedanken nur Gigglberger nannte, in seinen abgetragenen Wollmantel undefinierbarer Farbe, knöpfte ihn mit akribischer Sorgfalt zu und schlang sich einen kanariengelben Baumwollschal um den Hals. Dann platzierte er einen breitkrempigen Hut auf seinem fast kahlen Kopf und klemmte sich ein altmodisches Ledertäschchen in Weinrot unter den Arm. Für Portemonnaie, Füllfederhalter und Skizzenbuch, das er tagein, tagaus mit sich trug, um seine »Inspirationen und wertvollen Eindrücke« festzuhalten, wie er mir ungebeten und wortreich erklärte. Schließlich schloss er umständlich die Tür und führte mich über eine ausgetretene Holztreppe hinunter in den modrig riechenden Eingangsbereich des lange nicht renovierten Mietshauses.

Wir überquerten die Steinerne Brücke, von der wir einen ungehinderten Blick auf die Donauarme und die dazwischenliegenden Wöhrdinseln hatten. Stetig floss der Strom dahin, nur selten von einem vorsichtigen Sonnenstrahl beschienen, der die Wasseroberfläche dann aber umso mehr glitzern ließ. Die Luft war noch immer kalt, die zögerlich sich zeigende Sonne wärmte kaum.

Wie üblich herrschte auf der Brücke viel Betrieb. Die zahlreichen Touristen, die im Sommer die Stadt überfluteten, waren jetzt im ausklingenden Winter zwar nur in kleinen Grüppchen unterwegs. Aber Geschäftsleute mit Aktentaschen oder Tablets unterm Arm, giggelnde Teenies, die unvermeidlichen Handys am Ohr, Frauen mit klackenden Absätzen und übergroßen Handtaschen – alle strebten sie in Richtung Zentrum.

Die Zwillingstürme des Doms reckten sich stolz in den dunstigen Himmel über den eng gedrängten Häusern der Altstadt, dazwischen erhoben sich die mittelalterlichen Wohntürme, die ich sonst nur aus meiner Heimat, der Toskana, kannte. Als Zeugnisse vergangenen Reichtums überragten sie die vielen Kirchen und ziegelroten Dächer, Türmchen und Prunkfassaden der Patrizierhäuser, deren Farbenpracht und zur Schau gestellten Wohlstand es in jeder Gasse zu bestaunen gab.

Wieder einmal beglückwünschte ich mich, dass ich seit nunmehr bald sechs Jahren Wahlregensburgerin war. Denn wie hätte ich, als geborene Italienerin, woanders als in dieser italienischsten Stadt Deutschlands wohnen können – mit all ihren Plätzen, Brunnen, Kirchtürmen, ihrem südlichen Flair und den vielen Menschen, die die jahrhundertealte Stadt mit immer neuem Leben füllten?

Unterwegs erzählte Gigglberger mir seine komplette Lebensgeschichte. In Brunsbüttel geboren, als Sohn eines Patentanwalts und einer Sekretärin, hatte er in Münster Germanistik studiert, anschließend war er bei einer Würzburger Werbeagentur als Texter untergekommen. Noch während des Studiums verfasste er sein erstes Werk, einen Entwicklungsroman von höchstem literarischen Anspruch, der in Spanien zur Zeit der Franco-Diktatur spielte und von den Kritikern angeblich als bahnbrechendes

Werk eines kommenden Stars gelobt wurde. Dennoch wechselte er beim nächsten Buch ins Fantasy-Genre. Vermutlich versprach er sich davon bessere Verkaufszahlen. Umso mehr, als die Werbeagentur zu diesem Zeitpunkt bereits Konkurs angemeldet hatte und er keine Festanstellung mehr fand.

Heute bestritt der etwa fünfzigjährige Mann seinen Unterhalt als Ghostwriter und Fantasy-Autor. Zwischen den Zeilen hörte ich heraus, dass er sich auch mit Unterstützung wechselnder Frauen über Wasser hielt, mit denen ihn wohl zeitweise mehr verband als nur der Beruf. Hochtrabend zählte er Damen auf, die bei Kunstvereinen, Theaterbühnen und in Museen quer durch Süddeutschland tätig waren, selbstverständlich ausschließlich in leitenden Positionen.

Wir betraten das »Degginger« in der Wahlenstraße. Früher hatte hier eine Buchhandlung residiert, danach ein Möbelgeschäft, inzwischen beherbergte das Künstlerhaus ein Café sowie Arbeitsräume für Kulturschaffende und Architekten.

Als wir uns an einen der kleinen Tische unterhalb der Bühne setzten, auf der ein imposanter schwarzer Flügel stand, wechselte der unscheinbare Schriftsteller mit dem klangvollen Pseudonym übergangslos das Thema. Danilo Jakobis Verschwinden erschien ihm rätselhaft, sein weiteres Schicksal ließ ihn jedoch kalt. Seit der letzten Begegnung im »Adrian's Art Verlag« vor fünf Wochen wollte Gigglberger keinen Kontakt mehr zu seinem Konkurrenten gehabt haben.

Auf meine Frage, ob Marius Fabek etwas mit den Vorfällen an der ligurischen Küste zu tun haben könnte, zuckte Gigglberger nur mit den Schultern.

»Es erstaunt mich nicht, dass Marius kein neues Buch mehr mit Danilo machen wollte«, sagte er herablassend. »Schreiben kann er sowieso nicht, konnte er noch nie. Und genau aus diesem Grund nennt er sich jetzt ›Dozent für Kreatives Schreiben‹ – wie so viele, die es als Schriftsteller zu nichts bringen.«

Das habe ihm seine Schwester verraten, fügte er hinzu, sie sei ebenfalls im künstlerischen Bereich tätig. Am 6. Februar, zu ihrem vierzigsten, sei er bei ihr zu Gast gewesen.

»Bei der VHS, hat sie gesagt.« Er lachte abfällig, und es klang wie das Meckern einer Ziege mit Liebeskummer.

Eine rothaarige Frau, sie saß an einem Tisch auf der Bühne, vor sich ein aufgeklapptes Notebook und eine Saftschorle, hob irritiert den Kopf. Ihr Blick streifte Gigglberger, dann wandte sie sich wieder ihrer Arbeit zu. Alle anderen Gäste hatten an den Tischen in der Nähe der Theke Platz genommen. Sie tranken, aßen, schwiegen, machten sich Notizen oder unterhielten sich über vor ihnen ausgebreiteten Unterlagen.

Angeblich konnte Danilo Jakobi schon lange nicht mehr vom Schreiben leben, bekam ich weiter zu hören. Gigglberger mutmaßte, nach all seinen Flops stünden ihm nicht mehr als neunhundert Euro im Monat zur Verfügung, der Durchschnittsverdienst von Schriftstellern in Deutschland. Es fiel mir schwer, das zu glauben. Schließlich hatten sich die drei ersten Romane aus Danilo Jakobis Feder hervorragend verkauft, dazu die Verfilmungen und Übersetzungen.

»Wie schon Karl Valentin gesagt hat, ist Kunst schön, macht aber viel Arbeit.« Erneut rang Gigglberger sich ein trockenes Lachen ab. »Dass aber jeder denkt, sie wäre umsonst, hat er vergessen zu erwähnen.«

Die Bedienung, ein junger Mann in Jeans und T-Shirt, mit Bart, gepiercten Augenbrauen und einem Tunnel im Ohr, durch den mein Daumen gepasst hätte, fragte nach unseren Wünschen.

Ich bestellte einen Latte macchiato. Mein Begleiter hingegen hatte durch den Spaziergang wohl Hunger bekommen. Er orderte eine Bärlauchsuppe, im Anschluss das Holzfällersteak mit Beilagen von der Tageskarte, außerdem einen gemischten Salat, als Dessert ein Tiramisu. Dazu eine Flasche Mineralwasser, ein Viertel Rioja – »und nicht wieder diesen Fusel, sondern den besten, den Sie haben« – und zum Abschluss einen doppelten Espresso. Vermutlich erwartete er, dass ich die Kosten übernahm.

Das große Haus habe sein Konkurrent geerbt, erzählte Gigglberger weiter, als wir wieder allein waren. Ohne erkennbaren Zusammenhang kam er im nächsten Satz auf ein Literaturfestival in Amberg zu sprechen. Es fand zweimal im Jahr statt, im Frühjahr und im Herbst, und Danilo Jakobi organisierte es für die LGA, die Literarische Gesellschaft Amberg.

»Bei jeder Veranstaltung lesen mindestens fünf Kollegen aus ihren Werken, dazu gibt es musikalische Untermalung, Sektempfang, Fingerfood. Die Leute mögen so was, zu einer normalen Lesung kommt ja heute keiner mehr. Bei jedem dieser Events bildet Danilo selbstverständlich das literarische Highlight, danach steht ein hübscher Artikel in der Zeitung, das perfekte Marketing für sich selbst, aber viel zu helfen scheint es ja nicht.« Gigglbergers Stimme klang so, als wäre zu gern er selbst das Zentrum der Aufmerksamkeit bei den Festivals. »Natürlich kassiert er jedes Mal kräftig Fördergelder von der Stadt. Für seine eigenen Aufwendungen, aber auch für die Honorare der Lesenden und der Band.«

Die Getränke kamen. Gigglberger trank gierig von seinem Rotwein. Ich gab Zucker in mein Glas, rührte um und wartete auf die Fortsetzung seiner angeblichen Enthüllungen.

»Eine Bekannte von mir arbeitet im Amberger Kulturamt«, fuhr er fort. »Keiner der Künstler hat auch nur einen einzigen Cent bekommen, das hat sie mir persönlich gesagt. Außer Danilo natürlich.«

»Er hat die Fördergelder veruntreut?«

»Und zwar schon seit etlichen Jahren.«

»Hat es offizielle Konsequenzen gegeben?«

»Gewiss nicht.« Wieder nahm er einen großen Schluck aus seinem Glas. »Gerlinde und Danilo – Gerlinde Breithaupt, sie ist die neue Vorsitzende der Literarischen Gesellschaft, außerdem die stellvertretende Leiterin des Luftmuseums in Amberg, jede freie Minute verbringt sie dort – also, die zwei sind sehr speziell miteinander.«

Ich holte Notizbuch und Stift aus der Tasche und notierte mir den Namen.

»Ich garantiere Ihnen, dass das nicht Danilos einzige Nebeneinkunftsquelle ist«, meinte Gigglberger mit Blick auf mein Büchlein. »In tausend Schriftstellerverbänden ist er aktiv – in Jurys, Kulturbeiräten, Ausschüssen, überall halt, wo es was zu holen gibt. Und weil er sich ständig in den Vordergrund drängt«, er bleckte die schiefen Zähne, die offenbar schon lange keinen Zahnarzt mehr gesehen hatten, »hat es irgendwann sogar Drohungen gegen ihn gegeben. Morddrohungen.«

»Weiß man, von wem?«

Er zuckte mit den Schultern. »In Amberg gibt es genug Leute, die Unterschlagung und Betrug nicht lustig finden.«

Sein Glas war inzwischen schon fast leer, und als die Suppe serviert wurde, bestellte er das nächste. Dann stürzte er sich so heißhungrig auf den Teller, als hätte er seit Tagen nichts mehr gegessen.

Je mehr er aß und trank, umso erfindungsreicher wurden seine Anschuldigungen gegen seinen verhassten Kontrahenten. Manche erschienen mir schlüssig, andere klangen so phantastisch, als entstammten sie einem seiner Romane. Mehr und mehr wurde Danilo Jakobi zu einem raffgierigen Monster, das unter dem Deckmäntelchen des grandiosen Organisators und begnadeten Künstlers über Leichen ging, während Gigglberger selbst immer mehr zum verkannten Genie mutierte.

Seine Eifersucht und sein unverhohlener Neid waren mir bald ebenso zuwider wie seine krankhafte Selbstüberschätzung und sein Selbstmitleid. Ich nippte an meinem Latte macchiato, betrachtete Gigglbergers Gesicht, das vom vielen Wein röter und röter wurde, und verspürte immer weniger Lust, die ständig größer werdende Rechnung zu bezahlen.

»Der alte Adrian, der hat noch gewusst, wie man gute Bücher macht«, wechselte er wieder einmal das Thema. »Sein Sohn ist ein ganz anderer Schlag. Aktien, Stahlträger, Brezeln, Bücher – der verkauft alles, Hauptsache, der Umsatz stimmt. Deshalb stellt er auch so viele junge Fräuleins ein, die kosten nämlich nichts und Praktikantinnen noch weniger.« Er kippte den nächsten Schluck hinunter. »Das ist natürlich der Einfluss seiner eingebildeten Doreen. Wissen Sie eigentlich, dass sie nur gelernte Buchhalterin ist?«

Ursprünglich hatte Adrian Fabek sie eingestellt. Nach dessen Tod hatte das neue Verlegerpaar – Marius Fabek war Geschäftsführer, seine Frau Prokuristin – den Verlag umstrukturiert. Um die schlechten Bilanzen auszugleichen, die Marius Fabek mir gegenüber schon erwähnt hatte, hatten die beiden sich auf Kostenreduktion in allen Bereichen konzentriert. Seither war die Zahl der fest angestellten Mitarbeiter von vierzig auf knapp zwanzig gesunken. Bis auf Silvia Wagner und einen Kollegen arbeiteten alle anderen Lektoren freiberuflich, viele Jobs waren ersatzlos gestrichen worden. Auch die Autoren hatten unter der neuen Verlagspolitik zu leiden.

»Nicht nur, dass sie jeden, der beim ersten Buch nicht genug Umsatz macht, sofort wieder rauswerfen. Nein, auch als alteingesessener Autor muss man um jedes neue Manuskript und um jeden Cent kämpfen.« Gönnerhaft grinste er. »Aber ich habe zum Glück einen guten Stand im Verlag, die wissen, dass die Qualität bei mir immer stimmt.«

Als Gigglberger dem Kellner winkte, um das nächste Glas zu bestellen, verlangte ich die Rechnung für die bisherigen Getränke und erhob mich. Ich hatte genug gehört und heute noch einiges vor.

***

Ich ging zurück zur Protzenweiher Brücke, in deren Nähe ich den Wagen geparkt hatte, und machte mich auf den Weg nach Amberg. Erst einmal wollte ich mit Gerlinde Breithaupt sprechen. Vielleicht wusste sie, wer Danilo Jakobi bedroht hatte und ob dies mit seinen angeblichen Betrügereien zusammenhing. Anschließend würde ich meiner Auftraggeberin einen Besuch abstatten. Seit gestern Abend, als unser Gespräch so abrupt beendet worden war, hatte Cora sich trotz ihres Versprechens noch nicht bei mir gemeldet. Und längst gab es wieder einiges, wozu ich sie befragen wollte.

Die wenigen Sonnenstrahlen, die sich noch vor Kurzem gezeigt hatten, waren schon wieder verschwunden. Dick und schwer hing der Nebel über der Stadt und lichtete sich auch nicht, als ich vor der Pfaffensteiner Brücke auf die Autobahn bog. Dennoch konnte ich die Umrisse eines Autokrans am jenseitigen Donauufer erkennen. Ob Paolo ihn angefordert hatte? Hatten die Taucher, die auf dem Grund der Donau nach einem Fahrzeug suchten, vielleicht schon etwas entdeckt?

Ich überlegte, ob ich ihn anrufen sollte. Aber was ging mich seine namenlose Wasserleiche an?

16

Das berühmte Amberger Luftmuseum lag im Eichenforstgäßchen und somit mitten in der Stadt. Ich fuhr auf dem Kurfürstenring an der alten Stadtmauer entlang, über das Flüsschen Vils und an der »Stadtbrille« vorbei. Hinter dem Wingershofer Tor suchte ich nach einem Parkplatz. Es war nie ein leichtes Unterfangen, eine Lücke für meinen stattlichen Maserati Quattroporte zu finden, und auch dieses Mal dauerte es geraume Zeit, bis ich einen geeigneten Stellplatz entdeckt hatte.

Wie so oft überlegte ich beim Aussteigen, ob es mein Leben nicht vereinfachen würde, wenn ich den Oldtimer endlich gegen einen praktischen Kleinwagen eintauschte. Nicht nur das Problem mit der Heizung, auf die nie Verlass war, würde sich damit erledigen. Auch eine Klimaanlage, von der ich besonders an heißen Sommertagen träumte, wäre eine Wohltat. Von den Kosten für die ständigen Reparaturen, die Versicherung und das viele Benzin ganz zu schweigen.

Aber sofort meldete sich mein Gewissen, über die Jahre hatte mir der alte Wagen wertvolle Dienste geleistet. Außerdem erinnerte er mich an meine italienische Großmutter und ihre Kapriolen. In der Familie ging hartnäckig das Gerücht, Nonna Emilia hätte den Wagen von einem florentinischen Liebhaber bekommen. Und nicht zuletzt würde ich die wuchtigen Kotflügel in blitzendem Bordeauxrot und den satten Klang des Achtzylindermotors schon am ersten Tag vermissen.

Ich war zu früh dran, stellte ich fest. Unterwegs hatte ich im Luftmuseum angerufen und um einen Termin mit Gerlinde Breithaupt gebeten. Erst in einer halben Stunde hatte sie Zeit für mich. Doch ich war froh, mir nach der Fahrt erst einmal die Beine vertreten zu können.

Ich verließ den Schloßgraben, überquerte eine der vielen Vilsbrücken und umrundete die Basilika, deren volltönender Glockenschlag mich vor Ehrfurcht innehalten ließ. Auch das prächtige gotische Rathaus auf dem Marktplatz betrachtete ich andächtig.

In den Auslagen der Geschäfte bekam ich modern oder traditionell gestaltetes Porzellan der international renommierten Marken aus der Oberpfalz zu sehen. Neben den bekannten Stücken von Seltmann Weiden, Rosenthal oder Arzberg waren da und dort auch Nachbildungen von Emaille- oder Fayenceprodukten der lange verschwundenen Amberger Porzellanmanufaktur ausgestellt.

Die Bewohner, die mir in dicken Mänteln und gefütterten Jacken entgegenkamen, schienen mir stolz zu sein auf ihre Stadt mit ihrer ruhmreichen Vergangenheit. Aufgrund seiner Lage an der Bayerischen Eisenstraße war Amberg schon vor Jahrhunderten ein bedeutender Umschlagplatz für Eisen und Eisenerz gewesen, was ihm den Beinamen »Ruhrgebiet des Mittelalters« einbrachte. Später war es zur Hauptstadt der »Oberen Pfalz« avanciert und hatte lange zur weit im Westen Süddeutschlands gelegenen Kurpfalz gehört. Noch heute war deshalb neben dem Weiß-Blau der bayerischen Rauten der Pfälzer Löwe im Stadtwappen zu sehen.

Am Eingang des Luftmuseums, einem am Wasser gelegenen, in einem hellen Ocker verputzten Gebäude aus dem 14. Jahrhundert, fragte ich schließlich nach Gerlinde Breithaupt. Außer der grauhaarigen Dame an der Kasse schien niemand im Haus zu sein, es war ganz still.

Kurz darauf stand eine groß gewachsene Frau mit sehnigen Gliedern vor mir. Ihr borstig abstehender Bubikopf mit silberblonden Strähnen stach sofort ins Auge. In Sekundenschnelle scannten mich ihre Blicke ab, und eine breite, kräftige Hand streckte sich mir entgegen.

Über eine knarrende Holztreppe führte Gerlinde Breithaupt mich hinauf in den zweiten Stock. Die meisten Ausstellungsstücke, die ich unterwegs zu sehen bekam, machten dem Namen des Museums alle Ehre. Pinkfarbene Luftballons an pinkfarbenen Wänden, Glitzerfolien, die beim leisesten Windhauch raschelten, eine pneumatisch betriebene Rohrpost. Daneben gab es aber auch filigrane Drahtgebilde in Kupferrot und Gold zu sehen, eine reich belaubte Pflanze in einem Glaszylinder und allerhand technische Geräte mit bunten Schläuchen und Kabeln, deren Sinn sich mir nicht erschloss.

In Gerlinde Breithaupts Büro, einem großen, nüchtern eingerichteten Raum, roch es nach Kaffee und Klebstoff. Bis oben hin vollgestopfte Aktenschränke und -regale, mindestens fünf Regenschirme in einem gläsernen Ständer, auf dem Schreibtisch Berge von Unterlagen.

»Laut meinen Informationen hat Danilo Jakobi Fördergelder der Stadt Amberg unterschlagen«, begann ich ohne Umschweife, nachdem wir in einer kleinen Sitzecke an einem der vielen Fenster Platz genommen hatten. »Angeblich für das Literaturfestival, das hier jährlich stattfindet. Bitte entschuldigen Sie meine Direktheit – aber können Sie das bestätigen?«

Die stellvertretende Leiterin des Museums und Vorsitzende der Literarischen Gesellschaft der Stadt Amberg saß mir auf einem gestreiften Zweisitzer gegenüber. Andächtig faltete sie ihre Hände und musterte sie so aufmerksam, als hätte sie diese noch nie gesehen. Mit ihrer Antwort ließ sie sich Zeit, so viel, dass ich schon dachte, sie würde sich gerade eine nette kleine Geschichte für mich einfallen lassen.

»Es hat tatsächlich Unregelmäßigkeiten gegeben«, gab sie dann aber zu, den Blick noch immer gesenkt. »Der Kulturbeirat war allerdings der Meinung, ein Skandal würde sich kontraproduktiv auf die Gesamtsituation auswirken. Deshalb haben wir die Sache nicht an die große Glocke gehängt.«

Sie sprach mit einem leichten österreichischen Akzent und hatte eine rauchige, sehr tiefe Stimme, die zusammen mit ihrer behäbigen Sprechweise perfekt zu ihrer insgesamt eher männlichen Ausstrahlung passte.

»Was genau bedeutet in diesem Zusammenhang das Wort ›Gesamtsituation‹?«

»Nun, man weiß ja, wie es um die Kulturschaffenden steht, besonders in der Literaturszene. Der Buchmarkt ist unüberschaubar geworden. Ständig überschwemmen Neuerscheinungen den

Markt, E-Books, viele davon von zweifelhafter Qualität, und die Verkaufszahlen im Print-Bereich gehen immer weiter in den Keller. Danilo ist nicht der Einzige, der nach Alternativen sucht.«

»Das rechtfertigt wohl kaum kriminelle Machenschaften.«

»Da gebe ich Ihnen natürlich recht. Danilo hat sich allerdings um die Literatur in unserer Stadt sehr verdient gemacht, wir sind ihm zu großem Dank verpflichtet. Er hat so unfassbar viel auf die Beine gestellt, auch hier im Museum, das meiste davon übrigens ehrenamtlich. Lesungsnächte, Workshops zum Thema Kreatives Schreiben, Werkstattgespräche, Vorträge. Nicht zu vergessen die Poetry-Slams. Besonders die jungen Leute, die sich sonst kaum für Literatur interessieren, stehen dann an der Kasse Schlange.«

Einmal hatte ich mich von Vincenzo zu einer Veranstaltung schleppen lassen, in der Alten Mälzerei in Regensburg. Doch dann hatten auch mich die Originalität und Professionalität mitgerissen, mit der die jungen Künstler ihre selbst verfassten Texte vortrugen.

Für sein Engagement hatte Danilo Jakobi vor drei Jahren den Kulturförderpreis der Stadt erhalten, erfuhr ich. Dennoch hatte man die finanziellen Unregelmäßigkeiten beim Amberger Literaturfestival genau untersucht und ihm schließlich nahegelegt, von seinem Vorsitz der Literarischen Gesellschaft, den er lange Jahre innehatte, zurückzutreten.

»Wie hat Herr Jakobi reagiert?«

»Er war empört, aber was sollte er machen?« Endlich sah Gerlinde Breithaupt mich an. Ihre rauchgrauen Augen mit den auffallend langen Wimpern, das einzig Weibliche an ihr, verliehen ihrem Gesicht etwas Träumerisches. »Unterschlagung ist kein Kavaliersdelikt, und ehrlich gesagt war ich auch persönlich enttäuscht. Schließlich kennen wir uns schon seit vielen Jahren.«

»Darf ich fragen, von welchen Größenordnungen wir hier sprechen?«

»Von nicht besonders großen, jede Veranstaltung wurde mit maximal tausend Euro bezuschusst.«

Laut Gerlinde Breithaupt war Danilo Jakobi zwölf Jahre lang Vorsitzender der Literarischen Gesellschaft gewesen und hatte fast von Anfang an in seine eigene Tasche gewirtschaftet. So war über die Zeit doch ein hübscher kleiner Nebenverdienst zustande gekommen.

Von Gigglbergers Behauptung, sein verschwundener Kollege hätte auch in diversen Jurys, Autorenverbänden und Ausschüssen Gelder für sich selbst abgezweigt, wusste Gerlinde Breithaupt nichts. Ebenso wenig von Morddrohungen gegen Danilo Jakobi.

»Natürlich, dieser Giftzwerg.« Seufzend angelte sie einen Kugelschreiber vom Bambustischchen zwischen uns und drehte ihn zwischen ihren kräftigen Fingern hin und her. »Skatula ist also wieder aus Pavia zurück?«

»Wieso aus Pavia?«

»Jedes Jahr fährt er hin. Dann schnorrt er sich vier Wochen lang bei seiner Schwester durch, hat er mir mal ohne den Hauch eines schlechten Gewissens erklärt, ihr Mann ist Professor an der Mailänder Uni. Skatula kommt ja regelmäßig zu unseren Veranstaltungen. Natürlich spekuliert er darauf, dass wir ihn auch mal zu einer Lesung einladen.«

Am 6. Februar sei er zu seiner Schwester gefahren, hatte Gigglberger mir gesagt. Also hatte er sich zu dem Zeitpunkt, als Danilo Jakobi verschwand, vermutlich keine hundertfünfzig Kilometer von seinem verhassten Kollegen entfernt aufgehalten.

»Anfang Januar ist er mit Danilo böse aneinandergeraten, beim Neujahrsempfang hier im Rathaus.« Gerlinde Breithaupt runzelte die Stirn. »Skatula war wieder mal der Meinung, *er* hätte die lobenden Worte des Bürgermeisters verdient und nicht Danilo.« Die Falten auf ihrer Stirn wurden noch tiefer. »Als Danilo den Kulturförderpreis bekam, hat er übrigens auch ein Riesentheater veranstaltet. Damals hat er ja noch in Amberg gewohnt, und seither ist er der Meinung, er würde ständig übergangen. Wenn jemand Danilo den Tod wünscht, dann nur Skatula selbst.«

Auch Marius Fabek kannte Gerlinde Breithaupt persönlich. Den Gedanken, dass er in Danilo Jakobis Verschwinden verwickelt war, hielt sie für abwegig. Sie selbst hatte den Schriftsteller zuletzt Ende Januar gesehen, bei Coras Geburtstagsfeier. Früher hatte Gerlinde Breithaupt mit ihm nur beruflich zu tun gehabt, über Cora dann später auch privat.

»Das ist übrigens ein weiterer Grund, warum ich nicht wollte, dass die Geschichte in die Welt hinausposaunt wird. In einer so kleinen Stadt brodelt natürlich die Gerüchteküche. Da wird schnell von Vetternwirtschaft gesprochen, von Korruption, man kennt das ja.«

»Weiß Frau Jakobi von den Betrügereien ihres Mannes?«

»Nein. Und ich möchte, dass das auch so bleibt.«

Mit entschiedener Geste legte Gerlinde Breithaupt den Stift zurück und sah mir offen in die Augen.

»Cora hat es schwer genug. Sosehr ich Danilo als Künstler und auch als Organisator schätze, so muss ich doch sagen, dass er ihr immer viel abverlangt hat. Und sie so klein gehalten hat wie nur irgend möglich.« Sie verzog das Gesicht. »Cora macht so wundervolle Keramiken im Majolika-Stil. Erst im vergangenen Herbst hatten wir hier im Haus ein Thema, das perfekt zu ihren Arbeiten gepasst hätte: Luft und Erde. Aber natürlich wollte sie wieder mal nichts davon wissen, ihre Sachen auszustellen.«

Nun war mir klar, von wem die phantasievoll gearbeiteten Teekannen und Tassen im Hause Jakobi stammten.

»Das Problem ist, dass sie sich nichts zutraut.« Gerlinde Breithaupts Miene wurde noch düsterer. »Und dass Danilo sie bei jeder Gelegenheit darin bestärkt.«

Vor ihrer Heirat hatte Cora als Designerin gearbeitet, bei Seltmann Weiden. Trotz ihres ausgeprägten Talents hatte sie sich in der Bürowelt, die eine gewisse Ellenbogenmentalität erforderte, schwergetan. Nur wegen ihrer Tochter hatte sie durchgehalten. Bevor sie ihren zukünftigen Mann kennenlernte, hörte ich zu meiner Überraschung, war sie lange alleinerziehend gewesen. Lissys Vater, ein arbeitsloser Alkoholiker, war ein paar Wochen nach ihrer Geburt auf Nimmerwiedersehen verschwunden.

Mit ausgestreckter Hand deutete Gerlinde Breithaupt zum Fenster neben der Sitzecke. Die Vils war zu sehen, ein schmales Sträßchen führte am Fluss entlang, dahinter duckten sich bunt verputzte Häuser.

»Da unten ist sie ihm das erste Mal begegnet, am anderen Ufer. Danilo hatte lyrische Texte zu den Objekten einer Sonderausstellung verfasst, die wir eröffnen wollten. Er hat sie vorgetragen, ein Cellist hat dazu gespielt. An das Motto erinnere ich mich noch gut: ›Alles im Fluss‹. Ein sehr gelungener Abend übrigens.« Sie seufzte tief. »Ich habe Cora eingeladen. Damit sie endlich mal rauskommt aus ihrer Drei-Zimmer-Wohnung unterm Dach und mal was anderes sieht als immer nur die verhassten Bürokollegen und die Einfamilienhaus-Mütter aus der Krabbelgruppe. Wenn ich gewusst hätte, was ich damit heraufbeschwöre, hätte ich sie nicht so bekniet. Acht Jahre ist das jetzt her.«

Vom Korridor waren trampelnde Schritte, Rufe, verhaltenes Gelächter zu hören. Die Stimmen klangen jung. Vielleicht eine Schulklasse auf Bildungskurs.

Gerlinde Breithaupt hob nur kurz den Kopf, sprach dann in ihrer gemächlichen Art weiter. Mit jedem Wort wurde ihre Stimme noch eine Spur bitterer.

»Von Anfang an war Cora von ihm fasziniert. Sein selbstbewusstes Auftreten, seine Eloquenz, sein Charisma – es wirft jeden um, ich muss es zugeben, wirklich jeden.« Ihre Stimme vibrierte. »Danilo hat all das, was ihr fehlt.«

War auch diese selbstbewusste Mann-Frau einst Danilo Jakobis Charme erlegen?, fragte ich mich unwillkürlich.

»Keine sechs Wochen hat es gedauert, dann hatte Cora schon ihren Job an den Nagel gehängt und ist mit Lissy zu Danilo in die Villa gezogen.« Gerlinde Breithaupt kratzte sich an der schmalen Nase, sah mir wieder ins Gesicht, nun mit traurigem Blick. »›Ist das alles nicht ein wenig überstürzt?‹, habe ich sie gefragt, ›du kennst ihn doch kaum.‹ Aber natürlich wollte sie nichts davon hören.«

Nach dem Gespräch mit Gerlinde Breithaupt ging ich wieder einen kleinen Umweg. Ich musste nachdenken.

Ich überquerte den schmalen Platz vor dem Museum, schlenderte durch das Lazarettgäßchen und weiter in Richtung Provinzialbibliothek. Mir war klar, was Cora an Danilo Jakobi angezogen hatte. Aber wie verhielt es sich umgekehrt?

Zum Zeitpunkt ihrer Begegnung hatte sein Stern am Bestsellerhimmel schon längst nicht mehr so hell gestrahlt wie zu Beginn seiner Karriere, bereits damals erschloss er sich Geldquellen neben den Einnahmen aus seiner Schreibkunst, die nach und nach versiegten. Er war immer ein Meister darin gewesen, sich in Szene zu setzen. Aber auch wenn sein Ruhm schon am Verblassen war, so lagen ihm dennoch die Frauen zu Füßen, wie Blumen, nach denen er sich nur bücken musste. Weshalb hatte er ausgerechnet die unscheinbare und zurückhaltende Cora ausgewählt?

War es ihre Bedingungslosigkeit gewesen? Vielleicht war er zuvor noch nie einer Frau begegnet, die ihn so uneingeschränkt verehrt und akzeptiert hatte. Vielleicht hatte sie ihn in dem Gefühl bestärkt, der Größte, Beste, Wunderbarste zu sein, gleichgültig, wie blass sein Leuchten schon geworden war. Und gleichgültig, wie sehr er sie verletzen würde. Es musste ihr bald klar geworden sein, dass er ihretwegen nicht auf seine amourösen Abenteuer verzichtete.

Ich dachte an Flavio, der die Kunstszene mit einem Haifischbecken verglich, aber dennoch unbeschwert darin herumschwamm, verdammt zur ewigen Einsamkeit. An Gigglberger, der sich nicht einmal für Negativrezensionen unter falschem Namen zu schade war, um den Erfolg seines Kollegen zu schmälern, und, wer konnte es wissen, vielleicht nicht einmal vor Mord zurückschreckte. An Danilo Jakobi, der keinen anderen Gott neben sich duldete. Jeder von ihnen hatte seine eigene Taktik entwickelt, um in dieser Ansammlung schillernder, schriller und geltungssüchtiger Egozentriker zu bestehen.

In der Georgenstraße zog mich die Auslage einer Buchhandlung in ihren Bann. Ich blieb stehen und traute kaum meinen Augen.

In aggressivem Rot und sattestem Gelb strahlte es da. Ein riesiges Plakat füllte mehr als die Hälfte des Schaufensters aus, darauf das Cover des »Drachenmann« in seinen lauten, wilden Feuerfarben.

Quer über das Poster spannte sich ein weißer Aufkleber: »Danilo Jakobis Jahrhundertbestseller – in wenigen Tagen wieder lieferbar!«

***

Beim Haus der Jakobis hatte ich Pech. Der alte Renault stand nicht vor dem Schuppen, niemand öffnete mir auf mein mehrmaliges Läuten hin.

Inzwischen war es Viertel vor fünf, stellte ich mit Schrecken fest. Wo war nur der Tag geblieben? Der Himmel war verhangen, ein kalter Ostwind trieb wieder schwarzgraue Wolken vor sich her. Nur in der Ferne – dort, wo die Sonne bald untergehen würde, ohne sich an diesem Tag überhaupt länger als einige Minuten gezeigt zu haben – sah ich einen silberhellen Streifen.

Ich ärgerte mich, dass ich mein Kommen nicht angekündigt hatte, und überlegte, ob ich warten sollte. Vielleicht war Cora wieder einmal mit ihrer kranken Lissy nur zum Arzt gefahren?

Auch mein Versuch, sie auf ihrem Handy zu erreichen, war vergeblich.

Ich schlang mir meinen Wollschal um den Kopf und ging in der Allee vor dem Grundstück auf und ab. Trotz des langen Mantels wurde mir mit jedem Schritt kälter.

Irgendwo bellte ein Hund. In der Ferne Motorenlärm, dann die Sirene eines Rettungswagens, der wohl zum Krankenhaus fuhr, das ich vorhin am Fuß des Mariahilfberges passiert hatte.

Erneut wählte ich Coras Mobilnummer, wieder ohne Erfolg.

Als ich nach weiteren fünf Minuten schließlich zum Wagen zurückging, meldete sich mein Handy.

Doch es war nicht meine Auftraggeberin, sondern Paolo.

»Wir haben ihn!«, verkündete er triumphierend. »In Fabeks Wagen haben wir frische Fingerabdrücke von Jakobi gefunden – und Blutspuren. Auch die Fingerspuren im italienischen Landhaus sind von Fabek. Sobald der Richter den Haftbefehl unterschrieben hat, schnappe ich ihn mir.«

»Aber …«, begann ich und wusste nicht, worüber ich mich

mehr wundern sollte: über diese unerwartete Wendung oder Paolos unerwartetes Mitteilungsbedürfnis, das sich nun auch noch auf Danilo Jakobis Verschwinden erstreckte. »Warum habt ihr denn Herrn Fabeks Auto untersucht?«

»Das war seine Idee.« Er lachte rau. »Hat wohl gedacht, er hätte alle Spuren beseitigt. Dabei hat er alles nur ziemlich oberflächlich abgewischt. Und das Blut im Kofferraum hat er komplett übersehen.«

»Paolo, das macht doch keinen Sinn. Warum lässt er euch seinen Wagen untersuchen, wenn er befürchten muss, dass ihr Spuren findet, die ihn belasten könnten?«

»Tatsache ist: Fabek hat kein Alibi. Weder für den Faschingsdienstag noch für die Nacht davor. Wenn er um acht Uhr morgens in Zoagli war, muss er spätestens gegen Mitternacht losgefahren sein. Am Vorabend will er seit Neuestem zwar Besuch gehabt haben, Damenbesuch, den Namen verrät er aber nicht. Ich schätze, sie ist verheiratet. Falls es überhaupt stimmt. Und dann noch die Symptome seiner ominösen Krankheit«, wieder lachte Paolo, »Erbrechen, Dauerschlaf, Kopfschmerzen – er hätte sich wirklich was Originelleres einfallen lassen können.«

»Weiß seine Frau davon, dass er nicht allein war?«

»Davon gehe ich mal nicht aus. Oder würde dein Maximilian es ausgerechnet dir auf die Nase binden, wenn er fremdgeht, Prinzessin?«

***

Während der Rückfahrt nach Regensburg grübelte ich über das, was ich vor meinem Aufbruch in Amberg von Paolo erfahren hatte. Marius Fabek leitete einen Verlag mit fast zwanzig Angestellten, hatte studiert und in Brüssel bei der EU gearbeitet. Wenn er gewusst hätte, dass sein Wagen Spuren seines Opfers aufwies, hätte er ihn nie und nimmer der Polizei überlassen.

Sollte ein anderer an seiner Stelle bei Danilo Jakobi gewesen sein? Mit Marius Fabeks Wagen, seinem Handy und seiner Kreditkarte? Oder war dieser Gedanke zu absurd? Allein schon wenn ich an die logistischen Planungen dachte, die ein solches Unternehmen erfordert hätte, wurde mir schwindlig.

Bei Regenstauf, ich war keine zwanzig Kilometer von zu Hause entfernt, meldete sich wieder mein Handy. Vielleicht Cora, die endlich gesehen hatte, dass ich sie angerufen hatte.

Auf dem Display erschien jedoch eine Nummer, die mir nichts sagte. Nach kurzem Überlegen nahm ich das Gespräch an.

»Mein Gott, bin ich froh, dass ich Sie erreiche!«, hörte ich Doreen Fabeks sich überschlagende, aber gleichzeitig so gedämpfte Stimme, dass ich mich anstrengen musste, alles zu verstehen. »Gerade hat der Kommissar angerufen. Er will später vorbeikommen, er hat wohl noch ein paar Fragen an meinen Mann. Seither ist er völlig am Durchdrehen.«

Irgendwo im Hintergrund wurde laut geflucht und gebrüllt, eine Männerstimme. Marius Fabek.

»Hören Sie?«, flüsterte sie in gehetztem Ton. »Ich kann sagen, was ich will – er flippt nur noch mehr aus.«

»Wo sind Sie?«

»Zu Hause. Im Verlag haben sie uns die Hölle heißgemacht, die Presseleute müssen irgendwas davon mitbekommen haben, dass Marius in der Kripo war, ich weiß nicht, woher. ›Komm‹, habe ich gesagt, als er wieder zurück war, ›wir fahren heim‹. Aber hier werden es auch von Minute zu Minute mehr. Wir trauen uns gar nicht mehr hinaus.«

»Woher wissen die Journalisten, wo Sie wohnen?«

»Ich habe doch keine Ahnung, unsere Privatadresse steht weder im Telefonbuch noch im Internet.« Ihre Stimme klang nun geradezu verzweifelt, war aber noch immer sehr leise. »Er weiß nicht, dass ich mit Ihnen telefoniere. Sie müssen mir helfen, bitte – wie soll ich ihn nur beruhigen?«

Wie um ihren Worten Nachdruck zu verleihen, war ein dumpfes Geräusch zu hören, dann knallte etwas. Als hätte jemand erst gegen eine Wand geschlagen und dann etwas Schweres zu Boden geworfen.

»Hören Sie?«, fragte sie wieder, schnappte nach Luft. »Was soll ich denn bloß machen?«

»Hat er Sie angegriffen?«

»Nein.« Pause. »Aber ich habe Angst vor ihm, furchtbare Angst. So habe ich ihn noch nie erlebt. Er schreit dauernd herum, so kenne ich ihn gar nicht, er brüllt und …«

»Ich komme«, versuchte ich die aufgelöste Frau zu beruhigen. »Aber ich bin auf der Autobahn, ein bisschen wird es noch dauern. Und jetzt hören Sie gut zu, Frau Fabek: Wenn es wirklich gefährlich wird, sperren Sie sich irgendwo ein. Oder noch besser – laufen Sie aus dem Haus und holen Sie sich Hilfe bei den Presseleuten. Wo genau wohnen Sie?«

17

Das Fabek'sche Grundstück befand sich fast auf dem obersten Punkt des Kalkofenbergs, einer Sackgasse auf einer Anhöhe am nördlichen Ortseingang von Bad Abbach. Von hier oben überblickte man den kleinen Kurort, der knapp fünfzehn Kilometer südlich von Regensburg lag, mit seiner alten Burgruine und dem charakteristischen Kirchturm der Pfarrkirche St. Nikolaus auf dem gegenüberliegenden Schlossberg.

Hinter einem großen Tor und einem etwa drei Meter hohen Zaun, der aus runden, sich nach oben verjüngenden Eisenstäben bestand, sah ich zwei Garagen mit Flachdach, davor einen älteren Sportwagen der Marke Jaguar. Die Farbe konnte ich in der zunehmenden Dämmerung nicht erkennen, sie war dunkel.

Ein paar Meter weiter führte eine breite Treppe nach oben, zu einer dicht gewachsenen, ungefähr zwei Meter hohen Buchsbaumhecke. Vom Haus selbst war nichts zu sehen, vermutlich lag es hinter den Büschen.

Unterwegs hatte ich Paolo angerufen. Er musste wissen, was sich bei den Fabeks abspielte. Doch er hatte nicht abgehoben. Vielleicht war er im Gericht. Oder schon unterwegs hierher, den Haftbefehl in der Tasche.

Vor dem Anwesen herrschte nicht das Getümmel, das ich nach Doreen Fabeks aufgeregter Schilderung erwartet hatte. Zwei Männer in Parkas und eine Frau in einer Steppjacke mit Pelzbesatz standen vor einem betagten Golf, der in der Nähe des Tors geparkt war. Das war alles.

Ich stellte den Wagen hinter dem Golf ab und stieg aus.

Einer der Männer, sah ich beim Näherkommen, presste sich mit der Linken ein Taschentuch gegen die Stirn, an Oberlippe und Nase schien Blut zu kleben. Mit der anderen Hand stützte er sich an der Motorhaube des Wagens ab, das Gesicht schmerzverzerrt. Die Frau stand vor ihm und hantierte mit etwas herum. Der Dritte des Grüppchens hatte sich abgewandt, er telefonierte.

»Brauchen Sie Hilfe?«, fragte ich.

Der Verletzte ließ das Taschentuch sinken und grinste mich an. Seine Kollegin wandte sich zu mir um, sie war blass und hielt ebenfalls ein Mobiltelefon in der Hand.

»Fabek hat mir eine verpasst, da oben«, sagte er.

Schwerfällig machte er einige Schritte auf das Tor zu, blieb davor stehen, deutete hinauf zur Treppe. Seine Kollegin und ich folgten ihm, während der andere blieb, wo er war.

»Aber alles halb so wild. Wir machen nur noch ein paar Fotos, für Dokumentationszwecke.« Der Mann mit dem Taschentuch lachte. »Das gibt einen wunderschönen Skandal morgen: ›Verleger schlägt harmlosen Reporter grundlos nieder und verletzt ihn lebensgefährlich‹.«

»Wo ist Frau Fabek?«, wollte ich wissen.

Erstaunt sah mich der Mann an. »Im Haus, nehme ich an.«

Ich rüttelte am Tor. Es war verschlossen.

»Wie sind Sie reingekommen?«

»Na, drübergeklettert.« Sein Grinsen wurde breiter. »Ich wollte mich bloß ein bisschen umsehen, ehrlich, sonst gar nichts. Und auf einmal steht er vor mir, und wumms, hatte ich schon eine drin. Ich hab erst gar nicht kapiert, was los ist. Schätze, die haben Kameras am Haus.«

»Ich habe Tom geraten, Anzeige gegen Herrn Fabek zu erstatten«, schaltete sich die Frau ein.

Der andere telefonierte noch immer, mal wurde er lauter, mal leiser, und kam langsam zu uns herüber.

»Damit er mich wegen Hausfriedensbruch anzeigt?«, fragte der Mann namens Tom entrüstet.

»Trotzdem, das kannst du nicht auf dir sitzen lassen, in unserem Land herrscht immerhin noch Pressefreiheit«, hielt seine Kollegin dagegen. »Ich fahr dich jetzt zum Arzt, am Ende hast du noch eine Gehirnerschütterung und …«

Schnelle, dumpfe Schritte kamen näher.

Wir wandten die Köpfe.

Jemand lief die Treppe herunter – nein, er galoppierte, als würde er von einem Rudel Wölfe gehetzt.

Marius Fabek.

Wie von Geisterhand öffnete sich das Tor.

»Ihr kriegt mich nicht!«, brüllte er in unsere Richtung. »Keiner kriegt mich, keiner von euch verdammten Schweinen!«

Kaum erkannte ich seine Stimme wieder, so wütend und zugleich verzweifelt klang sie.

Schon riss er die Fahrertür des Sportwagens auf, zeigte uns den Mittelfinger, sprang hinein.

Der Motor heulte auf. Das Auto fuhr rückwärts, wendete, preschte auf das auseinandergleitende Tor zu, vor dem wir standen.

Wildes, aufgeregtes Hupen. Der Jaguar hielt direkt auf uns zu.

Die Frau schrie, ich stieß einen italienischen Fluch aus.

Gerade noch rechtzeitig sprangen wir zur Seite, das Fahrzeug schoss haarscharf an uns vorbei. Zu Tode erschrocken sahen wir ihm nach, es entfernte sich mit rasender Geschwindigkeit, verschwand nur wenige Sekunden später um die nächste Kurve.

»Ja, so ein Arsch«, kommentierte Tom. »Das war ja praktisch ein Mordanschlag!«

Ich hatte nur einen kurzen Blick auf Marius Fabeks Gesicht werfen können. In seinen Augen nichts als Zorn, der Mund bis zur Unkenntlichkeit verzerrt, eine Fratze, die in nichts an den souveränen Mann erinnerte, der er gestern noch gewesen war.

Ich lief los.

Durch das Tor, es stand nun ganz offen, an den Garagen vorbei, zur Treppe.

»Verständigen Sie die Polizei!«, rief ich über die Schulter. »Und einen Krankenwagen!«

Doreen – ob sie irgendwo im Haus lag?

Hilflos, verletzt?

Oder tot?

So schnell ich konnte, hechtete ich die Treppe hinauf, nahm zwei Stufen auf einmal, erreichte die Hecke.

Dahinter ein Weg, erst nach einer Biegung sah ich das zweistöckige, moderne Haus mit Flachdach und riesigen Glasflächen.

Die Eingangstür stand halb offen.

Schwer atmend stieß ich sie ganz auf.

In der Diele, hell und groß, war niemand.

»Frau Fabek? Alles okay bei Ihnen?«

Keine Antwort.

Die Diele ging in einen weitläufigen Wohnraum über, der sich bis unters Dach erstreckte. Eine Stehlampe verbreitete diffuses Licht. Klaviermusik, eine getragene Melodie in Moll, vielleicht Schubert. Die Wand, die sich nach Südwesten erstreckte, bestand komplett aus Glas, dahinter ein verlassener Garten, angrenzende Wiesen, Hecken.

Auch hier nirgendwo eine Menschenseele.

In der Mitte des Raumes, vor einem riesigen grauen Sofa, lagen wild verstreut Kissen und Bücher, eine zerschellte Vase, ein zertrampelter Lilienstrauß, als hätte jemand alles in blinder Wut durcheinandergeschleudert. Dazwischen, in einer Lache aus dunkler Flüssigkeit, ein Becher, der wie durch ein Wunder heil geblieben war.

Ich bückte mich, schnupperte: Kaffee.

Hinter einer Säule führte eine breite Holztreppe nach oben.

»Frau Fabek?«, rief ich wieder. »Sind Sie da?«

Zum zweiten Mal erhielt ich keine Antwort.

Da sah ich am Fuße der Treppe, hinter einem weiteren Kissen, ein Messer liegen. Der Griff kräftig und handlich, die Klinge breit und etwa zwanzig Zentimeter lang, darauf rote Flecken. Hier brauchte ich nicht zu schnuppern.

Ich jagte die Treppe hinauf, sah noch mehr Blut.

Im oberen Stockwerk nur verschlossene Türen, die Klaviermusik drang gedämpft herauf.

Dann aber hörte ich doch etwas. Ein feines Rauschen am Ende des Korridors wie von einem laufenden Wasserhahn.

»Frau Fabek?«

Ich hastete den Flur entlang, auch hier der eine oder andere Blutstropfen, auf die Tür zu, hinter der es rauschte. Ich hatte Angst vor dem, was mich dahinter erwartete.

Als ich nur noch einen halben Meter entfernt war, vernahm ich ein leises Klicken, als ob ein Schlüssel umgedreht würde. Zögernd öffnete sich die Tür.

Doreen stand im Türrahmen, das Gesicht leichenblass, die linke Hand verbunden.

Erleichtert atmete ich aus. »Sie sind verletzt?«

Sie kam auf mich zu, mit kleinen, unsicheren Schritten, geriet ins Taumeln, blieb stehen. Mit beiden Händen bedeckte sie das Gesicht und schluchzte laut auf.

»Marius ist mit dem Messer auf mich los«, flüsterte sie, die Stimme tränenerstickt. »Wie im Wahn ist er gewesen.«

»Er hat Sie aber nur an der Hand erwischt?«, vergewisserte ich mich. »Sonst alles in Ordnung mit Ihnen?«

»Mein Gott, mit dem Messer.« Sie schien meine Frage nicht gehört zu haben. »Ich hatte eine solche Angst, ich dachte, er …«

Langsam ließ sie die Hände sinken, lehnte sich an die Wand, sah mich an, mit weit aufgerissenen Augen, erschauerte. Ich fasste sie an der unverletzten Hand. Sie fühlte sich kühl an, vermutlich vom kalten Wasser, mit dem sie sich gewaschen haben musste. Ich konnte keine Blutspuren an ihrer Haut oder Kleidung erkennen.

»Erst hat er alles Mögliche nach mir geworfen«, stieß sie hervor. »Und plötzlich hatte er dieses Messer in der Hand. Ich habe ihn weggestoßen, bin nach oben, habe mich im Badezimmer eingeschlossen. Sie haben doch gesagt, ich soll mich in Sicherheit bringen, wenn er mich angreift. Ich weiß nicht, wo er jetzt ist.«

»Er ist weg, mit dem Auto. Hätte nicht viel gefehlt, und er hätte mich und die Journalisten draußen umgefahren.«

»Die Journalisten?« Sie blinzelte. »Ja, einer von ihnen ist über den Zaun geklettert. Marius ist nach draußen, hat ihn geschlagen und dann … Dann ist er auf mich los, er …«

Noch immer starrte sie mich an, fassungslos, glitt zu Boden, kauerte sich nieder, zitterte wieder. Ich kniete mich vor sie.

»Wie ein Verrückter hat er getobt und geschrien, wie ein Verrückter«, stammelte sie. »Allmählich traue ich ihm alles zu, wirklich alles. Er hat gelogen, von Anfang an. *Er* hat Danilo getötet – wer denn sonst?«

Doreen weinte nun hemmungslos. Behutsam zog ich sie hoch, sprach beruhigend auf sie ein, führte sie Stufe um Stufe nach unten. Immer wieder schwankte sie, hielt sich an mir fest. Ich stützte sie, so gut es ging. Als ihr Blick auf das Messer am Fuße der Treppe fiel, wandte sie sich schluchzend ab.

Ich geleitete sie zum Sofa, setzte sie darauf und legte ihr eine schiefergraue Wolldecke über die Knie. »Ich hole Ihnen ein Glas Wasser, okay?«

Ihre Tränen waren zum Glück schon versiegt, doch ihr Blick wurde sofort wieder panisch.

»Keine Sorge, es dauert nicht lang. Wo ist die Küche?«

Sie wies zum Ende der minimalistisch gestalteten Schrankwand, wo sich ein schmaler Durchgang befand. Dann schniefte sie und zog sich die Decke bis zur Brust, über beide Schultern.

Die Küche, vermutlich von einem gut bezahlten Innenarchitekten entworfen, war gigantisch groß. Nichts war hier dem Zufall überlassen, nur die hochwertigsten Materialien hatten Verwendung gefunden. Granit, gebürsteter Edelstahl, blank poliertes Holz, spiegelglatte Flächen in Stahlgrau. Alles war beeindruckend sauber, nirgendwo auf der Arbeitsplatte oder dem Frühstückstresen auch nur ein unaufgeräumtes Geschirrteil, nicht einmal ein Brotbrösel. Neben dem Herd stand ein Messerblock. Ein Messer fehlte.

Nach kurzem Suchen fand ich in einem der Hängeschränke ein Glas, füllte es mit Wasser. Nebenbei zückte ich mein Handy und informierte die Rettungsleitstelle. Der Notarzt und ein Streifenwagen seien schon unterwegs, informierte mich ein gut gelaunter Polizist.

Ich ging wieder in den Wohnraum. Doreen saß noch am selben Platz, an dem ich sie zurückgelassen hatte, genauso in die Decke eingewickelt wie eben, und starrte mit dumpfem Blick auf den Boden.

In der Diele lehnte ich die Haustür an, die noch immer weit offen stand, und kehrte zu Doreen zurück. Ich stellte das Glas auf den Tisch und setzte mich zu ihr aufs Sofa. Es war aus Leder, der Farbton eine Nuance heller als das Grau in der Küche.

»Haben Sie Schmerzen?«, fragte ich.

»Ein wenig, ja. Und ich bin ziemlich kaputt.«

»Wo hat er Sie verletzt?«

»Am Handballen. Ich habe den Arm gehoben, um mich zu schützen, ganz instinktiv, und ihn weggestoßen.«

Als sie hörte, dass der Rettungsdienst und die Polizei im Anmarsch waren, schloss sie aufatmend die Augen. Dann aber riss sie sie wieder auf.

»Und Marius?«, stieß sie hervor.

»Man wird ihn zur Fahndung ausschreiben. Das war ein Mordversuch.«

Dass Paolo ohnehin vielleicht schon jetzt einen Haftbefehl in der Tasche hatte, erwähnte ich nicht.

»Ich sage das nicht gern, aber … er ist gefährlich, sehr gefährlich«, stammelte Doreen. »Man muss ihn einsperren, bevor er noch mehr Unheil anrichtet. Wer weiß, wozu er noch fähig ist.«

Sie ließ die Decke sinken, packte mit der unverletzten Hand meine Rechte, schüttelte sie fest.

»Sie müssen das der Polizei sagen, verstehen Sie? Dass er gefährlich ist.«

Ich nickte und entwand mich ihrem Griff. Meine Zusicherung schien sie unendlich zu erleichtern. Mit zitternden Fingern nahm sie das Glas, das ich ihr reichte, und trank einen winzigen Schluck.

Erst jetzt hatte ich Zeit, mir den Raum genauer anzusehen. Die spärlich verteilten, gewiss von einem Nobel-Designer entworfenen Möbel waren nicht nur von exquisiter Qualität, sondern auch streng symmetrisch angeordnet und so akkurat platziert, dass ich mich fragte, wie man sich in einem solchen Ambiente wohlfühlen konnte. Auf dem Sideboard vier Windlichter aus verspiegeltem Glas, eine dreieckig geformte metallene Uhr, eine Marmorplastik, die einen übergroßen Schwan darstellte, massiv und als einziges Stück hier in strahlendem Weiß gehalten. Schon die kleinste unaufgeräumte Socke hätte den kostbaren Gesamteindruck in sparsamen Grautönen zerstört. Die ziellos verstreuten Kissen und Bücher, die Porzellanscherben und zerknickten Blumen schienen mir wie Meteoriteneinschläge in einer ansonsten makellosen Welt.

»Jetzt erzählen Sie mal«, sagte ich, als Doreen das Glas auf den Rauchglastisch stellte. In dessen Mitte stand ein halb voller Kaffeebecher, ebenso zinngrau wie der am Boden. »Was ist geschehen?«

»Nachdem wir beide telefoniert hatten, habe ich Kaffee gemacht, für Marius und mich. Und ihm gesagt, dass er sich bitte wieder beruhigen soll.« Verwirrt betrachtete sie den sauber angelegten Verband. »Aber damit habe ich wohl genau das Falsche gesagt.«

Sie schwieg, schien nicht weiterzuwissen, hob den Blick und sah hinaus in den Garten, wo schier endlose Flächen aus kaltem Grau und ausgewaschenem Winterbraun zwischen kahlen Bäumen und Büschen von Minute zu Minute schwärzer wurden. Bald würde es ganz dunkel sein.

»Er hat sich ... so furchtbar aufgeregt«, fuhr sie schließlich stockend fort. »Seit er heute von der Kripo zurück war, ist ständig wieder wer von der Presse aufgetaucht, ich sagte es ja schon am Telefon. Vor dem Verlag und hier auch. Da ist ein Komplott gegen ihn im Gange, die Polizei und die Medien, alle stecken sie unter einer Decke, von nichts anderem hat er gesprochen. Irgendwann habe ich gar nicht mehr richtig zugehört, das ist doch so unfassbar absurd ... Jedenfalls, Marius hat sich mit jedem Wort mehr hineingesteigert, wie ein Irrer ist er durchs Haus gerannt.«

Doreen sprach nun etwas flüssiger, auch wenn ihre Stimme sehr gepresst klang, insgesamt wirkte sie jedoch um einiges gefasster als gerade eben noch.

»Auf einmal habe ich gehört, dass er oben telefoniert, mit dem Kommissar, das war aber noch, bevor ich Sie angerufen habe. Ja, und als er wieder im Wohnzimmer stand, war er völlig durch den Wind. Er hat gesagt, der Kommissar hätte so seltsame Andeutungen gemacht. Als ob es neue Verdachtsmomente gäbe. ›Vielleicht haben sie ja was im Auto gefunden‹, hat er gemurmelt, und da habe ich natürlich gefragt, wovon er eigentlich spricht. Aber er hat mir gar nicht zugehört, sondern behauptet, der Kommissar käme nur aus einem Grund: um ihn zu verhaften.«

»Warum hat Ihr Mann seinen Wagen der Polizei überhaupt freiwillig zur Verfügung gestellt?«

»Damit der Verdacht gegen ihn ein für alle Mal vom Tisch ist. Ich habe ihm dazu geraten. Aber ich konnte doch nicht wissen, dass sie tatsächlich etwas finden würden. Denn das haben sie ja wohl.« Fassungslos sah sie mich an. »Immer panischer ist er geworden, auf einmal wieder wütend und irre laut, und dann ist er raus und hat diesen Reporter angegriffen. Und den Rest wissen Sie schon.«

Ich sagte nichts. Aber ich wunderte mich. Warum hatte Doreen ihrem Mann diesen seltsamen Rat gegeben? War etwa *sie* an seiner Stelle nach Ligurien gefahren? Mit seiner Kreditkarte, seinem Handy und in seinem Wagen? Nein, allein zeitlich hätte sie das nicht geschafft. Am Faschingsdienstag war sie um dreizehn Uhr wieder im Verlag gewesen, und ihr Alibi hatte Paolo sicher als eines der ersten überprüft. Außerdem hatten alle Zeugen in Italien gesagt, sie hätten Marius Fabek im Audi gesehen – also einen Mann, keine Frau.

An der dem Sofa gegenüberliegenden Wand hing ein Gemälde, etwa drei mal drei Meter groß. Eine Winterlandschaft mit verschwommenen Konturen und in so kargen Farben, dass man vom bloßen Anblick depressiv werden musste.

»Das macht alles keinen Sinn«, sagte ich schließlich, aber mehr zu mir als zu der nun schweigenden Frau neben mir.

Als erfahrener Ermittler hätte Paolo merken müssen, in welcher Verfassung Marius Fabek sich befunden hatte. Er wusste, wie leicht Situationen, in denen ein Verdächtiger unter großem Druck stand, eskalieren konnten. Seine Aufgabe wäre es gewesen, Marius Fabek zu beruhigen. Stattdessen schien er ihn noch mehr aufgebracht zu haben. Ganz abgesehen davon, dass mein Ex kein Wort über die neuen Verdachtsmomente gegen ihn hätte verlieren dürfen. Wie konnte er sich nur so dilettantisch anstellen?

»Sie waren am Abend des Rosenmontags nicht zu Hause, Frau Fabek«, sagte ich und beschloss, etwas preiszugeben, was ich niemals hätte preisgeben dürfen. Es wäre Paolos Aufgabe gewesen, mit Doreen darüber zu sprechen. Aber im Moment schien auf ihn ohnehin kein Verlass zu sein. Und ich musste wissen, was hier vorging. »Es tut mir leid, wenn ich Ihnen jetzt wehtun muss, aber Ihr Mann hat zu dieser Zeit Besuch bekommen. Zumindest hat er das der Polizei erzählt. Als Sie in Deggendorf übernachtet haben, war eine Frau bei ihm.«

Doreen blinzelte. Schluckte. Starrte mich an.

»Den Namen wollte Ihr Mann der Polizei nicht verraten, vielleicht ist die Dame ja verheiratet. Aber haben Sie eine Idee, wer das gewesen sein könnte?«

Doreen sah mich immer noch unverwandt an, die Augen geweitet. Plötzlich wandte sie den Kopf, fixierte das trostlose Bild, lange und mit nun abwesendem Blick, die Lippen fest aufeinandergepresst.

»Die Frau, die bei Ihrem Mann war, könnte ihn vielleicht entlasten«, fügte ich hinzu. »Vielleicht ist sie so spät gegangen, dass er danach unmöglich nach Ligurien hätte fahren können. Wenn Sie eine Vermutung haben, wer es war, dann sagen Sie es mir bitte.«

Noch immer betrachtete sie das riesige Gemälde, wollte sich gar nicht mehr davon lösen. Von Neuem begann sie zu zittern und wirkte auf einmal so verstört wie ein kleines Kind, das Angst hat vor der Dunkelheit.

»Frau Fabek, haben Sie mich gehört? Kennen Sie den Namen der Frau?«

Wieder antwortete sie nicht, vermied noch immer, mir in die Augen zu sehen. Aber es war zu offensichtlich, dass sie mir etwas verschwieg.

Mir kam ein Gedanke. »Woher wussten Sie eigentlich von dem Wasserrohrbruch? Ich meine, in der Hütte war doch niemand, der Sie hätte verständigen können?«

Sie seufzte abgrundtief, gab sich endlich einen Ruck, der sie vom Scheitel bis zu den Zehenspitzen erschauern ließ.

»Ja«, gestand sie leise. »Ich weiß, wer hier war.«

»Wer?«

»Anja.«

»Wer ist das?«

»Eine junge Frau, ich kenne sie aber nicht persönlich.« Angestrengt räusperte sie sich, ihr zarter Teint färbte sich rot. »Ich wusste, dass sie kommt, und eigentlich hätte ich ja auch, also sie und ich und …« Erneut hielt sie inne, biss sich auf die Lippen. »Marius wollte das, und früher habe ich ja auch mitgemacht, also mit der anderen. Die hat uns immer mal wieder besucht, sie war auch noch ziemlich jung, aber irgendwann …«

Doreen wusste sichtlich nicht weiter. Meine Vermutung, was es mit den jungen Frauen auf sich hatte, behielt ich für mich und wartete geduldig.

»Das mit dem Wasserrohrbruch war geflunkert«, gab sie schließlich zu. »Mit der Sickergrube, das stimmt aber. Trotzdem hätte es gereicht, wenn ich erst am nächsten Tag gefahren wäre.«

Endlich warf sie mir einen verschleierten Blick zu, verzagt, vollkommen hilflos, und wurde nun tiefrot.

»Mein Mann ist, wie soll ich das erklären … Er ist nicht so wie andere verheiratete Männer. Oder wie Männer überhaupt. Ich meine, wie die meisten. Er hat besondere Wünsche, hatte er schon immer. Am Anfang hat mir das nichts ausgemacht, fand ich es irgendwie sogar aufregend. Aber als er dann …«

Sie sprach den Satz nicht zu Ende, betrachtete von Neuem das Bild. Die Klaviermusik war schon lange verklungen. Jetzt war es ganz still im Haus.

»Sie wollen nicht darüber sprechen?«, fragte ich behutsam.

Wieder sagte sie lange nichts.

»Doch«, kam es irgendwann leise. »Ich möchte mir diesen ganzen Dreck endlich von der Seele reden.« Ihre Stimme wurde noch leiser. »Am Anfang hat er mich nur fotografiert und gefilmt. Im Bett, während … Also, wenn wir …« Sie schlug die Augen nieder. »›Du kannst doch so was nicht ins Internet stellen‹, habe ich gesagt. ›Wieso nicht?‹, hat er nur gemeint und gelacht. Aber er hatte recht, wer erzählt schon im Büro herum, dass er sich auf solchen Online-Plattformen herumtreibt? Ich habe natürlich trotzdem darauf bestanden, dass mein Gesicht nie zu sehen war.«

Sie räusperte sich wieder, starrte von Neuem das Bild an. Die blassen, kalten Farben und verschwommenen Formen schienen ihr Halt zu geben, vielleicht verdrängten sie die allzu klaren, allzu anschaulichen Bilder in ihrem Kopf.

»Irgendwann ist mir die Lust vergangen an den Foto-Shootings. Und ihn hat es auch nicht mehr angeturnt. Das ist typisch für ihn. Erst denkt er sich was aus, das Genialste überhaupt, da gibt es nichts anderes mehr. Und ziemlich schnell ist es wieder komplett out.«

Ihr Blick flackerte, blieb nur kurz an mir hängen, irrte wieder ab. Dennoch hatte ich die Tränen in ihren Augen gesehen.

»Kein halbes Jahr nach unserer Hochzeit hat er mich das erste Mal in einen Swingerclub geschleppt«, erzählte sie im Flüsterton weiter. »Er hat zugesehen, wie ich mit einem anderen Mann Sex hatte. Nein, haben musste. ›Ich will das nicht‹, habe ich gesagt, tausendmal habe ich es ihm gesagt. ›Wenn du mich liebst‹, hat er gesagt, ›dann tu mir den kleinen Gefallen, das macht mich tierisch an.‹ Also habe ich getan, was er wollte. Und gehofft, dass es bei dem einen Mal bleiben würde.«

Wie zu Beginn zog sie sich die Decke fast bis zum Hals, dieses Mal aber wirkte es so, als wollte sie sich nicht wärmen, sondern dahinter verstecken. Nur ihre Fingerspitzen lugten noch hervor, sie bebten und flatterten wie kleine Schmetterlinge.

»Aber dabei ist es nicht geblieben«, half ich ihr weiter.

»Natürlich nicht.« Sie fuhr sich mit der Decke über die Lider. »Ich musste auch dabei zusehen, wie er mit anderen Frauen …« Tief atmete sie ein und wieder aus, schluchzte auf. »Das erste Mal habe ich geweint. Aber er hat wieder nur gelacht und mich weggeschickt. ›Geh an die Bar‹, hat er gesagt, ›und amüsier dich gut.‹«

Sie machte eine hilflose Geste, ließ die Decke fallen, ihr ganzer Körper begann zu beben. Ich berührte ihren Arm, nur kurz und sehr sanft, sie entspannte sich ein wenig.

»Irgendwann war ihm das auch nicht mehr aufregend genug, und er hat Leute eingeladen. Hierher, in unser Haus, können Sie sich das vorstellen? Am Anfang bin ich noch aus allen Wolken gefallen, wenn er sie ganz unverhohlen und schamlos angebaggert hat. Aber dann habe ich mich daran gewöhnt. Man gewöhnt sich ja an fast alles.«

»Was waren das für Leute?«

»Paare, die wir flüchtig kannten, oft auch Wildfremde, denen wir irgendwo begegnet sind. In einer Kneipe, im Theater, spätnachts in einer Bar. Manche hat er auch übers Internet aufgetrieben.« Sie zuckte mit den Achseln. »Er hat das gebraucht, diesen ständigen Kick des Neuen. Nur mit mir, wir beide allein, so wie es doch eigentlich normal wäre – das war ihm zu langweilig. Irgendwann war das mit den Pärchen aber wieder out, und dann ist er auf diese neue Idee gekommen. Mit einer Frau und mir.«

Stöhnend fuhr Doreen sich übers Gesicht. Ihr Handrücken glänzte feucht, aber zumindest bebte ihr Körper nicht mehr so stark wie zuvor. Ich suchte nach einem Taschentuch und drückte es ihr in die Hand. Sie presste es sich gegen die Nase.

»Die Erste hat er im Internet ausfindig gemacht. Die konnte kaum Deutsch, aber verstanden hat sie dann doch genug. Er wollte, dass sie zuerst Sex mit mir hat, dann mit uns beiden. Ein paarmal habe ich mich darauf eingelassen. Doch dann hat es mir gereicht. ›Schlaf, mit wem du willst‹, habe ich gesagt, ›gern auch mit zwei Weibern oder drei – aber ohne mich.‹ Er hat mich ausgelacht, war dann aber einverstanden. Diese Anja hat er wieder im Netz aufgestöbert, und schon nach dem ersten Telefonat war er restlos begeistert. Marius steht auf Schwarzhaarige, und ihr Deutsch war wohl perfekt.« Sie lachte bitter. »Anja hat bestimmt immer sofort verstanden, welche abartigen Spielchen er von ihr verlangte. Ob sonst noch eine dabei war, weiß ich nicht.«

Mit dem Taschentuch tupfte sie sich die Lider, schnäuzte sich, noch immer sorgsam darauf bedacht, mir auf keinen Fall in die Augen zu sehen.

»Man kann einen Menschen nicht wirklich ändern«, erzählte sie dem Bild. »Eines Tages muss man einsehen, dass man sich getäuscht hat. Dass dieser Eine eben nicht der ist, für den man ihn immer gehalten hat, dass er sich nie ändern wird. Jetzt weiß ich das. Aber als ich Marius kennengelernt habe – ja, damals habe ich noch gedacht, alles wird so, wie ich es mir wünsche. Wenn ich ihn nur fest genug liebe.«

Langsam und unendlich traurig nickte sie dem Gemälde zu. Als hätte sie schon oft versucht, ihm ihr Innerstes zu enthüllen, jedoch nie eine befriedigende Antwort auf ihre quälenden Fragen erhalten.

»Ein Fehler, ein furchtbarer Fehler«, hauchte sie. »Und trotzdem habe ich zu ihm gehalten. Drei verdammte Jahre lang. Jeden – verdammten – Tag.«

Doreen verstummte, wandte den Kopf, sah mich endlich doch an, in tiefster Not, die Augen rot und verquollen. Ihre Verzweiflung über all die unerfüllten Hoffnungen, ihre nicht gestillten Sehnsüchte und diese aus den Fugen geratene Liebe raubten mir fast den Atem.

Dann aber veränderte sich ihre Miene, schlagartig.

»Und auf einmal dreht er durch«, sagte sie kalt. »Oder er tut nur so. Weil nämlich *er* nach Italien gefahren ist. Weil *er* Danilo ermordet hat und natürlich versucht, die Tat zu vertuschen. Mit seinen absurden Behauptungen, es gäbe ein Komplott.« Wieder lachte sie, aber wieder klang es nicht fröhlich. »Und um alles auf die Spitze zu treiben, schlägt er erst einen Reporter nieder und greift dann mich an.« Bei dem Gedanken daran begann sie wieder zu zittern. »Wenn ich mich nicht im Badezimmer verschanzt hätte, hätte er mich vielleicht auch getötet.«

»Bisher wissen wir noch nicht, ob Herr Jakobi wirklich tot ist«, warf ich ein. »Soweit ich weiß, kann Ihr Mann seine Gefühle nur schwer kontrollieren, hatte früher auch Depressionen. Außerdem steht er momentan unter enormem Druck. In einer solchen Situation kann sogar der friedlichste Mensch ausrasten und …«

»Mein Mann ist alles andere als friedlich«, schnitt sie mir grob das Wort ab. »Er liebt sadistische Spiele der übelsten Art, aber die perversen Details erspare ich Ihnen.« Ihre Augen wurden schmal. »Außerdem hatte Marius ein triftiges Motiv, Danilo umzubringen.«

»Wie bitte?«

»Er ist doch schon immer so unfassbar eifersüchtig auf ihn gewesen.«

»Warum denn das?«

»Wegen seiner Freundschaft zu Adrian. Marius hat sich gegenüber Danilo doch ständig wie der ewig Zweite gefühlt.«

»Das höre ich zum ersten Mal.«

»Danilo war für Adrian der Sohn, den er sich immer gewünscht hat. Seinen eigenen hat er ja nie anerkannt. Nichts konnte Marius ihm recht machen, absolut gar nichts, im Studium nicht und erst recht nicht später im Verlag. Was denken Sie denn, was der Grund dafür war, dass Adrian Danilos Romane nicht aus dem Programm genommen hat? Trotz seiner miesen Umsätze war er blind bei allem, was Danilo betraf und ...«

Es läutete an der Tür, schwere Schritte polterten durch die Diele. Der Notarzt kam hereingestürzt, gefolgt von zwei Streifenpolizisten.

Doreen begann sofort wieder zu zittern.

Der Arzt stellte mir zwei, drei Fragen zur Situation. Dann bat er die beiden Beamten und mich, den Raum zu verlassen, damit er seine Patientin ungestört untersuchen konnte.

In der Küche wurde ich mit Fragen überhäuft. Während ich den Polizisten Rede und Antwort stand, wurde mir klar, dass mich irgendetwas im Hause Fabek irritiert hatte. Ein winziges Detail nur. Aber ich war sicher: Etwas hatte ich gesehen, das nicht so war, wie es sein sollte.

Doch sosehr ich mir auch den Kopf zermarterte, was es gewesen sein konnte – ich kam nicht darauf.

18

»Mit keinem Wort habe ich etwas von neuen Verdachtsmomenten erwähnt«, sagte Paolo eine halbe Stunde später unwirsch zu mir. »Ich habe Fabek nur gesagt, ich hätte noch ein paar Fragen an ihn. Und dass ich einen Kollegen mitbringe.«

»Das hättest du wohl nicht sagen sollen, Signor Commissario.« Mein Ton war mehr als schnippisch, aber ich konnte in dieser Minute nicht anders. »Schon zu Beginn der Ermittlungen hast du ihm mit einer baldigen Verhaftung gedroht. Was ist eigentlich los mit dir? Bist du wegen Lilo so durch den Wind – habt ihr Stress miteinander?«

»Ich wüsste nicht, was das ausgerechnet meine geschiedene Frau angeht«, blaffte er zurück. An seiner Schläfe pulste es.

Trotz der Kälte standen wir vor dem Haus, zwischen der Hecke und der Eingangstür. Paolo hatte nur wenige Worte mit Doreen wechseln können, bevor der Notarzt ihm Einhalt geboten hatte. Ihr Zustand erlaube vorerst keine Befragung, hatte er in scharfem Ton erklärt. Die Verletzung an der Hand sei zwar harmlos, die Patientin habe jedoch einen Schock erlitten. Da er sie in diesem Zustand nicht allein lassen wollte, war sie nun auf dem Weg ins Krankenhaus, während hier noch mehr Polizisten eingetroffen waren. Sie machten Fotos und sicherten Spuren am Tatort.

»Und wieso überhaupt zu Beginn der Ermittlungen?«, setzte Paolo nach. »Wer behauptet denn so was?«

»Hast du Herrn Fabek etwa nicht schon am Montag gesagt, Bianca Rosetti würde demnächst einen Haftbefehl gegen ihn erwirken?«

»Sag mal, für wie dumm hältst du mich eigentlich?« Wütend schnaubte er. »Während unseres Telefonats hat er übrigens völlig normal gewirkt. Ein bisschen irritiert vielleicht, ansonsten aber ruhig. Ich verstehe wirklich nicht, wieso dieser Irre plötzlich so durchgedreht ist.«

Eine zierliche Kollegin mit Pferdeschwanz und bunter Nerdbrille trat auf Paolo zu und erklärte, ein Redakteur vom »Bayerischen Rundfunk« lasse sich nicht abwimmeln, er wolle unbedingt mit dem leitenden Ermittler sprechen. Paolo wies sie in scharfem Ton an, den Journalisten auf später zu vertrösten.

»Mir hat Frau Fabek gesagt, ihr Mann sei nach dem Telefonat mit dir sehr aufgeregt und zornig gewesen«, sagte ich, als sie wieder gegangen war.

»Vielleicht ist ihm dabei klar geworden, dass er nicht alle Spuren von Jakobi in seinem Wagen beseitigt hat«, meinte Paolo. »Und dann hat er den Pressefritzen im Garten gesehen und ist komplett ausgerastet.«

Wieder sah ich Marius Fabeks Gesicht vor mir, als er in seinen Wagen sprang, wie er an den Reportern und mir vorbeischoss. Nein, kein Gesicht. Eine Fratze, bis zur Unkenntlichkeit verzerrt, die Augen voller Irrlichter.

***

Die Journalisten vor dem Fabek'schen Grundstück, seit meiner Ankunft waren es mehr geworden, beachteten mich zum Glück kaum, als ich bald darauf unten an der Straße an ihnen vorbeiging. Sie schossen eifrig Fotos vom Anwesen, versuchten, mit dem Streifenpolizisten zu sprechen, der am Tor Stellung bezogen hatte, tippten etwas in ihre Notebooks oder telefonierten.

Paolo war selbstverständlich alles andere als begeistert gewesen, als er von meinem Gespräch mit Doreen erfahren hatte. Doch da er mit meiner Hilfe nun Details über den Frauenbesuch wusste, den Marius Fabek am Abend des Rosenmontags erhalten hatte, hatte sich sein Ärger bald wieder verflüchtigt. Am Ende unseres Gesprächs hatte ich ihm im Telegrammstil von Gigglberger erzählt. Angesichts der jüngsten Entwicklung war es zwar unwahrscheinlich, dass er hinter Danilo Jakobis Verschwinden steckte. Aber es war nicht auszuschließen, und Paolo musste es wissen.

Inzwischen war es dunkel geworden. Im linker Hand gelegenen Nachbarhaus brannte kein Licht, in dem auf der rechten Seite aber, einem Bungalow älteren Datums mit Panoramafenstern, war der Eingangsbereich hell erleuchtet.

Ich steuerte darauf zu, es lag in etwa zwanzig Metern Entfernung. Der Name neben dem Klingelschild lautete »Herfurth«.

»Sind Sie von der Presse?«, rief die weißhaarige Frau, die keine fünf Sekunden, nachdem ich geklingelt hatte, durch die Haustür trat. »Moment, ich bin gleich unten.«

Ein Summton ertönte, das Tor schwang auf.

Ich betrat das von allerhand Gartenlaternen erleuchtete Grundstück, blieb vor der Doppelgarage stehen und sah der Frau zu, wie sie eilig die Treppe heruntergestiefelt kam. Wie bei den Fabeks nebenan führte auch diese direkt zu den Garagen. Über dem Arm trug die weißhaarige Frau einen Korb, in dem es immer wieder schepperte, vielleicht der Glasmüll.

Als sie vor mir stand, reichte ich ihr meine Visitenkarte und erklärte ihr den Grund meines Hierseins.

»Sie sehen gar nicht aus wie eine Italienerin«, meinte sie ungnädig. Sie sprach mit rheinländischem Akzent und musterte mich skeptisch von oben bis unten. Immerhin schien sie mit der Wahl meiner Kleidung einverstanden zu sein. »Schicker Mantel«, lautete ihr Urteil.

Am Morgen hatte ich mich für meinen fast bis zu den Knöcheln reichenden Kamelhaarmantel mit rot-schwarzem Hahnentrittmuster entschieden, dazu trug ich flache Lederstiefel in Schwarz. Frau Herfurth hingegen, sie musste um die sechzig sein, trug khakifarbene Reithosen, eine schlammbraune Steppjacke, der man wie der Hose ansah, dass sie regelmäßig benutzt wurde, und Reitstiefel.

»In der Nacht von Rosenmontag auf Faschingsdienstag?«, wiederholte sie meine Frage und stellte den Korb ab, in dem sich tatsächlich Altglas befand. Ihre Bewegung war kraftvoll, ihr Körper sehnig und durchtrainiert. »Doch, da hab ich den Fabek gesehen. Ich bin ziemlich spät aus dem Stall zurückgekommen, es muss schon fast Mitternacht gewesen sein. Wir hatten eine Besprechung im Reiterstübchen, wegen unseres ersten Turniers, im

April geht's wieder los. Wird immer spät, wenn wir die Startfolge festlegen.«

»Sie sind sicher, dass es Herr Fabek war? Ich meine, das Haus liegt doch in einiger Entfernung.«

»Natürlich ist er es gewesen, wer denn sonst?« Sie deutete zum nun ebenfalls von kleinen Laternen erleuchteten Nachbargrundstück, das von hier aus gut einzusehen war. »In seinen A6 ist er eingestiegen, genau dort drüben bei den Garagen, sie fährt den BMW, er den Audi und bei gutem Wetter den Jaguar. Die Fabeks haben dieselbe Beleuchtung wie wir, die brennt die ganze Nacht.«

Frau Herfurth drückte auf eine Fernbedienung, das Garagentor schwang leise quietschend nach oben, und noch mehr Licht flammte auf. Ein taubenblauer Mini, der dringend in eine Waschanlage musste, kam zum Vorschein.

»Haben Sie mit ihm gesprochen?«

»Nein, um die Uhrzeit doch nicht. Aber eine gute Nacht habe ich ihm natürlich schon gewünscht.«

»Und Herr Fabek?«

»Hat nicht reagiert. Vielleicht hat er mich nicht gehört.«

Sie öffnete die Heckklappe des Wagens, wuchtete den Korb in den Kofferraum, knallte ihn wieder zu und marschierte mit zackigen Schritten zur Fahrertür.

»Das habe ich übrigens auch dem Herrn von der Polizei erzählt, der heute bei uns geläutet hat«, sagte sie in resolutem Ton. »Nicht dass wir was gegen die Fabeks hätten, mein Mann und ich, absolut nicht. Aber schließlich muss man seiner Bürgerpflicht nachkommen. Und im Gegensatz zu anderen Leuten nehmen wir diese Aufgabe ernst.«

Es gab Unmengen von Anjas in und um Regensburg im Internet, verriet mir mein Handy, als ich wenige Minuten später wieder im ausgekühlten Wagen saß. Rechtsanwältinnen, Heilpraktikerinnen, Innenarchitektinnen und noch viele mehr. Um meine Suche einzugrenzen, überlegte ich, was ich bisher wusste. Anja hatte ausländische Wurzeln und sprach sehr gut Deutsch. Sie war jung und schwarzhaarig. Sie machte Liebe mit Männern und mit

Frauen und scheute sich nicht, schon bei der ersten Verabredung mit einem Wildfremden in dessen Haus zu kommen …

Vielleicht war sie eine Prostituierte?

Womöglich war das der Grund, warum Marius Fabek der Polizei ihren Namen nicht verraten hatte. Er hatte nicht seine verheiratete Geliebte schützen wollen, die Angelegenheit war ihm vielmehr peinlich gewesen.

Ich gab in die Suchmaschine »Regensburg«, »Prostituierte« und »Anja« ein, was in diesem Fall sicher nur ein Künstlername war oder wie immer man das in dieser Branche nennen mochte. Immerhin nur noch an die dreiundzwanzigtausend Treffer. Viele schieden zwar schon auf den ersten Blick aus, aber die Suche würde doch zu lange dauern. Inzwischen waren meine Finger so kalt, dass ich das Handy kaum noch bedienen konnte.

Ein zweiter Blick auf die Uhr sagte mir außerdem, dass es schon weit nach sieben war. Vincenzo, der heute bis drei Uhr Unterricht gehabt hatte, musste schon seit einer Weile zu Hause sein, und auch Maximilian würde bald in der Villa auftauchen.

Die Suche nach Anja musste bis morgen warten. Jetzt war Zeit für mein Privatleben.

***

In der Villa traf ich zu meiner Überraschung Mona an, von Vincenzo hingegen weit und breit keine Spur. Auch seine Turnschuhe und sein Rucksack lagen nirgendwo in der Diele herum. Ich konsultierte mein Handy, fand aber keine Nachricht von ihm. Also schickte ich ihm eine WhatsApp und fragte, wo er steckte.

»Die Tine ist krank, die große Dürre aus der Lokalredaktion«, berichtete Mona mit so unverfänglicher Miene, als hätten wir uns nicht erst vor Kurzem noch gezankt. »Der Norovirus hat sie erwischt, die Arme liegt bei den Barmherzigen.«

Ungeachtet der Tageszeit machte sie sich einen Cappuccino, wieder einmal in meiner Küche anstatt in ihrer eigenen. Unseren Krach von gestern schien sie komplett vergessen zu haben, und auch ich hatte keine Lust auf weiteres Stutengebeiße. Meinen

Standpunkt hatte ich klar genug gemacht, ansonsten ging mich Monas Liebesleben ja im Grunde nichts an.

Leonardo musste sich bei seiner Mutter inzwischen gemeldet haben – wenn nicht, hätte sie mich sicher angerufen. Irgendwann würde auch er wieder in der Villa auftauchen, um vor seiner Heimreise in die Toskana seinen ganzen Krempel einzupacken und Vincenzo und mir Lebewohl zu sagen. Vermutlich war ihm die ganze Angelegenheit mehr als peinlich.

»Also haben sie mich gefragt, ob ich die Story mit der Wasserleiche übernehmen kann«, plapperte Mona weiter, während sie Kaffeepulver in das Sieb der größten *macchinetta* füllte, die meine Bestände zu bieten hatten. »Die Polizei hat das Auto des Toten heute aus der Donau gefischt, einen funkelnagelneuen Mercedes, aber jetzt natürlich ziemlich demoliert, und bis zweiundzwanzig Uhr muss ich den Bericht online stellen. Dreißig Zeilen hab ich, plus Foto. Foto bringt immer Extrageld.«

»Der Mann ist endlich identifiziert?«, fragte ich. Mir wurde klar, dass ich ganz vergessen hatte, Paolo auf den DNA-Abgleich zwischen dem Toten aus der Donau und Danilo Jakobi anzusprechen. Aufgrund der sich überstürzenden Ereignisse war das allerdings nicht erstaunlich.

Triumphierend sah sie mich an. »Hanno Maidorn heißt er, neunundzwanzig Jahre alt. Bei der ›Bayernland‹ Regensburg hat er gearbeitet, als Techniker.«

Mit flinken Bewegungen schraubte sie die Handmaschine zusammen, stellte sie auf eine Herdplatte und schaltete sie an. Die Mikrowelle klingelte. Fröhlich pfeifend nahm sie das erhitzte Kännchen heraus und schäumte die Milch auf.

»Über die Faschingstage hatte er sich freigenommen, bis zum Freitag, aber er ist nicht wieder aufgetaucht«, fuhr sie fort. »Sein Chef fand das zwar nicht so toll, hat aber gedacht, er schläft seinen Rausch aus oder ist krank. Als er diese Woche wieder nichts von Maidorn gehört hat, telefonisch hat er ihn auch nicht erreicht, ist er bei ihm vorbeigefahren. Er war nicht da, und sein WG-Mitbewohner wusste auch von nichts. Was mich allerdings nicht wundert. So wie der aussieht, ist das ein Hardcore-Junkie, die Bude war so was von versifft. Ich bin gleich wieder rückwärts rausgefallen. Und zwar noch bevor Paolo mich gesehen hat.«

Ich öffnete den Kühlschrank. Ein Karton mit Eiern, eine Flasche Milch, zwei Stangen Lauch und ein Rest *pancetta* – das war alles.

Maximilian hatte mir eine WhatsApp geschickt, die ich vor fünf Minuten gelesen hatte. Er war gerade erst in Neumarkt vom Haus seines Freundes losgefahren. Ich selbst hatte keine Zeit zum Einkaufen gefunden. Also musste ich mir auf die Schnelle etwas für das Abendessen einfallen lassen.

Zum Glück lagerten im Keller nicht nur die kulinarischen Mitbringsel aus Ligurien, sondern auch meine eisernen Notvorräte. Schraubdeckelgläser mit Leckereien aus dem Castello di Santosa und im Eisschrank Fisch in allen Variationen. Auch im Eisfach des Kühlschranks hier oben bewahrte ich Meeresfrüchte und Tintenfisch auf.

»Hat Paolo schon einen Hinweis auf den Täter?«, fragte ich, als ich zwei Tassen Reis in ein Sieb schüttete. Als *primo* würde ich *risotto ai frutti di mare* zubereiten, für den Hauptgang eine deftige *frittata*, ein Eieromelett mit Lauch und dem Rest Speck, dazu gab es in Olivenöl eingelegtes Gemüse und Focaccia.

Mona holte eine Cappuccinotasse aus dickem mokkabraunen Steingut aus dem knarrenden Küchenbüfett. Ich erfuhr, dass Paolo den Fall nach der Hausdurchsuchung von Hanno Maidorns Wohnung abgegeben hatte. Es überraschte mich nicht. Seit der Verleger den Anschlag auf seine Frau verübt hatte und flüchtig war, hatte sich die Sachlage geändert. Der Fall Jakobi-Fabek fiel nun nicht mehr nur in den Zuständigkeitsbereich der Carabinieri, sondern auch in den der deutschen Polizei.

Ich nahm den Beutel mit den *frutti di mare* aus dem Eisfach, füllte die Meeresfrüchte ebenfalls in ein Sieb und ließ warmes Wasser darüberlaufen. Mein Handy zwitscherte. Eine Nachricht von Vincenzo, der versprach, in wenigen Minuten zu Hause zu sein.

»Was ist bei der Hausdurchsuchung rausgekommen?«, fragte ich und goss Olivenöl in einen großen Topf.

»Sie haben haufenweise Drogen gefunden – Koks, Crystal Meth, Amphetamine. Das darf ich aber noch nicht schreiben, hat Paolo gesagt. Jetzt liegt der Fall bei der Drogenfahndung. Wie es aussieht, hat der Tote eifrig gedealt.« Mona löffelte einen Berg Zucker in die übergroße Tasse. »Die hatten Maidorn ja schon länger im Verdacht, dass er dealt, aber mehr so mit Shit und anderem Kleinkram.«

Die *macchinetta* gurgelte und dampfte, ein aromatischer Geruch verbreitete sich in der Küche. Mona schüttete die Tasse randvoll mit Milch und Kaffee, rührte um und nahm einen vorsichtigen Schluck.

»In letzter Zeit soll Maidorn damit geprahlt haben, dass er noch was anderes am Laufen hatte«, fuhr sie fort, während ich klein geschnittene Zwiebel, viel Knoblauch, Tintenfischstücke und ein zerkrümeltes Peperoncino im Öl brutzelte, die Muscheln und Shrimps würde ich erst später zugeben.

Mona setzte sich auf den Küchentisch und ließ die langen Beine baumeln. »Paolos Kollegen vermuten, dass er größer ins Geschäft einsteigen wollte und dabei einem von den Big Bosses auf die Füße getreten ist. Und der hat ihn dann wohl aus dem Verkehr ziehen lassen.«

Als ich sie nach Leonardos Plänen fragte, hüllte sie sich in demonstratives Schweigen. Mit dem knappen Hinweis, dass sie sich nun wirklich an den Artikel setzen müsse, verschwand sie mit ihrer dampfenden Tasse nach oben, und zwar ohne ihre sonst üblichen Küsschen zwei rechts, zwei links.

Ich schüttete den Reis in den Topf, rührte um und gab Wasser und Weißwein dazu.

Kaum waren Monas klackernde Absätze auf der Treppe verklungen, erschien Vincenzo, mit langem Gesicht. Während ich den Lauch in feine Streifen schnitt, erzählte er mir von seiner vergeblichen Suche nach Danilo Jakobis »Drachenmann«. Stundenlang war er mit Florian, dessen Hausarrest offenbar schon wieder Vergangenheit war, durch die Buchhandlungen gezogen. Gleichgültig, wo sie gewesen waren, ob bei »Pustet« in der Gesandtenstraße, »Dombrowsky« am St.-Kassians-Platz, »Heinrich Altenbuchner« am Zieroldsplatz oder im »Bücherwurm« im REZ, überall waren die Bücher seit Langem nicht mehr vorrätig oder ausverkauft. Also hatten sie beschlossen, es im Internet zu versuchen. Doch auch dort betrug die Lieferzeit mehrere Tage.

Ich erzählte Vincenzo von seinem Nachhilfetermin am nächsten Nachmittag, und sein Gesicht wurde noch länger. Aber ich ließ mich auf keine Diskussionen ein. Als er einsehen musste, dass er weder mit Gejammer noch mit Gemaule weiterkam, warf er sich auf die Eckbank und beschäftigte sich mit seinem Handy.

»Nach dem Essen holt mich übrigens Papa ab«, verkündete er bald. »Hab am Wochenende das Erdkundebuch vergessen, das brauche ich morgen. Ich übernachte heute bei ihm.«

Paolos Reihenhaus, das er zusammen mit Lilo bewohnte, stand im Regensburger Stadtteil Weichs. Schon wieder war ich von ihm überrascht. In den letzten Tagen war er ungewöhnlich anhänglich, nicht nur, was die Gesellschaft seines Sohnes betraf.

Ich redete Vincenzo ins Gewissen, weil er zurzeit ständig überall seine Sachen liegen ließ. Er machte das übliche schuldbewusste Gesicht, versprach sofortige Besserung und hatte meine Ermahnung im nächsten Moment wieder vergessen. Mit der Zunge zwischen den Lippen bearbeitete er sein Mobiltelefon.

Als das Risotto köchelte und ich die Eier in einer Schüssel aufschlug, starrte mein Sohn noch immer fasziniert auf sein Smartphone.

»Voll geil«, sagte er. »Schau mal, Mamma – krasses Foto, oder?«

Ich warf einen Blick auf das Display seines Handys. Bei dem Bild, das ich darauf sah, musste es sich um eine Fotocollage handeln. Es war das Cover des »Drachenmann«, jedoch ziemlich verfremdet. In den menschlichen Teil des Drachenwesens war Danilo Jakobis Gesicht eingeblendet.

»Woher hast du das?«

»Von diesem neuen Forum, von dem ich dir erzählt habe. Die verschicken ständig irgendwelche Infos oder Bilder.«

Vincenzo tippte auf eine Stelle, an der der Name des Forums zu sehen war: »the_great_jakobi«.

»Kannst du feststellen, wer es eingerichtet hat?«

Im Gegensatz zu mir war mein Sohn sehr bewandert, was die Nutzung der modernen Kommunikationstechniken betraf. Ich hingegen tummelte mich nur im Netz, wenn meine beruflichen Zwecke es erforderten, und besaß hauptsächlich rudimentäre Kenntnisse. Bisher hatte ich es auch versäumt, mich zu dem Instagram-User »@fantasynewsdanilojakobi« kundig zu machen. Ich nahm mir vor, mich gleich morgen früh darum zu kümmern.

»Hm.« Vincenzo wischte einige Mal über das Display, zuckte mit den Schultern. »Auf die Schnelle nicht, aber krieg ich sicher raus. Allerdings nur unter einer Bedingung.«

»Und zwar?«

»Wir verschieben die Nachhilfe auf nächste Woche, okay?«

19

Schlag neun läutete es an der Tür: Paolo.

Es war ihm anzusehen, dass er einen langen Tag gehabt hatte. Ich bot ihm ein Schälchen *macedonia* an, fein geschnittenen Obstsalat mit einem Klecks Sahne, auch vom Risotto war noch eine Portion übrig geblieben. Erst wollte er ablehnen. Da Vincenzo aber noch seine Siebensachen packte, setzte er sich dann doch zu Maximilian und mir an den Tisch im Speisezimmer. Sein Gesicht war wieder aschgrau, seine Stimmung so trübsinnig, dass mir allein schon von seinem bloßen Anblick schummerig wurde.

Nachdem er das Risotto mit Heißhunger heruntergeschlungen hatte, erfuhren wir, dass sich seit unserer Begegnung im Hause Fabek nichts Neues ergeben hatte. Die Fahndung nach Marius Fabek war bisher nicht erfolgreich verlaufen, der Verleger schien wie vom Erdboden verschluckt. Zwei Anwohnerinnen aus Bad Abbach hatten zwar seinen Jaguar mit hoher Geschwindigkeit durch den Ort rasen sehen, und später war der Wagen einem weiteren Zeugen auf der B 16 in Richtung Regensburg aufgefallen. Danach aber verliefen alle Spuren im Sand. Auch Marius Fabeks Handy, für dessen Ortung der richterliche Beschluss schon vorlag, war seit seiner Flucht ausgeschaltet.

Nachdem Paolo und Vincenzo sich verabschiedet hatten, zogen Maximilian und ich uns in den Salon zurück. Die Küche konnten wir auch später aufräumen.

Ich erzählte meinem Liebsten von meinem Tag und erfuhr im Gegenzug seine Neuigkeiten. Der Besuch bei seinem früheren Kollegen war nicht nur unterhaltsam, sondern auch informativ gewesen. Seit einem Jahr vermietete dieser das Haus einer verstorbenen Tante, das er geerbt hatte, und so hatte er Maximilian wertvolle Tipps hinsichtlich seines eigenen Mietprojekts gegeben. Gleich morgen wollte er seine To-do-Liste in Angriff nehmen.

Wir kuschelten uns auf das Sofa vor dem Kamin, in dem ein

gemütliches Feuer knackte, und erinnerten uns mit Wehmut an die beiden Tage an der ligurischen Riviera. Die tausend Farben im Leuchten der Sonne, der Abend im »Grande Americano«, unsere Spaziergänge am Meer bei Tag und bei Nacht, Shoppen in Rapallos Altstadt, Flavios Vernissage – wie schnell war die kostbare Zeit zu zweit vergangen. Kichernd gedachten wir der nicht enden wollenden Lustschreie in der ersten Nacht und rätselten, ob sich Flavio noch immer nach seiner Margherita sehnte.

Bald aber rückte auch dieser Gedanke in weite Ferne, wie von selbst begannen wir uns zu liebkosen und zu küssen, unsere Hände wanderten hierhin, die Lippen dorthin. Das knisternde Feuer wärmte uns, das uralte Spiel zwischen Mann und Frau nahm uns aufs Neue gefangen, und irgendwann versank alles um uns hinter einem Schleier aus Leidenschaft und betörender Nähe.

***

Pavarotti wollte und wollte nicht schweigen. Immer wieder besang er lauthals die Flatterhaftigkeit der Damenwelt: *»La donna è mobile qual piuma al vento … La donna è mobile … La donna è mobile …«*

»Dein Handy«, murmelte Maximilian verschlafen. »Willst du nicht rangehen?«

Er war es gewohnt, jeden Anruf anzunehmen, auch mitten in der Nacht. Schließlich konnte es immer ein Notfall in der Klinik sein.

Auf dem Display meines Smartphones, das ich endlich zwischen unseren Kleidern fand, leuchtete Vincenzos Name. Daneben blinkte die Uhr: null Uhr siebenundzwanzig. Wir waren vor dem Kamin eingenickt, erschöpft, zufrieden und nackt, wie Gott uns schuf.

Schlaftrunken wischte ich über das Display.

»Devi venire subito, mamma«, ertönte die verzweifelte Stimme meines Sohnes, bevor ich auch nur ein Wort sagen konnte. *»Ho bisogno del tuo aiuto – ora, ora!«*

Wenn er mich auf Italienisch darum bat, ihm sofort – und zwar wirklich sofort – zu Hilfe zu eilen, bedeutete das höchste Alarmstufe. Normalerweise sagte Vincenzo nur das absolut Nötigste – wenn er vor Hunger starb oder Geld brauchte – in seiner zweiten Muttersprache.

Ich setzte mich auf. »Was ist los?«

»Wegen Papa. Du musst echt sofort kommen, Mamma.« Er holte tief Luft. »Und bring unbedingt Maximilian mit – Papa braucht ganz dringend einen Arzt!«

***

Paolo sah zum Erbarmen aus. Das Gesicht totenblass, Schweißperlen auf der Stirn, sein Atem rasselte. Wie erstarrt lag er auf dem Bett, als Maximilian und ich in sein Schlafzimmer stürmten, mit geschlossenen Augen und ausgestreckten Armen und Beinen. Es roch muffig, nach abgestandener Luft und zu wenig Männerdeo.

Maximilian sprach Paolo an. Unwillig bewegte er den Kopf, murmelte etwas, öffnete zögernd die Lider. Das Weiße darunter war so rot, dass ich erschrak. Ich packte Vincenzo am Arm und zog ihn aus dem Zimmer, damit Maximilian seinen Patienten ungestört untersuchen konnte. Die Arzttasche hatte er wohlweislich eingepackt, inklusive der wichtigsten Notfallmedikamente.

»Ich konnte ewig nicht schlafen, und jetzt reg dich bloß nicht auf, Mamma, da hab ich halt ein bisschen im Internet gesurft«, erzählte Vincenzo mir mit verstörtem Blick auf unserem Weg hinunter in die Küche. »Irgendwann bin ich noch mal ins Bad, zum Glück. Sonst hätte ich gar nicht mitgekriegt, dass das Licht bei Papa noch an war. Ich bin in sein Zimmer und so was von erschrocken. Sag doch, Mamma, er wird schon wieder, oder?«

Der Abend der beiden war normal verlaufen. Sie hatten zwei Runden Karten gespielt und sich dann durchs Fernsehprogramm gezappt. Um Viertel vor elf hatte Paolo Vincenzo ins Bett geschickt.

»Einmal hat das Telefon geläutet«, fiel ihm ein. »Da war ich aber schon oben.«

»Weißt du, wer es war?«

»Vielleicht Lilo?« Mein Sohn runzelte die Stirn. »Die haben ewig telefoniert. Du meinst aber schon, dass es wieder wird, gell?«

Ich versuchte, meinen Sohn so gut es ging zu beruhigen. Doch die Angst um seinen Vater stand ihm deutlich ins Gesicht geschrieben, und auch mir war nicht wohl in meiner Haut.

Zwanzig Minuten später, wir saßen noch immer in der Küche bei einer Tasse Kamillentee, steckte Maximilian den Kopf durch die Tür und winkte mich zu sich. Ich bat Vincenzo, kurz zu warten.

»Kreislaufkollaps«, erklärte Maximilian mir auf dem Weg nach oben. »Pulsfrequenz und Gesamtzustand sind jetzt stabil, aber ich würde ihn trotzdem gern in die Klinik bringen. Ein EKG wäre gut, und über Nacht möchte ich ihn zur Sicherheit unter Beobachtung haben. Aber der Patient ist ein arger Sturkopf. Kannst du ihm vielleicht ins Gewissen reden, Anna?«

Paolo wirkte zwar noch immer ziemlich mitgenommen, saß aber zumindest wieder halbwegs aufrecht im Bett, im Rücken einen Berg Kissen und am rechten Arm eine Infusion. Seine Augen waren nach wie vor rot geädert, sahen ansonsten aber schon fast wieder so aus, wie sie aussehen sollten. Kämpferisch blickte er uns entgegen.

»Die Klinik kommt nicht in Frage«, brummte er, kaum dass wir sein Schlafzimmer betreten hatten. »Das könnt ihr vergessen, in ein Krankenhaus gehe ich auf keinen Fall.«

Maximilian seufzte, aber ich war nicht wirklich erstaunt. Paolo war in dieser Hinsicht schon immer sehr eigenwillig gewesen.

»Weiß man, was den Kollaps verursacht hat?«, fragte ich Maximilian.

»Als Arzt bin ich an meine Schweigepflicht gebunden.«

Er warf seinem Patienten einen schnellen Blick zu. Der stöhnte erst lautstark und nickte schließlich gottergeben.

»Missbrauch eines Betäubungsmittels ungeklärter Herkunft«,

sagte Maximilian schließlich in sachlichem Ton und mit undurchdringlicher Miene.

»Soll das etwa heißen, Papa hat sich was reingepfiffen?«, kam es voller Entsetzen von der Tür. »Crack oder Crystal oder irgend so 'nen Scheiß?«

Vincenzos Haarschopf tauchte im Türrahmen auf. Weder Maximilian noch ich hatten bemerkt, dass er uns nachgeschlichen war.

»Ich hab bloß gekifft, Ehrenwort«, behauptete Paolo sofort. »Du siehst ja jetzt, was dabei rauskommt, wenn man schon so was Harmloses wie Gras nicht verträgt. Also – Finger weg von diesem Teufelszeug, verstanden, junger Mann?«

Ich bezweifelte, dass er die Wahrheit sagte. Weder im Schlafzimmer noch sonst irgendwo im Haus hatte ich den für Haschisch typischen Geruch wahrgenommen. Doch ich sagte nichts, sondern scheuchte nur Vincenzo aus dem Zimmer. Dann bat ich Maximilian, mich mit Paolo allein zu lassen.

»Wie bist du überhaupt an das Zeug gekommen?«, fragte ich, als die Tür zu war.

»Bei einer Hausdurchsuchung heute.« Er versuchte, sich ganz aufzurichten, sank aber sofort wieder mit schmerzverzerrtem Gesicht in seine Kissen zurück. »Sag jetzt bitte nichts. Ich weiß selbst, dass das keine Glanzleistung war.«

»Etwa bei diesem Hanno Maidorn?«

»Woher weißt du das denn schon wieder?«

Ich erzählte ihm von Monas Zeitungsartikel. Dann erfuhr ich, was am Nachmittag in Hanno Maidorns Wohnung geschehen war.

»Maidorn hatte das Zeug in einem Geheimversteck. Wie im Kino, mit Schiebemechanismus, der sich auf Knopfdruck öffnet, echt irre. Jedenfalls, seinem WG-Genossen, auch ein Junkie, sind fast die Augen rausgefallen, als er das gesehen hat. Der hatte wohl keine Ahnung, dass er sich da nur hätte bedienen müssen.«

Paolos Lider senkten sich, er atmete schwer. Offenbar strengte ihn das Reden an. Mit einer erschöpften Geste fuhr er sich über die Stirn, noch immer glänzten Schweißperlen darauf. Dann schlug er langsam die Augen wieder auf.

»Der Kerl war ganz klar auf Entzug, und bestimmt war Maidorn sein Dealer«, fuhr er fort. »Die Kollegen hatten das Versteck schon ausgeräumt und waren alle irgendwo in der Wohnung. Auf einmal habe ich gesehen, dass da noch ein winziger Beutel drin war, der ist hinter die Täfelung gerutscht. Der Junkie – ich hab gedacht, vielleicht kann ich ihn noch ein bisschen aushorchen …«

Auf dem Korridor klappte eine Tür auf und wieder zu, Schritte trampelten über die Treppe nach unten, Maximilian rief nach Vincenzo.

»Der Typ hat sich sofort den Beutel gekrallt.« Wieder schloss Paolo kurz die Lider. »Hat mir vorgejammert, wie schlecht es ihm geht – arbeitslos, kein Geld, die Freundin weg, das Übliche. Hab gar nicht richtig hingehört, sondern ihm den Beutel abgenommen und eingesteckt und bin raus zu den anderen. Aber die waren alle schon wieder weg, bis auf eine ganz junge Kollegin. Die war so was von überfordert, keine Ahnung, warum sie ausgerechnet die dagelassen haben. Und als der Junkie auf einmal Randale gemacht hat, ist sie so durchgedreht, dass ich nicht wusste, wen ich zuerst beruhigen soll.«

Das Tütchen mit den Drogen hatte Paolo zu diesem Zeitpunkt ganz vergessen, und auch später, angesichts des Tumults im Hause Fabek und der Flucht des Verlegers, hatte er keine Gelegenheit mehr gehabt, das Rauschgift seinen Kollegen auszuhändigen. Erst zu Hause war ihm aufgefallen, dass das Beutelchen noch in seiner Jacke steckte.

»Aber da wollte ich nicht noch mal weg. Vincenzo war ja da und ich ziemlich fertig.« Betreten sah er zur Seite. »Gebe ich ihn eben morgen ab, hab ich gedacht.«

»Und als Lilo dann angerufen hat und dir klar geworden ist, dass sie so bald nicht wiederkommt«, zählte ich zwei und zwei zusammen, »wolltest du deinen Frust mit diesem Dreckszeug betäuben.«

»Ich hab bloß eine Pille genommen«, gestand er kleinlaut. »Sie hat gesagt, sie hält das nicht mehr aus. Sie will nicht ihr Leben lang auf jemanden warten, bei dem immer nur der Job an erster Stelle steht. Wir hatten das Thema ständig in letzter Zeit, immer wieder haben wir uns gezofft. Und jetzt hat sie wohl jemanden kennengelernt, in diesem Scheiß-SPA-Hotel … Ich war völlig am Ende, Anna, hab einfach was gebraucht, das mich …« Er senkte den Kopf. Flüsterte schließlich: »Ich hab keine Ahnung, wie ich ohne sie klarkommen soll.«

Ich hätte ihm so gern geholfen, ihn so gern getröstet. Doch was hätte ich sagen sollen? Vor einigen Jahren hatte auch ich ihn verlassen, zwar aus anderen Gründen, aber dennoch. Zu Recht hätte er sich gefühlt wie ein alter Fußabstreifer, den niemand mehr haben wollte.

»Weißt du zumindest, was es war?«, fragte ich, nachdem ich nur stumm seinen Arm gedrückt hatte.

»Crack. Ich vermute, aus Tschechien.«

»Maximilian hat recht, du musst in die Klinik. Man weiß nie, mit was die das strecken.«

»Wie stellst du dir das vor? Wenn das rauskommt, bin ich doch sofort meinen Job los. Nein, nein, bloß kein Krankenhaus!«

Was ich auch vorbrachte – seine Gesundheit, seine Zukunft, die Verantwortung gegenüber sich selbst und nicht zuletzt gegenüber seinem Sohn –, ich konnte ihn nicht umstimmen. Er wollte auch nichts davon hören, dass Ärzte an ihre Schweigepflicht gebunden waren. Seine Angst, dass dennoch irgendetwas durchsickern würde, war einfach zu groß.

Da Maximilian den uneinsichtigen Patienten nicht allein lassen wollte und ich Vincenzo die Verantwortung für dessen Wohl natürlich nicht aufbürden konnte, beschlossen wir, uns für den Rest der Nacht bei Paolo häuslich einzurichten. Wir organisierten Kissen und Decken, besorgten uns Schlafanzüge aus Paolos Schlafzimmerschrank und funktionierten die Wohnzimmercouch zu einer improvisierten Schlafstatt um. Vincenzo half anfangs noch mit, stahl sich nach kurzer Zeit aber mit ebenso erschöpftem wie erleichtertem Blick in sein Zimmer, aus dem bald kein Muckser mehr drang.

In den folgenden Stunden sahen Maximilian und ich abwechselnd nach Paolo. Jedes Mal wenn einer von uns beiden in sein Zimmer blickte, schlief er so beneidenswert tief wie ein Murmeltierbaby. Wir aber verbrachten eine unruhige und wieder einmal viel zu kurze Nacht.

20

Am nächsten Morgen standen Maximilian und ich früh auf, beide unausgeschlafen, zerschlagen und froh, der ungemütlichen Couch endlich zu entrinnen.

Angesichts der turbulenten Nacht kam Vincenzo noch schlechter aus den Federn als sonst. Ich musste ihn viermal wecken, und nicht einmal für einen Löffel Cornflakes blieb ihm am Ende noch Zeit. Als er und Maximilian auf dem Weg zum Alfa waren, rannte er noch einmal zurück und stopfte das fast wieder vergessene Erdkundebuch in seinen Schulrucksack.

Über Nacht hatte sich Paolos Zustand gebessert. Sicherheitshalber hatte Maximilian ihn für den heutigen Tag krankgeschrieben und ihm eingeschärft, viel zu trinken, sich unbedingt zu schonen und ihn im Bedarfsfall sofort anzurufen.

Als ich allein in der Küche war, kochte ich Tee und richtete ein kleines Frühstück für Paolo her. Später würde ich mit dem Bus nach Hause fahren, mich dort duschen, umziehen und anschließend meinen Nachforschungen widmen. Das war das einzig Positive an den neuesten Entwicklungen: Mein Ex war mir plötzlich zu Dank verpflichtet. Außerdem würde er heute sowieso nur das Bett hüten – wenn er vernünftig war.

Während der Tee zog – für Paolo Pfefferminztee, für mich Darjeeling, der einzige schwarze, den ich in seiner chaotischen Küche gefunden hatte –, blätterte ich in der Zeitung, die Paolo wie ich abonniert hatte.

Donald Trump brachte wieder einmal den Rest der Welt gegen sich auf, die konservative Regierung Österreichs rutschte immer mehr nach rechts, und der Brexit erhitzte die Gemüter nach wie vor.

Auf der ersten Seite des Regensburg-Teils stand schließlich ein ausführlicher Artikel über Danilo Jakobis und Marius Fabeks Verschwinden, auch der Angriff auf seine Frau und nicht zuletzt der Kinnhaken, den sich der vorwitzige Tom eingefangen hatte, kamen zur Sprache. Die Polizei bat um sachdienliche Hinweise, die der Ergreifung des flüchtigen Verlegers dienten.

In einem mehrspaltigen Kommentar vertrat der Verfasser die Ansicht, die Polizei würde bei Weitem nicht alle ihr zur Verfügung stehenden Möglichkeiten nutzen, um den Fall Danilo Jakobi zügig aufzuklären. Außerdem war er der Meinung, die Polizei habe die Prioritäten aus dem Auge verloren, niemand denke auch nur im Entferntesten an den Schutz der Bevölkerung. Ein Verleger, der seinen eigenen Autor ermordete, seine Frau mit dem Messer attackierte, einen Journalisten fast krankenhausreif schlug und ihn, zwei seiner Kollegen und eine Unbeteiligte um ein Haar über den Haufen fuhr, lief am Ende vielleicht noch richtig Amok.

Auf der nächsten Seite folgte ein Update zur Wasserleiche, darunter ein Porträtfoto von Hanno Maidorn: mittelblonde Kurzhaarfrisur, Schnurrbart, braune Augen. Im ersten Moment dachte ich, er wäre mir schon einmal begegnet. Aber je länger ich das Bild betrachtete, desto sicherer war ich, dass ich mich täuschte.

Fünf Minuten später stand ich mit dem beladenen Tablett und der Zeitung unterm Arm im Krankenzimmer. Paolo saß im Bett und telefonierte.

»... Blutspuren schon identifiziert?« Er lauschte, nickte mehrmals. »Und was ist mit dem Schuh und der Weste? ... Okay, ich rufe sie an, gegen zehn«, er warf mir einen schnellen Blick zu, »kein Problem, sie kann perfekt Englisch ... Nein, zum Glück kein Norovirus ... Ja, danke, man weiß ja nie.«

Ich stellte das Tablett mit Honigbrot und Pfefferminztee auf das Nachtkästchen, legte die Zeitung daneben und setzte mich mit meiner Tasse in den Schaukelstuhl beim Fenster.

Draußen lichtete sich die Wolkendecke, da und dort lugten sogar winzige blaue Himmelsfetzen aus dem Wintergrau hervor. Im Osten färbte das Morgenrot die Wolkenränder rosa und orange, wenn auch im Moment noch etwas zaghaft. Mit etwas Phantasie konnte man sich einbilden, der erwachende Tag würde sich zum ersten Vorfrühlingsboten entwickeln.

»Neuigkeiten aus Italien?«, fragte ich, als Paolo auflegte.

»Allerdings. Bianca Rosettis Leute haben Blutspuren und Reste von Kleidungsstücken gefunden, beides nachweislich von Jakobi.«

»Wo?«

»In der Nähe eines alten Bauernhauses in den Bergen, zwischen Zoagli und Genua, steht wohl schon seit Längerem leer. Es ist komplett ausgebrannt, die Kollegen gehen von Brandstiftung aus. Außerdem haben sie zwei sehr interessante Abdrücke entdeckt, wie aus dem Lehrbuch. Ist zwar alles staubtrocken da oben, aber irgendeine oberirdische Wasserleitung muss ausgelaufen sein.« Er schnalzte mit der Zunge. »Ich liebe deine Landsleute und ihre Liebe zur handwerklichen Perfektion, Prinzessin.«

»Was für Abdrücke?«, fragte ich, ohne auf seine Ironie einzugehen.

»Der eine ist von einem Autoreifen, die Untersuchung läuft. Bei dem anderen handelt es sich um einen Schuhabdruck, Größe 42. Den mit ziemlicher Wahrscheinlichkeit dazugehörigen Schuh haben meine Leute vorhin im Haus der Fabeks sichergestellt. Der gehört dem Verleger höchstpersönlich und hat Spuren von eingetrockneter Erde an der Sohle.« Zufrieden nippte er an seinem Tee. »Ich wette, die Erde stammt von dort unten.«

»Wie sind deine Leute an den Schuh gekommen?«

»Der Jan und der Sepp waren sowieso schon wieder in Bad Abbach, die sind ja noch nicht fertig mit der Spurensicherung. Die Fabek hat den Schuh im Schrank ihres Mannes gefunden, ganz hinten, und ihnen mitgegeben.«

»Ich denke, sie hat einen Schock und ist im Krankenhaus?«

»Seit gestern Abend ist sie wieder zu Hause. Vernehmungsfähig ist sie aber noch nicht, hat sie gesagt, die Ärzte haben ihr absolute Ruhe verordnet, wegen des Schocks.« Er verdrehte die Augen. »Am Nachmittag kann ich hoffentlich endlich mit ihr sprechen.«

Die Fahndung nach Marius Fabek hatte noch immer keinen Erfolg gebracht. Paolos Kollegen hielten es für möglich, dass er sich längst jenseits der tschechischen Grenze aufhielt.

Die Skihütte an der Rusel fiel mir ein. Als ich Paolo davon

erzählte, griff er sofort wieder zum Hörer, um eine Streife dorthin zu schicken.

»Bist du sicher, dass du schon wieder fit genug bist?«, fragte ich. »Maximilian wird nicht begeistert sein, wenn er hört, dass sein Patient vom Krankenbett aus arbeitet.«

Er grinste mich an und biss in das Honigbrot. »Du wirst ja wohl dichthalten – oder, Prinzessin?«

Ich ersparte es sowohl ihm als auch mir, ihm weiter ins Gewissen zu reden. Er war erwachsen, er kannte die Risiken und ich ihn. Sobald ich mich verabschiedet hatte, würde er ins Auto steigen, um seinen Hauptkommissarpflichten nachzukommen.

***

Als ich wieder zu Hause war, ging ich erst einmal unter die Dusche. Anschließend schlüpfte ich in schmal geschnittene, aber bequeme Jeans und einen warmen Rollkragenpullover, machte mir eine große Kanne mit meinem eigenen Tee und setzte mich damit an den Sekretär in der Bibliothek. Dort schaltete ich meinen betagten PC ein.

Semiramis war plötzlich da, hereingehuscht auf lautlosen Pfoten, strich mir schnurrend um die Beine, legte sich dann aber nicht auf meinen Schoß, sondern auf den Diwan im der Bibliothek vorgelagerten Wintergarten.

Natürlich hatte ich mich nicht auf den Kuhhandel mit Vincenzo eingelassen. Auch wenn er anderer Meinung war, die Nachhilfe würde seinen Schulnoten guttun. Aber ich musste nun leider selbst recherchieren, wer hinter dem Internetforum »the_great_jakobi« steckte.

Das Forum, fand ich rasch heraus, war erst vor wenigen Tagen eröffnet worden und wurde von einem namenlosen Moderator betreut. Wer wollte, konnte sich wie Vincenzo in eine Fangruppe eintragen oder im Forum selbst zu Wort melden, das besagter Moderator leitete. Die Beiträge, sah ich bald, waren durchweg euphorisch bis marktschreierisch formuliert.

Auch der Instagram-User »@fantasynewsdanilojakobi« schien

mit dem Forum assoziiert zu sein. Auf einer Extraseite gab es nicht nur Fotocollagen und Infos zu Danilo Jakobi und seinen in der Vergangenheit publizierten Fantasy-Romanen, auch jene außerhalb der Trilogie, sondern außerdem ausführliche Neuigkeiten zu seinem Verschwinden und zu Marius Fabeks Verstrickung in den rätselhaften Fall, die offenbar stündlich aktualisiert wurden.

Ich überlegte, wer dieser geheimnisvolle Moderator und Jakobi-Fan, der offenbar alle negativen Beiträge zensierte, wohl sein mochte. Gigglberger alias Jannis Skatula kam nicht in Frage. Von dem Hype, der hier erzeugt werden sollte, profitierte in erster Linie der »Adrian's Art Verlag« und somit Marius Fabek. Mit Patty West hatte er zwar eine neue, vielversprechende Autorin an der Hand, vorerst jedoch nur auf regionaler Ebene. Wenn allerdings die Umsatzzahlen von Danilo Jakobis Büchern wieder in die Höhe schnellten, dürften in dem durch die Misswirtschaft des früheren Verlegers in die roten Zahlen geratenen Verlag vorerst keine Sanierungsmaßnahmen mehr nötig sein. Sollte doch Marius Fabek hinter allem stecken?

Eine Telefonnummer fand ich im Impressum nicht, ebenso keine Postanschrift, aber zumindest eine kryptische Mailadresse. Also verfasste ich eine E-Mail an den ominösen Moderator, in der ich mein Anliegen schilderte und um Aufklärung bat, woher er seine Informationen bezog.

Als ich die E-Mail abschickte, fiel mir noch jemand ein, dem der Hype zugutekam: Cora, die Frau des verschwundenen Bestsellerautors, an die im Fall seines Todes vermutlich die Rechte an seinen Werken fallen würden. Gestern hatte ich sie nicht angetroffen, und noch immer hatte sie sich nicht bei mir gemeldet. Ich beschloss, ihr später einen Besuch abzustatten. Dieses Mal aber würde ich vorher anrufen.

Ich goss mir die nächste Tasse Tee ein und nahm einen Schluck. Auch wenn alles gegen Marius Fabek sprach, tat ich mich nach wie vor schwer damit, an seine Schuld zu glauben. Warum hatten alle Zeugen, mit denen ich in Italien und auch in Bad Abbach gesprochen hatte, einhellig ausgesagt, er habe sie nicht gegrüßt? War er so aufgewühlt gewesen, dass er nicht mehr registrierte, was um ihn herum vorging? Oder war der Mann, den die Zeugen gesehen hatten, vielleicht doch nicht Marius Fabek gewesen?

Plötzlich war ich wie elektrisiert. Angenommen, es gab diesen großen Unbekannten, der Marius Fabek nicht nur zum Verwechseln ähnlich sah, sondern ihm auch einen Mord anhängen wollte. Dieser Jemand musste ihm die Kreditkarte, das Geschäftshandy und die Autoschlüssel entwendet haben und war in seinem Auto nach Italien gefahren, während Marius Fabek fast vierundzwanzig Stunden lang nichts davon bemerkte. Er hätte den Verleger also betäuben müssen. Mit einem lang anhaltenden Schlafmittel oder K.-o.-Tropfen. Paolos Beschreibung von Marius Fabeks seltsamer Krankheit – Erbrechen, Dauerschlaf, Kopfschmerzen – passte zu Letzterem.

Dafür gab es zwei Möglichkeiten:

Der Unbekannte hätte ins Haus der Fabeks einbrechen müssen. Oder er hatte Hilfe gehabt. Von jemandem, der schon im Haus gewesen war.

Natürlich dachte ich sofort an Doreen. Aber sie war am Abend des Rosenmontags nicht zu Hause gewesen, sondern in der Skihütte an der Rusel. Blieb nur noch Anja, Marius Fabeks Besucherin. Sobald er in seinen lang anhaltenden Schlaf gefallen wäre, hätte sie ihm problemlos Karte, Handy und Schlüssel stehlen können. Die meisten Menschen bewahrten diese Dinge in ihrer unmittelbaren Nähe oder beim Hauseingang auf.

Also machte ich dort weiter, wo ich am Vorabend aufgehört hatte. Erneut überlegte ich, was ich über Anja wusste. Sie war jung, hatte Doreen gesagt, schwarzhaarig und sprach gut Deutsch. Mit großer Wahrscheinlichkeit wohnte sie in der Regensburger Gegend und arbeitete als Prostituierte. Außerdem machte sie Hausbesuche, hatte Sadomaso-Spiele im Programm und bediente sowohl die männliche als auch die weibliche Klientel.

Wieder tippte ich Anjas Namen in Kombination mit »Prostituierte« und »Regensburg« in die Suchmaske ein, wieder erschien eine schier endlose Liste.

Ich überflog die Einträge, stellte bald aber erleichtert fest, dass ich die meisten sofort aussortieren konnte. Entweder handelte es sich um Zeitungsartikel in einem mit Prostituierten assoziierten Zusammenhang, oder der Ort beziehungsweise der Name stimmte bei genauerer Betrachtung nicht. Die Bearbeitung der wenigen Links auf den ersten Seiten, die am Ende übrig blieben, nahm dann allerdings geraume Zeit in Anspruch.

Ich klickte mich durch zahllose Fotos von Damen in aufreizender Unterwäsche oder hautenger, durchweg spärlicher Kleidung, studierte die Kurzbeschreibungen ihrer angebotenen Dienste, inspizierte Homepages von Hostessen- oder Escort-Services, wühlte mich auf einschlägigen Internetportalen durch die Erfahrungsberichte diverser Kunden. Stellenweise gewann ich den Eindruck, ich würde Warenkataloge durchforsten.

Alles war aufgeführt, von der Körbchengröße über Intimrasur, Tattoos oder Vaginalpiercings bis zur detaillierten Auflistung des Serviceangebots. Was sich hinter VK, AK und französischem Sex verbarg, war auch für mich als Laie im Feld des käuflichen Sex noch nachzuvollziehen. Stellenweise aber stolperte ich über Abkürzungen, die nichts mit vaginalen, analen oder sonstigen, mehr oder weniger gängigen, Sexpraktiken zu tun hatten.

Irgendwann rauchte mir der Kopf von den Lobeshymnen begeisterter Kunden, deren Webnamen von so geistreichen Bezeichnungen wie »Kannfastimmer99« über »Bayernficker27« bis zu »HotKing111« variierten und die sich über »super Titten«, »feste Hintern«, »All you can fuck«-Angebote und »geile Blow-Jobs« mit einem »fairen Preis-Leistungs-Verhältnis« austauschten. Aber zumindest hatte ich die Auswahl nun auf nur noch vier in Frage kommende Damen eingegrenzt.

Inzwischen war es kurz nach elf. Vielleicht nicht die optimale Zeit für Telefonate mit Liebesdienerinnen, die nachts lange arbeiten mussten. Doch einen Versuch war es wert.

Die erste Anja, deren Nummer ich wählte, schied schon bei den anfänglichen Worten aus. Die Stimme, die mich mit einem lasziven Unterton begrüßte, klang so tief und verbraucht, dass sie nicht zu einer jungen Frau gehören konnte, vielleicht überhaupt nicht zu einem weiblichen Wesen. Ich bedankte mich und legte auf.

Bei der zweiten Nummer meldete sich niemand. »Anrufe und Besuche nur nach achtzehn Uhr«, las ich im Kleingedruckten unter der dürftigen Homepage, auf der ich wie bei manch anderen Seiten kein Foto oder nur Aufnahmen mit abgewandtem Gesicht gefunden hatte. Vermutlich aus Angst, von Nachbarn oder Freunden wiedererkannt zu werden, auf der Straße, beim Einkaufen, beim Kaffeeklatsch mit einer Nachbarin.

Die dritte Nummer war besetzt.

Die vierte Anja schließlich bot ihren Service nur von neun Uhr morgens bis vier Uhr nachmittags an. Der Besuch bei Marius Fabek hatte zwar am Abend stattgefunden, doch vom Aussehen her kam sie in Frage. Ich tippte ihre Nummer ins Handy ein.

»Hallooooo«, gurrte es mir entgegen. »Was kann ich Schönes für dich tun?«

Sie sprach perfektes Deutsch mit nur minimalem Akzent, vermutlich stammte sie aus einem osteuropäischen Land.

»Akzeptieren Sie nur Männer als Kunden oder auch Frauen?«

»Ich mache alles, was Spaß macht, und egal, mit wem.« Sie lachte anzüglich. »Bei dir oder bei mir, meine Süße?«

Sie machte also auch Hausbesuche – sehr gut.

»Lieber bei Ihnen«, sagte ich.

»Wunderbar, ich bin schon ganz scharf auf dich.«

»Hören Sie«, fuhr ich fort, ohne auf das vertrauliche Du einzugehen, »ist es in Ausnahmefällen vielleicht möglich, auch nachts einen Termin zu vereinbaren?«

»Jederzeit«, kam es prompt. »Wann darf ich dich erwarten?«

»Vielleicht erklären Sie mir erst einmal, was das kosten wird.«

»Hundertvierzig die halbe Stunde, egal, ob vaginal, anal oder blasen – beziehungsweise bei dir wohl eher schlecken«, zählte sie auf und klang nun ganz und gar nicht mehr so, als könnte sie meinen Besuch kaum noch erwarten. »Dildos habe ich in 'ner Riesenauswahl da, klein oder groß, hart oder weich, mit oder ohne Noppen, was dein Herz oder sonstiges Körperteil begehrt.« Wieder hörte ich ihr anzügliches Lachen. »Ab zwei Stunden kriegst du 'nen Rabatt von fünf Prozent. Extras kosten natürlich extra. Das ist dann Verhandlungssache.«

»Was ist darunter zu verstehen?«

»Schlagen, Fesseln, Auspeitschen, dafür nehm ich hundertfünfzig zusätzlich, auch pro halbe Stunde. Und wenn du mich schlagen willst, macht das noch mal ’nen Hunderter extra. Aber das besprechen wir alles vor Ort.«

Offenbar war ich bei der richtigen Anja gelandet. Mein Anliegen am Telefon zur Sprache zu bringen war mir zu riskant. Am Ende legte sie einfach auf, bevor ich noch eine einzige meiner vielen Fragen loswerden konnte.

»Und ein Quickie?«, fragte ich also.

»Hundertzwanzig.«

Ich schwieg.

»Okay, okay, für dich nur hundert, meine Süße. Aber nach einer Viertelstunde ist dann auch Schluss.«

Das sollte reichen.

»Abgemacht«, sagte ich. »Wo finde ich Sie?«

21

Anjas Etablissement befand sich in der Altmühlstraße, mit Blick auf andere nüchterne Wohnblocks und das neu erbaute Landratsamt in einem nordöstlichen Stadtteil Regensburgs unweit des Alex-Einkaufszentrums.

Das Mehrparteienhaus selbst, ein betongraues, schon vor etlichen Jahren eilig hochgezogenes Gebäude, machte zwar keinen ungepflegten, aber auch keinen einladenden Eindruck. Kein einziger Balkon, die Mülltonnen gut sichtbar im Eingangsbereich, nirgendwo eine Grünfläche.

Auf mein Läuten hin – auf dem Klingelschild hieß es unverfänglich »Anjas Studio« – dauerte es keine zwei Sekunden, und schon summte der Türöffner.

Unterwegs hatte ich überlegt, ob ich Paolo anrufen sollte. Wenn wirklich Anja hinter der Verschwörung gegen Marius Fabek steckte, begab ich mich womöglich in Gefahr. Andererseits musste ich erst einmal herausfinden, ob es sich bei der Dame, mit der ich verabredet war, auch wirklich um die Richtige handelte. Und für Notfälle hatte ich ja mein Pfefferspray.

Ich trat ein und fand mich in einem unspektakulären Treppenhaus wieder. Weißgrau gesprenkelte Granitplatten am Boden, die Wände in einem nichtssagenden Braun, in einer dunklen Ecke kümmerte eine vernachlässigte Hydrokultur-Pflanze vor sich hin.

Der Aufzug befand sich neben den Briefkästen, roch nach Popcorn und war so klein, dass man Platzangst darin kriegen konnte. Doch er brachte mich schnell und leise in den dritten Stock.

Vorletzte Tür auf der linken Seite, hatte Anja am Telefon gesagt.

Ich ging über einen abgenutzten Teppichboden, vorbei an verschlossenen Türen. Dahinter Musikfetzen, Radiogequatsche, Staubsaugergeräusche, irgendwo Männerstimmen, die sich angeregt in einer kehligen Sprache unterhielten, vermutlich Arabisch.

An der vorletzten Tür klopfte ich, auch sie schwang sofort auf.

»Halloooo«, ertönte die mir nun schon vertraute Begrüßung. »Schön, dass du endlich da bist, meine Süße. Ich bin schon ganz feucht.«

Ein in kräftigem Rot geschminkter Mund tauchte vor mir auf, schwarz umrandete Augen in einem schmalen Gesicht, umrahmt von weichen Locken. Mit verführerischem Lächeln zog mich die attraktive Schwarzhaarige, die genauso groß war wie ich, wenn auch sicher gut fünfzehn Jahre jünger, in die Wohnung. Sie trug ein durchsichtiges Spitzennegligé in silbrigem Grau und kaum etwas darunter.

Die kleine Diele, ganz in Weiß gehalten, war übersichtlich und sauber und verriet durch nichts, welchem Beruf ihre Bewohnerin nachging. Im Anschluss an die verspiegelte Schrankwand gingen drei Türen ab, eine davon war geschlossen. Es roch nach einem exquisiten Parfüm, Zigarettenrauch und sehr dezent nach geschmortem Schweinebraten.

Die offen stehenden Türen führten in ein weiß gekacheltes, offenbar winziges Bad und in einen weiteren Raum, aus dem es mir in plüschigem Rot entgegenschimmerte.

»Schade, dass du nur Zeit hast für einen Quickie«, schnurrte Anja oder wie auch immer sie in Wirklichkeit heißen mochte. »Abgerechnet wird bei mir übrigens am Schluss.«

Ihr Körper war durchtrainiert und straff, die kleinen, drallen Brüste wurden von einem sichtlich teuren silberfarbenen Push-up nach oben gedrückt und hätten sehr verlockend ausgesehen, wenn ich wirklich eine Kundin gewesen wäre. Alles an ihr wirkte gepflegt und in keiner Weise billig, nicht einmal die mäßig langen Gelnägel mit den Glitzersteinchen empfand ich als aufdringlich. Ihr Nabelpiercing schien aus einem echten Saphir zu bestehen. Bei den Preisen, die sie verlangte, hatte ich allerdings auch nichts anderes erwartet.

Wie schon am Telefon bewies sie auch jetzt wieder Geschäftstüchtigkeit. Bewundernd ließ sie ihren Blick über meinen Körper gleiten und erklärte mir mit anerkennendem Lächeln, dass ich es mir jederzeit noch anders überlegen könne. Gegen einen entsprechenden Aufpreis dürfe ich auch gern länger bleiben.

Unbehaglich räusperte ich mich und setzte an, meiner Gastgeberin zu erklären, weshalb ich wirklich hier war.

»Denk dir nichts, die meisten, die das erste Mal bei mir sind, sind ein bisschen schüchtern«, sagte sie mit neckischem Augenaufschlag und half mir aus dem Steppmantel, den sie an einen Haken hängte. Dann nahm sie mich an der Hand und führte mich in das schummrig beleuchtete Plüschzimmer. »Was willst du trinken – Champagner oder lieber was Härteres? Selbstverständlich all inclusive.«

Anja tänzelte in genau einem solchen Abstand vor mir her, dass ich einen ungehinderten Blick auf ihre festen Pobacken hatte, die der Stringtanga unter dem Negligé großzügig freigab. Auf der linken Seite prangte ein handflächengroßes Tattoo, eine Schlange, die sich um eine Rose wand. Quer über ihren Rücken, konnte ich durch den durchsichtigen Stoff erkennen, verliefen zwei hellrote Striemen.

Vor einem runden Bett, es war unter einem gewaltigen Spiegel in der Mitte des Raumes platziert, blieb sie stehen und ließ meine Hand los. Auch an den Wänden befanden sich Spiegel, aus unsichtbaren Lautsprechern drang leise, jazzige Gitarrenmusik. Das Bett war übersät von Kissen, große und kleine Herzen, passend zum Teppich in tiefem Rot, die ordentlich aufgereiht waren. Hier roch ich nur noch Anjas Parfüm, einen schweren Duft, der mich an »Shalimar« von Guerlain erinnerte.

Langsam wandte sie sich um, trat so nahe zu mir, dass sie mich fast berührte, legte ihre Hände auf meine Hüften und sah mir mit verheißungsvollem Blick in die Augen. Auch über ihr Brustbein, sah ich jetzt, zog sich ein feiner, offenbar frischer Kratzer.

»Am liebsten wäre mir ein Glas Saft oder Wasser.« Ich nahm ihre Hände weg und trat einen Schritt zurück. »Am Telefon habe ich geflunkert. Ich will keinen Sex, nur ein bisschen plaudern.«

Sie nickte und lachte aufreizend. Das Zungenpiercing, das sie wie das am Nabel auf ihrer Homepage angekündigt hatte, blitzte mir entgegen.

»Soll ich dir was Dreckiges ins Ohr flüstern? Oder dich anspucken und beschimpfen?« Erneut gluckste sie und kam schon wieder näher. »Wie hättest du's denn gern, meine kleine geile Schlampe?«

»Eigentlich habe ich nur ein paar Fragen an Sie.« Ich holte meine Geldbörse hervor und zupfte zwei Fünfziger heraus. »Dafür kriegen Sie natürlich den vereinbarten Preis. Bitte entschuldigen Sie meine kleine Notlüge.«

Ich erklärte ihr, wer ich war und was ich von ihr wissen wollte. Ihre Reaktion bei der Erwähnung von Marius Fabeks Namen war eindeutig, sie kannte ihn. Ihre Miene war jedoch plötzlich so abweisend, dass ich befürchtete, sie würde mich hinauswerfen.

Und tatsächlich deutete sie auf die Tür. »Sorry, Süße, aber in meinem Job ist Diskretion das A und O.«

Ich überlegte, ob ein paar weitere Scheine sie vom Gegenteil überzeugen könnten. Aber gewiss hatte sie mehr Geld auf dem Konto als ich.

»Weiß eigentlich das Gewerbeaufsichtsamt, was Sie hier machen?«, fragte ich also.

»Willst du mich erpressen?«

»Selbstverständlich.« Kalt musterte ich sie. »In meinem Job sind Auskünfte aus erster Hand nämlich das A und O, und dafür ist mir jedes Mittel recht. Ihre Infos behandle ich übrigens hundertprozentig vertraulich.«

In ihrem Gesicht arbeitete es in einem fort. Gleich hatte ich sie so weit. Also setzte ich noch einen drauf und fragte, wem sie lieber Rede und Antwort stehen wolle – mir oder der Polizei.

»Okay, aber dann gehen wir rüber«, sagte sie mit feindseligem Blick und steckte das leicht verdiente Geld in den Träger ihres BHs. »Der Schweinebraten ist noch im Rohr, und ich meine fast, ich habe die Temperatur nicht runtergedreht.«

Flink verließ Anja den Raum, ich folgte ihr.

In der Diele machte sie sich an einer der Schranktüren zu schaffen. Ihre Laszivität war wie weggeblasen, sie bewegte sich jetzt so frei und entspannt, als hätte sie meine Anwesenheit komplett vergessen. Ungeniert zog sie das Negligé und die Seidenunterwäsche aus und hängte alles in den Schrank, in dem ich eine große Auswahl an Dessous in den verschiedensten Farben und

Formen sah. Sie holte einen einfachen Baumwollslip heraus, Jeans und ein Shirt mit unleserlichem Aufdruck, schlüpfte hinein und öffnete die verschlossene Tür.

Das längliche Zimmer, das dahinter zum Vorschein kam, war etwa dreißig Quadratmeter groß und erinnerte in nichts daran, dass sich nebenan eine Arbeitsstätte aus dem ältesten Gewerbe der Menschheit befand. Eine zweckmäßig eingerichtete Kochnische in hellem Braun, davor eine Theke mit zwei Barhockern, gegenüber ein Dreisitzer mit Leinenkissen, alles in Pastellfarben. Außerdem ein raumhohes Regal voller DVDs, ein Flachbildfernseher und ein moderner PC, vor dem Balkon große Topfpflanzen mit wucherndem Grün. In der hinteren Ecke des Raumes gab es sogar ein kleines Fitnessstudio, bestehend aus Laufband, Crosstrainer und zwei Racks mit Plastikhanteln in verschiedenen Größen, mittendrin ein aufgeklapptes Bügelbrett mit Bügeleisen und ein Korb voller Wäsche.

Der Bratenduft war nun sehr deutlich. Anja nahm eine Schöpfkelle vom Haken und öffnete die Herdklappe. Prüfend blickte sie auf das in einem irdenen Reindl vor sich hin brutzelnde Fleischstück, das eine verlockend aussehende Kruste zierte, und begoss die ganze Pracht mit Bratensaft.

»Während wir quatschen, kann ich meine Hausarbeiten erledigen«, erklärte Anja, die nun wie eine ganz normale Frau von nebenan wirkte. »Wenn ich keine Termine habe, bereite ich normalerweise das Abendessen vor oder mache die Bügelwäsche, die bleibt daheim sonst eh nur liegen.«

Ihre Feindseligkeit war wie weggeblasen. Sie schien nicht nur in ein anderes Zimmer geschlüpft zu sein, sondern auch in eine andere Rolle.

»Sie wohnen gar nicht hier?«

»Nein, das Appartement habe ich nur für berufliche Zwecke. Und auch erst, seit meine Omi gestorben ist, letztes Jahr im August. Die Lage hier ist optimal. Eigentlich wohne ich in Weiden. Bei der Entfernung ist es ziemlich unwahrscheinlich, dass irgendwer einen Termin bei mir will, der mich von daheim kennt.«

Mit schnellen Bewegungen goss sie ein Glas Cola für mich

ein – »Ist Zero okay?« – und stellte es auf die Theke, neben zwei Smartphones mit angebissenen Äpfelchen und ein Notebook derselben Marke.

Ich setzte mich auf einen der Hocker und sah ihr zu, wie sie ein blassgelbes Herrenhemd auf dem Brett ausbreitete.

»Die Dany hat mich drauf gebracht, meine beste Freundin.« Sie drehte an einem Rädchen am Bügeleisen. »Die hat mir auch erklärt, wie man mit den Kunden quatscht und das alles, eine Gratis-Schulung sozusagen. Der Job ist echt abwechslungsreich, man trifft die unterschiedlichsten Leute. Megaverklemmt bis echt geil drauf, Party machen oder schräge Wünsche, viele wollen's aber auch nur ganz lieb, am Ende bisschen kuscheln und eine rauchen. Und die Kohle ist einfach mega. Seit ich hier arbeite, können wir uns die genialsten Urlaube ever leisten.«

Ich fragte, ob sie denn nie Angst hätte. Schließlich wusste man nie, wie ein Fremder reagierte, wenn man allein mit ihm war.

»Nö, echt nicht, meine Kunden sind so was von harmlos. Auch die Kerle, die auf harten Sado stehen, sind nach dem Job wieder so fromm wie die aus dem Priesterseminar.« Anja kicherte. »Die Sorte kommt auch immer mal wieder, hier in der braven Bischofsstadt, aber die meisten sind alles andere als fromm, kann ich Ihnen sagen.«

Ich trank einen Schluck Cola. Anja strich das Hemd glatt und nahm das dampfende Bügeleisen zur Hand.

»Der Rudi, das ist mein Mann, findet meinen neuen Job übrigens voll okay. So viel hab ich im Büro nicht verdient, nicht mal annähernd. Außerdem arbeite ich ja immer nur tagsüber, wenn unsere Kleine in der Krippe ist.«

»Bei Herrn Fabek waren Sie aber am Abend des Rosenmontags, soweit ich weiß.«

»Ja klar, wenn ein Kunde es unbedingt so will, klappt das schon irgendwie. Dann übernimmt eben der Rudi das Gutenachtlied-Singen und Ins-Bett-Bringen.«

Den Job bei Marius Fabek hatte ihr Tamara vermittelt, eine Kollegin, der sie schon öfter beim Gesundheitsamt begegnet war. Dort ließ Anja regelmäßig einen Aids-Test machen. Einmal hatten die beiden überlegt, gemeinsam einen Escort-Service aufzuziehen. Tamara, die in ihrem Heimatland Kosovo zur Prostitution gezwungen worden war und nach ihrer Flucht nach Deutschland in einem Billigbordell gearbeitet hatte, wollte endlich auf eigenen Beinen stehen, unabhängig von Zuhältern und Puffmüttern, die sie ausplünderten. Auch Anja hatte schon hin und wieder mit dieser Möglichkeit geliebäugelt.

»Dann hat Herr Fabek Sie also nicht im Internet ausfindig gemacht?«

»Nein, wie gesagt, es war Tamaras Idee. Sie hat gemeint, der Marius ist genau der Richtige für den Einstieg und die Kohle sowieso der Hammer. Ich hab sie abgeholt, und um acht waren wir dann bei ihm in Bad Abbach.«

»War Herr Fabek allein?«

»Ja. Früher ist seine Frau noch mit dabei gewesen, hat mir die Tamara erzählt. Aber die hatte wohl keinen Bock mehr. Ganz ehrlich, ich kann das gut verstehen. Ich würde doch auch nicht wollen, dass der Rudi mit 'ner anderen vögelt und ich muss mitmachen. Ganz zu schweigen von dem, woran der Marius sich sonst noch so aufgegeilt hat.«

»Fällt das unter Ihr Berufsgeheimnis, oder können Sie ein bisschen mehr ins Detail gehen?«

Sie machte eine saloppe Geste, während sie mit geübten Griffen das Hemd bügelte.

»Erst hatten die Tamara und ich miteinander Sex. War zwar das erste Mal für mich, also mit einer Kollegin, ist aber üblich, wenn man zu zweit gebucht wird. Dann Sex zu dritt und am Ende ein Blowjob, dazwischen bisschen Sadomaso.« Mit der Linken rieb sie Daumen, Zeige- und Mittelfinger aneinander. »Für das, was mir der Marius bezahlt hat, muss ich sonst eine Woche lang arbeiten. Er hat auch immer brav aufgehört, wenn's wirklich mal zu heftig geworden ist. Die Tamara war, glaube ich, trotzdem ziemlich froh, dass er mich mehr rangenommen hat als sie. Die hat auf den keinen Bock mehr, ist mir zumindest so vorgekommen.«

Das Hemd kam auf einen Kleiderbügel und das nächste Wäschestück aufs Brett. Eine blütenweiße Damenbluse mit adrettem Kragen, die gewiss nicht zu Anjas Berufskleidung zählte.

»War irgendetwas Besonderes an dem Abend?«

»Nö, was denn?«

»Haben Sie Alkohol getrunken? Oder irgendwas eingeworfen?«

»Ich nehm nichts, echt nie, der Job ist anstrengend genug. Und fürs Aussehen ist dieses Dreckszeug sowieso megaübel, und das ist doch mein Kapital. Auch beim Alk halte ich mich zurück. Vom Champagner habe ich ein Gläschen getrunken, okay. Aber wirklich nur eins, ich musste ja auch noch fahren.«

»Und Tamara?«

»Die säuft alles, am liebsten Wodka. Sie hat mit dem Marius um die Wette getrunken, aber Koks oder so was hatte der nicht da. Warum wollen Sie das alles eigentlich wissen?«

»Herr Fabek behauptet, er hätte den ganzen nächsten Tag geschlafen. Außerdem hatte er Kopfschmerzen und musste sich übergeben. Das klingt so, als hätte ihm jemand etwas ins Glas getan, und dafür kommt nur eine von Ihnen beiden in Frage.«

»Äh, wie?« Anja runzelte die Augenbrauen und stellte das Bügeleisen zur Seite. »Und was soll das gewesen sein?«

»K.-o.-Tropfen.«

»Spinnt der jetzt komplett?« Entrüstet stemmte sie eine Hand in die Taille und sah mich so erbost an, als hätte ich ihren Kopf in ein Becken mit eiskaltem Wasser getaucht. »Was erzählt 'n der für 'n Scheiß?«

Sie bedachte Marius Fabek mit so deftigen Schimpfworten und war so aufgebracht, dass ich keinen Zweifel daran hatte: Diese Anschuldigung war ihr neu.

»Wäre es möglich, dass Ihre Kollegin ihm das Schlafmittel verabreicht hat?«

Das hielt Anja für unwahrscheinlich, ihr war nichts dergleichen aufgefallen. Sie und Tamara hätten eigentlich bis zwölf bleiben sollen, waren aber schon um Viertel nach elf gegangen.

»Mittendrin ist der Marius nämlich eingepennt. War aber kein Wunder – bei dem vielen Whiskey, den der intus hatte.«

»Und wie war das mit dem Geld? Er hat ja wohl bar bezahlt?«

»Aber klar doch. Er hatte die Euros schon abgezählt in seinem Geldbeutel stecken.«

»Wo war das Portemonnaie?«

»Auf dem Nachtkästchen, gleich neben dem Bett.«

Ein Telefon läutete.

Anja – ihren richtigen Namen hatte sie mir noch immer nicht verraten – nahm eines der beiden Smartphones von der Theke. Nach einem prüfenden Blick auf das Display fuhr sie mit dem rechten Zeigefinger darüber und schnurrte ihr sirenenhaftes »Hallooo?« in den Apparat. Sie lauschte, nannte ihre Konditionen – »Eine volle Stunde? Okay, macht zweihundertachtzig« – und ihre Adresse und verabschiedete sich mit einem eindeutigen: »Bin schon megageil auf dich, mein Süßer.«

»Die Pflicht ruft«, sagte sie, nachdem sie das Telefonat beendet hatte. »Aber Ihre Zeit ist sowieso rum. Und kein Ton an die Bullerei, okay?«

Ich nickte, leerte das Glas, bedankte mich für ihre Auskünfte und folgte ihr in die Diele.

Während Anja sich wieder ungeniert vor meinen Augen umzog, fragte ich sie, wo Tamara wohnte. Sie nannte mir eine Anschrift in Neutraubling.

»Die Tamara macht den Job hauptberuflich, immer nur nach telefonischer Absprache.« Sie schlüpfte in einen schwarzen Hauch von Nichts. »Sagen Sie ihr, dass Sie die Adresse von mir haben. Sonst lässt sie Sie nicht rein.«

»Eines würde mich noch interessieren«, sagte ich, als ich schon an der Tür war. »Was sagt Ihr Mann eigentlich zu Ihren roten Striemen?«

»Gar nichts.« Sie grinste. »Wenn der Rudi in der richtigen Stimmung ist, nimmt er mich so hart ran, dass ich danach auch kein ausgeschnittenes Top mehr anziehen kann.«

22

Das Mehrparteienhaus, dessen Adresse Anja mir genannt hatte, lag in der Posener Straße, mitten in Neutraubling. Das Gebäude, ein schlammbrauner Betonbau mit hässlich aschgrauen Elementen, stammte aus den Siebzigern des vorigen Jahrhunderts und war zwischen einem topmodernen Ärztehaus und einem Einkaufsmarkt eingequetscht, auf dessen Parkplatz ein ständiges Kommen und Gehen herrschte.

Ich parkte den Wagen auf dem letzten freien Platz vor dem tristen Wohnblock und ging über einen gepflasterten Hof auf das sechsstöckige Haus zu.

Irgendwo zwitscherte ein Vogel so übermütig, als wäre schon Frühling. Das vielversprechende Morgenrot war im Laufe des Vormittags einem dunstigen weißlichen Blau gewichen, auf dem sich die Sonne als blasse Scheibe abzeichnete.

Am Eingang studierte ich die schätzungsweise fünfzig Klingelschilder und wurde bald fündig. Tamara hieß offenbar wirklich Tamara, ihr Nachname lautete Belic.

Ich läutete.

Niemand meldete sich.

Nach dem sechsten oder siebten erfolglosen Versuch klingelte ich bei einem Nachbarn namens Bäcker, dann bei einem J. Tarassow, anschließend bei einem Herrn oder einer Frau Wang. Nirgendwo eine Reaktion.

Bei M. Grabinski schließlich erntete ich immerhin ein »Verpiss dich, Arschloch!«.

Ein winziger Mann in gebückter Haltung schnaufte die Stufen vor dem Eingang hoch und drängte sich neben mich. Um die eine Hand hatte er eine Hundeleine geschlungen, in der anderen trug er zwei prall gefüllte Papiertüten, die er schwer atmend abstellte. Umständlich nahm er seine Brille ab und fummelte in den Taschen seines viel zu dünnen Mantels herum.

»Herrgott«, nuschelte er, während sein schmutzig weißer,

ebenfalls schon in die Jahre gekommener Pudel geduldig wartete. »Wo habe ich bloß wieder den Schlüssel?«

»Entschuldigen Sie bitte«, sprach ich ihn an. »Ich möchte zu Frau Belic. Wissen Sie vielleicht, wann sie zu Hause ist?«

»Sie sind heut schon die Zweite, die mich das fragt.« Erleichtert zog er einen klimpernden Schlüsselbund hervor. »Vor einer Stunde, da bin ich grade mit dem Hölderlin los, war nämlich schon einer da. Der hat sich vielleicht aufgeregt, als er gehört hat, dass die Belic letzte Woche ausgezogen ist. Ihre Möbel hat sie zwar dagelassen, aber meine Frau meint auch – die sehen wir hier nicht mehr wieder.«

Er kratzte sich am Handgelenk, seine Haut war von Altersflecken übersät. Der kleine Hund mit dem Namen des großen Dichters betrachtete mich aufmerksam, gab jedoch keinen Muckser von sich, während sein Herrchen überlegte, ob es am Mittwoch- oder vielleicht doch eher am Dienstagmorgen der vergangenen Woche gewesen sei, als ein zwielichtig aussehender Mann Tamara Belics viele Taschen und Koffer zu seinem riesigen weißen SUV geschleppt hatte. Die beiden hätten es so eilig gehabt, dass sie sogar ein aus einer Tüte gerutschtes Paar Schuhe liegen ließen.

»Dieser Mann, der heute nach Frau Belic gefragt hat – wie hat der ausgesehen?«

»Ein feiner Pinkel ist das gewesen, in Hemd und Anzughose und so braun gebrannt, als ob er grade aus der Karibik gekommen wäre oder wo die jungen Leute heutzutage überall hinfahren. Aber sonst hat er zum Fürchten ausgesehen, das Gesicht, Herrgott, und dieser irre Ausdruck in den Augen – gleich geht mir der an die Gurgel, hab ich gedacht.«

Unwirsch fuhr er sich über die dichten Brauen, die in der Mitte zusammengewachsen waren, und tippte sich mit unmissverständlicher Miene an den Kopf. Die Beschreibung passte perfekt auf Marius Fabek. Das Auto des Mannes beschrieb der alte Mann als einen Sportwagen in Dunkelblau, vielleicht ein Jaguar.

»Als der gehört hat, dass die Belic nicht mehr hier wohnt, hat er herumgeschrien wie ein Verrückter.« Er sah mich aus seinen verwaschenen Augen an und steckte den Schlüssel ins Schloss, ohne ihn jedoch umzudrehen. »Er muss unbedingt mit ihr reden, hat er gesagt, sein Leben hängt davon ab – Herrgott, haben Sie so was schon mal gehört? Ich habe überlegt, ob ich nicht die Polizei anrufen soll. Aber dann ist er zum Glück wieder davon.«

Der Hund jaulte nun doch zum Herzerweichen und legte sich resigniert auf den ausgefransten Vorleger. Drüben auf dem Parkplatz wurde gehupt, ein Einkaufswagen rollte scheppernd vorüber.

»Freundlich gegrüßt hat sie ja immer, die Belic, da kann man nichts sagen. Trotzdem gehört so was nicht in ein Wohnhaus, da hat meine Frau schon recht.« Schwerfällig bückte sich der alte Mann und kraulte seinen Hölderlin am Kopf. »Früher hätte es so was nicht gegeben, da hätte die Hausverwaltung sich eingeschaltet. Erst schon mal wegen dem vielen Besuch, Herrenbesuch natürlich, oft spätnachts. Aber seit sie vor einem Jahr alles an diese neue Immobilienfirma verkauft haben, kümmert sich hier keiner mehr um irgendwas und ...«

»Dieser Mann, der Frau Belic mit ihrem Gepäck geholfen hat«, unterbrach ich seinen Redefluss. »Haben Sie den gekannt?«

»Natürlich, der war schon öfter hier. Ihr Cousin, hat sie gesagt, war ja auch so ein südländischer Typ, und aus dem Kosovo ist er wohl ebenfalls gekommen. Kein Wort hat man verstanden, wenn die sich unterhalten haben. Finden Sie das in Ordnung, wenn bei uns nur noch ausländisch gesprochen wird? Und dann überall die Flüchtlinge mit ihren verschleierten Frauen, die brennenden Asylantenheime und dieser Pöbel, der auf offener Straße unsere Politiker beschimpft? Hätten Sie so was für möglich gehalten, in einem Land mit unserer Vergangenheit?«

Tamara Belics Begleiter habe sein dunkles Haar nach der zurzeit bei manchen jungen Männern beliebten Mode getragen, erzählte der alte Mann weiter: das Haupthaar lang, die Seiten abrasiert. Jung sei der Kosovare allerdings nicht mehr gewesen, sondern schon jenseits der vierzig und somit mindestens doppelt so alt wie seine angebliche Cousine. Am Hals habe er eine auffällige Tätowierung gehabt, einen Vogelkopf.

Der alte Mann drehte nun doch den Schlüssel, stemmte die

schwere Glastür mit der Schulter auf und hievte eine Tüte mit rasselndem Atem ins Hausinnere.

Ich nahm sie ihm ab, griff nach der zweiten und trug beide zum Aufzug. Der Mann folgte mir und bedankte sich mehrmals. Nun setzte sich auch der kleine Hölderlin, der längst mit dem Gejaule aufgehört und sich eifrig die Pfoten geleckt hatte, in Bewegung und trottete uns schwanzwedelnd hinterher.

Mit zittrigen Fingern drückte sein Herrchen auf den Aufzugknopf. Der Lift kam prompt, die Türen glitten mit einem blechernen »Ding-Dong« auseinander. Ich trug die Tüten in die Kabine.

»Übrigens habe ich nichts gegen Ausländer, wirklich nicht«, sagte der alte Mann, als ich den Aufzug verließ. »Die Al Shaars aus dem Fünften, das sind nämlich auch Flüchtlinge, aus Syrien, eine nette Familie ist das. Aber die bemühen sich wenigstens, Deutsch zu lernen, und tätowiert ist von denen bestimmt keiner.«

Wieder der blecherne Ton, die Lifttüren schlossen sich.

»Ein Raubvogel ist das gewesen, die Tätowierung, ein Adler oder Geier, riesengroß und mit weit aufgerissenem Schnabel«, sagte er noch. »Herrgott, so einem möchte man nicht im Dunkeln begegnen.«

Als ich wieder draußen stand, zog ich das Handy aus der Tasche und drückte auf die Wahlwiederholung. Natürlich musste ich Paolo informieren. Zuerst aber wollte ich Anja warnen. Wenn Marius Fabek heute schon versucht hatte, mit ihrer Kollegin zu sprechen, dann würde er bald auch an Anjas Tür klopfen.

Es tutete.

Anstelle von Anjas lang gezogenem »Halloooo« hörte ich ein vorsichtiges »Wer ist da?«.

»Anna di Santosa, ich war vor etwa einer halben Stunde bei Ihnen. Hören Sie, falls Marius Fabek bei Ihnen auftaucht …«

»Der war schon da.« Ein abgrundtiefer Seufzer. »Total ausgerastet ist der, geschlagen hat er mich und gewürgt, dieses Mal aber nicht zum Spaß, und gebrüllt hat er, komplett durchgedreht.«

»Sind Sie verletzt?«

»Bloß ein paar Kratzer und blaue Flecke, aber ich hab echt gedacht, der bringt mich um.« Sie atmete schwer. »Dauernd hat er was von einer Verschwörung gefaselt und wo zur Hölle die Tamara steckt. Woher soll ich das wissen?« Mit jedem Wort wurde ihre Stimme aufgebrachter. »Zum Glück hat der Herr Kasem das Geschrei gehört, ein Nachbar. Der ist dazwischen, die Tür war ja noch offen, und dann ist dieser Scheißwichser abgehauen.«

Der angebliche Kunde, der während meines Besuchs bei ihr angerufen hatte, war Marius Fabek mit verstellter Stimme gewesen. Am Rosenmontag hatte sie ihm eine Visitenkarte mit ihrer Telefonnummer in den Geldbeutel gesteckt. Anja hatte nicht schlecht gestaunt, als er plötzlich in der Tür stand. Er war sofort auf sie losgegangen.

»Haben Sie schon die Polizei verständigt?«

»Aber ganz bestimmt nicht!«, schnappte sie. »Wenn die nachbohren, warum ich keine … Nein, das geht echt gar nicht.«

Ich gab ihr Paolos Durchwahlnummer und versicherte ihr, dass nur ihre Zeugenaussage für ihn wichtig sei und nicht, ob sie ihr Gewerbe ordnungsgemäß angemeldet hatte. Doch auch nach langem Hin und Her wollte sie mir nicht versprechen, sich bei ihm zu melden.

Immerhin konnte ich sie dazu überreden, einen Arzt aufzusuchen. Und ihre Dienstwohnung zu meiden, solange Marius Fabek auf freiem Fuß war.

***

»Diese Tamara ist mit Sicherheit über alle Berge«, sagte Paolo zehn Minuten später am anderen Ende der Leitung.

Ich saß wieder im Wagen und hatte ihm von Marius Fabeks Angriff auf Anja berichtet, ohne jedoch die Adresse ihres Etablissements zu verraten. Sie wollte keine Anzeige gegen den durchgedrehten Verleger erstatten, und ich musste ihre Entscheidung natürlich respektieren. Dennoch musste Paolo wissen, was vorgefallen war. Über kurz oder lang würde er sie ohnehin aufspüren.

»Ich denke nicht, dass Tamara wieder im Kosovo ist«, erwiderte ich. »Sie ist von dort geflohen. Bestimmt sucht sie hier im Westen irgendwo Unterschlupf.«

»Ich kapier nicht, wieso ausgerechnet eine Nutte hinter allem stecken soll. Bisher sehe ich überhaupt keine Verbindung zwischen ihr und Jakobi.«

Paolo klang schon wieder ganz gesund. Ich sparte mir die Frage, ob er sich an Maximilians Anweisungen gehalten hatte. Ich hatte ihn auf seiner Mobilnummer angerufen, vermutlich saß er längst wieder im Büro.

Trotz seiner Bedenken wollte Paolo nach Tamara Belic fahnden lassen. Ihr zwielichtiger Begleiter kam zwar nicht als Marius Fabeks Doppelgänger in Frage, und es konnte auch ein Zufall sein, dass die beiden so bald nach dessen angeblicher Fahrt in den Süden abgetaucht waren. Aber vielleicht hatte sie in der Nacht bei Marius Fabek etwas beobachtet, was für Paolos Ermittlungen wichtig war.

Auch die Suche nach Marius Fabek würde Paolo intensivieren. Noch während wir telefonierten, leitete er alles Nötige für eine von Regensburg ausgehende Ringfahndung in die Wege. Die Streife war schon bei der Skihütte an der Rusel gewesen. Die Beamten hatten dort weder jemanden angetroffen noch ein Auto gesehen. Auch sonst hatte die Hütte einen unbewohnten Eindruck gemacht.

Während der ganzen Fahrt nach Amberg zerbrach ich mir den Kopf darüber, welche Verbindung es zwischen Danilo Jakobi und Tamara Belic geben konnte. Der Gedanke, dass ein Mann wie er, dem die Frauenwelt zu Füßen lag, ihre sexuellen Dienste in Anspruch genommen hätte, erschien mir absurd. Vielleicht hatte sie während eines ihrer Besuche bei den Fabeks etwas aufgeschnappt, vielleicht hatte das Verlegerpaar Danilo Jakobis Namen erwähnt. Laut Anjas Aussage hatte ihre Kollegin genug gehabt von Marius Fabeks schmerzhaften Sexspielchen. War er irgendwann einmal zu weit gegangen? Wollte sie sich an ihm rächen?

Tamara Belic hätte den Doppelgänger engagieren müssen. Jemanden, der nicht nur Marius Fabek zum Verwechseln ähnlich sah, sondern außerdem bereit war, Danilo Jakobi zu beseitigen und die falschen Spuren in Ligurien zu platzieren. Ein kostspieliges und nicht nur logistisch sehr anspruchsvolles Unterfangen. Paolo hatte recht: Auch mir erschien es unwahrscheinlich, dass eine Prostituierte aus dem Kosovo über das für eine solche Aktion nötige Know-how verfügte. Sie musste Hilfe gehabt haben. Steckte ihr ominöser Begleiter hinter allem?

In jedem Fall war ich überzeugt davon, dass Marius Fabek nicht der Schuldige war, nun mehr denn je. Erstens hätte ein Mensch mit seiner Intelligenz nicht so viele dumme Fehler gemacht. Und zweitens wäre er nach dem exzessiven Whiskeykonsum gar mehr in der Lage gewesen, sich ins Auto zu setzen und eine so weite Fahrt zu überstehen.

Oder war das nur ein Trick gewesen? Hatte er keinen Alkohol, sondern nur kalten Tee getrunken? Und war alles andere – die vielen Spuren, der Angriff auf seine Frau, die Attacke gegen den Journalisten, gegen Anja – etwa doch eiskaltes Kalkül gewesen? Hatte er von Anfang an damit gerechnet, dass ihm niemand diese unfassbare Geschichte glauben würde?

23

Das Haus der Jakobis lag heute trostlos und düster vor mir. Alles Bunte, alles Fröhliche, das mir bei meinen früheren Besuchen hier aufgefallen war, wurde vom allgegenwärtigen Nebelgrau dieses nicht enden wollenden Winters verschluckt.

Inzwischen war es halb zwei. Während der Fahrt hatte sich der anfangs nur leichte Dunst am Himmel mit jedem Kilometer mehr verdichtet, bis ich mich in Amberg schließlich im undurchdringlichsten Nebel wiedergefunden hatte. Wehmütig dachte ich an die Sonne Italiens, an das blaue Meer, die frischen Farben.

Dieses Mal hatte ich Cora unterwegs angerufen, um meinen Besuch anzukündigen, und sie endlich einmal auf Anhieb erreicht. Meine Frage, warum sie bisher nicht auf meine Anrufe von gestern reagiert habe, hatte sie nicht beantwortet.

In der Allee vor dem Haus der Jakobis lungerten zwei Gestalten mit gezückten Handys herum, die ich für Reporter hielt. Ein Mann telefonierte, der andere sprach mit einem jungen Burschen in Parka und Arbeitshose, der vor einem wenige Meter hangabwärts liegenden Anwesen auf einem Anhänger hantierte, zwischen einem Sandhaufen und aufeinandergestapelten Betonplatten. Ein zweiter Mann in Arbeitskleidung schaufelte Sand in die Garageneinfahrt.

Wieder parkte ich den Wagen vor der Kreuzwegstation. Ich stieg aus, läutete kurz am nur angelehnten Gartentor der Jakobis, betrat das Grundstück und schloss das Tor hinter mir. Als ich die wenigen Stufen zur Veranda hinaufstieg, wurde schon die Tür aufgerissen.

Lissy stand vor mir, heute nicht im Schlafanzug, sondern in einem kurzen Rock. Zitronengelbe Streifen auf lila Grund, darunter kamen knallrote Jeggins zum Vorschein, ein schreiend bunt gemustertes Shirt aus beängstigend dünner Baumwolle rundete das Farbenpotpourri ab. Ihr schmales Gesichtchen wirkte nicht mehr so eingefallen wie vorgestern, auch die großen hellbraunen Augen hatten ihren Glanz zurückgewonnen und betrachteten mich neugierig.

»Die Mama ist beim Töpfern.« Mit ausgestrecktem Zeigefinger wies sie hinter sich in eine unbestimmte Richtung, blickte dann zu Boden. »Ich muss mich entschuldigen, hat die Mama gesagt. Gestern war ich so megafertig, bin echt nicht hochgekommen, als Sie an der Tür geläutet haben, und die Mama war gerade bei der Gerlinde. Also – sorry, tut mir echt leid. Okay?«

»Okay.« Ich reichte ihr die Hand. »Ich bin übrigens Anna. Geht's dir heute besser?«

Nun nickte sie, packte unerwartet kräftig zu und schüttelte lang und ausgiebig meine Hand.

»Du warst neulich schon mal da«, sagte sie mit ernster Miene, als sie meine Rechte endlich wieder losließ, und begutachtete mich von oben bis unten. »Die Mama hat gesagt, du suchst Danilo. Hast du ihn gefunden?«

»Bisher leider noch nicht.«

»Dann streng dich mal an«, sagte sie im Ton eines Erwachsenen, der ein Kind zurechtweist. »Wenn man sich nicht anstrengt, kommt man nicht weit im Leben.«

Ich verkniff mir ein Lachen. »Wer sagt das?«

»Danilo.« Sie versuchte, ihren kurzen Rock nach unten zu ziehen, ein hoffnungsloses Unterfangen. »›Man muss nehmen, was man kriegt‹, das ist auch so ein Spruch von ihm, ›vielleicht fliegt es ja nie wieder vorbei‹. Er weiß viele Sprüche. Und viele Geschichten.« Mit einer Schulter stützte sie sich jetzt am Türrahmen ab, balancierte auf einem Fuß. »Seine Geschichten fehlen mir. Er selbst gar nicht.«

»Und warum nicht?«

»Weil die Mama lauter tolle Sachen mit mir macht, wenn er nicht da ist. Und überhaupt ist sie dann ganz anders.«

»Wie denn?«

Lissy senkte den Kopf, musste husten. Der Husten klang rau und tief, er schüttelte den ganzen kleinen Körper. Als der Anfall vorbei war, stützte sie sich mit beiden Händen am Türrahmen ab, wippte vor und zurück, sah mich erneut an, nun noch aufmerksamer, und versperrte mir weiterhin den Weg.

»Ist das eigentlich spannend?«, fragte sie, ohne auf meine Frage einzugehen.

»Was denn?«

»So als Privatdetektivin?«

»Manchmal schon.«

»Verdienst du viel Geld?«

»Nicht irrsinnig viel, aber es ist ganz okay. Warum willst du das wissen?«

»Weil ich später einen Beruf brauche, mit dem man viel Geld verdient.«

»Wer sagt das?«

»Auch Danilo.« Ihr Gesicht verdüsterte sich, aber nur kurz. »Übrigens habe ich heute eine Vase gemacht, ganz allein. Die ist megacool geworden. Willst du sie sehen?«

Endlich ließ Lissy mich eintreten und hüpfte mir voraus bis zur Küche, wo sie mir voller Stolz ihre handgetöpferte Vase zeigte. Ein in sich verwobenes Blütenmuster, das mich an die Kunstwerke ihrer Mutter erinnerte, jedoch in sehr eigenwilligen Neonfarben.

Während ich ihre Arbeit lobte, setzte meine kleine Gastgeberin Wasser auf. Geschäftig klapperte sie mit Tassen und Kannen und legte Holzscheite im Kamin nach. Dann schnitt sie mir ein Stück des frisch gebackenen Marmorkuchens ab, der auf einer Anrichte stand, und erzählte mir aufgeregt von der für morgen geplanten Pyjama-Party. Zum Glück müsse sie die Feier nun doch nicht absagen, Siggy, Mia, Conny und Romina würden kommen, ihre vier allerbesten Freundinnen. Kurz quälte sie ein weiterer Hustenanfall, ansonsten aber wirkte sie schon fast wieder gesund.

Während ich den Kuchen kostete, er schmeckte wunderbar luftig und nicht zu süß, läutete es an der Tür. Kurz darauf erschien Cora, in Begleitung eines Mädchens, das ein, zwei Jahre älter war als ihre Tochter.

Lissy und Conny, allerbeste Freundin Nummer drei, fielen sich quiekend um den Hals. Mit hochgezogenen Beinen quetschten sie sich eng nebeneinander auf die Eckbank, wischten betont lässig auf ihren Smartphones herum und versuchten, möglichst viel von der Unterhaltung zwischen Lissys Mutter und der geheimnisvollen Privatdetektivin aufzuschnappen, die aufgrund der Anwesenheit der Mädchen nur zögernd begann. Schon nach wenigen Minuten verloren sie jedoch das Interesse, steckten kichernd die Köpfe zusammen und stahlen sich hinaus, jede mit einem mit Kuchen beladenen Teller in der Hand.

Als Cora und ich allein waren, erzählte ich ihr von dem ausgebrannten Bauernhaus bei Genua und den dort entdeckten Fundstücken.

Sie wurde leichenblass, offenbar war die Polizei noch nicht hier gewesen. Lange sagte sie kein Wort, sondern starrte nur blicklos an mir vorbei. Schließlich nickte sie, ergeben in ihr Schicksal, atmete tief durch und sah mich an. In ihren Augen lag tiefe Trauer.

»Sie sagten, es sei noch mehr passiert?«, fragte sie mit brüchiger Stimme.

In Kurzform berichtete ich ihr von den jüngsten Vorfällen in Bad Abbach, die ihr augenscheinlich nicht neu waren, sowie in Regensburg und Neutraubling. Es war offensichtlich, dass sie weder Anjas noch Tamara Belics Namen kannte.

»Das passt gar nicht zu Marius«, sagte sie tonlos, nachdem ich geendet hatte. »Gar nichts passt. Ich meine, warum sollte er Doreen angreifen – *seine* Doreen? Und dann noch diese Frau, diese Prostituierte? So ist er doch nicht, nein, er würde doch nie …«

»Frau Jakobi.« Ich stellte die Tasse mit Schwarztee und Milch ab, die Lissy mir vorhin hingestellt hatte. »Kann es sein, dass Sie ein völlig falsches Bild von Herrn Fabek haben?«

Cora sprang auf, warf mir einen flammenden Blick zu, marschierte quer durch den Raum, kam wieder zurück.

»Für mich ist das alles vollkommen surreal«, sagte sie aufgebracht, während sie weiter auf und ab lief. »Nicht nur der plötzliche Hype um Danilo und seine Bücher, jetzt auch noch diese Hetzkampagne gegen Marius. Das ist doch alles einfach nur zum Kotzen!«

Abrupt blieb sie stehen und warf mir einen anklagenden Blick zu. Als wäre ich für die vielen Artikel, Anschuldigungen und Gerüchte in den Medien verantwortlich. Dann lief sie wieder los, tigerte wie gehetzt durch die Küche.

»Ständig rufen irgendwelche Reporter an, läuten an der Tür, fragen nach Danilo, den Vorfällen in Ligurien, nach Marius und dem Verlag und ob ich was weiß. Aber ich weiß doch gar nichts.«

»Ich verstehe Sie, Frau Jakobi, ich finde das alles auch sehr seltsam. Aber wollen Sie mir nicht trotzdem endlich sagen, warum Herr Fabek Ihnen so am Herzen liegt?«

Erneut kam sie zum Stehen, drehte sich nach links, nach rechts, blickte hierhin und dorthin, schien nicht zu wissen, wohin sie sich noch wenden sollte, um mir nur ja nicht in die Augen sehen zu müssen. In ihrem Gesicht arbeitete es unentwegt.

»Frau Jakobi«, sagte ich. »Vielleicht hilft es Ihnen ja.«

Sie sank auf den Stuhl mir gegenüber, vermied aber noch immer jeglichen Blickkontakt, trommelte in einem fiebrigen Rhythmus auf die Tischplatte.

»Ich habe Ihnen doch von dieser Einladung erzählt, vor ein paar Monaten«, sagte sie schließlich leise, und endlich kamen ihre Finger zur Ruhe. »Bei Marius und Doreen, wegen Danilos neuem Roman. Wir haben dann dort übernachtet.«

Ich faltete die Hände und ahnte, was nun kommen würde.

Cora sprang wieder auf, ging zur Tür, die die Mädchen einen Spalt offen gelassen hatten, und schloss sie sorgfältig. Dann kam sie zurück, setzte sich, rutschte auf ihrem Stuhl herum, suchte nach einem Anfang.

»Wir hatten Sex«, brach es schließlich aus ihr hervor. »Marius und ich und Danilo und Doreen.«

»Ein Partnertausch?«, fragte ich sachlich. »Oder jeder mit jedem?«

»Nein, nur ein Tausch. Was heißt nur … Es war unfassbar, so was habe ich noch nie erlebt, einfach nie, ich war … wie von Sinnen.« Überdreht lachte sie, schlug sich die Hand vor den Mund. »Wenn ich früher so was in Büchern gelesen habe – nicht in Danilos Büchern, so etwas hätte er nie geschrieben – jedenfalls habe ich das immer für maßlos übertrieben gehalten. Aber jetzt weiß ich, dass es so etwas wirklich gibt.«

Trotz der geschlossenen Tür hörten wir von oben übermütiges Gelächter und Türenschlagen, ein Handy trillerte. Lissys Stimme ertönte, laut und aufgeregt, offenbar sprach sie mit einer der anderen allerbesten Freundinnen.

»›Sex sells‹, hat Danilo immer gesagt und deshalb grundsätzlich eine Liebesgeschichte eingebaut.« Mit beiden Händen umfasste Cora ihre Tasse, hielt sich daran fest. »Aber das mit Marius – das war ja nicht erfunden, das war echt.« Sie stellte die Tasse ab und machte eine hilflose Geste. »Es war seine Idee. Ich war nicht die Einzige, die an dem Abend zu viel getrunken hatte, und im ersten Moment habe ich gedacht, ich hätte mich verhört. Aber dann hat Doreen sich die Bluse ausgezogen und sich auf Danilos Schoß gesetzt, und Marius hat meine Hand genommen und sie geküsst und …« Verstört hielt sie inne. »Ich verstehe bis heute nicht, warum ich nicht einfach Stopp gesagt habe.«

»Und Ihr Mann?«

»Er hat genauso mitgemacht wie ich. Wir waren wie im Rausch, jeder von uns. Es hat mich überhaupt nicht gestört, dass er und Doreen es im selben Zimmer miteinander getrieben haben wie Marius und ich. Später sind sie dann nach oben, aber das habe ich gar nicht mehr richtig mitbekommen.« Mit der Rechten bedeckte sie die Augen, atmete tief ein und wieder aus. »Ich war so gefangen von dem, was da auf einmal geschieht. Was Marius mit mir macht. Es war …«

Fahrig schob sie die Tasse von sich, legte eine Hand auf den Tisch, spreizte die Finger, starrte einen nach dem anderen an, schließlich mich, mit wilden großen Augen, schien dem Erlebten nachzuspüren, diesen Minuten, die ihr Leben offensichtlich in seinen Grundfesten erschüttert hatten. Auf ihrem Gesicht spiegelten sich die widersprüchlichsten Gefühle wider. Scham, Verwunderung, Hingabe, Abscheu, Verzauberung. Und eine unstillbare Sehnsucht.

»Manchmal träume ich von ihm«, gestand sie schließlich und flüsterte fast dabei. »Er war so völlig anders als Danilo. Er … Ja, er hat mir das Gefühl gegeben, dass ich eine begehrenswerte, eine einmalige Frau bin. Ich kann mich nicht erinnern, wann ich dieses Gefühl zuletzt hatte.«

»Entschuldigen Sie, wenn ich Sie etwas Persönliches frage – war Herr Fabek brutal? Oder pervers?«

»Wie bitte?« Auf ihrem Gesicht zeigte sich ehrliches Erstaunen. »Aber nein, natürlich nicht, wie kommen Sie darauf?« Ein wehmütiges Lächeln huschte über ihr Gesicht, umspielte den linken Mundwinkel, blieb dort hängen, verlor sich. Mit der Zunge fuhr sie sich über die vollen Lippen, die mir mit einem Mal sehr sinnlich erschienen.

»Erst später war es dann anders.« Coras Stimme veränderte sich, wurde rau. »Später hat es mich gestört, nein, richtiggehend fertiggemacht hat es mich. Ständig habe ich versucht, die Bilder zurückzuholen. Aber ich konnte mich nicht mehr erinnern, es war einfach weg.« Sie schluckte. »Das, was Danilo und Doreen miteinander getrieben haben ...« Heftig fuhr sie sich durchs Haar, zerrte so fest an einer Strähne, als wollte sie sie ausreißen. »Nach dieser einen Nacht ist nie wieder etwas gewesen zwischen Marius und mir, wir haben nur ein-, zweimal telefoniert. Bei den beiden anderen bin ich mir allerdings nicht so sicher.«

»Deshalb haben Sie mich also nach Italien geschickt«, sagte ich langsam. »Sie wollten wissen, ob Ihr Mann sich dort mit Frau Fabek trifft.«

Wieder starrte sie ins Leere. »Irgendeinen Grund musste es ja geben, warum er seit dieser Nacht so anders war.« Sie nagte an ihrer Unterlippe. »Zuerst habe ich gedacht, es liegt nur an unseren Finanzen.«

Ich hob die Augenbrauen.

»Ich bin nicht blöd, mir war klar, dass es bei Danilo nicht mehr so gut läuft wie früher.« Unbehaglich räusperte sie sich, trank einen Schluck Tee. »Aber dass es so schlimm ist, hat mich dann doch umgehauen. Danilo hat ja immer alle Bankgeschäfte erledigt. Vor ein paar Monaten habe ich dann zufällig ein paar Kontoauszüge gesehen, die hatte er vergessen wegzuräumen.« Kurz schloss sie die Augen. »Kein einziger Zahlungseingang, nur

Abbuchungen für offene Rechnungen, seit über einem halben Jahr.«

»Haben Sie denn nie über Ihre finanzielle Situation gesprochen?«

»Danilo hat immer gesagt, das sei sein Ressort, in einem guten Team kümmere jeder sich um seinen Bereich. Er mache das Geschäftliche, ich das Haus.«

Halb verlegen, halb stolz blickte sie um sich, betrachtete das von ihr getöpferte Geschirr, den frisch gebackenen Kuchen, von dem schon nur noch die Hälfte übrig war, die selbst gezimmerte Arbeitsplatte, das im Kamin gemütlich vor sich hin knackende Feuer.

»Viele finden das altmodisch, weiß ich ja. Aber ich war so erleichtert, dass Danilo mir so viel abgenommen hat. Als ich ihn kennengelernt habe, war Lissy vier und mein Leben ein Chaos. Ich bin hier zufrieden, ich liebe dieses große alte Haus – es ist mein Zuhause, Lissys Zuhause, hier sind wir glücklich. Das Haus gebe ich nie auf, einfach niemals, und …«

Wieder war Gelächter zu hören, schrill, überdreht, plötzlich ganz nah, die Tür flog auf.

Lissy stand im Türrahmen. Über dem dünnen Shirt trug sie ein kaum dickeres Jäckchen, alles andere als der Jahreszeit angemessen, halbhohe Stiefel und weder Schal noch Mütze. Ein Rucksack baumelte von ihrer Schulter.

»Mama, wir gehen Stadt, einkaufen für Party. Gibst du mir Geld?«

»Hab ich dir schon gegeben. Es heißt übrigens *in die* Stadt und für *die* Party«, erwiderte Cora ruhig. »Und wenn ihr bei diesen Temperaturen mit dem Rad unterwegs seid, dann zieh dir bitte was Wärmeres an. Du hast gerade noch mit hohem Fieber im Bett gelegen.«

Lissy musterte ihre Mutter mit Herablassung, kam näher und baute sich vor ihr auf.

»Mir ist voll warm, ey, und die paar Euros reichen nie im Leben, also echt!«

»Jetzt hör mal, das waren fünfzehn Euro, nein, zwanzig und …«

»Ich hab aber keinen Bock, bei jedem Scheiß-Lutscher und jeder Scheiß-Cola nachzurechnen, ob das Scheiß-Geld noch langt. Alter, voll ätzend, echt ey!«

»Sag mal, wie redest du mit mir?«

Ohne ein weiteres Wort verschwand Lissy wieder, die Tür knallte zu.

Cora starrte ihr nach. Wortlos stand sie auf und folgte ihrer Tochter.

Draußen im Korridor entspann sich ein Wortgefecht, wurde lauter und lauter. Ich konnte nicht alles verstehen, aber dennoch genug. Der Ton wurde zunehmend heftiger, ein böses Wort ergab das andere. Ich musste an so manche Auseinandersetzung mit Vincenzo denken. Diskussionen mit pubertierenden Mädchen schienen allerdings noch um einiges anstrengender zu sein als Diskussionen mit pubertierenden Jungs.

Schließlich flog auch die Haustür mit einem gewaltigen »Rumms« ins Schloss.

Kurz darauf stand Cora wieder im Raum und wusste ganz offensichtlich nicht, wie sie die peinliche Szene kommentieren sollte. Stumm ging sie zu ihrem Platz zurück, das Gesicht puterrot, der Blick abgewandt.

»Teenies sind nun mal so«, versuchte ich sie zu trösten, als sie sich auf ihren Stuhl fallen ließ. »In drei, vier Jahren wird es wieder besser.«

»So ist sie noch nie gewesen«, sagte Cora fassungslos. »Das muss Connys Einfluss sein, ich …«

Die Klingel schrillte, jemand hämmerte gegen die Haustür, aufgeregte Mädchenstimmen.

Mit mühsam beherrschter Miene sprang Cora wieder auf, verschwand erneut im Korridor. Dieses Mal folgte ich ihr und sah gerade noch, wie sie in der Diele die Tür aufriss.

»Warum vergisst du ständig deinen Schlüssel?«, rief sie wütend. »Warum führst du dich auf wie …?«

Mitten im Satz verstummte sie.

Lissy stand vor ihr, mit verstörter Miene, neben ihr Conny, die sich verschreckt an ihre Freundin drückte.

Zwei Räder lagen auf dem Kiesweg, der zum Gartentor führte.

Dahinter stand Marius Fabek.

Er klammerte sich ans geschlossene Tor, rüttelte daran. Sein Gesicht war totenbleich, das Haar wirr, das Hemd hing ihm aus der Hose. In seinen Augen loderten Angst, Verzweiflung, Panik.

»Cora«, schrie er, »du musst mir helfen, ich brauche …!«

Sein Blick fiel auf mich. Mit einem halb wütenden, halb entsetzten Aufschrei machte er kehrt.

Wortlos sprang ich ihm nach.

24

Auf der Rückfahrt nach Regensburg spukte mir immer wieder die Szene vor dem Haus der Jakobis durch den Kopf, die Verfolgungsjagd, die allzu rasch geendet hatte.

Als ich das Gartentor erreicht hatte, war Marius Fabek schon in seinen Wagen gehechtet. In Sekundenschnelle saß auch ich im Auto, doch noch bevor ich wenden konnte, war er bereits außer Sicht gewesen. Er hatte den Jaguar so geparkt, dass er sofort hangabwärts fahren konnte. Die Journalisten waren verschwunden gewesen.

Gerade als ich die Verfolgung endlich aufnehmen konnte, schoben die beiden Arbeiter den Anhänger auf die Straße. Es blieb mir nichts anderes übrig, als fluchend zu warten, bis die Durchfahrt wieder frei war. Marius Fabeks Wagen war natürlich längst außer Sicht gewesen. Trotzdem suchte ich in allen möglichen Richtungen nach ihm, raste den Mariahilfberg hinunter, fuhr in die angrenzenden Seitengassen, auf die Ringstraße. Vergebens.

Noch während meiner Suche informierte ich Paolo, dann kehrte ich zurück zum Anwesen der Jakobis. Lissy beruhigte sich erst, als ihre Mutter ihr versicherte, dieser wilde und zornige Mann, der sie und ihre Freundin so erschreckt hatte, würde sie nicht mehr belästigen. Die Einkäufe für die Pyjama-Party wollten sie später gemeinsam erledigen.

Und nun, da ich auf der B 85 hinter einem Lkw herzuckelte, überlegte ich unentwegt, ob Cora mir gegenüber wirklich ehrlich gewesen war. Angeblich hatte sie sich nicht erklären können, was Marius Fabek von ihr wollte. Aber mir war klar, dass er einen Unterschlupf brauchte. Vielleicht auch Geld oder einen Plan, wie er der Polizei entkommen konnte.

Wie hätte sie sich verhalten, wenn ich nicht vor Ort gewesen wäre? Hätte sie ihn versteckt, ihm einen Unterschlupf gewährt? Oder für ihn die Polizei belogen? Für diesen Mann, der vielleicht doch ihren Gatten getötet hatte und nach dem sie sich immer noch so sehr sehnte?

***

Von dem Anschlag auf Cora erfuhr ich erst, als alles schon vorbei war.

Es war gerade halb sechs am Nachmittag, ich schon eine Weile zu Hause und Vincenzo in seinem Zimmer, in dem es bei meiner Rückkehr verdächtig gerochen hatte. Nach einem Abstecher in den Supermarkt hatte ich ihn auf dem Bett liegend vorgefunden, wo er seiner momentanen Lieblingsbeschäftigung nachging, vor sich auf dem Kopfkissen Danilo Jakobis »Drachenmann«.

Er war so vertieft in seine Lektüre gewesen, dass er keine einzige meiner Fragen beantwortete. Wo er das Buch nun doch so schnell aufgetrieben hatte, wie die Nachhilfe gewesen war, ob es Neuigkeiten aus der Schule gab – all das musste warten. Nur meine letzte Frage, woher der seltsame Geruch stamme, quittierte er mit einer ungeduldigen Kopfbewegung zum Fenstersims: Räucherstäbchen.

Erleichtert war ich ins Ankleidezimmer gegangen. Als ich aus meiner senffarbenen Wolltunika schlüpfte, hatte das Handy geläutet.

»Cora am Apparat«, sagte meine Auftraggeberin mit matter Stimme. »Ich bin gerade auf dem Polizeirevier und … Lissy, zappel doch nicht dauernd so rum!«

Eine helle Stimme zeterte im Hintergrund, vermutlich ihre Tochter. Schwere Schritte, undefinierbare Geräusche, zwei Männer, die so klangen, als wären sie betrunken.

»Bei der Polizei?«, wiederholte ich. »Gibt es Neuigkeiten?«

»Jemand hat …« Nun wurde ihre Stimme brüchig. »Jemand hat auf mich geschossen.«

Ich ließ die Tunika aufs Bett fallen und setzte mich daneben. »Sind Sie verletzt?«

»Am rechten Oberarm, zum Glück nur ein Streifschuss. Und bevor Sie auch noch anfangen – ja, ich war im Krankenhaus. Aber es ist alles okay, wirklich, und wir müssen ja noch in ›Stellas Geschenkboutique‹ und …«

Wieder die helle Stimme, sie klang sehr aufgeregt. Noch mehr Schritte, irgendwo schlug eine Tür zu.

»Hör mal, Lissy, der Herr von der Wache ist eben noch nicht so weit mit dem Protokoll, und klar holen wir nachher deine Tasche.«

Die beiden Betrunkenen beschimpften offenbar einen Dritten, unflätige Ausdrücke flogen hin und her, etwas rumpelte, wie es schien, wurde man handgreiflich.

»Lissy ist ein bisschen durcheinander«, sagte Cora mit erhobener Stimme. »Sie und Conny waren gerade in diesem Laden am Viehmarkt, wegen der Pappteller für die Party, als ich angerufen habe, aus dem Krankenhaus. Vor lauter Schreck hat sie ihre Tasche liegen lassen, mit Hausschlüssel, Geldbeutel und allem.«

Eine dunkle, unwirsch klingende Stimme ertönte, die die randalierenden Betrunkenen barsch zur Ordnung rief.

»Als Sie weg waren – Sie haben doch gesagt, wir sollen uns erst mal beruhigen und einen Tee trinken – jedenfalls habe ich Danilos Arbeitszimmer aufgeräumt«, fuhr Cora atemlos fort. »Und da habe ich was gefunden, das war komisch, und als ich mit den Mädels dann doch noch in die Stadt bin, habe ich auf einmal diesen Schlag gespürt, am Oberarm, und ich wusste erst gar nicht, was das soll, und …«

»Haben Sie gesehen, wer auf Sie geschossen hat?«, unterbrach ich sie, mehr besorgt als ungeduldig. Sie sprach so wirr, dass ich dachte, sie wäre im Krankenhaus besser aufgehoben als auf der Polizeiwache.

»Nein. Da war ja niemand. Nur der Mann, der aus dem Haus gekommen ist.«

»Welcher Mann?«

»Na, dort, wo ich geparkt hatte. Er war sehr nett, hat mir hochgeholfen und gleich die Polizei verständigt. Ich habe wirklich kaum was gespürt, nur diesen seltsamen Schlag. Jetzt tut es aber doch ziemlich weh.«

Wieder sagte jemand etwas im Hintergrund, dieses Mal war es eine Frauenstimme.

»Ich muss Schluss machen. Das Protokoll.«

Sofort schlüpfte ich wieder in die Tunika. »Auf welcher Polizeidienststelle sind Sie?«

»In der Kümmersbrucker Straße.«

»Bleiben Sie, wo Sie sind. Bleiben Sie auf dem Revier, in einer Dreiviertelstunde bin ich da.«

***

Die Fahrt nach Amberg dauerte länger als angekündigt. Der anfängliche Feierabendverkehr löste sich zwar bald auf, doch auf den nicht ausgebauten Teilstrecken der B 85 waren unendlich viele Lkws unterwegs. Zweimal rief ich Cora an, um mich zu vergewissern, dass es ihr auch wirklich gut ging. Aber sie ging nicht mehr ans Handy.

Als ich die Polizeiwache endlich erreichte, war es fast sieben. Und von Cora und Lissy keine Spur.

Der diensthabende Beamte, ein ausgemergelter Enddreißiger mit Siebziger-Jahre-Koteletten und vorbildlich gescheitelter Kurzhaarfrisur, erklärte mir, die beiden hätten die Wache vor gut dreißig Minuten verlassen. Beim Unterzeichnen des Protokolls hatte Cora plötzlich über Schwindel und starke Schmerzen im Arm geklagt. Vermutlich war sie mit ihrer Tochter noch einmal ins Krankenhaus gefahren. Zum Tathergang selbst wollte er mir nichts verraten.

Ich fuhr in das Klinikum St. Marien, das zwischen der Altstadt und dem Haus der Jakobis am Fuße des Mariahilfberges lag.

Nach ihrer Erstbehandlung sei Cora Jakobi weder in der Notaufnahme gewesen, erklärte mir eine übermüdete Empfangsdame hinter dem Tresen, noch wurde sie stationär behandelt. Trotz dieser Auskunft inspizierte ich den Wartebereich vor der Notaufnahme, die sich anschließenden Korridore, sogar die Patiententoiletten – überall vergebens.

Das Anwesen der Jakobis schien genauso verlassen wie »Stellas Geschenkboutique« am Viehmarkt, bei der ich nach dem Abstecher ins Klinikum vorbeigefahren war. Nirgendwo im Inneren des großen Hauses brannte Licht, Coras alter Renault stand nicht mehr an seinem Platz. Dennoch parkte ich den Maserati an der gewohnten Stelle bei der Kreuzwegstation. Ich wollte auf Nummer sicher gehen. Als ich gestern Abend hier gewesen war, war Lissy schließlich auch zu Hause gewesen.

Ich stieg aus und ging auf das von einer Laterne schwach beleuchtete Gartentor zu.

Mein Handy meldete sich. Auf dem Display erschien Coras Nummer.

»Wo sind Sie?«, fragte ich aufgebracht. »Warum haben Sie nicht auf mich gewartet?«

»Wir sind in Sicherheit. Zumindest fürs Erste.«

»Hören Sie, ich muss wissen, wo Sie und Lissy …«

»Nein, Sie müssen mir zuhören. Es geht um Danilo.«

Sie klang jetzt wieder ganz ruhig, doch ihr Ton machte klar, dass sie mir etwas wirklich Wichtiges zu sagen hatte.

»Da war diese Police, ein uraltes Ding. Ich habe sie zufällig in seinem Schreibtisch gefunden, eigentlich wollte ich nur … Egal. Jedenfalls ist mir jetzt klar, warum er sterben musste.«

»Welche Police denn? Außerdem steht doch noch gar nicht fest, ob Ihr Mann …«

»Eine Versicherungspolice«, fiel sie mir ins Wort. »Adrian hat sie für Danilo abgeschlossen, nach seinem ersten Roman damals. Wenn ihm was zustößt, erhält der Verlag fast zwei Millionen für den zu erwartenden Umsatzausfall. D-Mark waren das damals zwar noch, aber trotzdem ziemlich viel Geld.«

»Das heißt, Herr Fabek hätte einen triftigen Grund für den Mord an Ihrem Mann gehabt.«

»Ja, aber …« Cora schwieg. »Er war es nicht.«

»Wissen Sie, wo er sich aufhält, Frau Jakobi?«

»Nein, und das ist die Wahrheit, ich schwöre es. Aber ich weiß, dass er es nicht war. Es gibt nämlich nur eine einzige Möglichkeit, und ich muss herausfinden, ob ich richtigliege, und …«

»Frau Jakobi, bitte«, unterbrach ich sie, »bringen Sie sich nicht in Gefahr! Herr Fabek hat seine eigene Frau angegriffen, einen Journalisten und eine Prostituierte. Bitte, überlassen Sie das der Polizei. Wo sind Sie?«

Es knackte in der Leitung. Sie hatte grußlos aufgelegt.

***

»Ich weiß nicht mehr als du«, sagte Paolo bald darauf. »Das Geschoss ist gerade bei den Ballistikern, haben mir die Amberger Kollegen gesagt. Ein kleines Kaliber, hat in einer Hauswand gesteckt. Den Bericht kriege ich voraussichtlich morgen Vormittag.«

Zumindest kannte ich inzwischen den genauen Tathergang. Cora hatte ihre Tochter und deren Freundin in der Nähe des Viehmarkts abgesetzt und anschließend den Wagen geparkt, im Proviantamtsgäßchen an der Ecke zur Zehentgasse, eine ziemlich abgerissene Gegend unmittelbar bei der alten Stadtmauer. Beim Aussteigen hatte ein Unbekannter auf sie geschossen, sie hatte sofort Zuflucht in einer leer stehenden Garage gesucht. Der Mann, der Cora gefunden und ins Krankenhaus gefahren hatte, war Kfz-Mechaniker und gerade von einem Termin in einem nahe gelegenen Notariat gekommen.

»Er hat zwar niemanden gesehen, hat er gesagt, aber schnelle Schritte hat er gehört. Der Schütze hat sich wohl nicht getraut, noch einmal zu schießen, als plötzlich der Zeuge aufgetaucht ist.«

Ich war wieder auf dem Heimweg und erzählte Paolo nun von der Lebensversicherung, die noch Adrian Fabek für Danilo Jakobi abgeschlossen hatte. Paolo war sofort überzeugt, dass diese ein weiteres Indiz für Marius Fabeks Schuld sei, da bei Danilo Jakobis Ableben der Verlag und somit er selbst der Nutznießer wäre. Wahrscheinlich stecke er auch hinter dem Anschlag auf Cora, meinte er. Marius Fabek hatte nach dem Abitur einen fünfzehnmonatigen Wehrdienst geleistet. Er konnte also mit einer Schusswaffe umgehen.

Die Fahndung nach ihm lief noch immer auf Hochtouren. Die

Ortung seines Handys, seit seinem Verschwinden hatte er es nur wenige Male angeschaltet, hatte ergeben, dass es zuletzt in der Nähe von Neunburg vorm Wald aktiv gewesen war, nur zwanzig Kilometer von der tschechischen Grenze entfernt.

Dennoch konnte ich nicht glauben, dass er etwas mit dem Anschlag auf Cora zu tun hatte. Kurz zuvor hatte er sie noch um Hilfe angefleht. Oder sollte eine Eifersuchtsgeschichte hinter dem ganzen Drama stecken? Hatte er Danilo Jakobi aus dem Weg geräumt, damit Cora für ihn frei war? Hatte er sich von ihr verraten gefühlt, als er plötzlich mich antraf? Neben der Frau, von der er sich Liebe und Zuflucht erhofft hatte?

***

Der Abend verlief ruhig.

Maximilian hatte einen Berg Miesmuscheln in einer herrlich duftenden Knoblauchsoße vorbereitet, dazu aßen wir Stangenbaguette, laut der Bäckereiverkäuferin nach einem Originalrezept aus dem Elsass gebacken. Wir tranken Wasser und einen vollmundigen Vermentino aus der *cantina* meines Zio Marcello.

Während des Essens erfuhr ich, woher Vincenzo das Exemplar des »Drachenmann« hatte, das er so eifrig las. Es war eine englische Übersetzung und stammte aus dem Rucksack des neuen Nachhilfelehrers Benedict, mit dem er sich glänzend verstand. Benedict war offenbar Anhänger der Methode Learning by Doing und laut Vincenzo ein »krass cooler Typ«. Die Hausaufgabe für die nächste Woche lautete: das erste Kapitel lesen und in eigenen Worten zusammenfassen. Natürlich auf Englisch.

Als mein Sohn mit leuchtenden Augen nach oben ging, um sich wohl zum ersten Mal in seinem Leben einer Hausaufgabe mit Begeisterung zu widmen, setzten Maximilian und ich uns mit einem Glas Wein in den Wintergarten.

Auch sein Tag war turbulent gewesen. Er hatte nicht nur fleißig Fotos von seinem Haus geschossen und Texte für die Beschreibung des Mietobjekts verfasst, sondern auch mit mehreren Immobilienmaklern telefoniert. Er war sich noch nicht ganz schlüssig, ob er die Suche nach seinem zukünftigen Mieter selbst in Angriff nehmen oder einem Makler übertragen wollte. Für morgen hatte er deshalb einen Termin mit einem vertrauenerweckenden Makler vereinbart.

Ich erzählte Maximilian von meinen Erlebnissen. So, wie es Paolo half, seine Gedanken im Gespräch mit mir zu sortieren, so verspürte ich häufig den Drang, meine Ermittlungsergebnisse mit meinem Liebsten zu diskutieren. Als Arzt war er es gewohnt, alle Parameter abzufragen und auch das nicht Naheliegende in Erwägung zu ziehen.

Mittlerweile war mir klar geworden, welches Detail mich im Hause Fabek nach der Messerattacke auf Doreen irritiert hatte.

»Angeblich ist Marius Fabek komplett durchgedreht, mit allen möglichen Sachen hat er nach Doreen geworfen. Das Messer aber, mit dem er dann auf sie los ist, muss er aus der Küche geholt haben. Dort war der Messerblock.«

»Und?«, fragte Maximilian und nippte an seinem Wein.

»Wenn er wirklich so durch den Wind war, wie seine Frau behauptet hat, wäre es da nicht logisch gewesen, dass er sich irgendetwas aus dem Wohnzimmer geschnappt hätte? Zum Beispiel die Marmorplastik, die ich auf dem Sideboard gesehen habe, einen massiven und sicher sehr schweren Schwan. Oder er hätte sie gewürgt, wie Anja. Außerdem war er bei dem Telefonat mit Paolo noch komplett entspannt. Warum ist er unmittelbar danach so durchgedreht, dass er auf den Journalisten losgegangen ist?«

»Du meinst, sie hat ihn aufgewiegelt?«

»Allerdings. Außerdem denke ich, dass es vielleicht gar keinen Angriff auf sie gegeben hat. Dass sie sich möglicherweise selbst mit dem Messer verletzt hat.«

»Das traust du ihr zu?«

Ich nickte. »Als sie aus dem Bad gekommen ist, war ihre Hand erstaunlich professionell verbunden. Ein bisschen zu professionell für jemanden, der gerade mit knapper Not mit dem Leben davongekommen ist und wenig später völlig zusammenbricht.«

»Im Schock reagiert man nicht wie im Normalbetrieb.«

»Trotzdem hätte sie nach der Messerattacke eine irrsinnige

Angst vor ihrem Mann haben müssen. Sie hat mich aber nicht gefragt, wo er steckt. Wenn sie sich sofort nach dem Angriff im Bad eingeschlossen hat, kann sie unmöglich gewusst haben, dass er nicht mehr im Haus war. Das Badezimmer geht nach hinten raus, von dort hat man keinen Blick auf die Garagen.«

»Sie hat vielleicht sein Auto gehört«, gab Maximilian zu bedenken. »Aber du hast natürlich recht, sie würde trotzdem fragen, ob er wirklich weg ist. Nur – warum hätte sie das alles inszenieren sollen?«

»Cora ist eifersüchtig auf sie. Vielleicht ist es umgekehrt ja genauso.«

Semiramis sprang auf meinen Schoß, legte sich schnurrend nieder, leckte sich die Pfoten. Ich streichelte ihr weiches Fell, dachte an Marius Fabek, wie er vor dem Haus der Jakobis gestanden hatte, sein Blick so voller Verlorenheit, Angst, Verzweiflung.

»Vielleicht will Doreen sich an ihrem Mann rächen, ihn zerstören«, sagte ich langsam. »Weil er nicht sie liebt, sondern Cora.«

25

Am Freitagmorgen meldete sich mein Handy noch vor halb acht. Paolos Nummer erschien auf dem Display.

Maximilian war im Bad und Vincenzo gerade erst aus dem Haus. Ich selbst hatte bisher weder Zeit für die Dusche noch für meinen Morgentee gefunden. In diesem Zustand war normalerweise nicht viel mit mir anzufangen. Dennoch nahm ich das Gespräch an. Wenn Paolo so früh anrief, war es dringend.

»Gerade habe ich die Mail aus der Ballistik bekommen«, sagte er, während ich mir in der Küche die erste heiß ersehnte Tasse einschenkte. »Das Geschoss, das Frau Jakobi gestreift hat, stammt aus derselben Waffe, mit der Maidorn getötet wurde.«

Ich brauchte ein paar Sekunden, um diese Information zu verarbeiten.

»Der Tote aus der Donau?« Ich stellte die Teekanne zur Seite. »Was hat denn ein Drogendealer mit den Jakobis zu tun?«

»Das wüsste ich auch gern«, sagte Paolo. »Bei den Amberger Kollegen haben sich zwei Zeugen gemeldet. Beide haben unabhängig voneinander einen Mann gesehen, der zur Tatzeit aus dem Proviantamtsgäßchen gelaufen ist.«

Ich gab Milch in die Tasse, setzte mich damit auf die Eckbank und sah einer Amsel zu, die draußen auf der Terrasse geschäftig herumlief. Hin und wieder pickte sie in den Ritzen zwischen den verwitterten Bodenfliesen nach etwas Essbarem, hob den Kopf, suchte weiter.

Es war ein schöner Morgen, im Grunde der erste, seit Maximilian und ich aus Ligurien zurückgekommen waren. Im Osten überzog leuchtendes Morgenrot den Himmel, nirgendwo war ein Wölkchen zu sehen, und die Luft war klar und kalt.

»Einen der Zeugen hat er fast umgerannt, so eilig hatte er es. Beim Landratsamt ist er dann in einen weißen VW Touareg gesprungen und abgehauen.«

»Was für ein Kennzeichen?«

»Ein ausländisches, da waren beide Zeugen sicher. Der eine meint, dass es mit 01 angefangen hat. Und er schwört, dass das Länderkennzeichen ›RKS‹ gelautet hat – Republik Kosovo also. 01 steht für die Herkunftsprovinz Priština.«

Natürlich musste ich sofort an den Mann mit dem Tattoo denken, mit dem Tamara Belic verschwunden war.

»Konnten die Zeugen den Mann beschreiben?« Unsanft stellte ich die Tasse auf den Tisch.

»Südländischer Typ, dunkle Hautfarbe und schwarzes Haar, an den Seiten komplett abrasiert. Und am Hals hatte er eine Tätowierung …«

»Ein Raubvogel mit aufgerissenem Schnabel«, vollendete ich seinen Satz und sprang auf.

***

Um Punkt halb neun stand ich in der Klenzestraße in Königswiesen, einem auf einer Anhöhe gelegenen Stadtviertel, dessen Hochhäuser von fast jedem Punkt Regensburgs aus zu sehen waren. Die Wohnung, in der Hanno Maidorn mit seinem Mitbewohner gelebt hatte, befand sich in einem fünfstöckigen Gebäude mit aschfarbener Fassade und großen Balkonen. Es lag inmitten eines phantasielos angelegten Grundstücks, das aus viel Beton und wenig Rasen bestand, auf dem drei armselige Fichten ums Überleben kämpften, umgeben von Wohnblöcken derselben Bauart. Der Platz vor dem Haus, der Weg zum Eingang, die Zufahrt zu den Tiefgaragen, alles war in lieblosem Grau gepflastert. Die typische Wohngegend für Menschen, die eine Unterkunft irgendwo und viel Anonymität suchten.

Bisher hatte ich keine Erklärung dafür, warum ausgerechnet der Kosovare, der angeblich Tamara Belics Cousin war, auf Cora geschossen hatte. Sie war noch immer verschwunden, ihr Handy war seit unserem letzten Telefonat ausgeschaltet. Aber ich wusste, dass der Kosovare Hanno Maidorn ermordet hatte, zumindest waren die tödlichen Kugeln aus seiner Waffe abgegeben worden. Vielleicht konnte mir sein Mitbewohner einen Hinweis geben, welche Verbindung es zwischen dem ermordeten Drogendealer und den Jakobis gab.

Ich hatte Paolo gegenüber angedeutet, dass ich mit Hanno Maidorns WG-Genossen zu sprechen beabsichtigte, vielleicht sogar gehofft, er würde mich begleiten. Schließlich war mein Vorhaben nicht ganz ungefährlich. Doch Paolo war in Eile gewesen, ein Termin mit dem Staatsanwalt. In zurzeit ungewohnt scharfem Ton hatte er mir untersagt, eigenmächtige Schritte zu unternehmen, und meinen Ehrgeiz damit natürlich umso mehr angespornt. Sicherheitshalber würde ich mich jedoch nicht als Privatdetektivin zu erkennen geben, sondern mich mit Hilfe von Monas altem Presseausweis als Journalistin vorstellen.

Hanno Maidorns Adresse hatte ich von Mona erhalten, die anlässlich ihrer Recherchen für die »MZ« in der Wohnung gewesen war, wie sie mir kürzlich erzählt hatte.

Die Eingangstür aus dickem Milchglas stand weit offen. Davor türmten sich Badewannen, rostige Rohre und teilweise zerbrochene Kloschüsseln, zwischen denen zwei Arbeiter mit allerhand Werkzeugkisten hantierten.

Bald hatte ich das richtige Klingelschild gefunden: »H. Maidorn, A. Mühlbauer, C. Kronberger«. Hatte Mona nicht von einer Zweier-WG gesprochen?

Ich läutete. Erst tat sich nichts, dann ertönte der Türsummer, in der Sprechanlage blieb es aber still. Erneut drückte ich auf den Klingelknopf, dieses Mal jedoch ohne Erfolg.

Ich fragte die Arbeiter nach der Wohnung Maidorn-Mühlbauer-Kronberger. Sie besprachen sich in einer slawischen Sprache, ich tippte auf Polnisch. Schließlich holte einer der Männer, auf seiner linken Wange prangte ein rautenförmiges Muttermal, ein Blatt Papier aus seiner Arbeitsjacke, faltete es mit wichtigem Gesicht auseinander und fuhr mit dem Zeigefinger über allerhand Spalten und Namen.

»Die stengan aa auf unsrer Liste, hundertpro«, sagte er mit starkem Oberpfälzer Dialekt. »Dou san s' ja: Hanno Maidorn, Andrea Mühlbauer, Carmen Kronberger. Dritter Stock, zwoate Tür links.«

»In der Wohnung, die ich suche, wohnen aber zwei Männer.«

In diesem Punkt war ich sicher: Mona hatte von einem WG-Mitbewohner gesprochen, nicht von einer Mitbewohnerin, und auch Paolo hatte einen männlichen Junkie erwähnt.

Wieder konsultierte der Mann seine Liste. »Die drei kreagn oi WC, oba koi Wanne. Dou steht's, schauen S' sölba – oi WC für die Dreier-WG.«

Ich bedankte mich und betrat die Halle. Der Aufzug, neben dem eine Treppe nach oben führte, stand schon bereit.

Keine Minute später läutete ich an der zweiten Tür links im dritten Stock.

Niemand öffnete.

Am Klingelknopf gab es kein Namensschild. Ich schaute mich um, sah aber auch an keiner anderen der insgesamt vier Türen in diesem Stockwerk ein Schild.

Als ich erneut die Klingel betätigte, rauschte eine WC-Spülung, und jemand schlurfte hinter der Tür herum. Ansonsten tat sich wieder nichts.

Ich läutete ein drittes Mal.

»Scheißwichser, haut bloß ab, Scheißwichser ihr!«, brüllte ein Mann aus dem Inneren der Wohnung.

Die Stimme hatte ich schon einmal gehört. Auf die Schnelle fiel mir jedoch nicht ein, wo.

Wieder und wieder drückte ich auf den Klingelknopf, behielt den Finger schließlich dort.

Die schlurfenden Schritte kamen zurück, erneut wurde geflucht, dieses Mal noch wüster als zuvor, die Wohnungstür klappte auf. Ein Schwall aus Zigarettenmief und Männerschweiß schwappte mir entgegen.

»Herr Ingram?«, fragte ich verdattert.

Er starrte mich ebenso überrascht an wie ich ihn. Sein kurzes Haar war speckig, der noch vor zwei Tagen perfekt geschnittene Bart ungepflegt und einen Tick zu lang, die Gesichtshaut fahl. Unter den Augen hatte er Ringe, die so dunkel waren, als hätte er seit unserer letzten Begegnung nicht mehr geschlafen. Alles an ihm wirkte erschreckend vernachlässigt. Das T-Shirt, das er am

Leib trug, war am Ausschnitt eingerissen und wies faustgroße Löcher auf, die weit schlotternde Jeans ebenso. Überall schien er sich gekratzt zu haben, seine Haut war an vielen Stellen entzündet.

Der junge Mann war kaum wiederzuerkennen, aber dennoch irrte ich mich nicht: Es war René Ingram, der ehemalige Assistent der Fabeks.

»Drecksschlampe!«, stieß er mit glasigem Blick hervor. »Jetzt hat mir diese Scheiß-Doreen doch die Bullen …«

Er versetzte mir einen so heftigen Stoß, dass ich mit voller Wucht nach hinten taumelte, gegen irgendeine Wand prallte, fast in die Knie ging. Es dauerte den Bruchteil einer Sekunde, bis ich begriff, was eben geschehen war. Benommen richtete ich mich wieder auf.

Von der Treppe hörte ich gehetzte Schritte. Sofort nahm ich die Verfolgung auf, rannte René Ingram hinterher. Doch schon jetzt hatte er einen Vorsprung von mindestens einem halben Stockwerk.

»Herr Ingram!«, rief ich. »Bleiben Sie stehen, ich will nur mit Ihnen reden, ich bin nicht von der Polizei – bleiben Sie doch stehen!«

Aber er hörte nicht. Er schoss die Treppe hinunter, als wäre eine ganze Kavallerie hinter ihm her, die nur eines zum Ziel hatte – ihm den Garaus zu machen.

Lange vor mir war er im zweiten Stock. Wieder rief ich seinen Namen, aber er rannte wie der Teufel, verschwand schon wieder aus meinem Sichtfeld.

Auch ich erreichte den zweiten Stock, hastete weiter. Mein Atem ging stoßweise, von dem Aufprall war mir ein wenig schummrig. Von ganz unten, wo René Ingram bald ankommen musste, schallte Gelächter herauf. Die Handwerker – vielleicht hielten sie ihn auf …

Ich ließ den ersten Stock hinter mir, hörte unten etwas Schweres zu Boden poltern. Jemand fluchte derb in einer slawischen Sprache.

Als auch ich endlich in der Halle war, sah ich gerade noch, wie eine Gestalt hinausjagte, wie von tausend Höllenhunden gehetzt. Vor der Tür lag eine umgeworfene Kiste, ihr Inhalt auf dem Boden verstreut.

»Uwaga«, rief eine wütende Stimme. *»Cholery …«*

Ein ohrenbetäubendes Krachen, noch heftigeres Fluchen. Eilige Schritte, die sich rasch entfernten.

An der Haustür kam ich abrupt zum Stehen. Eine der Badewannen lag direkt vor mir, noch mehr WCs waren in Scherben. Dazwischen mindestens drei umgeworfene Schachteln, überall lagen Hämmer, Schraubenzieher, Rohrzangen.

»Dupek«, polterte der Mann mit dem rautenförmigen Muttermal. Sein Gesicht war zornesrot. »Ja, spinnt der Depp jetzad komplett, der depperte!«

Ich versuchte, mir einen Weg durch das Durcheinander zu bahnen, ohne dabei ins Stolpern zu geraten oder mich an den scharfkantigen Bruchstücken zu verletzen. Der polnische Oberpfälzer schimpfte währenddessen in seinem zweisprachigen Kauderwelsch vor sich hin, und sein Kollege sammelte mit finsterer Miene Scherben und Werkzeuge ein.

Als ich es endlich geschafft hatte, mich unbeschadet an dem Chaos vorbeizumanövrieren, war von René Ingram nichts mehr zu sehen. Ich musste ihm einen gehörigen Schrecken eingejagt haben, wenn er in seinem Zustand so gut zu Fuß war.

***

»Ich habe keine Ahnung, was plötzlich in René gefahren ist.« Ratlos schüttelte Doreen den Kopf. »Und übrigens habe ich von Anfang an zu Marius gesagt, dass ich eine Kündigung für keine gute Idee halte. Jetzt sieht man, wie recht ich hatte.«

Es war Viertel nach neun. Nach René Ingrams überstürzter Flucht hatte ich erst einmal versucht, mir Zutritt zu den Tiefgaragen zu verschaffen, in der Hoffnung, ihn bei seinem Wagen anzutreffen. Doch ohne Schlüssel hatte ich keine Chance gehabt. Anschließend hatte ich Doreen zu Hause angerufen, sie aber nicht erreicht. Erst als ich die Nummer des »Adrian's Art

Verlags« wählte, hatte ich erfahren, dass sie schon wieder im Büro war. Im Grunde hatte es mich nicht erstaunt, das zu hören, und ich hatte mich gleich auf den Weg zu ihr gemacht.

Vom angeblichen Angriff ihres Mannes und dem anschließenden, vermutlich nur gut gespielten Schock hatte sie sich inzwischen vollständig erholt. Bis auf den Verband an ihrer Hand ließ nichts mehr erkennen, dass sie sich vorgestern noch völlig verzweifelt gegeben hatte.

»Herr Ingram hat mich für eine Polizistin gehalten«, sagte ich. »Er hat gedacht, dass Sie mich zu ihm geschickt haben. Können Sie mir das bitte erklären?«

Mit schmalen Augen sah sie mich an, runzelte die Stirn. Dann fasste sie sich an den Kopf, als wäre ihr die Erklärung dazu gerade erst eingefallen. Entschuldigend lächelte sie.

»Das hatte ich ganz vergessen. René hat mich ja noch mal angerufen, nach Ihrem Besuch neulich hier im Büro, und den Rest der Abfindung verlangt. In dem Umschlag waren ja nur ein paar hundert Euro, und bisher habe ich es einfach noch nicht zur Bank geschafft.«

Doreen deutete auf den Besucherstuhl und ließ sich hinter ihrem Schreibtisch nieder. Zu trinken bot sie mir heute nichts an. Ich setzte mich, musterte sie abwartend.

»Ich wollte ihn abwimmeln, und mir ist nichts Originelleres eingefallen. Also habe ich gesagt, Sie wären von der Polizei und ich müsste noch mal mit Ihnen reden«, sagte sie leichthin. »Bitte entschuldigen Sie, das war dumm.«

Als wäre mir nun alles sonnenklar, nickte ich. »Die Abfindung, genau. Ich muss sagen, Frau Fabek, das war wirklich keine einfache Situation – zuerst dieser cholerische Ausbruch und Herrn Ingrams Drohungen, dann seine Weinattacke. Alle Achtung, Sie haben sich durch nichts aus der Ruhe bringen lassen.«

»Vielen Dank für das Kompliment.«

Ich hatte es nicht als Kompliment gemeint, sagte aber nur: »Wissen Sie, was ich denke?«

Ihr Blick wurde vorsichtig, fast lauernd. Aber sie lächelte immer noch.

»Sie haben Herrn Ingram gar kein Geld gegeben. Er hat erst elf Monate bei Ihnen gearbeitet, er hatte bestimmt noch keinen Anspruch auf eine Abfindung.« Ich ließ sie keinen Moment aus den Augen. »In dem Umschlag war etwas anderes. Kurz darauf habe ich Ihren ehemaligen Assistenten nämlich wiedergetroffen, da hat er in seinem Auto gesessen und war total entspannt.«

Zögernd griff sie nach einem Kugelschreiber, neben ein paar Blättern das einzige unaufgeräumte Utensil auf ihrem wieder vorbildlich sauberen Schreibtisch. Sie betätigte den Druckknopf. Die Minenspitze kam zum Vorschein. Sie drückte wieder. Und noch einmal.

»Ich verstehe nicht, was Sie damit andeuten wollen«, sagte sie.

»Ich denke, Sie verstehen mich sehr gut. Kann es sein, dass in dem Umschlag Drogen waren?«

»Wie bitte?« Klick-klick. »Was wollen Sie mir unterstellen?«

»Herr Ingram nimmt Drogen, und zwar in hohen Dosen. Ich tippe auf Crystal Meth, vielleicht auch Speed oder Kokain. Mich interessiert nicht, ob Sie selbst auch Drogen nehmen, Frau Fabek. Mich interessiert nicht, woher Sie das Zeug haben. Aber mich interessiert, was Sie ihm gegeben haben. Und vor allem, wo er jetzt ist.«

Für den Bruchteil einer Sekunde war ihr Gesicht voller Alarmzeichen. Dann aber verschloss es sich wieder und wurde so ausdruckslos wie zuvor.

»Das ist doch alles völlig absurd«, erwiderte sie kalt. »Eine bodenlose Unterstellung, ich …«

Sie ließ den Stift fallen, warf mir einen empörten Blick zu. Unbeeindruckt erwiderte ich ihn.

»Sie kennen René doch gar nicht. Wie kommen Sie dazu, so etwas zu behaupten? Sie haben hier im Haus herumgeschnüffelt.« Abrupt stand sie auf. »Ich glaube, Sie gehen jetzt besser.«

Auch von ihrem nun offen feindseligen Blick ließ ich mich nicht einschüchtern, erhob mich aber ebenfalls. Diese Frau würde nicht auf mich herabsehen.

»Offenbar ist es so schlecht um Herrn Ingrams Finanzen bestellt, dass er sich keinen Stoff mehr beschaffen kann«, sagte ich.

»Er steht unter Entzug, er ist völlig verwahrlost und braucht dringend Hilfe. Wissen Sie, wo er sich aufhalten könnte?«

Ihr Gesicht wurde noch eine Spur abweisender.

»Frau Fabek, er ist in einem Zustand, der nicht nur für ihn selbst gefährlich werden könnte. Niemand weiß, was er anstellt, um an die nächste Dosis zu kommen. Sie haben doch immer seine Partei ergriffen, auch Ihrem Mann gegenüber – er kann Ihnen doch nicht gleichgültig sein. Wenn Sie irgendeine Idee haben, wo er stecken könnte, dann sagen Sie mir das bitte. Was, wenn die Polizei ihn aufgreift und er Ihren Namen nennt? Wollen Sie das?«

Mit versteinerter Miene deutete Doreen auf die Tür.

Wortlos wandte ich mich um. Als ich die Klinke schon in der Hand hatte, drehte ich mich noch einmal um.

»Ich weiß übrigens auch von Ihrem Partnertausch mit den Jakobis. Mich würde interessieren, wie es danach mit Ihnen und Herrn Jakobi weitergegangen ist – auf privater Ebene.«

»Ich weiß nicht, wovon Sie sprechen«, sagte sie mit schneidender Stimme, ohne auch nur mit der Wimper zu zucken. »Und jetzt verschwinden Sie endlich!«

Trotz Doreens Rauswurf machte ich noch einen Abstecher in Silvia Wagners Büro. Als sie die Neuigkeiten über René Ingram erfuhr, zuckte sie nur die Schultern. Nun gestand sie mir auch, was sie vor einigen Wochen auf seinem Schreibtisch gesehen hatte: neben einem zusammengerollten Geldschein ein Beutelchen mit weißlichen Kristallen, vermutlich Crystal Meth. Offenbar war er ohne dieses Teufelszeug nicht einmal mehr durch seinen Arbeitstag gekommen.

Auf meine Frage hin erinnerte sie sich, dass er erst vor Kurzem in die WG gezogen war. Man hatte es wohl versäumt, das Klingelschild auszutauschen. Der Name Carmen Kronberger sagte ihr nichts, der zweite Name entlockte ihr allerdings ein nachdenkliches Stirnrunzeln.

»Hat Renés Freundin nicht Andrea geheißen?«, fragte sie mehr sich als mich. »Doch, ich bin ziemlich sicher. Aber sie ist ausgezogen, soweit ich weiß. Er hat mal so was gesagt, ist noch gar nicht lange her. Zwei oder drei Wochen.«

Andrea Mühlbauer lebte wieder in Oberbayern, erinnerte Silvia Wagner sich dann, auch das hatte ihr René Ingram verraten, in einem Städtchen namens Mühldorf. Aufgrund der Namensähnlichkeit war ihr der Umstand im Gedächtnis geblieben. Die junge Frau stammte von dort, vielleicht wohnte sie wieder bei ihren Eltern.

»So, und jetzt muss ich aber weitermachen.« Abwechselnd schielte Silvia Wagner auf ihren Bildschirm und zur Tür. »Morgen um elf steht das nächste Programm-Meeting an, und ich habe bisher kaum was dafür vorbereitet.«

»Aber morgen ist doch Samstag?«

»Trotzdem müssen wir alle antanzen. Das ist hier völlig normal. Und ich möchte nicht auch noch eine Nachtschicht einlegen.«

Zurück im Wagen, nahm ich mein Smartphone zur Hand. Im Internet stieß ich auf drei Mühlbauers, die in der Mühldorfer Gegend ansässig waren. Der erste hieß Johann und hatte eine Wäscherei, wohnte aber in Waldkraiburg. Beim nächsten war nur ein »R.« als Vorname aufgeführt, er oder sie lebte in Ampfing. Unter dem dritten Eintrag, Franz und Maria Mühlbauer, war eine Adresse in Altmühldorf aufgeführt.

Ich rief die angezeigte Nummer an, Andrea Mühlbauer war selbst am Apparat. Nachdem ich ihr mein Anliegen geschildert hatte, reagierte sie erst abweisend. Als sie aber hörte, in welcher Verfassung sich ihr ehemaliger Freund befand, war sie dann doch zu einem Gespräch bereit. Wir verabredeten uns um zwölf Uhr mittags am Mühldorfer Stadtplatz.

26

Auf der A 93 kam ich gut voran. Noch hatte der Wochenendverkehr nicht begonnen. Dieser würde erst ab Mittag einsetzen. Mit etwas Glück würde ich mein Ziel im Voralpenland in spätestens anderthalb Stunden erreichen.

Als ich einige Kilometer gefahren war, rief ich Paolo an, um ihn über René Ingrams Flucht zu informieren. Auch wenn ich noch immer keinen Schimmer hatte, ob sein Verschwinden etwas mit den Fällen Danilo Jakobi oder Hanno Maidorn zu tun hatte, so musste mein Ex davon wissen, nicht zuletzt im Interesse des jungen Mannes. Ich erreichte jedoch nur Paolos Mailbox und hinterließ eine Nachricht.

Je weiter ich nach Süden kam, desto mehr verzog sich die Sonne hinter dunstigen Wolken. Hinter Landshut wurde es mit jedem Kilometer hügeliger. Die Bauernhöfe, die ich passierte, wurden größer und waren von großzügigen Äckern und Wiesen umgeben. Immer wieder sah ich Pferde, die nach dem ersten frischen Grün suchten. In der wärmeren Jahreszeit waren viele der idyllisch gelegenen Weiden wohl auch von Kühen bevölkert.

Zwischendurch schickte ich Vincenzo eine Sprachnachricht, um ihn über meinen Zeitplan zu informieren. Seine Antwort kam postwendend per WhatsApp und wie immer direkt aus dem Unterricht. Ich nahm mir vor, demnächst ein ernstes Wort mit ihm zu wechseln, schließlich waren Handys im Unterricht verboten.

Für den Nachmittag hatte er sich mit Florian verabredet. Danach wollte er sich auf seine Vorbereitungen für die Nachhilfe stürzen. Inzwischen war er schon mitten im zweiten Kapitel und fand Danilo Jakobis Debütroman einfach »supermegagigageil«.

Auch Maximilian meldete sich. Die Fotos von seinem Haus seien fertig, erzählte er, auch den Text habe er nun verfasst. Der Termin mit dem Immobilienmakler sei für den frühen Nachmittag angesetzt, vorher habe er genug zu tun mit Aufräumen.

Bei Vilsbiburg riss die Wolkendecke wieder auf, immer öfter

lugte jetzt die Sonne hervor. Kurz vor Mühldorf stand sie dann endlich an einem leuchtend blauen Himmel, und als ich hinunter zum Stadtplatz fuhr, sah ich in der Ferne das unvergleichliche Panorama der Alpen. Unter noch schneebedeckten Gipfeln funkelten sie fast so prächtig wie das Meer in meiner alten Heimat.

Mühldorf entpuppte sich als kleines Juwel, und ich fühlte mich sofort heimisch. Am Inn gelegen, bestach das Städtchen durch zwei stolze mittelalterliche Stadttore, einen lang gestreckten Stadtplatz und pittoreske Häuser zu beiden Seiten, in denen Cafés, Drogerien, die üblichen Handyläden oder Nagelstudios und schicke Boutiquen untergebracht waren. Viele der mitunter farbenfrohen Gebäude trugen prächtige Scheinfassaden zur Schau, mit oder ohne Zinnen, die trutzigen Arkaden davor erinnerten mich an die überdachten Säulengänge meiner italienischen Heimat.

Ich war gut in der Zeit und parkte den Wagen in der Nähe des Münchner Tors im Nagelschmiedturm, dem Wahrzeichen der Stadt. Beim Aussteigen entschied ich mich für den Weg vor den Arkaden, um jeden Sonnenstrahl aufzusaugen. Die Luft war klar, jedoch noch immer kalt.

Das Städtchen hatte seit jeher von seiner günstigen Lage im Süden Bayerns profitiert und war im Laufe seiner wechselhaften Geschichte in so manches Ränkespiel der Mächtigen verwickelt worden. Man hatte regen Handel getrieben und Salz über den Inn und die Salzach bis nach Italien verschifft.

Obwohl mitten im Herzogtum Bayern gelegen, hatte es als Exklave lange zum Bistum Salzburg gehört. Sogar die letzte Ritterschlacht auf deutschem Boden war ganz in der Nähe ausgetragen worden. Ein verblasstes, aber immer noch beeindruckendes Gemälde an der Fassade der Frauenkirche erinnerte an die Entscheidungsschlacht im Jahre 1322, in der der Wittelsbacher Ludwig IV. und der Habsburger Friedrich der Schöne als erbitterte Gegner um die Königswürde der römisch-deutschen Nation gekämpft hatten.

Vor dem »Venezia«, wo Andrea Mühlbauer und ich uns verabredet hatten, standen Tische und Stühle mit Wolldecken, viele davon waren besetzt. Laut der Aufschrift auf einer venezianischen Mini-Gondel in einer Nische war die italienische Eisdiele schon seit Anfang der sechziger Jahre des letzten Jahrhunderts in der Stadt ansässig.

Ich erkannte Andrea Mühlbauer an dem vereinbarten Erkennungszeichen, einer weißen Pudelmütze mit zwei pinkfarbenen Bommeln. Die ungefähr zwanzigjährige Frau saß an einem etwas abseits stehenden Tisch in der Sonne. Ich begrüßte sie und reichte ihr meine Visitenkarte.

»Bitte entschuldigen S', dass i Sie ned zu mir nach Hause eingladen hab«, sagte sie, nachdem wir bei der Bedienung unsere Bestellung aufgegeben hatten. »Aber meine Eltern rasten voll aus, wenn s' nur ein Wort vom René hören.«

Die kalte Luft schien ihr nichts auszumachen, ihre Knöchel waren nach der zurzeit nicht nur bei jungen Leuten beliebten Mode vollständig entblößt. Über ihren engen Jeans, die an den Knien faustgroße Löcher aufwiesen, trug sie einen kläglich dünnen Parka in Olivgrün mit ebenfalls pinkfarbenem Plüschfell am Kapuzenrand. Trotz ihrer zierlichen Figur hatte sie kräftige Hände, das kaffeebraune Wuschelhaar reichte ihr bis zu den Schultern.

Ihr klangvoller oberbayerischer Akzent war für meine Ohren leicht zu verstehen. Zweisprachig erzogen, war ich mit fünfzehn Jahren mit meinen Eltern ins bayerische Voralpenland übergesiedelt, nach Bad Tölz südlich von München, der Heimat meines Vaters. Meine Mutter hingegen war Halbitalienerin, auch sie hatte deutsche Wurzeln.

Andrea Mühlbauer hatte in Regensburg eine Sprachenausbildung absolviert, erfuhr ich. Im Juli des vergangenen Jahres hatte sie diese abgeschlossen und sofort eine Stelle als Fremdsprachensekretärin in Neutraubling gefunden. Vor drei Wochen hatte sie den Job dann aber hingeschmissen, von einem Tag auf den anderen.

»Der René und ich, mia ham uns über 'n Hanno kennengelernt«, erzählte sie weiter. »In der WG is nämlich was frei gworden, im September, grad wo i bei Krones angefangen hab. Die Wohnung war hammergeil. Die Zimmer riesengroß, glaubt ma' gar ned, dass es in dem greißlichen Köngswiesen so was Tolles gibt, und von der Lage her total ruhig, echt voll chillig. Okay, die Miete war arg hoch, aber des is ja überall in Rengschburg so.« Mit fassungsloser Miene sah sie mich an. »I war total gschockt, wo i ghört hab, dass an Hanno daschossen ham.«

Die Bedienung, eine goldgeschmückte Italienerin reifen Alters mit schicker Kurzhaarfrisur und in Hosenanzug und Seidenpulli, brachte die Getränke: Latte macchiato für Andrea Mühlbauer, einen Espresso und ein Glas Wasser für mich. Erst als wir wieder allein waren, sprach sie weiter.

Dass ihr Mitbewohner mit Drogen gedealt hatte, wollte sie nicht gewusst haben. Ihr war zwar aufgefallen, dass er oft Besuch bekam und immer wieder von neuen Leuten. Aber er ging einer geregelten Arbeit nach, konsumierte selbst keine Drogen, zumindest nicht in ihrer Gegenwart, und benahm sich auch sonst wie ein ganz normaler junger Mann mit einer Vorliebe für schnelle Autos und Partys.

René Ingram war einer von Hanno Maidorns regelmäßigen Besuchern gewesen, und so hatten die beiden sich kennengelernt. Der offensichtlich gut verdienende Assistent der Geschäftsleitung in einem angesehenen Verlag hatte mächtig Eindruck auf Andrea Mühlbauer gemacht. Er achtete nicht nur auf sein Äußeres und fuhr einen »megageilen BMW«, sondern lebte auch sonst im großen Stil. Oft führte er sie zum Essen aus, in exquisite Restaurants, die sie sich nie hätte leisten können, oder traf sich mit ihr in Technoclubs, in denen er grundsätzlich die Rechnung für Eintritt und Getränke übernahm. Es dauerte nicht lange, und die beiden waren ein Paar.

Vor sechs Wochen – damals war Carmen Kronbergers Zimmer frei geworden, und René Ingram hatte endlich den unbefristeten Arbeitsvertrag in Aussicht, auf den er fast ein Jahr lang gewartet hatte – war auch er in die WG gezogen. Bald darauf hatte es in der jungen Beziehung zu kriseln begonnen. Immer öfter hatte er sich Geld von seiner Freundin geliehen – Geld, das er ihr selten zurückzahlte. Den Überziehungskredit bei seiner Bank hatte er immer schon am Anfang jedes neuen Monats ausgeschöpft. Neben den Ausgaben für Miete, Auto, Markenklamotten und das häufige Ausgehen gab es einen weiteren Kostenfaktor, der immer mehr zu Buche schlug.

»Die erste Zeit hab i mir nix dabei gedacht, dass er oft raus is, egal, wo wir grad waren. Er hat ja viel geraucht und sonst – mei, irgendwie nimmt doch so guat wie jeder mal a bissal was.« Achselzuckend saugte sie an ihrem Strohhalm. »Aber wia er dann immer schlechter ausgschaut und kaum no' gschlafen hat und aa sonst immer nervöser wordn is, da hab i mia dann doch gedacht, hoppala …«

Zwei Männer mittleren Alters, der eine führte einen Labrador an der Leine, der andere einen Collie, schlenderten an uns vorbei. Wieder verstummte Andrea Mühlbauer. Der mit dem Labrador grüßte sie freundlich, musterte mich neugierig und ließ ihren Eltern einen schönen Gruß vom »Schorsch« bestellen. Sie dankte mit einem nervösen Lächeln.

»Ja, und vor drei Wochen, auch a Freitag, voll spät is er da wieder ausm Büro gekommen, da hat er sich dann a Line Crystal reinzogn, direkt vor mir, und wo mia dann unterwegs waren, glei' scho' wieder«, sagte sie mit rollenden Augen, als die beiden außer Hörweite waren. »Er is ned abhängig, hat er behauptet, sofort kann er damit aufhören, wenn er will. Der hat des echt selber geglaubt.«

»War das der Grund, warum Sie ausgezogen sind?«

»Der Hauptgrund.« Andrea Mühlbauer fixierte einen Punkt auf dem Tisch, an dem nichts Interessantes zu sehen war. »Wegen dieser bescheuerten Bitch hab i mi natürlich aa voll geärgert.«

»Es hat noch eine andere Frau gegeben?«

»Der René hat natürlich gsagt, dass i spinn. Aha, und warum steht die dann ständig auf der Matte, wollt i wissen. Da hat er ganz überrascht getan und behauptet, dass die zum Hanno wollt und ned zu ihm.« Wütend sah sie mich an. »Aber wenn seine depperte Chefin um zehne auf d' Nacht in der Wohnung steht, dann is des scho' a bissal schräg, oder nedda?«

»Moment mal – sprechen Sie von Frau Fabek?«

Mit verkniffenem Gesicht nickte sie, Zeige- und Mittelfinger ihrer Rechten schnellten in die Höhe.

»Zweimal is die Schlampn da gwesen, zweimal«, zischte sie. »Ihr Foto hab i in 'ner Verlagsvorschau gsehen. Drum hab i genau gwusst, wer des is. Des erste Mal is sie mit dem René aufm Gang gstanden, als i heimkommen bin, des andere Mal war s' grad aufm Klo. Da bin i mit de Einkaufstüten aber direkt in d' Küche, drum hab i des z'erscht gar ned mitgekriegt. Aber später hab i s' dann gsehen.«

»Und Sie sind sicher, dass Frau Fabek jedes Mal bei Herrn Ingram war?«

»Na logisch, der Hanno war doch gar ned da.« Sie überlegte. »Vielleicht doch … Aber trotzdem, für wie bescheuert hält der mi eigentlich?«

»Wissen Sie noch, wann genau sie da gewesen ist?«

»Mei, des erste Mal kurz nachdem der René bei uns einzogn is. Und dann eben zwei Tage, bevor i die Fliege gmacht hab. Wir ham uns übelst gstritten, der René und ich.« Mit gefurchter Stirn zerzauste sie ihr ohnehin schon verstrubbeltes Haar, sodass ihr Just-out-of-bed-Look noch natürlicher wirkte. »War zwar blöd wegen meim Job, aber i hab's einfach nimmer ausghaltn z' Rengschburg.«

Von einem Mann mit Raubvogeltattoo am Hals wusste sie nichts, auch von einer Frau namens Tamara Belic hatte sie noch nie gehört. Auf meine Frage, wo René Ingram sich jetzt aufhalten könnte, diktierte Andrea Mühlbauer mir einige Namen von irgendwelchen Kumpels, deren Adressen oder Telefonnummern sie jedoch nicht kannte.

»Aber z'erscht«, meinte sie und winkte aufgebracht der Bedienung, »fragen S' am besten bei der bescheuerten Bitch nach.«

***

Den Rest des Nachmittags verbrachte ich am PC, um die Adressen von René Ingrams Freunden zu recherchieren. Nach langem Suchen – Andrea Mühlbauer hatte mir von den meisten nur die Spitznamen nennen können – gelang es mir, mit immerhin zweien zu telefonieren. Keiner der beiden wollte etwas von René Ingrams Drogensucht wissen. Auch wo er sich jetzt aufhielt, schien ihnen nicht bekannt zu sein.

Doreen war nicht für mich zu sprechen, was mich nach unserem Zusammenstoß am Morgen nicht überraschte.

In meinem Posteingang fand ich neben allerhand Spam und Werbung eine Antwort des ominösen Moderators des Forums »the_great_jakobi« auf meine Anfrage. Seine Mail fiel jedoch nicht so aus, wie ich erhofft hatte.

Aus »Sicherheitsgründen«, behauptete der namenlose Moderator, könne er seine Identität nicht preisgeben. Die Konkurrenz sei in der Bücherbranche nun mal enorm stark. Aus demselben Grund werde er auch nicht enthüllen, woher er seine Insider-Informationen bezog. Alle weiteren Anfragen meinerseits seien zwecklos.

Als ich den PC ausschaltete – es war schon Viertel vor sechs und an der Zeit, endlich Feierabend zu machen –, meldete sich mein Handy. Auf dem Display wurde keine Nummer angezeigt.

Nach kurzem Zögern ging ich ran. »Anna di Santosa, was kann …?«

»Ich muss mit Ihnen reden«, fiel mir eine Stimme ins Wort, die so rau klang, dass ich sie kaum erkannte.

»Herr Fabek?«, fragte ich überrascht. »Sind Sie das?«

»In einer Dreiviertelstunde am Autobahn-Rastplatz bei Luhe-Wildenau – schaffen Sie das?«

Er war es tatsächlich.

»Was soll ich dort? Was wollen Sie von mir?«

»Mit Ihnen reden. Es war dumm, dass ich bei Cora neulich einfach abgehauen bin, aber ich war so erschrocken, ich konnte nicht mehr klar denken und …« Er unterdrückte ein Stöhnen. »Ich kann Ihnen doch trauen? Keine Polizei, okay?«

***

Fünfzig Minuten später bog ich auf den Parkplatz an der A 93. Es war einsam hier. Hinter dem WC-Häuschen nur ein paar Bäume, die sich in der voranschreitenden Dämmerung verloren, in der Nähe des unansehnlichen kleinen Gebäudes zwei Lkws mit zugehängter Fahrerkabine.

Auf dem hintersten Stellplatz sah ich einen unbeleuchteten Sportwagen stehen. In Schrittgeschwindigkeit fuhr ich auf das Auto zu, ein Jaguar, wie ich beim Näherkommen feststellte.

Natürlich war es riskant, mich mit Marius Fabek allein zu treffen. Auch wenn ich inzwischen überzeugt davon war, dass er nichts mit Danilo Jakobis Verschwinden zu tun hatte, so wusste ich doch, wozu er fähig war. Aber ich wollte, ich musste hören, was er mir zu erzählen hatte.

Wenige Meter neben dem Wagen hielt ich an. Jemand saß im Inneren, doch ich konnte nichts Genaues erkennen.

Ich stieg aus, ging langsam auf den Jaguar zu. Unter meinen Schuhsohlen knirschte es, überall lagen Glasscherben. Verkehrslärm von der Autobahn wehte zu mir herüber.

Die Tür des Wagens klappte auf, jemand kletterte unbeholfen heraus.

Marius Fabek.

Er sah noch mitgenommener aus als damals vor Coras Haus. Am meisten erschrak ich über seinen trüben, ganz und gar mutlosen Blick, als er erschöpft auf mich zuwankte, fast über eine halb zerbrochene Flasche stolperte, die irgendwer hier weggeworfen hatte.

»Ich war's nicht«, ratterte er schon los, bevor ich auch nur ein Wort sagen konnte, mit dem Mut der Verzweiflung erwachte er zu neuem Leben. »Ich habe nichts mit Danilos Tod zu tun, glauben Sie mir, ich bin unschuldig. Eine Verschwörung, die wollen mich fertigmachen, die Nutte hat mir die K.-o.-Tropfen verabreicht, sie muss das Zeug in den Whiskey getan haben, und im Radio …«

»Wer will Sie fertigmachen, Herr Fabek?«

»… im Radio habe ich gehört, dass meine Frau verletzt ist«, er packte mich an beiden Oberarmen, schüttelte mich so heftig, dass meine Haare wild herumflogen, »sie hat gesagt, ich hätte sie …«

Motorenlärm, ganz nahe.

Zwei Fahrzeuge schossen auf uns zu, kamen mit quietschenden Bremsen zum Stehen. Das eine keine drei Meter hinter Marius Fabeks Wagen, das andere direkt daneben, Scheinwerfer blendeten uns.

Dunkle Gestalten sprangen aus dem Wagen neben dem Jaguar.

»Polizei!«, brüllte jemand, »lassen Sie die Frau los!«

Ich hörte Marius Fabek einen Schrei ausstoßen, sah seine Augen aufblitzen, darin Panik, Wut, Entsetzen.

»Herr Fabek, ich habe die nicht verständigt, bitte glauben …«

Er rannte los.

»Stehen bleiben oder ich schieße!«

Im Licht der Scheinwerfer sah ich Marius Fabek am WC-Häuschen vorbeirennen, auf die Bäume zu.

»Scheiße, Udo, der haut ab, der …«

»Sofort stehen bleiben!«

Ein Knall in unmittelbarer Nähe, vielleicht ein Warnschuss, ein Mann fluchte.

Schritte polterten an mir vorbei, jemand riss mich zu Boden.

Etwas Spitzes bohrte sich in meine Handflächen, die Glasscherben, beißender Rauch stieg mir in die Nase.

Auch die Türen des Wagens hinter dem Jaguar flogen auf, noch mehr Stimmen riefen durcheinander.

»Verdammte Scheiße, der bleibt niad stehn!«

Der Mann, der mich umgeworfen hatte, drückte mich nach unten, bedeckte meinen Kopf mit seinem Oberkörper. Er roch nach Kaffee und Salbeibonbons.

Wieder fluchte jemand, im selben Moment krachte es ein zweites Mal.

»I glaub, du hast 'n dawischt, Udo … verdammt, der rührt si gar nimmer …«

Ich stieß den schweren Oberkörper weg, hob den Kopf.

Dort, wo ich eben noch die gebückt laufende Gestalt Marius Fabeks gesehen hatte, sah ich nur noch ein zusammengekrümmtes Etwas auf dem Boden liegen.

Noch mehr schwere Schritte, die Gestalten riefen durcheinander. Der Mann, der mich aus der Schusslinie gerissen hatte, half mir hoch.

***

Marius Fabek war nicht ansprechbar, atmete zum Glück aber noch. Irgendwer versuchte, Erste Hilfe zu leisten, ein anderer telefonierte nach einem Rettungswagen. Der Notarzt, der bald erschien, versorgte den Schwerverletzten noch vor Ort. Die Kugel hatte die Wirbelsäule knapp verfehlt, aber wohl innere Organe zerfetzt, bevor sie an der Bauchseite wieder ausgetreten war, so seine Schnelldiagnose.

Der Beamte, der das Feuer eröffnet hatte, stammte wie seine Kollegen aus Weiden, erfuhr ich, während die zeitgleich mit dem Notarzt eingetroffenen Sanitäter Marius Fabek in den Rettungswagen schoben. Der Polizist hatte den Flüchtenden ins Bein schießen wollen, war jedoch über die halb zerbrochene Flasche gestolpert. Der Schuss hatte Marius Fabek im unteren Rücken in der Leistengegend getroffen.

Ich hatte nur minimale Schnittwunden an den Handflächen erlitten. Noch während ich versorgt wurde, berichtete ich Paolos Kollegen von meinem Gespräch mit Marius Fabek. Doch die Szenerie auf dem Autobahnparkplatz war so unüberschaubar und hektisch, dass mir kaum jemand zuhörte. Ständig wurde telefoniert, die Sanitäter stellten Fragen, ein Streifenwagen tauchte auf, verschwand wieder.

Erst nach und nach erfuhr ich die Details, wie es zu der Schießerei gekommen war. Nach seinem kurzen Anruf bei mir hatte Marius Fabek offenbar vergessen, sein Handy wieder auszuschalten. So war es ein Leichtes gewesen, es zu orten. Die Beamten, die ihn verhaften sollten, wussten, dass er gefährlich war. Zudem hatten sie den Eindruck gewonnen, der Verdächtige würde mich bedrohen. Als er floh, hatten sie schnell handeln müssen.

Der Patient wurde in die Weidener Klinik gebracht, wo man ihn sofort notoperierte, wie ich erst am späten Abend hörte. Der Eingriff dauerte mehrere Stunden. Danach war Marius Fabeks

Zustand so instabil, dass die Ärzte ihn sicherheitshalber in ein künstliches Koma versetzten.

Noch am Abend musste Paolo sich in einer eilig anberaumten Konferenz dem Blitzlichtgewitter der Medien stellen. Dass René Ingram abgetaucht war, interessierte ihn angesichts der jüngsten Ereignisse nicht im Geringsten. Doch auch ich hatte ja keine Idee, ob das für die beiden ungelösten Fälle von Bedeutung war.

Noch ein weiteres Interview erregte an diesem Abend die Aufmerksamkeit der Öffentlichkeit. Erst auf »TVA«, später auf »Bayern Drei« verlas Doreen Fabek eine Erklärung, in der sie ihren Mann des Mordes an Danilo Jakobi beschuldigte. Auch die angebliche Messerattacke auf sich selbst schilderte sie in dramatischen Worten. Dabei distanzierte sie sich in jedem Punkt von dem, was sie anfangs gesagt hatte, und ließ kein gutes Haar an dem Mann, mit dem sie drei Jahre ihres Lebens verbracht hatte.

Ich war nicht wirklich erstaunt. Schließlich ahnte ich, wie Marius Fabeks letzter Satz gelautet hätte, wenn die Polizisten ihn nicht unterbrochen hätten.

27

Am Samstagmorgen stand ich um halb neun vor dem »Adrian's Art Verlag« und traute kaum meinen Augen. Überall wirbelte, wogte und wuselte es, als wäre eine Ameisenhorde unterwegs.

Vor dem Eingang des Verlagsgebäudes drängelte sich eine dichte Menschentraube, auch die Zufahrt zum rückwärtigen Hof, in dem ich gestern den Wagen abgestellt hatte, war versperrt. Jede der geschäftig auf dem Vorplatz von hier nach dort eilenden Personen schien ein Mikrofon in der Hand zu halten, mit einer Kamera zu hantieren, ein technisches Gerät aufzubauen oder ein anderes auseinanderzuschrauben. Neben den Vertretern der regionalen Medien erkannte ich heute anhand der Aufdrucke auf ihren Schultertaschen oder Rucksäcken auch Journalisten der »Süddeutschen« und der »FAZ«.

Ich kämpfte mich durch die Menschenmenge, schlüpfte in den Hinterhof. Dort läutete ich an der unscheinbaren Tür, die, wie ich von Silvia Wagner wusste, ebenfalls in die Verlagsräume führte. Ich war erleichtert, dass mir niemand folgte.

»Ja, bitte?«, knisterte es in der Sprechanlage.

»Anna di Santosa. Ich habe jetzt einen Termin bei Silvia Wagner.«

Heute war die Empfangsdame wieder an ihrem gewohnten Platz. Sie bemühte sich um eine entspannte Miene, während sie aus ihrem Mantel schlüpfte. Offenbar war sie erst kurz vor mir gekommen.

»Sie brauchen mich nicht anzumelden.« Zielstrebig schritt ich am Tresen vorbei. »Ich kenne den Weg zu Frau Wagners Büro.«

»Moment mal«, sagte sie aber, »Sie sind wirklich nicht von der Presse?«

Ich erinnerte sie daran, dass ich schon hier gewesen war. Endlich erkannte sie mich wieder. Da sie nicht sicher war, ob die Lektorin schon im Haus war, griff sie dummerweise doch zum Telefon. Ich sagte, ich würde schon mal nach oben gehen.

Eilig stieg ich die Stufen hinauf und hoffte, Doreens Büro zu erreichen, ohne Silvia Wagner zu begegnen.

Zum Glück waren sowohl die Treppe als auch der Flur im zweiten Stock menschenleer. Vom Ende des Korridors, dort, wo sich die Küche befand, hörte ich leise Geräusche und Gemurmel.

An Doreens Tür angekommen, klopfte ich und trat ein, ohne auf ein »Herein« zu warten. Auf den ersten Blick erschien mir der Raum leer. Dann aber raschelte es hinter dem Schreibtisch.

»Frau Fabek?« Ich schloss die Tür hinter mir. »Entschuldigen Sie bitte, dass ich einfach hereinplatze. Aber ich muss wirklich dringend mit Ihnen reden.«

Kurz tauchte Doreens Haarschopf auf, verschwand wieder. Sie kniete auf dem Boden und kramte offenbar in einer der unteren Schreibtischschubladen.

»Jedes weitere Gespräch zwischen uns ist überflüssig«, fuhr sie mich an. »Verschwinden Sie!«

Ich trat näher. Zwei Schubladen lagen kopfüber auf dem Boden. Stifte, Papiere, Fotos, Zeitschriften, alles war wild durcheinandergeworfen, daneben das Telefon. Eine weitere Schublade war zur Hälfte herausgezogen, darin ein Chaos, als wäre sie durchwühlt worden.

»Kann ich Ihnen helfen?«

Doreen ließ das Durcheinander, wie es war, stellte das Telefon auf den Tisch zurück, stand nun doch auf und musterte mich kalt. Sie trug noch ihren Mantel.

»Was wollen Sie?«, fauchte sie. »Ich habe doch wohl klargemacht, dass ich meine Zeit nicht mehr mit Ihren dummen Fragen verschwenden werde.«

Mit ausgestreckter Hand deutete ich zum Fenster, unter dem sich die Pressevertreter versammelt hatten. Zwei Fensterflügel standen offen, der Rummel war nicht zu überhören.

»Warum fallen Sie Ihrem Mann jetzt auch noch in den Rücken?«, fragte ich scharf. »Reicht es nicht, dass er schwer verletzt im Krankenhaus liegt?«

»Ich wüsste nicht, was das ausgerechnet Sie angeht.« Sie schaffte sogar ein abfälliges Lachen. »Hauen Sie ab – jetzt sofort!«

»Ihre Lügen helfen Ihnen nicht mehr. Ich habe gestern Abend mit Ihrem Mann gesprochen. Er wusste nichts von seiner angeblichen Messerattacke auf Sie. Sie haben das alles inszeniert, auch die Presse haben Sie herbeizitiert, die spektakuläre Ergreifung Ihres Mannes von gestern Abend kommt Ihnen natürlich sehr gelegen. Und hinter diesem Online-Forum ›the_great_jakobi‹ stecken auch Sie, habe ich recht?«

»Mein Anwalt wird es sehr interessant finden, wenn er hört, welche Gerüchte Sie in Umlauf setzen. Und dass Sie sich unerlaubt Zugang zum Verlag verschafft haben, ebenso. Hausfriedensbruch nennt man das.«

Doreen sah mich mit so bösartiger Miene an, dass es mir kalt über den Rücken gelaufen wäre, wenn ich nicht gewusst hätte, dass sie nur pokerte.

Von irgendwoher waren Stimmen zu hören. Laute, aufgebrachte Stimmen.

Sie schienen jedoch nicht von draußen zu kommen. Vielleicht aus der Empfangshalle? Oder vom anderen Ende des Korridors? War es etwa einigen der Medienvertreter gelungen, ins Haus zu gelangen?

»Ich gehe erst, wenn ich weiß, warum Sie zweimal in Herrn Ingrams Wohnung waren«, sagte ich.

»Was für ein Quatsch, da bin ich nie gewesen.«

Sie würdigte mich keines Blickes mehr, sondern stöckelte hocherhobenen Haupts an mir vorbei zur Tür.

»Seine Ex-Freundin hat Sie gesehen. Sie denkt, Sie hätten eine Affäre mit ihm. Aber ich denke, dass man einer eifersüchtigen Frau nicht alles glauben sollte. Ich würde eher Herrn Ingram recht geben: Sie wollten in Wirklichkeit zu Herrn Maidorn.«

Doreen hatte die Tür schon erreicht und die Hand nach der Klinke ausgestreckt, ließ sie wieder sinken. Sie wandte den Kopf in meine Richtung. Ihr Blick flackerte, nur den Bruchteil einer Sekunde, dann hatte sie sich wieder gefasst.

Die Stimmen, sie kamen tatsächlich vom anderen Ende des Korridors, wurden lauter. Auch auf dem Vorplatz unten stieg der Lärmpegel.

»Ich kenne keinen Maidorn«, zischte sie, drehte sich nun ganz um und trat drohend auf mich zu. »Wer soll das sein?«

»Ein Drogendealer. Ich weiß noch nicht, wie Sie es angestellt haben, aber die K.-o.-Tropfen ...«

Auf dem Korridor ein Rumpeln, etwas oder jemand fiel zu Boden. Die Stimmen kamen rasch näher. Ein Mann und eine Frau, beide kannte ich.

Plötzlich ein gellender Schrei – die Frau –, dann ein zweiter.

Die Tür sprang auf.

Silvia Wagner stürzte herein, das Gesicht schreckensbleich, schmerzverzerrt, eine Hand an der Schulter. Blut quoll zwischen ihren Fingern hervor.

Hinter ihr René Ingram.

Mit einem Messer in der Hand.

Augen, Lippen, Gesicht, alles an ihm schrie vor Wut, Zorn, Hass.

Das Messer war blutbesudelt. Sein Blick, ganz und gar irre, flog sofort zu Doreen, die sich wieder der Tür zuwandte.

»Du verlogenes Drecksstück!«

Aufheulend wie ein verwundetes Tier warf er sich auf sie.

Für den Bruchteil einer Sekunde war ich wie erstarrt, machte instinktiv einen Schritt auf die beiden zu, versuchte noch, ihn von ihr wegzustoßen, etwas fiel zu Boden, ein Handy. Doch sein Schwung war zu stark, seine Kraft zu groß. Schon hatte er sein Opfer zu Boden gerissen, es regelrecht unter sich begraben.

Doreen schrie, voller Schmerz, Entsetzen, Angst.

Mit der Wut eines Besessenen stach René Ingram auf sie ein, wieder und wieder.

»Nein, nicht ... hör auf, René ...«

»Mein Gott ...« Eine andere Stimme, so schwach, dass ich sie kaum hörte. Silvia Wagner, aschfahl, zusammengekauert in der Ecke neben der Tür. »Bitte, helfen Sie mir ...«

Ich packte den Wahnsinnigen an den Schultern, versetzte ihm mit dem Knie einen Stoß in den Rücken, traf nicht richtig. Er schüttelte mich ab, während Doreen verzweifelt versuchte, sich gegen die scharfe Klinge abzuschirmen.

Gesicht, Brust, Bauch, das Parkett unter ihr – rot.

Rot.

Alles rot.

Ihr Schreien erstarb. Sie stöhnte nur noch, wimmerte, leise, immer leiser. Erneut versuchte ich, René Ingram von ihr wegzureißen. Ich schlug ihm ins Genick, erwischte ihn endlich richtig.

Mit einem gurgelnden Geräusch und der Kraft eines zornigen Riesen schoss er hoch, fuhr herum, stieß mich zu Boden, sprang nach vorn, zum Schreibtisch.

Entsetzt starrte ich auf die aus unzähligen Wunden blutende Frau vor mir. Die Augen weit aufgerissen, glasig, sie lag einfach nur da, schutzlos, hilflos, zuckte kaum noch, wimmerte nicht einmal mehr. Das Messer steckte noch in ihrem Bauch.

An der Tür jetzt Schluchzer, Schreie, Hilferufe. Noch eine andere Frauenstimme, die sich vor Grauen überschlug.

Ich ließ das Messer, wo es war, fühlte nach Doreens Puls, fand ihn nicht.

Wieder schrie jemand. Eine neue Stimme.

Sofort hob ich den Kopf, sah nach René Ingram. Noch bevor ich begriff, was er beabsichtigte, war er schon auf das Fensterbrett gesprungen.

Ich rappelte mich hoch.

Einen Wimpernschlag lang kniete er auf dem Fensterbrett. Dann stürzte er sich hinaus, verschwand aus meinem Sichtfeld, als wäre er nie da gewesen.

28

»Da drinnen sieht's aus wie auf einem Schlachtfeld«, lauteten Paolos erste Worte, als er aus Doreens Büro trat. »Der Kerl war im Blutrausch.«

»Er muss schon eine Weile auf Entzug gewesen sein«, sagte ich, noch immer fassungslos. »Sonst wäre er vielleicht nicht so durchgedreht.«

Ich saß im Flur auf einem Stuhl, den mir eine mitfühlende Seele vor wenigen Minuten hingestellt hatte, schloss die Augen und versuchte vergeblich, die grauenvollen Bilder aus meinem Kopf zu verbannen, die ich noch immer in allzu deutlichen Farben vor mir sah. Ich fühlte mich beschmutzt und war es auch. Als wäre ich in einen purpurnen Wasserfall geraten.

In Doreens Büro wimmelte es jetzt von Menschen. Streifenbeamte, Polizisten in Zivil, Spurensicherer, die alle routiniert und konzentriert ihrer Arbeit nachgingen, und noch immer der eine oder andere Sanitäter, der nichts mehr zu tun hatte.

Draußen herrschte ein unfassbarer Tumult. Manche der Journalisten waren zwar in Schockstarre, der Anblick des aus dem Fenster springenden und inmitten der Kollegen aufschlagenden Mannes hatte sie gelähmt. Zum Glück war niemand sonst verletzt worden. Doch alle anderen prügelten sich um die besten Bilder.

Für Doreen und ihren Mörder war jede Hilfe zu spät gekommen. Ich hatte René Ingram auf dem Vorplatz liegen sehen, als ich mich kurz aus dem Fenster beugte, mit zerschmettertem Kopf und vermutlich unzähligen inneren Verletzungen. Doreens Blutungen zu stillen war ein Ding der Unmöglichkeit gewesen. Sogar ich als Laie hatte sofort erkannt, dass jede Herzdruckmassage oder Mund-zu-Nase-Beatmung vergebens gewesen wäre. Irgendwann hatte mich der Notarzt zur Seite geschoben und ich das zu Boden gefallene Handy eingesteckt, das mir beim Zusammenprall mit René Ingram aus der Tasche gefallen sein musste.

Ständig gingen Türen, ständig wurde gerufen, geweint, halblaut gesprochen. Ständig erschien jemand im Korridor, wollte wissen, ob man helfen könne, verschwand wieder. Ein Chaos aus Lärm, Verzweiflung, Hysterie und Blut.

Silvia Wagners Verletzung an der Schulter war nur eine Fleischwunde und nicht lebensbedrohlich, hatte die Schnelldiagnose des Notarztes gelautet, natürlich stand sie unter Schock. Nach der ersten Notversorgung hatten die Sanitäter sie in ein Krankenhaus gebracht. In welches, wusste ich nicht.

»Du siehst kaputt aus, Prinzessin«, hörte ich Paolos mitfühlende Stimme jetzt wieder wie durch Watte. »Das Protokoll hat Zeit bis morgen. Am besten, du wäschst dich erst mal. Dann lasse ich dich nach Hause bringen, okay?«

Ich öffnete die Augen. Sein Angebot war verlockend. Doch ich erklärte ihm, dass Maximilian mich abholen würde. In spätestens einer halben Stunde sollte er da sein, mit ein paar frischen Kleidungsstücken für mich.

Wie René Ingram ins Haus gekommen war, wusste Paolo noch nicht. Er schien sich schon länger im Verlagsgebäude befunden zu haben. Vermutlich war er in der Nacht eingestiegen, jedenfalls hatte er in seinem alten Büro geschlafen. Seit seiner Kündigung stand es leer.

In der Küche auf dem zweiten Stockwerk war die Kaffeekasse geplündert, auch in einigen Büros im Erdgeschoss und ersten Stock waren die Schreibtische durchsucht worden. René Ingram hatte nach Bargeld gesucht, jedoch nicht genug gefunden.

Jetzt erst fielen mir die durchwühlten Schubladen in Doreens Schreibtisch ein, nach all dem Chaos hatte ich nicht mehr daran gedacht. Ich erzählte Paolo davon.

»Er wird da ebenfalls nach Geld gesucht haben«, meinte er.

»Oder nach Stoff.«

Ich berichtete ihm nun auch von dem Umschlag, den Doreen ihrem ehemaligen Assistenten am Mittwochvormittag vor meinen Augen zugesteckt hatte – vielleicht ihr eigener Notvorrat? Die Obduktion würde klären, ob auch sie Drogen konsumiert hatte.

»Wie geht es Herrn Fabek?«, fragte ich dann.

»Sie holen ihn gerade aus dem Koma zurück.« Paolos Miene blieb ausdruckslos. »Er weiß noch nicht, was hier passiert ist. Sobald ich irgendwie Land sehe, rufe ich noch mal im Krankenhaus an. Aber ich habe wenig Hoffnung, dass sie mich schon mit ihm sprechen lassen.«

Ich sah ihm an, dass er sich wünschte, von den Ärzten abgewiesen zu werden. Er tat mir leid, aber ich sagte nichts. Ich war im Moment außerstande, jemanden zu trösten. Nach dem Adrenalinschub und der Tasse Kaffee, die mir eine verstörte Verlagspraktikantin gebracht hatte, breitete sich nun eine bleischwere Müdigkeit in meinen Gliedern aus. Wenn ich nicht bald nach Hause kam, würde ich wohl demnächst vom Stuhl kippen.

***

Erst zwei Stunden später war ich wieder zu Hause, stellte mich als Allererstes unter die Dusche und verbrachte dort eine geschlagene halbe Stunde. Als ich das Gefühl hatte, endlich den letzten Blutstropfen und vielleicht sogar die ersten der qualvollen Erinnerungen aus Doreens Büro fortgespült zu haben, trocknete ich mich ab.

Als ich die Küche betrat, stand ein opulenter Brunch auf dem Tisch. Frisches Obst, Caprese aus den ersten wohlschmeckenden Tomaten des Jahres und saftigem Büffelmozzarella, knusprige Brezeln, Blätterteighörnchen. Außerdem Wurst und Käse in allen Variationen, Feigen- und Aprikosenmarmelade, nach Akazienblüten duftender Honig, dazu ein wunderbar weich gekochtes Ei – an alles hatte Maximilian gedacht.

Dennoch trank ich nur meinen geliebten Assam, während er mir von belanglosen Dingen erzählte. Ich war froh, dass er mir keine Fragen stellte, nicht in mich drang. Als Arzt wusste er, dass jeder auf seine eigene Weise mit traumatischen Erlebnissen umging. Es war noch viel zu früh, um über die heutigen Vorfälle zu sprechen.

Auch Vincenzo tauchte irgendwann auf. Mit verstrubbelten Haaren und im Schlafanzug stürzte er sich auf die Delikatessen, die ich verschmähte. Bergeweise schnitt er sich Käse ab, bestrich sich eine Brezel dick mit Butter und Streichwust und verkündete, er habe selten so einen Hunger gehabt wie heute. Zwischendurch warf er mir besorgte Blicke zu. Seine Frage, ob denn wirklich alles in Ordnung mit mir sei, beantwortete ich einsilbig. Es hatte keinen Sinn, ihn unnötig zu beunruhigen.

Er erzählte uns von seinen Plänen für den Tag, die heute am Samstag hauptsächlich aus Lesen und dem ersten Fußballnachmittag mit Florian bestanden, sie wollten das schöne Wetter nutzen. Auf Twitter und Instagram, bemerkte er, gebe es seit dem heutigen Morgen keine Neuigkeiten, weder zu Danilo Jakobi noch zum »Adrian's Art Verlag«. Das überraschte mich nicht.

Nach dem Brunch überredete Maximilian mich zu einem Spaziergang an der Donau. Wie zum Hohn schien die Sonne in all ihrer Pracht und tauchte alles in ein diamantenes Licht. Himmel, Wasser, Luft und Erde – es leuchtete und funkelte nur so, als wäre dieser Tag gerade erst aus einem langen und dunklen Schlaf erwacht.

Arm in Arm schlenderten wir den Uferweg entlang, beobachteten Wasservögel und schwiegen. Die Stille am Fluss, Maximilians Nähe, nichts weiter tun zu müssen, als einen Fuß vor den anderen zu setzen – all das half mir, wieder zu mir zu finden. Irgendwann löste sich meine Zunge, und endlich konnte ich die schockierenden Eindrücke des heutigen Vormittags in Worte fassen.

»Vielleicht hätte ich Doreen noch retten können«, sagte ich wider besseres Wissen. Dass für René Ingram, diese verlorene Seele, vielleicht schon vor seiner Wahnsinnstat jede Hilfe zu spät gekommen wäre, war mir bewusst. »Wenn ich schneller reagiert hätte, wenn ich ...«

»Mach dir keine Vorwürfe«, sagte Maximilian sanft und drückte mich noch fester an sich. »Ich weiß, wovon ich rede, Anna. Als Arzt fühle ich mich oft genauso machtlos, weil ich immer wieder an meine Grenzen stoße, trotz all unserer modernen Methoden und technischen Errungenschaften. Wenn es für jemanden an der Zeit ist zu gehen, kann niemand von uns Gott spielen.«

Sein Mitgefühl tat mir unendlich gut. Doch noch etwas anderes beschäftigte mich.

»Ständig hat Doreen versucht, die Menschen um sich herum zu manipulieren, alle hat sie belogen und betrogen. René Ingram, ihren Mann, mich, auch diesen Hype um Danilo Jakobis Bücher hat ganz allein sie angezettelt, da bin ich sicher. Nur in einem Punkt, denke ich, hat sie nicht gelogen.«

»Und zwar?«

Ich sah zwei Gänsen zu, die laut schnatternd und mit den Flügeln schlagend von der Wasseroberfläche abhoben, und dachte an Margherita. An den Abend in der Galerie, als sie Flavio verlassen hatte. An die Verwüstung in seiner Wohnung und die auf den Spiegeln mit Lippenstift aufgemalten und mehrfach durchgestrichenen Worte: *»Tienimi stretto nel tuo cuore«* – halt mich fest in deinem Herzen.

»Die sexuellen Abartigkeiten ihres Mannes waren unerträglich für sie«, sagte ich langsam. »Er hat nie begriffen, was er ihr damit antut. Und wie gefährlich eine Frau ist, die so verletzt wird. Auch wenn ich es noch nicht beweisen kann – ich bin sicher, dass Doreen hinter dem Komplott gegen Marius Fabek steckt. Und auch hinter Danilo Jakobis Verschwinden.«

***

Um fünf machte sich Maximilian auf den Weg in die Uniklinik. Der Norovirus kursierte auch unter der Belegschaft der Uniklinik, zwei seiner Kollegen in der Neurochirurgie hatten sich infiziert. Also hatte man ihn gebeten, seinen Urlaub für mehrere unaufschiebbare OP-Termine zu unterbrechen. Vincenzo war schon seit dem frühen Nachmittag mit seinem Freund beim Fußballspielen, sie hatten sich mit einigen Schulfreunden verabredet.

Nach unserem Spaziergang hatte ich doch noch einen Happen gegessen und anschließend gute zwei Stunden geschlafen. Ich hatte unruhig geträumt, fühlte mich aber zum Glück ein wenig regeneriert. Die Bilder vom Vormittag hatten sich zwar allzu deutlich in meine Erinnerungen eingegraben. Aber zumindest verblassten schon die Farben.

Ich machte mir eine Kanne Tee, setzte mich auf den Diwan im Wintergarten und überlegte, ob ich Paolo anrufen sollte. Ich hätte zu gern gewusst, ob Marius Fabek inzwischen aus dem Koma erwacht war, wie es ihm ging. Obwohl ich es nicht verschuldet hatte, traf es mich, dass er ausgerechnet bei dem Treffen mit mir auf so unglückliche Weise verhaftet worden war.

Doch noch bevor ich meinen Plan in die Tat umsetzen konnte, läutete mein Handy. Ich fand es in meiner Handtasche, die in der Diele auf der Kommode lag.

Auf dem Display sah ich eine unbekannte Festnetznummer. Nach kurzem Überlegen nahm ich den Anruf an.

»Mir ist noch was eingefallen«, sagte eine Frauenstimme, die ich schon einmal gehört hatte. »Sie haben doch gesagt, ich kann mich jederzeit melden.«

Es war Anja – Hausfrau, Mutter und Prostituierte.

»Wie geht's Ihnen? Haben Sie inzwischen mit der Polizei gesprochen?«

Hatte sie natürlich nicht. Ihre verschwundene Kollegin Tamara Belic hatte sich noch nicht bei ihr gemeldet.

»Das mit den Eiswürfeln hatte ich echt komplett vergessen.« Etwas klapperte, vielleicht war sie wieder in der Küche, dieses Mal in ihrem eigentlichen Zuhause. »Das war schon irgendwie schräg.«

Semiramis strich auffordernd schnurrend und maunzend um meine Beine, offenbar hatte sie Hunger. Doch ich blieb stehen und hakte nach, was »das mit den Eiswürfeln« zu bedeuten habe.

»An dem Abend bei dem Marius, diesem Scheißwichser, war die Tamara mal in der Küche, um Whiskey-Nachschub und Wasser zu holen. Ich brauchte eine kleine Pause und bin ihr bald nach. Auf der Arbeitsplatte hat sie zwei Eiswürfelbehälter liegen gehabt, so Dinger aus weißem Plastik. In dem einen waren Würfel in Kleeblattform, im anderen Herzen – Sie wissen, was ich meine?«

»Ja. Und?«

»Genau. Also, der mit den Kleeblättern war noch ganz voll, in dem anderen sind aber nur noch zwei Stück gewesen. Ich gieße mir ein Glas Leitungswasser ein und will mir die beiden nehmen, da fährt die Tamara mich an, ›nein, die nicht, nimm dir was von den Kleeblättern‹. Ich hab echt nicht kapiert, was an den Herzen verkehrt war. Aber weil sie es unbedingt wollte, hab ich mir dann eben die Kleeblätter ins Glas getan.«

Semiramis trollte sich beleidigt.

»Und die Herzen?«

»Die hat sie in das Glas für den Marius getan.«

Wieder schepperte es am anderen Ende der Leitung, dann rauschte und zischte es. Ich hielt den Hörer ein Stück vom Ohr weg.

»Da sind schon zwei halb aufgelöste Stück drin gewesen, und in der Wasserkaraffe war auch eine ganze Ladung Herzen, die hat sie ebenfalls auf dem Tresen stehen gehabt«, fuhr Anja fort. »Wir sind dann zusammen wieder nach oben ins Schlafzimmer. Sie hat dem Marius seinen Whiskey in die Hand gedrückt, und er hat ihn gleich auf ex gekippt. Und keine fünf Minuten später hat er schon gepennt wie ein Baby.«

»Was hat sie mit der Wasserkaraffe gemacht?«

»Die hat sie ihm aufs Nachtkästchen gestellt, neben seinen Geldbeutel. Als wir dann bald darauf gegangen sind, hat sie unser Geld da rausgenommen. Genau das, was ausgemacht war, weil beschissen wird bei mir nicht.«

Nun war mir klar, wie Doreen alles organisiert hatte. Vermutlich hatte René Ingram ihr von seinem Drogenlieferanten Hanno Maidorn erzählt. Ich wusste noch nicht mit Sicherheit, ob auch sie Drogen konsumiert hatte. Wenn, dann sicher nur wenig, ansonsten hätte man es ihr angesehen. Aber was hätte anderes in dem Umschlag sein sollen, den sie René Ingram zugesteckt hatte? Deshalb war sie in der WG gewesen, zumindest beim ersten Mal. Beim zweiten Mal hatte sie von Hanno Maidorn die K.-o.-Tropfen bekommen, und deshalb hatte er sterben müssen. Sie hatte die Herzchen-Eiswürfel präpariert und Tamara Belic sicher viel Geld dafür bezahlt, dass sie im Glas ihres Mannes landeten. Erst später am Abend, nachdem er schon einiges getrunken hatte. Für den Fall, dass er zwischendurch aufwachte, benommen und durstig nach dem vielen Whiskey, hatte Tamara ihm die Wasserkaraffe neben das Bett gestellt. Und nach jedem Schluck versank er von Neuem im Delirium.

Blieb die Frage: Wer war als Marius Fabeks Doppelgänger nach Italien gefahren? Und warum wollte Doreen nicht nur ihren Mann und Danilo Jakobi aus dem Weg räumen, sondern auch Cora?

Nun rief ich doch Paolo an, um ihm von Anjas Anruf zu berichten. Aber wieder einmal hob er nicht ab. Vielleicht war er noch im Gespräch mit Marius Fabek oder in der nächsten Pressekonferenz.

Ich legte das Handy zurück in die Tasche. Dabei stieß ich an etwas, das sich ebenso schmal und glatt anfühlte wie mein Mobiltelefon. Ich stutzte, inspizierte den Inhalt meiner Tasche. Und tatsächlich – zwischen Geldbörse, Sonnenbrille und Notizblock lag ein zweites Smartphone.

Mein eigenes steckte in der einschaligen Handyhülle, die mein Bruder mir zum letzten Geburtstag feierlich überreicht hatte. Ein Andenken aus Siena, der dunkelblaue Untergrund übersät von goldenen Sonnen, Monden und Sternen. Das andere Handy, von derselben Marke und Machart, hatte eine durchgängig dunkelblaue Schale.

Mit dem Display nach oben legte ich beide Geräte auf das Vertiko, sodass nur noch der schmale Rand der Handyhülle erkennbar war. Aus dieser Perspektive sahen sie sich zum Verwechseln ähnlich.

Ich überlegte, wie das zweite Handy in meine Tasche geraten war. Dann erinnerte ich mich. Ich hatte es in Doreens Büro eingesteckt, in der irrigen Annahme, es wäre mir nach meinem Zusammenprall mit René Ingram aus der Tasche gefallen.

Ich drückte den Knopf des Handys, das Display blieb schwarz. Offenbar war der Akku leer. Wem es wohl gehörte?

Auf jeden Fall weder Doreen noch René Ingram. Deren Mobiltelefone befanden sich in Paolos Obhut.

Gehörte es vielleicht einem der Verlagsmitarbeiter, deren Schreibtische René Ingram durchwühlt hatte? Oder Silvia Wagner? Womöglich hatte er es ihr auf dem Korridor abgenommen, kurz bevor er sie angegriffen hatte – um es später zu Geld zu machen, das er so dringend für seinen nächsten Schuss gebraucht hätte.

29

»Hm«, meinte die junge Buchhalterin des »Adrian's Art Verlags«, die ihr Haar auch heute wieder in einen Dutt gezwängt hatte, und runzelte die Stirn. »Hat die Silvia nicht ein Samsung?«

Sie hieß Jasmin Liebermann und trug wie neulich einen viel zu kurzen Rock, dieses Mal jedoch nicht in Chinarot, sondern in Meergrün. Darüber einen eng anliegenden Pullover. Prüfend begutachtete sie das dunkelblaue Smartphone, drehte es skeptisch hin und her.

»Doch, die Silvia hat ein Samsung«, sagte sie schließlich entschieden und gab mir das Handy zurück. »Und die Farbe stimmt auch nicht, sie hat eine rote Hülle, zum Aufklappen. Und auch sonst habe ich das Ding hier noch nie gesehen. Keine Ahnung, wem das gehört.«

Ich war erneut zum Verlag gefahren, vor dem kaum noch Journalisten anzutreffen waren. Jasmin Liebermann und ich standen in ihrem Büro im Erdgeschoss, das sie sich sonst mit einem Kollegen teilte. Zurzeit hielt sie als einzige Verlagsmitarbeiterin noch die Stellung. Um ihre unerledigten Vorgänge abzuschließen, hatte sie mir ungefragt erklärt. Vielleicht war das ihre Art, den Schock über die gewaltsamen Todesfälle an ihrem Arbeitsplatz zu bewältigen. Und die Sorge darüber, wie es für sie persönlich weitergehen würde.

»Wer soll die Firma jetzt überhaupt noch führen?« Ihre neongrün getuschten Wimpern flatterten wie Libellenflügel. »Ist doch keiner mehr da: René dreht erst durch und bringt sich dann um, Silvia ist schwer verletzt, die Chefin tot, der Chef im Krankenhaus und noch dazu so gut wie im Knast. Voll krass, das glaubt mir niemand!«

Es roch nach Kaffee und Schinkensandwich. Im obersten Stockwerk rumorten immer noch die Polizisten, hin und wieder lachte jemand oder es waren von der Treppe eilige Schritte zu hören. Hier im Erdgeschoss aber war es wie ausgestorben.

»Weiß man inzwischen eigentlich, wie Herr Ingram ins Haus gekommen ist?«, fragte ich und steckte das herrenlose Handy ein.

»Ja klar, einfach mit dem Schlüssel.« Die junge Buchhalterin verdrehte die Augen. »Den hatte er nämlich noch gar nicht abgegeben. Muss irgendwie untergegangen sein, als Marius ihn letzte Woche so Knall auf Fall gefeuert hat.«

»Wissen Sie, warum er ihn entlassen hat?«

»Marius hat ihn erwischt, oben auf der Herrentoilette.« Ihr Blick veränderte sich, Sensationslust glomm darin auf. »Der hat sich doch glatt eine Line reingezogen – während der Arbeitszeit. Marius hat ihn zur Rede gestellt, und René hat ihm eine gescheuert. Von Silvia hab ich's gehört. Neulich bin ich in ihr Büro, da hat sie grad telefoniert, privat. Sie hat ja immer allerhand mitbekommen, mit ihrem Büro im selben Stockwerk wie die Geschäftsleitung.« Beschwörend sah sie mich an. »Von mir haben Sie das aber nicht, okay?«

Ich nickte.

»Marius und Doreen hatten wieder mal einen Riesenstress miteinander deswegen«, fügte sie hinzu. »Sie muss ihn bekniet haben, dass er die Kündigung wieder rückgängig macht. Aber er wollte keinen Junkie in seinem Verlag. Jetzt ist mir auch klar, wieso da oben ewig so dicke Luft gewesen ist.«

Was für eine Ironie des Schicksals. Als Marius Fabek noch in seiner Hippiezeit gewesen war, hatte sein Vater ihn wegen seines Drogenkonsums unter Druck gesetzt. Jahre später hatte Marius Fabek denselben Druck auf einen seiner wertvollsten Mitarbeiter ausgeübt. Und dadurch einen Stein ins Rollen gebracht, der schließlich zum Tod seiner eigenen Frau geführt hatte.

»Sagen Sie mal, wie ist das hier eigentlich mit der Prokura geregelt?«, fragte ich in vertraulichem Ton. »Wer hat denn die Verfügungsgewalt über die Finanzen?«

»Marius. Doreen war nur bis zehntausend Euro zeichnungsberechtigt.« Obwohl die Büros nebenan leer waren und die Tür zum Korridor geschlossen war, senkte sie die Stimme. »Aber als das mit der Kripo losgegangen ist, haben sie das geändert. Seither hatte Doreen die volle Prokura. Wie hätten sonst die Geschäfte weiterlaufen sollen?«

Diese Antwort hatte ich erwartet. Ich erinnerte mich an den Vertrag, den ich in ihrem Büro gesehen hatte. Mir kam eine Idee.

»Hat sich das mit den zwei Überweisungen eigentlich geklärt?«, fragte ich weiter. »Für den Autor, der sein komplettes Honorar auf einmal bekommen hat?«

»Wie?« Sie blinzelte. »Ach, Sie meinen diesen Maliq Kodraj. Ja, alles okay, hat die Chefin gesagt. Ein Vorschuss für ein Manuskript, das erst übernächstes Jahr erscheinen soll.« Gequält verzog sie ihr herzförmiges Gesicht. »Beziehungsweise sollte.«

»Aus welchem Land war der Autor noch mal?«

»Ich meine, aus dem Kosovo.« Sie legte den Kopf schräg und einen Finger an die Oberlippe. »Ja, genau, aus Priština.«

Also von dort, wo Tamara Belics dubioser Cousin seinen VW Touareg zugelassen hatte.

Auf dem Weg zurück zum Wagen versuchte ich noch einmal, Paolo zu erreichen. Doch wieder ging er nicht ans Telefon. Ich hinterließ eine weitere Nachricht mit der dringenden Bitte um Rückruf.

Als ich den Maserati aufsperrte, den ich heute vor dem Verlagsgebäude geparkt hatte, kam mir ein Gedanke. Wenn das herrenlose Handy nicht Silvia Wagner und wohl auch sonst niemandem im Verlag gehörte, dann blieb eigentlich nur noch eine Möglichkeit.

»Welche Farbe Hannos Handy hat?«, wiederholte Andrea Mühlbauer eine halbe Minute später meine Frage am anderen Ende der Leitung. »Dunkelblau, glaube ich, ein Samsung.«

»Ich schicke Ihnen ein Foto, okay?«

Nur dreißig Sekunden später kam ihre Antwort per WhatsApp: Das zweite Smartphone in meiner Tasche war das des ermordeten Drogendealers. René Ingram musste es gefunden haben. Vermutlich, als er in Hanno Maidorns Zimmer vergeblich nach Drogen suchte. Vielleicht hatte er versucht, Doreen damit zu erpressen.

Ich stieg nicht in den Wagen, sondern machte einen Spaziergang durch die Villastraße, entlang der Parkmauer zur Königlichen Villa. Ich musste nachdenken.

Wann Doreen diesen teuflischen Plan entwickelt hatte, wusste ich nicht. Aber eines Tages, als sie die vielen Demütigungen nicht mehr ertrug, hatte sie beschlossen, sich ihres Mannes zu entledigen. Sie wollte ihm nicht nur den Mord an Danilo Jakobi in die Schuhe schieben, dessen Tod für den Verlag bares Geld bedeutete, sondern sich bei dieser Gelegenheit auch gleich noch den Verlag selbst unter den Nagel reißen.

Vielleicht zur selben Zeit erfuhr sie über ihren Assistenten René Ingram von dessen Dealer Hanno Maidorn. Von ihm konnte Doreen nun vermutlich nicht nur ihren eigenen Drogenvorrat beziehen, den sie vor ihrem Mann im Büro verbarg, sondern auch die K.-o.-Tropfen, die sie für das Komplott benötigte.

Im nächsten Schritt beauftragte sie Tamara Belic, die sie von früheren Besuchen im Hause Fabek kannte, ihrem Mann die K.-o.-Tropfen in die Getränke zu mischen. Als dieser am Abend des Rosenmontags in seinen traumlosen Schlaf fiel, entwendete die Prostituierte ihm den Autoschlüssel, die Kreditkarte und das Geschäftshandy. Während ihre Kollegin Anja in ihr eigenes Auto stieg, deponierte Tamara Belic alles an einer vereinbarten Stelle, vermutlich in der Nähe von Marius Fabeks Audi.

Sein Doppelgänger, ebenfalls von Doreen engagiert, tauchte höchstens eine Stunde später auf, nahm die Dinge an sich, fuhr in Marius Fabeks Audi nach Ligurien und tötete Danilo Jakobi. Warum er sich die Mühe machte, dessen Leiche in das verlassene Bauernhaus zwischen Zoagli und Genua zu schaffen, das er anschließend in Brand steckte, war mir zwar nicht klar. Aber jedenfalls platzierte er sowohl dort als auch im »Cà degli Oliveti« die Marius Fabek belastenden Spuren. Danilo Jakobis Blut- und Fingerspuren im Wagen beseitigte er nur oberflächlich, damit die Polizei später verwertbares Material finden würde. Außerdem erweckte es so den Anschein, als hätte der Verleger den Wagen zu säubern versucht.

Nach getaner Tat kehrte Marius Fabeks Doppelgänger nach

Bad Abbach zurück. Den Wagen stellte er vor den Garagen auf dem Fabek'schen Grundstück ab, wo Doreen später Schlüssel und Karte an sich nahm und an ihren gewohnten Platz im Haus legte. Das Geschäftshandy ihres Mannes ließ sie verschwinden. Er durfte die nicht von ihm geschriebene Mail, in der sein angeblich bevorstehendes Gespräch mit Danilo Jakobi angekündigt worden war, in keinem Fall vor der Polizei entdecken.

Tamara Belic hatte Doreen vermutlich auch den Kontakt zu Maliq Kodraj verschafft, dem Kosovaren mit dem Raubvogeltattoo, der als Mann fürs Grobe fungierte. Unter einem Vorwand lockte er Hanno Maidorn, den lästigen Zeugen, an die Donau, erschoss ihn und ließ seine Leiche und seinen Wagen im Fluss verschwinden.

Doreen war natürlich davon ausgegangen, dass bei dieser Aktion auch Hanno Maidorns Handy, das sie gewiss belastet hätte, auf den Grund der Donau gesunken war. Dummerweise hatte der Drogendealer es bei dem Rendezvous mit seinem Mörder nicht dabeigehabt, warum, war wohl nicht mehr zu klären.

Ich hatte den Anfang der schmalen Straße erreicht. Drei junge Leute verließen lachend und feixend das Bistro »Chaplin«, vor einiger Zeit mit neuem Interieur wiedereröffnet. Autos und ein Lieferwagen rauschten über die Gabelsberger Straße.

Mir kam ein Gedanke. War Hanno Maidorn vielleicht mehr als nur ein lästiger Zeuge gewesen? Konnte es sein, dass er noch eine ganz andere Rolle in diesem Drama gespielt hatte?

Mein Handy meldete sich.

»Komme gerade aus der Pressekonferenz«, sagte Paolo ein wenig atemlos. »Ist es wichtig, Prinzessin?«

»Allerdings. Am besten, wir besprechen gleich alles persönlich.« Ich wandte mich um, ging zügig zum Wagen zurück. »In zehn Minuten bin ich bei dir im Büro, okay?«

***

Bald darauf saß ich vor Paolos Schreibtisch in seinem Büro in der Bajuwarenstraße, einem großen Raum im ersten Stock des Kripogebäudes. Während er seine Butterbrezel verspeiste, sein heutiges Abendessen, wie er mir zwischen zwei Bissen erklärte, trank ich den viel zu starken Kaffee, den er mir eingegossen hatte. Ich gab Berge von Zucker in die Tasse und berichtete ihm alles, was ich seit unserem letzten Gespräch herausgefunden hatte.

»Das heißt also, die Fabek hat das Honorar für den Auftragsmord an Maidorn aus dem Verlag abgezweigt.« Paolo pfiff durch die Zähne. »Und der ganze Aufwand nur, weil Maidorn ihr die K.-o.-Tropfen besorgt hat?«

»Sicher nicht.« Ich stellte die Tasse ab. »Ich denke eher, er war auch Marius Fabeks Doppelgänger. Und musste anschließend aus dem Weg geräumt werden.«

Das Foto in der Zeitung, es war vor etwa einem halben Jahr aufgenommen worden, hatte Hanno Maidorn mit dunkelblonder Kurzhaarfrisur und Schnurrbart gezeigt. In dem ersten Artikel aber, kurz nach dem Auffinden der Wasserleiche, war er als dunkelhaarig beschrieben worden. Auch seine Größe und Statur passten. Alle Zeugen, denen der falsche Marius Fabek begegnet war – in Italien und in Bad Abbach –, hatten ihn nur aus der Ferne und nur flüchtig gesehen. Die Videoaufnahmen von den Mautstationen waren zu unscharf gewesen, um Details wie die Augenfarbe zu zeigen.

Ich legte das dunkelblaue Handy auf den Tisch. Paolo rief sofort die Kriminaltechnik an und bat einen bedauernswerten Kollegen, der ebenfalls am Samstag im Büro war, es umgehend zu untersuchen.

Die Obduktion von Doreens Leiche, berichtete Paolo mir dann, sei zwar noch nicht abgeschlossen, der Rechtsmediziner habe ihm vorab jedoch schon einige interessante Details verraten. In Doreens Blut hatte man Rückstände von Amphetaminen gefunden, jedoch in kaum nachweisbarer Konzentration. Sie hatte also tatsächlich ebenfalls Drogen genommen, aber schon vor einer ganzen Weile und wie vermutet auch nur in geringen Mengen.

Auch die Obduktion von René Ingrams Leiche war noch im Gange. Doch schon jetzt wusste man, dass er Crystal Meth regelmäßig und in extrem hohen Dosen konsumiert hatte.

Paolo hatte im Lauf des Nachmittags endlich mit Marius Fabek sprechen können, wenn auch nur kurz. Sein Zustand war inzwischen stabil. Die Nachricht von René Ingrams Amoklauf und vom gewaltsamen Tod seiner Frau hatte ihn erschüttert. Wie erwartet, hatte er vieles völlig anders dargestellt als sie.

Schon nach Paolos erstem Gespräch mit ihrem Mann hatte Doreen diesen halb wahnsinnig gemacht, ihm ständig eingeredet, die Polizei würde in Kürze vor der Tür stehen und ihm Handschellen anlegen. Sie war es gewesen, die ihn auf den Journalisten im Garten gehetzt hatte. Und auch Marius Fabeks überstürzte Flucht war ihre Idee gewesen.

»Sie hat ja gewusst, dass wir Jakobis Blut- und Fingerspuren in seinem Audi finden würden. Nach meinem Anruf war ihr natürlich sofort klar, dass ich einen Haftbefehl in der Tasche hatte. Und dass er sich noch verdächtiger machen würde, wenn er sich der Verhaftung entzog.«

»Vielleicht hat sie sogar gehofft, er würde bei der Flucht ums Leben kommen, hätte ja auch fast geklappt«, warf ich ein. »Oder Selbstmord begehen. Sie hat bestimmt gewusst, dass er das damals in Brüssel schon mal versucht hatte.«

Auch die Messerattacke auf Doreen hatte nie stattgefunden. Auf der angeblichen Tatwaffe hatten Paolos Kollegen zwar Fingerabdrücke ihres Mannes entdeckt. Jedoch nur an Stellen, die die Annahme, er hätte damit seine Frau angegriffen, eher entkräfteten als stützten. Marius Fabek meinte sich zu erinnern, dass er das Messer am Morgen benutzt und anschließend in die Spülmaschine geräumt hatte. Nach seinem Verschwinden musste Doreen es daraus wieder hervorgeholt und sich selbst damit verletzt haben. Dabei hatte sie darauf geachtet, keine Fingerabdrücke auf dem Messergriff zu hinterlassen.

Der Kollege aus der KT erschien, ein gemütlicher Hüne Anfang vierzig mit Kugelbauch und Silberstecker im Ohr, und holte Hanno Maidorns Handy ab. Er brachte einen Schwall kalter Luft und reichlich gute Laune mit. Über seine Witze mussten sowohl Paolo als auch ich lauthals lachen.

»Was ist eigentlich mit Lilo?«, fragte ich, als wir wieder allein waren. »Ist es was Ernstes, das mit ihrem Wellness-Flirt?«

»Ich hoffe nicht.« Betreten senkte er den Blick. »Ich habe ihr vorgeschlagen, eine Auszeit zu nehmen. In ein paar Wochen sieht sie vielleicht nicht mehr alles nur durch die rosarote Brille. Sie wohnt solange bei ihrer Schwester.«

Warm legte ich ihm eine Hand auf den Arm. »Ich drücke dir die Daumen, Paolo.«

30

Als ich endlich wieder in meiner Diele stand, war es schon fast sieben. Zwischen dem altbekannten Techno-Getöse, das ich nicht mehr gehört hatte, seit bei Vincenzo das Lesefieber ausgebrochen war, hörte ich beschwingte Stimmen.

Aufatmend ließ ich die Tür hinter mir zufallen und tauschte die gefütterten Rindslederstiefel gegen meine Hausschuhe aus Plüschfell. Nach dem langen und aufwühlenden Tag war ich erschöpft und ausgelaugt. Mir schwirrte der Kopf von den vielen Erlebnissen und Neuigkeiten. Doch bevor ich auf den Diwan im Wintergarten sinken konnte, wollte ich erst bei Vincenzo nach dem Rechten sehen und eine Kleinigkeit für uns kochen. Seit den paar Bissen am Nachmittag hatte ich nichts mehr zu mir genommen.

Ich holte mein Handy aus der Handtasche, steckte es in die Gesäßtasche meiner Jeans und ging nach oben. Mit jeder Stufe wurde der Lärm noch ohrenbetäubender. Fast klang es, als wäre eine Party im Gang.

Schon auf der Straße hatte ich gesehen, dass das Haus hell erleuchtet war. Im Erdgeschoss und in Vincenzos Zimmer brannte Licht, und auch bei Mona im zweiten Stock war es taghell. In der rückwärtigen Einfahrt hatte ihr Mini mir den Weg versperrt, ihre typische Gedankenlosigkeit, die mich schon lange kaum noch ärgerte, so sehr hatte ich mich daran gewöhnt.

Erst auf der obersten Treppenstufe konnte ich trotz der dröhnend lauten Musik und des wilden Gepolters auch Leonardos und Monas Stimme ausmachen. Ich klopfte an Vincenzos Tür.

Als niemand reagierte, hämmerte ich dagegen. Die Musik wurde leiser, die Tür klappte auf.

Vincenzo stand vor mir, mit hochroten Wangen. Leonardo wälzte sich aus dem Sitzsack vor dem Fenster hoch und grinste Mona an, die auf dem zur Tanzfläche umfunktionierten Bett noch immer wie eine Berserkerin auf und nieder hüpfte.

»Hab nicht gecheckt, dass du schon da bist.« Mein Sohn strahlte mich an, so gelöst hatte er seit Langem nicht mehr ausgesehen. »Wir sind übrigens gleich weg. Holen uns 'nen Döner in der Stadt, dann chillen wir an der Donau.«

»Alle drei?«, fragte ich ebenso überrascht wie erfreut.

»Klaro«, kam es einstimmig im Chor.

Ich verkniff mir den Einwand, dass es trotz des schönen Tags heute immer noch winterkalt war, besonders nachts am Fluss. Es hätte ohnehin niemand davon Notiz genommen. Dann erfuhr ich, dass Leonardo nun wieder bei uns wohnen würde. Selbstredend im Gästezimmer im ersten Stock und nicht im zweiten bei Mona.

»Wir bringen Vincenzo auch pünktlich wieder heim«, versicherte sie, bevor ich diesen Punkt ansprechen konnte. »Um elf, okay?«

Ich fand elf Uhr für einen Vierzehnjährigen angemessen, umso mehr, als er ja in Begleitung von Erwachsenen war. Und um elf war die Nacht offenbar immer noch jung genug für Vergnügungen, denen man besser zu zweit nachging, schloss ich aus dem Blick, den Mona mit ihrem Leonardo wechselte. Im Auto am nebelkalten Donauufer, vielleicht auch in ihrer Wohnung im zweiten Stock.

Aber das ging mich nichts an, hatte ich beschlossen. Hauptsache, der Haussegen in meinem Heim hing wieder gerade.

Ich ging in die Küche, legte das Handy auf den Tisch, füllte den Fressnapf für Semiramis mit frischem Futter und inspizierte meine Vorräte. Da ich heute Abend also allein sein würde – Maximilian würde erst nach Mitternacht aus der Klinik kommen –, entschied ich mich für etwas Unkompliziertes. Ein gemischter Salat mit Ciabatta, anschließend ein Teller Spaghetti Carbonara, *perfetto*.

Während ich den Salat wusch, dachte ich über das Gespräch mit Paolo nach. Die Verbindungslisten von Doreens Handyprovider waren bereits angefordert, hatte er gesagt, würden aber nicht vor Montag vorliegen. Ihr Mobiltelefon hatte allerdings schon jetzt interessante Details enthüllt. Sie hatte regelmäßig mit

Hanno Maidorn telefoniert, zuletzt am Tag von Danilo Jakobis Verschwinden. Außerdem gab es zwei im Telefon gespeicherte Nummern, die sich nicht zuordnen ließen.

Die eine Nummer – mit dieser hatte Doreen in den letzten Wochen häufig telefoniert, oft mehrmals am Tag – gehörte zu einer deutschen SIM-Karte. Als einer von Paolos Kollegen dort anrief, hatte sich eine männliche Stimme gemeldet. Der Mann hatte aber sofort aufgelegt, später hatte niemand mehr abgehoben.

Die zweite Nummer gehörte zu einer SIM-Karte aus dem Kosovo. Innerhalb der vergangenen vierzehn Tage hatte Doreen sie dreimal kontaktiert. Paolo und ich gingen davon aus, dass sich dahinter Tamara Belics tätowierter Begleiter verbarg, bei dem es sich tatsächlich um ihren Cousin handelte, wie Paolo inzwischen wusste.

Der VW Touareg, in dem der Kosovare nach dem Anschlag auf Cora geflohen war, war auf dessen Freund zu Hause in Priština zugelassen. Dieser war aus allen Wolken gefallen, als anstelle von Maliq Kodraj, der das ausgeliehene Auto zurückbringen sollte, plötzlich die Polizei vor der Tür stand. Maliq Kodraj war seit Kurzem verhaftet, verweigerte jedoch die Aussage.

Tamara Belic hieß in Wirklichkeit Nadja Kodraj, hatte ich von Paolo erfahren. Vor vier Jahren war sie auf illegalem Weg nach Deutschland gekommen und hatte einen Asylantrag gestellt, der jedoch nicht bewilligt worden war. Inzwischen gab es zahlreiche Hinweise zu ihrem momentanen Aufenthaltsort: Bremen, Frankfurt, Sylt, sogar in Wissembourg, einem verträumten Städtchen im Elsass, und auf Gran Canaria wollte sie jemand gesehen haben. Paolo hatte wenig Hoffnung, dass man sie aufspüren würde.

Ich setzte Nudelwasser auf und holte Eier aus dem Kühlschrank. Als diese verquirlt waren, hörte ich Fußgetrappel auf der Treppe. Es klang, als tobte eine ganze Armee durchs Haus. Vincenzos Haarschopf erschien in der Tür.

»Wir müssen dann«, rief er fröhlich, hinter ihm tauchte Leonardo auf. »*Ciao, mamma, ci vediamo* – bis später!«

Ich wünschte ihnen viel Spaß und erinnerte sie an die vereinbarte Uhrzeit, was jedoch in erneutem Fußgetrappel unterging, während Monas übermütige Stimme die wiedervereinten Cousins zur Eile antrieb. Wenige Sekunden später knallte die Haustür so laut ins Schloss, dass ich zusammenzuckte.

Kopfschüttelnd goss ich mir ein Glas Wasser ein und prüfte meine Weinbestände. Ein winziger Schluck eisgekühlter Trebbiano war noch im Kühlschrank. Doch heute war mir ohnehin mehr nach Rotwein. Hoffentlich würde ich damit die Bilder aus Doreens Büro verscheuchen können, die mich mit voranschreitender Dunkelheit erneut einholten.

Ich drehte die Herdplatte wieder aus und ging in den Keller, wo die Flaschen von Onkel Marcellos schweren Barriquekreationen lagerten, genau das Richtige für den heutigen Abend. Semiramis tauchte aus dem Nichts auf, strich mir schnurrend um die Beine, verschwand wieder.

Als ich die letzte Treppenstufe erreichte, vernahm ich von oben gedämpfte Geräusche. Jemand trampelte durch die Diele.

»Hab was vergessen!«, rief Vincenzo atemlos.

»Knall dieses Mal bitte nicht so mit der Tür!«, rief ich zurück.

Der Weinkeller lag ganz hinten, in der kältesten Ecke der Villa. Ich betrachtete die verstaubten Flaschen mit den altertümlich verzierten Etiketten und verführerischen Traubensorten. Sangiovese, Merlot, Cabernet Sauvignon – die Entscheidung fiel mir nicht leicht.

Oben rumpelten wieder hastige, dieses Mal aber sehr gedämpfte Schritte über das Parkett, das Knallen der Haustür blieb aus. Nach einigem Hin und Her entschied ich mich schließlich für einen fünf Jahre lang gereiften Cuvée aus allen drei Traubensorten und ging wieder nach oben.

Die Haustür, sah ich, war nur angelehnt. Vincenzo hatte sie in der lobenswerten Absicht, meine Ermahnung zu beherzigen, offenbar nicht richtig geschlossen. Ich versetzte ihr einen Stoß, sie fiel zu.

Irgendwo im Haus sang mein Handy. Vielleicht Paolo, der schon wieder Neuigkeiten hatte.

Das Handy lag auf dem Küchentisch.

Als ich es endlich in der Hand hielt, war es schon wieder verstummt. Es war tatsächlich Paolo gewesen.

Ich rief ihn zurück – besetzt.

Irgendwo im Haus knarrte eine Diele.

Noch während ich eine Nachricht aufsprach, in der ich um Paolos Rückruf bat, begann das Festnetztelefon in der Diele zu läuten. Ich steckte das Handy in die Seitentasche meiner Strickjacke, lief in die Diele und prallte zurück.

Vor mir stand Cora, einen Revolver in der Hand.

»Was soll das?«, fragte ich nach einer Schrecksekunde. »Nehmen Sie das Ding da weg!«

Doch sie machte keine Anstalten, meiner Aufforderung nachzukommen, sondern musterte mich nur grimmig.

Noch immer lärmte das Telefon auf dem Vertiko. Ich trat einen Schritt darauf zu.

»Stehen bleiben!«, stieß sie mit schroffer Stimme hervor, zielte mit der Waffe, die sie mit beiden Händen festhielt, auf meine Brust und spannte den Hahn. »Sie kommen jetzt mit mir. Und zwar schön langsam, verstanden?«

Die Entfernung zwischen uns war zu groß. Wenn ich versucht hätte, ihr die Waffe aus der Hand zu schlagen, wäre ihr immer noch genug Zeit geblieben abzudrücken.

Das Telefon klingelte und klingelte.

»Machen Sie keinen Blödsinn«, sagte ich so ruhig wie möglich. »Wir können über alles reden und …«

»Ich will nicht reden. Also, Abmarsch!«

Sie trat einen Schritt zur Seite und bedeutete mir mit der Waffe, ihr vorauszugehen.

»Wohin geht's?«

»Das erfahren Sie früh genug. Aber ziehen Sie sich was über, wir werden ein Weilchen unterwegs sein.«

Das Telefon verstummte.

Immerhin wusste ich nun, dass sie nicht gekommen war, um mich zu töten. Warum hätte sie das auch tun sollen? Oder hatten Paolo und ich in unseren Überlegungen, was wie wann und wo abgelaufen war, vielleicht irgendein winziges Detail übersehen?

»Mein Großvater hat mir schon als Kind beigebracht, wie man Karnickel und Wildschweine erlegt«, herrschte Cora mich an, als ich gehorsam in Schuhe und Mantel schlüpfte. »Also versuchen Sie keine dummen Tricks, ich kann mit dem Ding umgehen.«

***

Um Viertel vor acht passierten wir die Autobahnausfahrt Wörth. Längst war es stockdunkel. Es war mir nicht gelungen, Cora ihr irrsinniges Unterfangen auszureden, und noch immer wusste ich nicht, was sie mit ihrer Entführung bezweckte.

Mit vorgehaltener Waffe hatte sie mir befohlen, mich auf den Fahrersitz eines alten Ford zu setzen, den sie in der Prebrunnallee geparkt hatte. Sie selbst hatte auf dem Rücksitz Platz genommen und mich aus der Stadt heraus auf die A 3 dirigiert, in Richtung Passau.

Immerhin wusste ich mittlerweile, dass es ihrer Tochter gut ging. Sie war bei Freunden untergebracht, angeblich irgendwo in Ostdeutschland. Auch der Wagen und die Waffe stammten von besagten Freunden.

Was Cora nach ihrer Rückkehr aus Ostdeutschland getrieben hatte, wollte sie mir nicht verraten. Es klang jedoch so, als hätte sie sich an Doreens Fersen geheftet, sie beschattet, ausspioniert, was auch immer.

Ein paarmal hatte ich den rechten Fuß vom Gas- auf das Bremspedal gesetzt, in der Hoffnung, Cora bei einem plötzlichen Bremsmanöver die Waffe zu entreißen. Doch jedes Mal hatte sie meinen Plan sofort durchschaut und mir den Revolver drohend und hart gegen den Hinterkopf gedrückt.

Mein Gehirn arbeitete auf Hochtouren. Inzwischen war ich sicher, dass Cora mich nicht töten wollte. Das hätte sie gleich in der Villa erledigen können. Sie musste gesehen haben, wie Vincenzo, Leonardo und Mona das Haus verließen, und war unmittelbar danach durch die angelehnte Tür geschlüpft. Mein Grundstück war riesig. Im einzigen in unmittelbarer Nähe gelegenen Nachbarhaus war eine um diese Uhrzeit verlassene Kanzlei untergebracht, das Viertel ruhig. Niemand hätte den Schuss gehört.

Hatte ich etwas übersehen? War am Ende doch nicht Doreen die Drahtzieherin hinter allem, sondern Marius Fabek? Steckte Cora mit ihm unter einer Decke? Ausgerechnet in ihrem Haus hatte er Zuflucht gesucht. Und sie hatte ihn von Anfang an verteidigt, gegen jede Anschuldigung und gleichgültig, wie viele Indizien gegen ihn sprachen.

Cora hatte zugegeben, eine Nacht mit ihm verbracht zu haben, offenbar die bis dahin aufregendste ihres Lebens. Gleichzeitig hatte sie mir hartnäckig einzureden versucht, das einzige Liebespaar in der ganzen Geschichte seien Doreen und ihr eigener Mann.

Doch was, wenn es sich in diesen an Goethe erinnernden Wahlverwandtschaften genau andersherum verhielt? Was, wenn der Anschlag auf Cora nur inszeniert gewesen war? Vielleicht hatte Marius Fabek den Auftragsmörder aus dem Kosovo dafür bezahlt, dass sein Schuss danebenging?

Nein, das machte alles keinen Sinn. Warum hätte Cora mich dann überhaupt engagieren sollen?

Immer wieder blickte ich in den Rückspiegel. Mit unbeweglichem Gesicht saß sie hinter mir, die Waffe ständig auf meinen Kopf gerichtet.

»Wollen Sie mir nicht endlich sagen, wohin wir fahren?«, fing ich wieder an. »Und was das alles soll?«

»Das erfahren Sie früh genug.«

»Hat es mit Herrn Fabek zu tun?«

Sie schwieg.

»Hat er Ihren Mann getötet, weil er die Versicherungspolice kassieren wollte? Und weil er Sie für sich haben will?«

»Halten Sie die Klappe!«

Kurz spürte ich wieder den kalten Lauf im Nacken. Dann lehnte Cora sich zurück, behielt mich jedoch weiterhin scharf im Auge.

Fieberhaft dachte ich nach. Wer würde mein Verschwinden bemerken?

Paolo würde sich zwar wundern, warum er mich nicht erreichen konnte. Seit Cora und ich aufgebrochen waren, hatte mein Handy dreimal geklingelt, schon nach seinem ersten Versuch hatte ich es ihr aushändigen müssen. Aber jetzt saß er gewiss wieder einmal beim Staatsanwalt oder in einer Pressekonferenz und hatte andere Sorgen.

Vincenzo kam frühestens um elf Uhr nach Hause, Maximilian noch später. Im ganzen Erdgeschoss brannte Licht, auch in der Küche war alles noch so, wie ich es überstürzt verlassen hatte. Sie würden versuchen, mich zu erreichen, und irgendwann Paolo verständigen, der dann hoffentlich zwei und zwei zusammenzählte. Bis er eine Ortung meines Handys veranlassen konnte, würde eine weitere Ewigkeit vergehen.

Ich hatte verdammt schlechte Karten.

Ein blaues Ausfahrtsschild kam in Sicht.

Deggendorf.

»Da vorn raus«, sagte Cora hinter mir.

Ich setzte den Blinker, und endlich war mir klar, was das Ziel unserer Reise war.

31

Die Lichter Deggendorfs lagen schon lange hinter uns. Die Ruselbergstraße kletterte den Hang hinauf, mit jedem Kilometer wurde es steiler und steiler. Jenseits des altertümlichen Fabrikgebäudes der Ruselkraftwerke wand sich die Straße durch undurchdringliche schwarze Wälder, wo stellenweise noch bergeweise Schnee lag, immer weiter hinauf in den Bayerischen Wald. Kein Haus mehr weit und breit. Nur dann und wann ein entgegenkommendes Auto, dessen Rücklichter so schnell im Rückspiegel verschwanden, als wären sie nie da gewesen.

»Fahren Sie langsamer«, kam es irgendwann nach dem Ruselabsatz, der Bergkuppe mit der um diese Uhrzeit schon dunklen Ausflugsgaststätte, von hinten. »Gleich kommt rechts eine Abzweigung, direkt in den Wald hinein.«

»Cora, ich halte das für keine gute …«

»Da ist es, da – biegen Sie ab!«

Die unbeleuchtete Forststraße, die ich fast übersehen hätte, war mehr ein Weg als eine Straße. Holprig und schmal führte er zwischen dicht stehenden Bäumen hindurch, um scharfe Kurven, immer weiter den Berg hinauf, Zweige kratzten über die Fensterscheiben.

»Ich glaube, ich weiß, was Sie vorhaben, Cora. Aber vielleicht wäre es besser, wenn …«

»Sie sollen die Klappe halten«, fuhr sie mich an. Ihre Stimme klang gepresst, aber nicht mehr so aggressiv wie zuvor. Angestrengt sah sie mir aus dem Rückspiegel in die Augen. »Ich muss aufräumen, mein ganzes Leben muss ich aufräumen.«

Vor einem mannshohen, aus Baumstämmen aufgeschichteten Haufen befahl sie mir schließlich, den Ford abzustellen. Den Schlüssel steckte sie ein, und ich hoffte, ihr beim Aussteigen die Waffe abnehmen zu können. Doch wieder achtete sie auf den nötigen Sicherheitsabstand zwischen uns und ließ mich keine Sekunde lang aus den Augen.

Dann ging es zu Fuß weiter. Über Wurzelwerk, ebenso schweren wie nassen Schnee, mit Tannenzapfen übersäte Nadelteppiche. Dann und wann knackte es im Gebüsch, der Wald raunte uralt und voller dunkler Geheimnisse. Ansonsten hörte ich nur unsere dumpfen Schritte, meine eigenen Atemstöße und das angespannte Schweigen hinter mir.

Es dauerte eine Weile, bis sich meine Augen an die Dunkelheit gewöhnten. Trotz Mantel fror ich. Es war mindestens fünf Grad kälter als in Regensburg.

Das Gebäude, das irgendwann zwischen den nachtschwarzen Bäumen auf einer kleinen, stellenweise zugeschneiten Lichtung vor uns auftauchte, schien aus soliden Holzbohlen errichtet zu sein. Den Umrissen nach zu urteilen, war es mehr ein Haus als eine Hütte. Aus einem Fenster drang unruhiges Licht.

Ich stolperte weiter, Cora hinter mir mit dem Revolver im Anschlag.

Die Eingangstür der Skihütte, sah ich bald, war über eine kleine Vortreppe zu erreichen, zwischen dieser und der Tür lag eine schmale Veranda. Neben der Hütte befand sich ein windschiefer Bretterverschlag, darin lagerte Brennholz. Nirgendwo ein Auto.

In der Nähe krächzte ein Käuzchen, im Gebüsch raschelte es. Sonst war es ganz still.

»Die Stufen hinauf«, raunte Cora mir zu. »Es sind drei – und Vorsicht, die oberste knarrt. Und bloß keinen Mucks, verstanden?«

Wer auch immer sich im Haus befand, war also kein Freund. Der Gedanke, dass ich nur als Schutzschild benötigt wurde, gefiel mir ebenso wenig wie die Vorstellung, ohne Vorwarnung von hinten erschossen zu werden. Andererseits war ich sicher, dass das nicht Coras Absicht war. Ich ahnte schon seit einer Weile, wer sich in der Hütte versteckt hielt. Im ersten Moment war mir der Gedanke abwegig erschienen, absurd, grotesk. Doch es gab nur diese eine Erklärung.

Leise stieg ich die schmale Treppe hinauf, ließ die oberste Stufe aus, schlich über die Veranda. Cora folgte mir in gebührendem

Abstand, sah ich aus dem Augenwinkel, die Waffe weiterhin auf mich gerichtet.

An der Haustür angekommen, drückte ich vorsichtig die Klinke hinunter. Geräuschlos ließ sie sich öffnen.

Innen ein kleiner Windfang, dahinter ein Raum, der sowohl eine Küchenzeile als auch eine Sitzecke beherbergte. Es war duster hier drin. Durch den flackernden Lichtschein, der durch eine offen stehende Tür am anderen Ende des Zimmers drang, konnte ich jedoch genug erkennen.

Ein alter Emailleherd, wie er in der Küche meines Großvaters in Oberbayern gestanden hatte, ein Holzbüfett, eine Eckbank, zwei Stühle an einem Tisch.

Die einzigen Geräusche, die ich hörte, kamen wie das schwache Licht von hinten. Ein leises, stetiges Knistern, dann und wann ein hölzernes Knarzen.

Langsam und fast lautlos näherten wir uns der offen stehenden Tür. Kurz vor der Schwelle bedeutete Cora mir, stehen zu bleiben. Doch auch jetzt sah ich bereits genug.

Das Knistern rührte von einem Feuer im Kamin, der von dunkelroten Backsteinen eingefasst war. Auf dem Schaukelstuhl vor der Feuerstelle kauerte ein Mann. Ich erkannte ihn erst auf den zweiten Blick. Meine Vorahnungen hatten mich nicht getrogen.

Der Mann hatte sein Aussehen radikal verändert. Das vormals bis zu den Schultern fallende Haar reichte ihm nur noch bis zum Ohransatz, der aparte Bart war verschwunden. Seine asketische Gestalt wirkte eckig und hager, das Gesicht war eingefallen, der Blick leer. Seine schmalen Hände lagen eng aneinandergepresst auf den angezogenen Knien, als wäre er ein Chorknabe, der seinen Einsatz verpasst hat. Er bewegte sich nicht, nur einmal zuckte sein rechtes Bein.

Die größte Veränderung an Danilo Jakobi aber war sein erloschenes Charisma.

Als wir das Zimmer betraten – halb Schlaf-, halb Wohnraum, neben dem Bett eine geschlossene Tür –, hob er kaum den Kopf.

»Da bist du ja endlich«, begrüßte er seine Frau mit matter

Stimme und machte eine achtlose Geste in meine Richtung. »Hast du die Polizei gleich mitgebracht?«

»Ich bin Privatdetektivin«, sagte ich. »Ihre Frau hat mich engagiert, um Sie zu finden.«

»Anna ist zu meiner Unterstützung hier«, ergänzte Cora, und es versetzte mir einen Stich, dass sie mich ausgerechnet jetzt beim Vornamen nannte. »Und damit sie mir glauben, dass du kein Phantom bist. Falls du wieder verschwindest und dich ein zweites Mal tot stellst.«

Danilo Jakobi reagierte nicht. Unverwandt starrte er in das Feuer, das beständig vor sich hin flackerte, nur ab und an kurz aufflammte, immer wieder leise knackte.

Cora war einen Schritt zur Seite getreten und hielt die Waffe nun auf ihren Mann gerichtet. Doch ich war sicher, dass sie sie auch gegen mich wenden würde, wenn ich ihre Pläne zu durchkreuzen versuchte. Ihr Gesicht spiegelte kalte Entschlossenheit wider. Alle Bescheidenheit, Zurückhaltung und Güte waren daraus verschwunden. Mir war klar, was sie wollte: ein Geständnis erzwingen. Aber ich sah Danilo Jakobi an, dass es keinen Zwang brauchen würde.

»Und jetzt?«, fragte er erschöpft. »Willst du mich jetzt erschießen?«

»Wenn es sein muss.«

»Dann mach bitte schnell.«

Angewidert sah sie ihm zu, wie er sich in einer unendlich müden Geste über die Stirn fuhr, den Blick noch immer dem Kamin zugewandt, um sich eine seiner nicht mehr vorhandenen langen Strähnen aus dem Gesicht zu streifen.

»Was für einen Sinn hat mein Leben denn noch?« Seine Stimme wurde so leise, dass ich sie kaum noch hören konnte. »Sie ist tot, ermordet. Warum ausgerechnet sie?«

»Woher wissen Sie, dass Frau Fabek getötet wurde?«, fragte ich.

Er machte eine kraftlose Bewegung zu dem niedrigen Couchtischchen hin. Es stand zwischen uns und dem Schaukelstuhl, auf dem er saß. Auf dem Tischchen ein altmodisches Radio und ein aufgeklapptes Notebook, auf einem Hocker daneben ein Smartphone.

»Soll ich jetzt etwa weinen?« Coras Stimme triefte vor Abscheu und Verachtung. »Doreen hat einen solchen Tod verdient. Sie hat immer nur an ihren eigenen Profit gedacht. Marius hat sie auf die Anklagebank gebracht, obwohl er völlig unschuldig ist. Er liegt im Krankenhaus, schwer verletzt, sein ganzes Leben in Trümmern, er …«

»Das hat er sich alles selbst zuzuschreiben«, unterbrach Danilo Jakobi sie grob. »Wenn er mein neues Manuskript akzeptiert hätte, hätte ich mich nie auf diesen ganzen Irrsinn eingelassen.«

»Diese Frau wollte meinen Tod!«, schleuderte Cora ihrem Mann hasserfüllt entgegen. »Und natürlich die Million von der Versicherung – nur darum ist es ihr nämlich gegangen, nur ums Geld. Du warst ihr völlig egal.«

Endlich hob Danilo Jakobi den Blick. Es lag so unendlich viel Hoffnungslosigkeit darin, Trauer und Einsamkeit.

»Aber natürlich, worum geht's denn schließlich? Doch nicht um das, was uns Menschen bewegt.« Voller Hohn lachte er. »Doch nicht um meine Kreativität, die Qualität meiner Texte, die endlosen einsamen Stunden, in denen ich mir die Finger blutig schreibe und all den leeren Seiten Farben und Leben einhauche. Das alles zählt doch längst nicht mehr.«

Seine Frau begegnete seinem schmerzvollen Blick unbeeindruckt.

»Wenn ich nicht das schreibe, was den Rezensenten gefällt, kriege ich schlechte Kritiken, und wenn die Kritiken mies sind, sinken die Verkaufszahlen, das weißt du so gut wie ich. Und wenn mein Verleger schließlich meine Bücher aus dem Programm nimmt und ich keinen Verlag mehr habe, kann ich nichts veröffentlichen. So tickt die Welt, nur so. Das Einzige, was heutzutage zählt, ist der Erfolg. Dieser verfluchte, verdammte, beschissene Erfolg.«

»Du verdrehst wieder mal die Realität«, sagte Cora, und ich wunderte mich, wie kalt ihre sonst so warme Stimme klingen konnte. »Das Einzige, was für dich zählt, ist nämlich *dein* Erfolg.

Gerlinde hat schon recht. Die anderen sind dir egal, auf die hast du immer nur runtergeschaut, ganz besonders auf mich. Und als Dank dafür, dass ich deine tausend Eskapaden ertragen und dir alles abgenommen habe, was dich vom Schreiben abhält, hast du mich ausgeschlossen und, was noch viel schlimmer ist, meine Arbeit niedergemacht.«

Danilo Jakobi hatte ihr mit wachsendem Erstaunen zugehört. Nun betrachtete er sie voller Respekt, geradezu Ehrfurcht, als wäre sie ein vor langer Zeit ausgestorbenes und gerade erst wiederentdecktes Urtier. Cora hingegen redete sich immer mehr in Rage.

»Und am Ende lässt du dir ausgerechnet von dieser billigen Schlampe den Kopf verdrehen«, schleuderte sie ihm entgegen, und die Waffe in ihrer Hand zitterte. »Die war sich doch für nichts zu schade, sogar Adrian damals hat sie schöne Augen gemacht, diese verdammte …«

»Ich kann gut verstehen, dass Sie verletzt sind, Cora«, mischte ich mich ein. »Aber es gibt da ein, zwei Punkte, die ich noch nicht verstehe. Erzählen Sie doch mal, Herr Jakobi – hat Frau Fabek Hanno Maidorn über ihren ehemaligen Assistenten kennengelernt?«

Wenn Cora jetzt durchdrehte, war niemandem geholfen. Wenn Danilo Jakobi redete, beruhigte sie sich hoffentlich wieder.

»Ja, René hatte ihr versprochen, dass Maidorn ihr einen guten Preis macht«, sagte er. »Doreen hat nur selten was genommen, hin und wieder mal ein bisschen Crack, das war's. Und immer so, dass Marius nichts mitgekriegt hat. Der wäre ja komplett durchgedreht. Schon als sie Maidorn zum ersten Mal gesehen hat, war ihr klar, dass er der perfekte Kandidat war. Wir hatten ja schon länger überlegt, wie …« Er biss sich auf die Unterlippe, korrigierte sich sofort: »Also, Doreen natürlich. Sie hat alles ausgetüftelt. ›Bei deinen miesen Verkaufszahlen‹, hat sie gesagt, ›bleibt dir gar nichts anderes übrig, Danilo. Wir müssen irgendwas machen, dass du in der Öffentlichkeit wieder wahrgenommen wirst. Am besten etwas, was uns gleich auch Marius vom Hals schafft.‹«

»Und mich«, ergänzte Cora bitter.

»Jeden Tag hat sie mich mehr unter Druck gesetzt. Aber ich war für sie immer nur Mittel zum Zweck, ich habe wirklich nicht ...«

»Wer hat die falschen Spuren im ›Cà degli Oliveti‹ gelegt?«, unterbrach ich ihn. »Das waren doch wohl Sie?«

Er nickte. »Maidorn hatte eine Kiste dabei, die war von Doreen. Mit dem Notebook dort, das meine musste ich ja in Ligurien lassen, und dem für Marius belastenden Material. Ein Glas und eine Tasse mit seinen frischen Fingerabdrücken. Damit das nicht auffällt, hat sie jeweils zwei davon eingepackt, eines mit, eines ohne Abdrücke. Dazu seine Haarbürste, für die DNA-Spuren.« Mit geringschätziger Miene tippte er sich gegen die Stirn. »Maidorn war nicht gerade der Allerhellste. Selbst wenn er die Kiste aufgemacht hätte – der hätte doch nie begriffen, wofür das alles gedacht war. Außerdem waren die dreitausend Euro, die er von Doreen für die Fahrt nach Zoagli und das Verschicken der falschen Mail bekommen hatte, das beste Argument gegen unliebsame Fragen.«

Schon im Vorfeld hatte Danilo Jakobi dafür gesorgt, dass sein Besucher aus Deutschland dem Weinlieferanten über den Weg lief, der ihn später als Marius Fabek identifizieren würde. Er hatte Salvatore Ducato für acht Uhr morgens bestellt, dem erwarteten Zeitpunkt von Hanno Maidorns Ankunft, und ließ ihn erst wieder gehen, als sich Marius Fabeks Audi näherte. Sobald der Winzer außer Sicht war, fingierte Danilo Jakobi einen körperlichen Zusammenbruch. Unter angeblich unerträglichen Schmerzen bat er Hanno Maidorn, ihn nach Genua zu einem Arzt zu fahren.

Dort angekommen, hatte sein Zustand sich zwar inzwischen auf wundersame Weise verbessert, den Arzt wollte er aber sicherheitshalber dennoch konsultieren. Dummerweise hatte er jedoch sein Portemonnaie im »Cà degli Oliveti« vergessen. Hanno Maidorn, nach der langen Fahrt müde und erholungsbedürftig, erklärte sich damit einverstanden, ihm den Audi vorübergehend zu überlassen.

Cora lauschte mit unbeweglicher Miene. Steif wie eine Statue stand sie da, ungefähr zwei Meter von mir entfernt und immer darauf bedacht, dass der Abstand zwischen uns sich nicht verringerte. Die Waffe hielt sie nach wie vor auf ihren Mann gerichtet, der nun ganz entspannt auf seinem Schaukelstuhl saß. Er schien die Schilderung seiner Rolle in dem Possenspiel, das vor allem Marius Fabeks perfide geplantem Untergang gedient hatte, sogar zu genießen.

In Genua hatte Doreen ein Hotelzimmer für Hanno Maidorn reserviert, in der Nähe des Bahnhofs, wo Danilo Jakobi noch am selben Tag in seinen Zug nach Deutschland steigen sollte. Während der ahnungslose Kurier sich im Hotel ausruhte, verteilte Danilo Jakobi im Landhaus nicht nur das präparierte Material aus der Kiste, sondern fügte sich selbst mit einem Messer ein paar harmlose Schnittwunden zu und verteilte achtsam Blutstropfen und weitere falsche Spuren.

Anschließend fuhr er zu dem verlassenen Bauernhaus in den Bergen, das er im Vorfeld ausgekundschaftet hatte, arrangierte auch hier die falschen Indizien und steckte das Häuschen inklusive Doreens nunmehr bis auf die Haarbürste leerer Kiste in Brand. Als alles erledigt war, brachte er den Wagen zurück zu Hanno Maidorn, den inzwischen wie verabredet Doreen angerufen hatte.

»Sie hat diesem Trottel erklärt, er müsse die Rückfahrt sofort antreten, nicht erst am nächsten Tag«, erzählte Danilo Jakobi belustigt weiter und nun ganz in seinem Element. »Gegen einen satten Zuschlag natürlich. Der Wagen musste am Abend ja wieder vor Marius' Garage stehen, einschließlich Schlüssel und Kreditkarte. Für Phase zwei war es außerdem günstig, wenn Maidorn übermüdet war.«

»Der Kosovare. Wie ist der an Hanno Maidorn herangekommen? Hat er so getan, als wäre er ein neuer Kunde?«

»Stimmt, ein richtig großes Geschäft hat er ihm versprochen. Maidorn war sofort Feuer und Flamme und pünktlich am vereinbarten Treffpunkt.«

»Das Wehr an der Autobahnbrücke.«

»Genau. Der Killer hatte ihn für Dienstagnacht dort hinbestellt«, bestätigte Danilo Jakobi. »Ich war zu diesem Zeitpunkt schon in meinem Zug, hab mir unterwegs die Haare abgeschnitten, den Bart abrasiert und eine Sonnenbrille aufgesetzt. Von Deggendorf bin ich ein Stück mit dem Bus gefahren, den Rest dann zu Fuß gegangen.«

»Dann kam Phase drei«, sagte ich. »Herr Fabek sollte des Mordes an Ihnen überführt und an den Rand des Wahnsinns getrieben werden. Aber ich begreife noch nicht, was der Sinn von Phase vier war. Warum der Anschlag auf Cora?«

Danilo Jakobis Blick flog zu seiner Frau, die ihn ohne die geringste Gefühlsregung zu beobachten schien.

»Ich habe nichts davon gewusst, Cora. Wirklich, ich schwöre, bei allem, was mir heilig ist – es war einzig und allein Doreens Idee. Sie hatte Angst, ich würde zu dir zurückwollen. Irgendwann, wenn Gras über alles gewachsen wäre.«

Coras Blick veränderte sich nicht, sondern blieb kühl und distanziert.

»Du weißt verdammt gut Bescheid, Danilo«, schaltete sie sich nun wieder ein. Ihre Stimme klang so kristallklar, als käme sie direkt aus einem Gebirgssee. »Du hast genau gewusst, was diese Schlampe mir antun wollte.«

»Doreen hat mir das erst später gebeichtet.« Wie elektrisiert richtete sich Danilo Jakobi auf. »Wirklich, Cora, ich sage dir doch …«

»Du hast drei Menschen auf dem Gewissen.« Ihre Augen verengten sich zu Schlitzen, den Revolver hielt sie nun wieder ganz ruhig. »Den Drogendealer, Doreens Assistenten und sie selbst – diese dreckige Hure, an der du jetzt kein gutes Haar mehr lässt, um deinen Kopf aus der Schlinge zu ziehen. Und wenn euer Plan ganz aufgegangen wäre, Danilo, dann wärst du auch an meinem Tod schuld.«

Seine Augen weiteten sich, sei es aus Angst vor der Waffe, die er während der teilweise fast amüsanten Plauderei ganz vergessen zu haben schien, sei es aus der Erkenntnis darüber, dass er vielleicht doch nicht so ungeschoren davonkommen würde, wie er gehofft hatte.

»Wie wäre es weitergegangen?«, fauchte Cora ihn an. »Lass

mich raten: Jedes Jahr hätte Doreen einen neuen Roman hervorgezaubert, aus deinem Nachlass, den sie posthum und selbstverständlich ganz ohne Eigennutz der Öffentlichkeit präsentiert hätte. Das wäre aber nur dann möglich gewesen, wenn sie als Verlegerin deinen Nachlass verwaltet hätte. Deshalb wolltet ihr mich aus dem Weg haben, nicht wahr?«

Danilo Jakobis Blick wurde lauernd, wie bei einem Raubtier, das zum Sprung ansetzt. Langsam stand er auf. Der Schaukelstuhl knarzte.

»Du hättest irgendwo gemütlich im Süden gelebt, in Italien oder Portugal, da wolltest du doch immer hin.« Cora umfasste die Waffe nun so fest mit beiden Händen, dass ihre Fingerknöchel weiß hervortraten. »Genau das Leben, das du dir immer gewünscht hast: am Tag schreiben, am Abend gut essen und noch besser trinken, und wenn deine Doreen zu Besuch kommt, vögeln ohne Ende und sonst auch, wie ich dich kenne. Und für jeden neuen Bestseller hätte deine Dreckshure dir das viele Geld, hinter dem du immer schon her warst, auf irgendein Nummernkonto überwiesen und …«

»Das ist doch alles Unsinn, Cora.« Er machte einen kleinen Schritt zur Seite, dorthin, wo der Hocker stand. »Kompletter Schwachsinn ist das.«

»Bleiben Sie, wo Sie sind, Herr Jakobi!«, rief ich. »Cora, geben Sie mir die Waffe …«

Polterndes Klopfen an der Eingangstür.

»Entschuldigen Sie die späte Störung«, rief eine dumpfe Männerstimme von draußen. »Wir sind von der Polizei und würden gern …«

Blitzschnell packte Danilo Jakobi den Hocker, schleuderte ihn in Coras Richtung, traf sie an der Schulter. Sie kippte zur Seite, hielt sich gerade noch am Couchtisch fest. Die Waffe schlug auf dem Boden auf, ein Schuss krachte.

Ich sprang nach vorn, auch der Tisch kippte, versperrte mir den Weg. Ich stieß ihn zur Seite, hechtete auf den Revolver zu. Danilo Jakobi sprang in die andere Richtung. Schon hielt ich die Waffe in der Hand, er machte den nächsten großen Satz.

»Polizei!«, dröhnte es lauter als zuvor. »Wir kommen jetzt rein, verstanden?«

Es roch scharf nach Pulverdampf.

Die Tür neben dem Bett stand offen, Danilo Jakobi war verschwunden.

»Sind Sie verletzt, Cora?« Ich wandte mich nach ihr um.

»Nein, aber …« Schmerzhaft verzog sie das Gesicht, befühlte ihren rechten Oberarm, stützte sich am Tischchen ab, stemmte sich hoch. »Sie müssen ihm nach. Schnell, halten Sie ihn auf!«

Mit wenigen Schritten war ich bei der offenen Tür, blickte in einen dunklen Korridor. Am Ende eine weitere Tür, auch sie stand sperrangelweit auf. Keine Spur mehr von dem so überaus ideenreichen Schriftsteller.

Hinter mir trampelte und rumpelte es, ein kalter Luftzug fegte herein.

»Hände hoch!«, rief eine Bassstimme in meinem Rücken. »Sofort die Waffe weg, oder ich schieße!«

»Er entkommt!«, schrie Cora. »Sie dürfen ihn nicht entkommen lassen, nein, er …«

Wieder Schritte, jemand fluchte heftig.

»Sie sollen die Waffe weglegen!« Eine andere Männerstimme, heller, sehr aufgeregt und sehr jung. »Haben Sie nicht gehört?«

»Nicht schießen!«, rief ich, noch immer mit dem Rücken zu den Polizisten. »Bitte nicht schießen, ich lege sie auf den Boden.«

Langsam ging ich in die Hocke, legte den Revolver neben mich, schob ihn so weit wie möglich von mir weg. Schon spürte ich ein Knie im Kreuz, jemand drehte schmerzhaft meine Hände auf den Rücken.

»So, junge Frau, und jetzt langsam aufstehen.« Die Bassstimme, ruhig und gelassen. »Und zwar gaaaanz langsam. Und machen Sie bloß keinen Blödsinn, mein Kollege hält eine Waffe auf Sie gerichtet. Haben Sie mich verstanden?«

»Jedes Wort«, seufzte ich, während ich mich gehorsam erhob. Meine Hände, die wie im Schraubstock zusammengedrückt wurden, schmerzten. »Ich bin Privatdetektivin. Meine Karte finden Sie in meiner Handtasche.«

»Das besprechen wir später. Wer hat hier geschossen?«

»Niemand, der Schuss hat sich von selbst gelöst«, erklärte ich. »Als die Waffe zu Boden gefallen ist. Was tun Sie hier eigentlich?«

Noch immer sah ich keine Gesichter, alles spielte sich hinter mir ab, und meine Hände wurden allmählich taub.

»Eine Frau wurde heute Abend entführt, eine Anna di Santosa, und bis der Kommissar aus Regensburg da ist, haben sie uns schon mal vorgeschickt. Wir sollten nur die Gegend auskundschaften …«

»Ich bin Anna di Santosa, und ich wäre Ihnen sehr verbunden, wenn Sie mir die Hände nicht so zusammenquetschen würden. Hauptkommissar Wolf ist übrigens mein geschiedener Mann, und der Kerl, der eben durch diese Tür da ist …«

»Ich fasse es nicht«, fiel Cora mir unwirsch ins Wort. »Sie sollen Danilo verhaften, Sie zwei Vollidioten! Während Sie hier gemütlich quatschen, macht er sich aus dem Staub, und …«

Draußen heulte ein Motor auf.

»Du hast jetzt aber nicht den Schlüssel stecken lassen, Karlchen?« Die Bassstimme, die plötzlich gar nicht mehr ruhig klang. »Hast du, Karl?«

»Heilige Scheiße!«

Sekunden später hastete ich über die Veranda, neben mir Moritz, der Polizist mit der Bassstimme, ein großer, korpulenter Mann und zum Glück um einiges erfahrener und schneller von Begriff als sein Kollege. Gemeinsam sprangen wir die Stufen hinunter, den Weg entlang, den Cora und ich gekommen waren, hinein in den Wald.

Zwischen den Baumstämmen sah ich Rücklichter und hin und wieder Scheinwerferlicht aufblitzen. Weit vor uns heulte erneut der Motor des Streifenwagens auf.

Meine Rettung verdankte ich Vincenzo. In Monas Wagen, sie war schon ein paar hundert Meter gefahren, hatte er bemerkt, dass er bereits das zweite Mal an diesem Abend etwas vergessen hatte, dieses Mal seine Mütze. Also war Mona wieder umgekehrt, und mein manchmal so kluger und aufmerksamer Sohn hatte gerade noch den klapprigen Ford gesehen, in dem ich mit verkniffenem Gesicht am Steuer saß, hinter mir eine fremde Frau, die mir irgendetwas gegen den Hinterkopf zu drücken schien.

Als ich auf seinen Anruf nicht reagierte, hatte Vincenzo voller Sorge seinen Papa angerufen. Paolo, der Cora bei einer Vernehmung begegnet war, erkannte sie anhand seiner Beschreibung wieder. Da auch er mich nicht erreichen konnte, hatte er unverzüglich per Eilbeschluss eine Handyortung beantragt.

Wieder sah ich – nun schon in erschreckend weiter Ferne – Scheinwerferlicht im Geäst der kahlen Bäume zucken. Der Weg war verteufelt schmal und uneben, die Beleuchtung mehr als schlecht. Danilo Jakobi musste langsam fahren. Aber wir hatten dennoch keine Chance, ihn einzuholen.

»Vielleicht kriegen wir ihn ja doch noch«, japste Moritz, der mit jedem Schritt mehr zurückfiel. »Los, weiter!«

Noch während des überstürzten Aufbruchs aus der Skihütte hatte er Paolo verständigt, der innerhalb der nächsten halben Stunde hier eintreffen sollte. Wenn wir Glück hatten, fuhr Danilo Jakobi ihm direkt in die Arme. Wenn nicht, fuhr er an der Stelle, an der er den Forstweg verlassen würde, auf der Bundesstraße in die genau andere Richtung. Natürlich würde Paolo ihm eine ganze Armee hinterherjagen. Aber dennoch konnte er irgendwo hindurchschlüpfen und seinen Verfolgern entkommen.

Ich rannte noch schneller, versuchte, den in den Weg ragenden Zweigen auszuweichen, die ich in der Dunkelheit kaum erkennen konnte. Aber es gelang mir nicht immer, sie peitschten mir ins Gesicht.

Wir passierten den Holzstoß. Verlassen stand der Ford dort, wo wir ihn zurückgelassen hatten. Den Schlüssel hatte Cora, der junge Polizist namens Karl war bei ihr geblieben.

Mein Herz pochte, mein Atem ging stoßweise, kaum sah ich, wohin ich trat. Die einzige Lichtquelle waren die Scheinwerfer vor uns, die sich viel zu schnell entfernten, und der an manchen Stellen schwach reflektierende Schnee, der vielerorts gefroren war. Immer wieder rutschte ich auf dem tückischen Untergrund aus, hielt mich in letzter Sekunde gerade noch irgendwo fest, um nur wenige Meter weiter über einen am Boden liegenden Ast zu stolpern, eine dicke Wurzel, was auch immer.

Bald würde Danilo Jakobi die Bundesstraße erreichen und vielleicht auf Nimmerwiedersehen verschwinden. Mein Begleiter war nun so weit zurückgefallen, dass ich seine Schritte kaum noch hörte. Auf einmal aber spurtete Karlchen an mir vorbei, der um einiges besser zu Fuß war als sein wesentlich älterer Kollege. Offenbar hatte Cora sich inzwischen beruhigt.

Ein Ast schlug mir gegen den Kopf, ein anderer zerkratzte mir den Hals, trotzdem lief ich weiter, bis mich ein dritter am Bein festhielt. Nur einen Wimpernschlag lang blieb ich stehen, entwand mich dem stacheligen Zweig, stürzte dann weiter, den sich immer weiter entfernenden Scheinwerfern hinterher, die wie irre gewordene Nachtfalter durch die Dunkelheit tanzten. Sinnlos. Zwecklos. Auch Karlchen würde ihn nicht mehr einholen können. Und dennoch …

Die Lichter rasten in eine Kurve.

Und plötzlich waren sie weg.

Ein dumpfer, ferner Knall.

Karlchen vor mir fuhr wie ich zusammen und rannte dann noch schneller.

»Was war denn das?«, ertönte Moritz' überraschte Stimme irgendwo weit hinter mir.

Bald erreichte ich den Punkt, an dem der Wagen verschwunden war. Weit unten im Wald sah ich nun ein seltsames Licht flackern, sah es zucken und rauchen und qualmen.

»Heilige Scheiße!«, rief Karlchen wieder, dieses Mal direkt neben mir, beugte sich schwer atmend über den Abhang und deutete auf den Feuerball unter uns. »Das gibt's doch jetzt nicht – der ist da runter und voll gegen einen Baum gekracht, aber volle Kanne. Hat denn der die Kurve nicht gesehen?«

»Ich glaube, er hat sie schon gesehen«, sagte ich düster.

In scharf gestochenen Bildern sah ich Danilo Jakobi vor mir. Wie er vor dem Feuer im Kamin gekauert hatte, erschöpft, verzweifelt, in der Stimme eine Hoffnungslosigkeit, die Böses ahnen ließ.

Dumpf hörte ich nun Blech bersten und Plastik krachen, starrte in das tödliche Feuerwerk dort unten, das mit jedem Moment noch ein wenig wilder wurde, sah den Funkenregen, die lodernden Flammen, die die Nacht zwischen den Bäumen in den hellsten Tag verwandelten.

Niemand konnte dieses Inferno überleben.

Nicht einmal ein wiederauferstandener Toter.

Hilde Artmeier
NACHT AN DER DONAU
Broschur, 256 Seiten
ISBN 978-3-95451-354-3

»›Nacht an der Donau‹ ist spannend, kenntnisreich, gut geschrieben und vor allem sehr unterhaltsam.« Mittelbayerische Zeitung

Hilde Artmeier
DUNKLE DONAU
Broschur, 304 Seiten
ISBN 978-3-95451-954-5

»Spannend und unterhaltsam geschrieben macht das Buch Appetit auf mehr – gutes italienisches Essen eingeschlossen.« Donaukurier